追风者

弦上月色◎著

文汇出版社

图书在版编目 (CIP) 数据

追风者 / 弦上月色著. — 上海：文汇出版社，
2016.1

ISBN 978-7-5496-1665-7

Ⅰ．①追… Ⅱ．①弦… Ⅲ．①长篇小说 – 中国 – 当代
Ⅳ．① I247.5

中国版本图书馆 CIP 数据核字 (2015) 第 306894 号

追风者

著　　者 / 弦上月色
责任编辑 / 戴　铮
装帧设计 / 天之赋设计室

出版发行 / **文汇**出版社
　　　　　　上海市威海路 755 号
　　　　　　（邮政编码：200041）
经　　销 / 全国新华书店
印　　制 / 河北浩润印刷有限公司
版　　次 / 2016 年 4 月第 1 版
印　　次 / 2022 年 7 月第 2 次印刷
开　　本 / 710×1000　1/16
字　　数 / 260 千字
印　　张 / 18

书　　号 / ISBN 978-7-5496-1665-7
定　　价 / 49.80 元

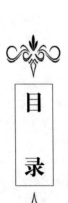

目录

目　录

第一章　踏雪寻梅

1936 年，冬，江城。天微微飘着雪。

大戏园子，建在商铺稠密的十里长街上，光绪年间由一位定居江城的徽商所建，日渐繁盛，来江城的各大戏班都会来此驻场，更是城里各阔少们寻觅刚出道的清纯戏子的最佳场所。

军部参谋汪学礼早就在戏园的二楼订了个包厢，他带着两位太太径直进了包厢。刚坐定，机灵的茶房伙计就快步跑上楼，把那硕大的铜壶举过头顶，准准地斟了三杯茶，又利索地端上了黑白瓜子、话梅、盐炒小花生等几样点心。

他的姨太太菊仙又吵着要吃芝麻心的梅花糕，茶房又忙跑下楼端了几碟子上来，汪学礼白了她一眼，扭头看新婚的妻子清芳静静端坐。三天前，他们才在老家云崖村举行了婚礼。

这桩婚事实际上是两家父母订下的，经营绸缎庄的林家和经营茶叶庄的汪家也算是门当户对。汪学礼起初对这个上洋学堂的林家大小姐并没有多大兴趣，但是，拜堂那天，一掀盖头，他惊为天人，如今望过去更觉得她眉目如画，楚楚动人，心中怜爱之情更浓，忙微笑问她："清芳，想吃什么，我让他们去弄来。"

清芳想了想，只觉得嘴巴里淡淡的，随口道："倒是我母亲素日里做的凉粉，酸辣爽口，现在只想吃那个，但是不知道这里有没有？"

汪学礼哈哈一笑："原来是那个。江城人不大吃，戏园子里是没有的。不过，我知道，在北门那里有一家味道绝好，我这就去帮你买，你和菊仙两个人先在这儿听着，我快去快回。"

清芳还未开口，菊仙呀了一声，娇嗔道："爷，这锣鼓点都开始敲了，您还跑去那么远啊！外面又要开始下雪了，叫勤务兵去买好了，您就坐这儿安心听戏吧。"

汪学礼白了她一眼，望着清芳道："那巷子不好找，怕他们找不到，还是我自己去最好。你安心和菊仙听戏，等《玉堂春》第一折唱下来，我保准就回来了。"说着，他转身噔噔下了楼。

菊仙扶着楼梯，看着汪学礼的背影，幽幽地叹了口气："姐姐，你真是好福气，你说一声要吃，学礼便跑得什么似的。那时候，我流了产，想吃个糖炒栗子，他都不乐意帮我去买。"

她一个字一个字地说着，脸上虽带着笑，但话语里的丝丝恨意就让人浑身一颤。

清芳听得心里一阵烦躁，此时，前面戏台上的锣鼓点子敲得如疾雨般，众人的叫好声此起彼伏，"玉堂春"已经羞答答地用水袖遮着脸登了台。

菊仙轻盈地走过来，在清芳身边的椅子上坐下，拿起桌上摆着的话梅，放进嘴里，边嚼着边似笑非笑地说："不过男人么，就一阵的新鲜劲，当初学礼刚见我那几天，也是宝贝得什么似的。姐姐也别指望他总是这么宠着你，要不然总得像我这样失望伤心。"

清芳忍了忍，实在觉得她咄咄逼人，扭头望着她，轻声道："菊仙，我嫁他，只是为了父母的意思，并没有存心要抢走你什么。"

菊仙并不望她，眼睛望着台上咿咿呀呀唱着的玉堂春，微笑着道："姐姐，听说你是上过大学堂的，家世又好，哪儿像我，终究是戏子出身，嫁了人也不过就是个妾，学礼如今自然是看重你。但是，他就是个没腿的鸟，爱你也不过几个月，等他看到更好更美的，自然会把你抛到脑后去的，到那时候，咱们就是一样的人了。"

她笑得明艳动人，说出来的话却像刀子般一下下戳着人心。清芳胸口一阵翻腾，缓缓起身，拿起旁边衣架上的紫色大衣，扭身往楼梯下走去。

"姐姐，你上哪儿去？这戏演得正好看呢！"菊仙惊诧地叫道。

清芳顿了顿，轻声道："这戏园子里太闷，我出去散会步，透透气。我上的那个大学堂就和这里隔着一条街，我去看看就回来。"

她说完就提起裙摆快步下楼，走到转弯处，还听见菊仙嚷嚷道："姐姐，你别乱走，等会儿学礼回来看不见你，还不吃了我！"

　　清芳并不理会她，加快脚步穿过一楼大厅里熙攘的人群。自从出嫁那一天开始，她便如被锁进牢笼般，每件事都不能随着自己的心意，如今她偏要小小地任性一回。

　　为了避开前门可能随时会回来的汪学礼，她特意问了茶房，从戏园子的后角门走了出来。

　　一掀开厚厚的门帘，那细小的雪花像无数扑面而来的白色蝴蝶，瞬间缠绕了清芳。清芳说不清自己怎么一下子涌起了一股兴奋之情，她低低地欢呼了一声，伸出两手，掌心接住了几片凉凉的雪花。好像一瞬间回到了在江城师大上学的时光，短暂的一年，却是刻在她生命中永难忘记的时光。

　　路面上积了浅浅的雪，有些湿滑，幸亏她出门前特意穿了一双鹿皮短靴，所以倒也无大碍。清芳一路迈着轻快的脚步，转过街口，不一会儿就看到了师大的白色大理石门楼。

　　清芳虽然来了江城快一个月，但这还是第一次来到母校，心中暗暗雀跃。她进了门，绕过了几幢教学楼，一直走到她曾经住过的那幢宿舍旁，那幢灰色的旧楼下，遍地衰草，却独独长着一株极其粗壮的梅树。

　　清芳欢喜走到梅树下，轻轻抚摸着那斑驳凸起的树干，仰头看着满树盛开的那些淡粉色梅花，飘绕着的粉色烟雾一般，晃着人的眼。她想起去年，也是这样的冬日，她和同宿舍的另外三个女生在这株梅树下，绕着树，攥着雪团互相投掷，每个人的脸上都是勃发的热情和笑容。而如今，四个人里倒有两个退学嫁了人，还有一个据说也是订了婚，待毕业就立即成婚。

　　清芳正暗暗凝思间，一阵凛冽的寒风吹过，树干上积着的雪都簌簌落下，纷纷扬扬，洒在她脸庞发丝上。清芳不自觉地抬手去拂脸上的雪丝，耳边却听到咔嚓一声，眼角也瞥到一道强光闪过。

　　清芳怔了怔，立刻意识到是有人在拍照，她忙扭过头，看到远远的，一个穿着深色短大衣的男子正手拿一架相机对准了她。清芳心中微微恼怒，正要张口责问，亮光又闪了两下，那男子竟然又抓拍了两张照片。

清芳素来温和，但此时也禁不住生起气来，她使劲抿了抿嘴唇，脸色微微涨红，双手插进大衣口袋里，提高声调问道："你这个人，怎么这样？没经过别人同意，怎么能偷拍别人？"

那个男子收了相机，从远处轻快地跑了过来，直跑到清芳的面前，才停下，摘下礼帽微微躬身，微笑道："对不起，小姐，我正在师大里拍一组雪景图，偶然看到你在梅树下的姿势很美，就自作主张拍下来了，没来得及征得你的同意，抱歉！"

清芳本来一肚子不满，但是见他态度如此诚恳，倒不好意思起来，她在师大上学时就听说过常有些摄影师来拍女学生的照片，制作成美人年历之类的事情，只得收敛了怒容，轻声道："这位先生，拍照并不是什么大事，只是，我家里比较传统，不希望我的形象出现在什么小报杂志上，请先生务必把刚才照的底片归还。"

这男子抬起头来，戴好礼帽。清芳这才看清，他年纪二十七八岁，身量比她略高些，头发浓密，戴着金丝边眼镜，面容清秀，肤色黝黑。他微微含笑，凝视着自己，眼光中透着坦诚。

仿佛完全了解清芳心中的担忧，他缓缓开口道："小姐，你别担心，我并不是帮那些无聊的杂志拍照的，我是个记者，今天过来是想拍点母校的雪景，没想到刚才看见你独自站在这株梅树下沉思，仿佛遗尘独立般，一时技痒就拍了下来。如果你不喜欢，我可以把胶卷底片全部交还。"

清芳听他提到母校，心中一动："你是记者，也是师大的毕业生？"

男子轻轻点头道："是啊，我是和县人，留学美国前曾在师大就读，两年前回国，现在就在徽州日报馆就职。哦，这是我的名片。"

说着，他急忙在上衣口袋里摸索，半天才找出一张有些折痕的名片，递给清芳。

清芳接过来，低低读那上面的一行字："徽州日报，总主笔，高级评论记者，顾达飞。"

这个名字闪过清芳的脑海，她眼光流转，突然微笑道："顾达飞，你就是那个……那个自愿冒着生命危险去绥远抗战前线采访的记者。我记得你，去年学生会组织去火车站送你，我也去了，匆忙间，竟然来不及去买什么鲜花，只好在宿舍后面的花园子里随便摘了几枝粉色的玉兰花。"

清芳嘴角弯成了一个浅浅的弧形，嘴唇轻轻抿着，好似想起了什么有趣的事。

顾达飞愣住，他推了推眼镜，沉吟了半晌，极力回想：人声喧闹的月台上，一群蓝衣黑裙的女学生叽叽喳喳围住他，问长问短，他只得一一作答。火车长鸣，他急忙向众人告别登车，纷乱中，不知是谁把一枝粉色的玉兰花别在了他的上衣口袋中。直到上了车，安定下来，他才有工夫拿起那枝玉兰花细细看着。和他同去的另一名摄影记者还打趣他，说是一片春心付玉兰，定是哪个女学生看上了他。他当时只是付之一笑。

"啊，是了，想起来，你就是在月台上送我玉兰花的那个女学生！"

他这惊喜的一叫，倒叫清芳脸色绯红，微微点了点头。

"顾先生，年前我还往你们报馆投过一次稿，是篇关于陆游爱国抗金的小文章，就是投在你主笔的那一版上。蒙你垂爱，刊登了出来，还让我赚了几两银子的稿费，也叫我妹妹好一阵子崇拜我。"

她说到这儿，不由得挑了挑眉头，露出了少女的活泼本色。

顾达飞若有所思："哦，是那篇用陆游抗金来讽喻当局对日本人不作为的文章，文笔流畅，文采飞扬，又不失犀利，真是好文章。我记得，作者好像叫林清芳，原来就是你！"

"正是我，让先生见笑了。其实真是涂鸦之作，不知轻重的乱写！"清芳听他赞自己，脸上又是一热。

顾达飞望着清芳，有些恍惚。此时，雪轻轻飘着，梅花寂寞地开放着，她穿着紫色大衣站在那一团梅花雪雾中，并无半点装饰之物，淡极生艳，袅袅婷婷，他不觉喃喃低语道："今天才知道，古人那句诗不假，果然是一枝梨花压海棠！"

清芳惊诧地问道："顾先生，你说什么？"

顾达飞忙掩饰着自己的失态，搓搓手，道："哦，我是说现在雪下得大了，我们俩总不能站在这儿说话吧，会把你冻坏的。林小姐，我知道师大对面有家小小的咖啡馆，俄国人开的，老板娘胖乎乎的，很和蔼可亲，能烤可口的列巴，煮很香的咖啡。怎么样，我们去坐坐，聊几句，如果你没什么要紧的事。"

清芳的脸在风中被吹得略显苍白，站得久了，她的确感觉到了阵阵寒意。那家小咖啡馆她以前也曾经和同学去过，经顾达飞一提起，那股列巴散发出的奶香味好似缠绕在她舌尖。自由地聊聊天，听听俄罗斯民歌，这样的生活，好像已经是上辈子的事了，如今却呼啦一下子回来了。

可是……她裹了裹大衣，还没来得及微笑，突然触到了自己右手戴着的纯金龙凤手镯。那是汪家送她的聘礼之一，沉甸甸地戴在她纤细的手腕上，也是时时提醒着她，一切已经不同——她再也不是那个能够写文章，能够自由谈笑的林清芳了，她是汪家大少奶奶，汪学礼的太太！

顾达飞看到她脸色微变，不知是什么缘故，心里微微发慌。

"顾先生，我恐怕得回去了，我家人还在戏园子里等着我。我也没告诉他们，就擅自跑来这校园的。"清芳的眼神有些黯淡，轻轻摇头道。

顾达飞虽然年纪不算大，但是在报馆里历来为总编所倚重，就是因为他素来沉稳，临大事不乱。但是，不知道为什么，今天清芳这淡淡的一句，却让他几乎乱了分寸。

他竭力掩饰着失望，言不由衷地说道："原来是有家人在等你，那是不该让他们着急。林小姐，那个戏园子我知道，我送你过去吧。"

"不必了，顾先生，我可以坐黄包车去，很快的。告辞了！"清芳微微颔了颔首，小声说着，就缓缓迈步。

顾达飞也不知道自己的脸皮怎么瞬间就变得厚起来，忙快步跟上："林小姐，现在雪大了，只怕黄包车也难找。我倒是包了辆黄包车过来的，车夫就等在校门外，不如你就坐我的那辆黄包车走吧。"

林清芳虽还想开口婉拒，但是扭头看到顾达飞目光灼灼，不由得微微一颤。她也不是旧式的那种养在深闺人不知的小姐，但是，与男子却没有过多的接触，就算是上了师大后那场短暂的恋爱，也不过就是未及盛开就凋零的花朵，只剩下一点苍白的影子。她虽是嫁了人，却好像丝毫不了解男人，此时此地，她却真切地感受到，眼前这个男人的眼中有股蓬勃的热情，这热情吸引着她，却也让她害怕。

"可是，我坐了你的车，你怎么办？"

顾达飞却不容她多想，拍了拍自己的胸脯，笑道："山人自有妙招，你看着吧！"他笑起来露出洁白的牙齿，令整个脸庞充满了孩子气。

清芳被他的样子逗得扑哧一笑，只得无可奈何地点点头。

等清芳坐进了黄包车里，顾达飞把自己手里的相机轻轻放在她膝上，郑重说道："这里有前几天学生举行抵制日货时游行的胶卷，还有刚才拍你的照片，千万帮我拿好，别摔了！"

清芳诧异地问："那你呢？"

顾达飞微微一笑："我跟在你后面跑。"

"什么，这不行，顾先生……"清芳正要再分辩，顾达飞却轻轻地拉上了车前的风雨帘。

隔着黄色的雨帘，清芳看不见他，只听到他的声音悠悠传来："放心，你自己坐稳，我在美国时每天都要打几份工，每天不知道要跑多少条街，这点路真不算什么。好了，小德子，走吧！"

说着，他吆喝了一声，那车夫立刻拉起车杆，撒开脚步跑了起来。清芳只觉得车子轻轻摇晃着，她赶紧张开双手紧紧抱住了膝上的那架相机。

黄包车在雪地上缓缓前行着，清芳听得见雪沙沙地落在车的顶棚上，车夫的草鞋踏在雪面上发出重重的声音，还有，车帘外面传来轻轻的喘气声。那是顾达飞，他果然一直随着车子跑着。

清芳掀了车帘的一角，看见顾达飞身穿西装，双目直视前方，旁若无人地奋力跑着，满街的人都纷纷投以奇怪的眼神。他倒是不以为然，边跑还边和那车夫开着玩笑："小德子，你要再不练习，你这脚力快赶不上我了！"

那叫小德子的年轻车夫颇为不满地答道："顾先生，您这舞文弄墨的斯文人，这是干什么呀，抢我们的饭碗不成？"

清芳的声音里透着焦急："顾先生，你别跑了，雪下得大了，让小德子送我去戏园子就行了，你就在这儿等着他回来接你！"

顾达飞扭头冲她一笑，眼神中尽是温柔之意："不要紧，难得能这么畅快地跑跑。我一定要送你到戏园子门口，不然，我怎么也不安心。"

清芳突然哑口，手一颤，车帘合上。她抱紧相机，身子随着车身轻轻摇晃着，只觉得自己胸口微微发烫，一股从未有过的情感流过心间。

她说不出为什么，也许就是为他眼中的那抹温柔，也许就是为了他那一句"我怎么也不安心"，她隐隐地期待，也隐隐地害怕。

短短一条街的路，清芳却觉得过了很久。

车子停稳了，清芳掀开车帘，走下车，把手里的相机郑重地交还给顾达飞。她垂首微微一笑："顾先生，今天真是幸会，我实在不知道如何感谢。"

顾达飞接过相机，突然觉得有千言万语堵在胸口。他本来善于辞令，但是，此刻却唯唯诺诺，嗓子发干，声音有些异样："林小姐，你……你府上在何处？改日这照片洗出来，我给你送去。"

清芳心里顿时冷了半截，她如何说出她住在汪府，如何说她是军部参谋汪学礼的新婚太太。她微微摇头道："不必了，顾先生，这照片我不要了，你也不必冲洗了。我走了！"说完，她也不等顾达飞再说什么，扭身往戏园子里面走去。

顾达飞站在那里，望着她的背影，怔怔地理不出个头绪，耳边全是嗡嗡的人声车声，但偏偏就像是隔得很远，有种不真实的感觉。脑子里乱乱的，却不知怎么，跳出了以前读过的两句新诗：我是天空里的一片云，偶尔投影在你的波心——你不必讶异，更无须欢喜，在转瞬间消灭了踪影。

不，他不能让她成为那一片转瞬即逝的云，不！

"顾先生，那位小姐都没影子了，您还走不走，还回不回报馆？"小德子在一旁坏坏地笑道。

"走，回报馆！"顾达飞咬了咬嘴唇，总编叮嘱的，今晚他必须赶出一篇稿子来。

这一夜，雪停了，顾达飞在报馆熬过了大半夜，大口喝着发苦的浓茶，用老式打字机赶着稿子，唯有这样的忙碌才能冲淡他的思念。但是只要稍有空闲，他还是不由得想起那个叫清芳的女子——她仰头凝视着满树的梅花，那双幽深的眸子像极了他家乡四月的天空，纯净得没有一丝雾霾，只飘着些淡淡的云影。

为什么，她会有那样的眼神？她那样的女子应该拥有世界上最美好的东西，为什么会有那样忧伤的眼神？

第二章 造化弄人

夜色浓得化不开，黑沉沉地叫人心慌。凄清的月光，穿过一重重的庭院，照在南院厢房的窗台上，窗帘拉起一角，那里搁着的一株白海棠花的叶子轻轻抖动着。

清芳坐在窗子跟前的灯影里，定定地望着那株白海棠，若有所思。

汪学礼坐在雕花八仙桌前，面前搁着几碟小菜，他默不作声地坐了半晌，才猛地端起酒杯一饮而尽。

"你若想说什么就说，何必借酒浇愁？"清芳在他身后悠悠道。

汪学礼把杯子用力地掼在桌子上，冷笑一声道："那我倒想问问你，那会儿，我去了老北门买凉粉，菊仙说，我前脚刚走，你就拉下脸把她训了几句，然后转身下了楼。她跟着问你，你也不说去哪里，竟然走得无影无踪。"

"你也是大家小姐出身，应该最明理，就算你想去哪里干什么，也可以等我回来，开车送你去。竟然一个人在大街上乱跑，两三个时辰才回来。一出《玉堂春》都唱了大半了，我急得差点就要去军部派人全城寻找了。"

"我们翻天动地的，你倒是没事人似的，难道你不知道现在时局动荡，这江城里，日本人、共产党，还有青帮洪帮那些人，都不是善类。你是我太太，若是落在他们任何一帮手里，那叫我可怎么办？"

果然，菊仙还是菊仙，只字不提她那些奚落冷酷的话，只表白她自己的无辜，倒显出清芳的不懂事。但是不知道为什么，清芳心里却没有半分对她的怨恨，只是有些隐隐的可怜。

清芳起身，缓缓走到八仙桌边坐下，敛神静气道："让你们大家着急是我的错。其实，自从为了出嫁离校，我一直没有回过学校，今天恰好到了大戏园子，离师大不过隔着一条街，于是我一时起了玩心，想去逛逛马上就回。但是恰巧碰上了几位昔日的同窗，闲聊了几句。回来时下雪天，好不容易才找到一辆黄包车，所以耽搁了些。我又不是小孩子，其实你们也不用这么担心。"

她从没说过谎话，此时说完，只觉得额上汗津津的，脸上微微发烫。幸亏她背着光坐着，对面的汪学礼看不清她的脸。

汪学礼深深凝视着她，她换了浅紫色的家常旗袍，肤色晶莹得近乎透明，耳朵上两只小巧的翡翠耳环一闪一烁，令人莫名心慌。他突然起身绕过桌子走过来，蹲下身，把脸轻轻伏在清芳腿上，喃喃道："清芳，你难道不明白你对我有多重要，假设你出了半点意外，我该怎么办？"

清芳见了汪学礼如此亲近的动作，顿时脸红心跳，一时说不出话来。

汪学礼此时已经薄醉，从清芳身上散发出的一股栀子花般淡淡的幽香更是刺激着他的大脑，他瞬间用力抱紧清芳柔软的腰肢，把她打横抱起，低下头狠狠地去捕捉清芳的两片红唇。

清芳一惊，轻轻挣扎着，死死抓住他的衣襟。但越是挣扎，似乎越是激起汪学礼内心征服的欲望，他贪婪地吮吸着清芳唇齿间的芳香滋味，一边抱着她往床边一步步走去。

清芳被轻轻抛在那张柔软的席梦思大床上，她身子像一片叶子，似乎轻得没有一丝分量，绣着鸳鸯戏水图案的幔帐低低垂下来。她还没来得及去思考什么，汪学礼的脸庞就贴了上来。清芳被狂热的拥抱和亲吻所包围，她像溺进一潭深深的春水中，透不过气，只是不断地沉下去，沉下去，无望地漂浮着。

汪学礼的手缓缓摸索到了床栏上系着的灯绳，灯光灭了。他略显粗糙的手抚过她锦缎般光滑细致的皮肤，每一寸都像灼热的烙印，那件浅紫色旗袍，被随手抛在了打过蜡的地板上，如秋日褪去的最后一层蝉翼。

月光如凝着的白霜，冻结在清芳赤裸的肩膀上，她无奈地呻吟了一声，使劲蜷缩起身体，暗暗咬住了自己嘴唇……

夜长得没有尽头，墙上挂着的自鸣钟嘀嗒嘀嗒寂寞地响着，屋子里，一片静默的黑暗，只有屋子中央搁着的那个高大的炭火盆，里面燃烧的木炭发出忽明忽暗的幽光。

清芳缓缓从床上坐起了身，从地上捡起那件紫色棉旗袍穿上，她看了一眼还在沉沉睡着的汪学礼，他是她的丈夫，今晚他也是格外温柔和满足。她心中突然一片茫然，起身走到窗前，倚着窗台抱膝坐下，仰头去看那天边，那一弯冷月，如画不好的一蹙烟眉。

一股细细的愁绪静静在清芳心中蔓延，她低低地叹了口气，一切都是命运，她只能接受这样的命运。

"你就是在月台上送我玉兰花的那个女学生！"

一个男子的声音在她耳朵骤然响起。她掀起黄色雨帘的一角，他跟着车疾跑，扭过头来，一边喘着气一边温柔地冲她笑着。他笑起来，镜片后的眼眸闪着坦诚真挚的光，有些傻傻的可爱。

"我一定要送你到戏园子门口，不然，我怎么也不安心！"

他的声音里带着点微微的卷舌，叫人听着有种很舒服很安心的感觉。

清芳的心脏微微收缩了一下，她捂住了耳朵。忘了，她该都忘了，只是人海中一次擦肩而过的相逢，仅此而已。她是属于这里的，汪宅，汪学礼的太太，才是她的人生，从此以后他和她，隔着那茫茫的云山沧海，再会无期。

泪，缓缓地溢出眼角，顺着脸庞静静滑下。清芳也不去擦拭，而是抱紧了双腿，把头深深埋在两膝间，她肩膀轻轻颤动着，但听不见一丝哭声。

两个月，仅仅两个月，清芳的人生已然完全不同。

时间缓缓流淌回两个月前，清芳答应了父亲从江城师大退学，嫁给汪学礼。秋浦村的林家大小姐清芳嫁给云崖村的汪家大少爷，在徽州的古老村落间是一件轰动一时的喜事。

新婚三天，清芳带着陪嫁的丫鬟翠寒和迎春，随着新婚丈夫汪学礼回到他在江城的私宅。

清芳还记得她第一次走进这所宅子的场景，一所三进三出的宅子，花木幽深，颇有点闹中取静的味道。

清芳跨过高高的门槛，走进这所宅子的内院，第一眼看见的不是那些苍翠的名贵花木，也不是忙着上前问候的管家阿福，而是晾在院子一侧里的十几套鲜艳的戏服。那些戏服像极了一只只被钉住的巨大蝴蝶，颤动着迷人的翅膀，魅惑着人们的眼睛。

"啊，这些戏服真漂亮！"清芳不禁走过去，伸出手去摸摸其中一件缀满了圆形亮片的鱼尾裙。

身后跟着进来的丫鬟迎春和翠寒也好奇地东看西看，不断发出啧啧的赞叹声。

"姐姐喜欢那件衣服吗？是我唱《追鱼》时穿的，我送给你！"

清芳听到一个女子清脆的声音，这声音有种说不出的婉婉转，甚至还拖着长长的尾音。

她转过身来，看见一个穿着水红色滚边短袄，系粉色裙子的女子倚门站着。这女子十八九岁，脸颊尖尖，一双圆溜溜的眼睛像浸在深深春水中的翠玉，娇媚中透着一丝寒意。

"姐姐，我叫菊仙，比姐姐先进门几天伺候学礼的。"菊仙提起裙角轻轻走下台阶，一直走到清芳身边，亲热地握住她的手。

菊仙侧着脸微微笑着，露出一口细碎的白牙。她本来就是个长相极其甜美的女孩子，再加上从小就学戏，在人口繁杂的戏班子里长大，早就学会了如何看人眼色，如何讨男人欢心。所以，她浑身上下自有一种骨子里透出来的妩媚之态，令男人见了都不禁为之迷醉。

这也是当初汪学礼听了她几次戏，便决意要娶她做侧室的原因。

清芳脸上虽然也淡淡笑着，心却是渐渐冷下去，如同握在掌中的一捧雪，寒意丝丝顺着毛孔渗进去。生性风流的丈夫，戏班子出身的姨太太，这些就是她今后的人生，一场永远也无法企望获得爱情的婚姻，二十岁的她似乎正一点点地落入这个深不可测的泥淖中，无法自拔！

住进儒林街这所宅子这一个多月，清芳努力让自己学着麻木，对汪学礼的殷勤，对菊仙的嫉妒，都淡然相对。她每天只是静心看书练字，偶尔，正在上中学的妹妹清菲的探望才能让她一展笑颜，倒也渐渐地修炼到波心不动。

但是，命运却偏偏要跟她开个玩笑。今早，汪学礼似乎是在军部遇到了特别高兴的事，兴致勃勃地说要带清芳和菊仙去大戏园子听戏。

菊仙自然是喜不自禁，她最大的消遣就是捧城里各大戏班子的场。清芳心里是无可无不可，她并不热衷听戏，但是，那些咿咿呀呀的唱腔和华丽的戏服也着实能叫人心里热闹一阵子。特别是，她想到那座戏园子和江城师大只是隔着一条街而已，可以寻机去校园里走走，于是心里暗暗高兴。

但是，清芳无论如何都想不到，会在那棵梅树下遇到顾达飞。他应该活在她那个已经消逝的青春之梦中，却带着那么真实、那么温暖的笑容出现在她面前。

在她已经心如止水的时候，在她已经失去自由身时，在她已经渐渐忘记对爱情的期待时，遇见了他，遇见这个让她难以忘怀的男人，上天为何会开这样的玩笑，如果这真是个玩笑，也未免太残忍无情了吧！

这一夜，清芳心中百转千回，思绪绵绵，午夜时分才渐渐睡去。

当她起床时，汪学礼早就去军部了。她走到窗前，推窗望去，雪色初霁，阳光早已洒满了院落，天气还相当寒冷，但是院子一角的那株白玉兰竟然露出了一点新芽。

第三章　江城夜雨

1937 年，春。

春天的气息一点点近了，江城的市井生活每天都是一样，周而复始，月亮一次次出现又隐没在天空。

电匣子里每天都在播着软绵绵的音乐，报纸上大标题是某电影明星就要来江城参加活动，不显眼处略略登着些东三省的动向。大家知道那里建了个满洲国，又有了个皇帝，但是似乎这些离这里还很遥远。

穿着和服的日本人也会出现在江城的街道上，好几处开了日式的酒馆，那些脸涂得雪白的日本女人拉着三弦琴，唱着哀怨的小调。虽然战争的阴影此时笼罩了整个亚洲，但是，长江边的这座小城看起来还是太平安乐的。

不知不觉，镜湖边的细柳开始垂下绿色的丝条，静静飘着轻絮，让少女的心纷乱不已。街角白色的栅栏中，不知谁家的丁香幽幽地散发着别样的味道。

儒林街汪宅，傍晚，满院花木扶疏，姹紫嫣红，恰是一片迷离的春光。清芳穿一件苹果绿的高领旗袍，头发已经长长了不少，发尾略略烫过。她擦着淡淡的口红，戴着一串圆润的珍珠项链，站在一片花影中，望着那一簇簇的小灯笼似的金盏花，默默出神。

在院子里忙着的翠寒悄悄瞅着她，心里暗想：近日姑爷每天晚上都来，买这买那，夫妻俩看起来格外恩爱，不知道大小姐还有什么不开心的事，一个人的时候总是有点闷闷的。

这时，迎春从外面快步走进来，喜滋滋地喊道："大少奶奶，二小姐来了！"

清芳忙转过身，还未来得及问，一个女孩子的身影就出现在半圆形院门前。她蓝衣黑裙，剪着清爽的短发，一笑起来，眼睛弯起来，圆圆的脸上现出两个浅浅的酒窝。

"姐姐，我来了！"汇文女子中学高二的学生林清菲跑过来，轻轻勾着清芳的脖子，咯咯笑道。

清芳见了她这调皮样子，也是扑哧笑出来，用手刮刮她鼻子："眼看就十七岁了，还像个孩子。"

林清菲放开手，四下望望，吐吐舌头："我那个老爱说'小孩子莫谈国事'的姐夫不在啊？"

"他今晚参加戴将军的会议，不会这么早回来的。"

清芳一边吩咐翠寒去厨房多准备几个菜，一边牵着清菲的手，姐妹俩亲亲热热地走进屋里，坐在八仙桌边，吃着榛子瓜子，聊着天。

清菲仔细看了看清芳手腕上的翠玉手镯和脖子上的玛瑙项链，扬了扬眉毛："姐姐，要说姐夫也算对你用心。可是，我就是不明白这些男人，他既然喜欢姐姐，为什么又娶了那个唱戏的姑娘当小老婆呢？刚才我走进院子的时候，正遇见她，她直勾勾地盯着我看，眼神里全是怨毒之色。我看，她肯定很恨姐姐。"

清芳沉默半晌，拿起紫砂壶给清菲倒了杯茶，幽幽说道："其实，菊仙真是个痴情的女子，她是真心爱你姐夫的。"

清菲喝了口茶，疑惑地望了她一眼——姐姐这话听着古怪，菊仙是真心爱姐夫的，倒像把她自己撇清了，难道她自己不是真心爱姐夫？

清芳也觉得自己有些失言，忙岔开话题，问起清菲学校里的事情。

清菲立即放下杯子，兴致勃勃地和她谈起学生会的事情，如何制作标语，如何宣传抗日，如何策划抵制日货的游行。说到兴奋处，她眼眸明亮如星，起身，抬起手打着拍子唱了起来："小小日本真可恨，无故强占东三省，修道归屯还不算，并且烧杀带奸淫。小小朋友要听真，快快都来打日本，起来起来都起来，快把武装拿在手……"

清芳久在深宅，乍听到这些新鲜的事情，又听到这样铿锵的歌曲，心中不由得热血沸腾，合着节奏也跟着哼唱起来。

一曲唱罢，姐妹俩相视而笑，清芳道："小妹，你们的生活真有意思，不像我这个少奶奶，不死不活的，都觉得成了个老妪了。"

清菲握住她的手，悄声道："姐姐，以后你别老闷在家里了，别闷出病来，多去我们学校走走，参加我们的活动，为抗日尽一份力！"

清芳点点头，突然又忧虑道："小妹，我这两天总是听你姐夫话里话外透出来，日本人不断向南京政府施压，南京方面已经向各地下了令，要严格防范学生的抗日活动。戴将军虽然不满，但是碍于军令，也不得不做些表面文章。所以，这阵子江城军方怕是要对学生活动下手，你回去告诉你们同学，千万要小心。还有你自己，游行这类抛头露面的事最好就不要去了。"

清菲微微皱起眉，甜美的脸庞变得严肃起来，声调微微高起来："姐姐，东三省已经沦陷，国人却还活得浑浑噩噩，日本人的狼子野心何止如此，他们将来一定是会设法吞并整个中国！如果每个人都害怕不出去做点什么的话，只怕将来都要当亡国奴了，所以，我们不能害怕。但是，姐姐你放心，我一定会非常小心的。"

清芳只觉得心里沉甸甸的，她抓紧妹妹的手，急切地嘱咐道："小妹，莫问国事，我们身为女子能明哲保身就可以了，何必涉及复杂的政治呢？离开家时，我答应过娘，一定照顾好你，不能让你出任何事。"

清菲摇头道："姐姐，你错了，国家是我们大家的国家，国若亡了，个人又如何能明哲保身？"

姐妹俩正说话间，竹制的帘子一掀，汪学礼笑嘻嘻地跨进门来。

"果然是小姨子来了，早上我就听到窗子外面的喜鹊喳喳叫呢！"

清菲忙起身唤了声姐夫，她虽然不喜欢汪学礼的做派，但是，礼数还是十分周全的。

汪学礼脱了军服，换了件家常的白色褂子，在桌边坐下。清芳去门口吩咐了几句，不一会儿，几样地道的徽州菜就端上了桌，因为清菲到来，还特意加了个一品锅。

黄铜锅子里的汤汁嘟嘟地响着，冒着微微的热气。

汪学礼拿起银筷子，夹了一只翡翠圆子给清菲，含笑问道："小妹，你这几天在学校里忙着什么呢？听说你们那个汇文女子中学的学生会是活动最多的，说给姐夫听听。"

清菲一边吃一边淡淡回答道："我们不过就是做做女孩子的玩意，做做手工，唱唱歌什么的，姐夫你干的都是国家大事，不会感兴趣的。"

清菲的一个软钉子倒让汪学礼有些讪讪的。

清芳瞧出清菲的不快，忙问汪学礼："你不是说今天戴将军要给你们开会开到很晚，怎么这么早就回来了？"

汪学礼尴尬地笑笑："本来我是要参加会议的，但是戴将军有一份紧急公文要连夜送到南京去，别人去，他都不放心，指了名让我去。所以，我就没有参加会议，回来吃个饭，马上就要赶去南京，车在外面等着呢。"

有汪学礼在座，清菲始终别别扭扭，勉强吃了半碗饭，就放下碗，出门找翠寒、迎春说话去了。清芳陪着汪学礼吃完饭，闲话了几句，又赶着帮他收拾了几件换洗的衣服，送他出门。

此时，江城正是万家灯火时，无论朱门绣户还是贫寒人家，都是点了灯，一家人围坐桌旁，其乐融融。春夜还略略飘着些寒气，清芳凝望着远去的汽车，不由得裹紧了身上的披肩，转身缓缓走回院子里。

院子里，一株海棠花开得正好，簇生着一团团粉色的花瓣，散发着一股若有若无的香气，清芳不由得凑上前去，微微嗅着。

不知道为什么，她突然有种奇异的感觉，似乎有人在院子外面凝视着她，猛地抬头望去，却只见沉沉的夜色中，卖馄饨的小推车还停在巷口，车上还闪着幽幽的烛光，那口大铝锅里隐隐冒着缕缕热气。

清芳想起清菲就爱吃这小馄饨，忙唤着翠寒出门去买几碗馄饨充当夜宵。于是，几个人围着吃了热腾腾的馄饨，聊着天，一晚上的时光很快过去了。

第二天一大早，不经意间，雨丝缓缓地飘了起来，满街的人都撑起了明黄色的油纸伞。

清菲坐着黄包车去了学校，汪学礼不在家，菊仙整天在外找些小姐妹搓麻将，连清芳的院门也不踏一步。

清芳也乐得不和她周旋，只略略喝了几口粥，就闷在屋子里读《红楼梦》。

看了大半，看到《林黛玉焚稿断痴情》一节，不由得放下书，深深叹了口气，看看窗外灰蒙蒙的天空，淅淅沥沥下个不停的雨，靠在床上倦倦地睡去。

"少奶奶，不好了！"几声急切的呼唤。清芳猛地翻身坐起，只见翠寒焦急地搓着手。

"怎么了，翠寒？"

"少奶奶，不好了，刚才一位穿学生服的少爷到咱们府上来了，说是二小姐在学校里被军警抓走了！"

"什么！"清芳只觉得脑子蒙了一下，后背上渗出了一层细密的冷汗。

"来人呢？在哪里？"她抓住翠寒的手，追问。

"说是姓谢，他急得脸色煞白，却不肯进门，就在大门外的一辆汽车上等着，让少奶奶你快去！"

清芳这时反而镇定下来，她明白慌张亦是无用，汪学礼一时半会儿回不来，而警察局那阴森的牢房想起来就令人不寒而栗，她必须得自己拿主意去设法营救妹妹。

清芳忙走到梳妆台抽屉里拿出一沓子钞票来，塞进自己的绵羊皮镶珍珠的手提包中，想了想，又打开首饰盒，把汪学礼平时送自己的几件贵重项链戒指都塞进包里。这时，翠寒早就利索地帮她备好了紫色羊毛大衣和同色的帽子。

清芳穿戴整齐，拿着手提包走到房门前，又折返身去，去高脚柜的一只抽屉中，拿出了汪学礼的军部特别通行证，瞧了瞧，放进口袋中。

清芳急匆匆快步走下青石台阶，翠寒紧跟其后，帮她撑着黑色的洋伞。清芳一眼就望见了黑色轿车边那个抬头张望的年轻人，准确地说，他还只是个面容俊秀的少年，嘴唇边刚冒出软茸茸的胡须，心中虽然燃烧着热烈的火焰，却还不太明白爱情的含义。

"清芳姐，我是谢天华，清菲的同学，她们被捕了，情况很危险，我们快去救清菲吧！"他一看见清芳就快步迎上去，微微欠身说道。

清芳望着他，微微点头。谢天华的名字她曾经几次听到清菲口中提过，知道他比清菲高一届，父亲也是徽州出身的商人，开着江城最大的茶叶商铺。他原是公子哥性情，横竖是独子，将来必定继承家业，上学也不十分认真读书，不过是为了玩玩。

不过，自从他在学校的汇演上看了清菲演的话剧，不知怎么就着了迷，三天两头往学生会跑，帮着忙前忙后。

起初清菲并不理他，但是日子久了，也看出他单纯热情，于是两人倒是亲密起来，经常同进同出，颇有几分情侣的意思。整座汇文中学里，他们俩也算是风头人物，虽有不少嫉妒的眼光，但是大多数人倒是都说他们郎才女貌，天生的一对。

清芳坐进汽车里，谢天华一边开车一边跟她细细说了说当时的情形。原来，江城的学生抗日自救会策划了一次规模很大的反日游行，将于后天进行，清菲今天一早就在学校的小礼堂里对各年级的学生干部做游行的动员演讲。她正讲到慷慨激昂处，礼堂的门突然被推开，一群警察冲了进来，不由分说就喝令清菲从台上下来，又抓了在场的一些学生会干部，推推搡搡，把一群学生都带走了，还搜走了一批传单和标语。

学校的老师和校长虽然竭力辩解，却抵不住那些如狼似虎的警察，只能眼睁睁地看着警车呼啸而去。

"都怪我，昨天我爷爷做寿，我和父母一起赶回老家祝寿，正好没参加这次活动。要是我在场，豁出命去也不会让他们把清菲带走。"谢天华懊丧地皱起眉头。

清芳安慰道："他们都是警察，手里有枪，就算你在也没用。我们马上赶去警察局，那个警察局长和清菲的姐夫有些交情。我去见见他，好言恳求，看看能不能把清菲先救出来，再想办法去救你们那些同学。"

夜色渐渐浓了，轿车在黑色的雨丝中行驶着，车轮不时在颠簸的马路上溅起小小的水花。清芳紧紧抱住那个镶珍珠的手提包，心也随着车轮上下起伏。

到了警察局门前，清芳和谢天华下车，刚走到那扇黑色大门前，就被门房里走出来的一个穿便装、歪戴帽子的黑脸小个子拦住了。

"什么人？大晚上跑来有什么急事？"

谢天华抢着答道："我们找警察署长。"

"呵呵，你小子是什么鸟，开口就要见我们署长，署长是你想见就见的？"

黑脸小个子斜着眼上下打量着谢天华。

谢天华到底少年气盛，而且从未受过气，刚要张嘴理论，被清芳一个眼神止住。她从手包里悄悄掏出几张票子，递过去，温言道："这位警官，我们是有件急事，才来求见署长大人的，这里有点小小意思，劳驾您传个话！"

黑脸小个子一见清芳容貌出众，又是这样的穿着气度，立刻态度大变，收了钞票，谄笑道："夫人，您这么客气，怎么好意思呢？署长大人确实已经休息了，不便打扰，要不您二位明天一早来，我一定为你们通报。"

清芳略一思量，从包里取出了汪学礼的特别通行证，扬了扬，轻声道："这位警官，我是军部参谋汪学礼的内子，因为我的小妹年轻不懂事，参与了一些学生活动，今天被你们的人抓了。我只是想面见一下署长大人，陈情一下，万望您通融，务必帮着转告一声，此情一定后谢！"

黑脸小个子面露惊异之色，又见清芳双眼微微含悲凝视他，立时身子酥了一半，凑近清芳，压低声音道："是汪太太啊！我是特别支队队长黄有德，我与汪参谋曾经有过一面之缘，也算相识。您是说今天刚刚抓来的那批学生啊，据说是亲共分子，在别处关押。哎呀，实话告诉您吧，今晚署长就是去连夜突审这批学生，这会儿确实不在局里。"

清芳听了只觉得眼前一黑，亲共分子，夜审，她虽然是身处深宅，但是也知道这些字眼意味着什么，如果此言属实，清菲就不仅是牢狱之灾，还很可能有生命之虞。她身子晃了晃，被旁边撑着伞的谢天华一把扶住。

黄有德见状忙安慰道："汪太太，您先别急，一时半会儿的还定不下罪名，您千金贵体的，大晚上的别奔波了。再说你一个女人也说不上话的，还是赶紧联络汪参谋，等他回来拿主意吧！"

清芳谢了他，和谢天华一起回到车里。两人坐着半天都没说话，只有车窗外豆大的雨点轻轻敲打着玻璃。

"清芳姐，我想还是回家去求我父亲吧！他认识很多江城的政要，甚至南京方面，我们家也有熟人。我一想到清菲要受这些黑狗子的折磨，我一刻也忍不了。"谢天华的声音微微发颤。

清芳强自镇定了一下，说道："也好，你赶紧回家请你父亲帮忙，大家都去想办法，总能帮到清菲。"

谢天华发动了汽车，说道："清芳姐，我先送你回家，雨这么大，根本找不到黄包车的。"

"不。"清芳咬了咬嘴唇，"送我去徽州日报馆！"

狂风肆虐地掠过天地，雨丝渐渐织成了细密的网，整个城市在风雨中飘摇。

清芳一步步走进了徽州日报馆那幢略显陈旧的灰色楼房。寂静的楼道中，只听得见她那高跟鞋踏着清脆的声响。她手中的黑色洋伞滴下一串长长的水迹，犹如她此刻混乱的心情。

清芳不知道自己为什么会来到报馆，在这样的雨夜，她应该回家，或者设法联络汪学礼来营救小妹，但是心底却有一个声音在呼唤着，拉扯着，推搡着她来到这儿。

走廊里一个办公室的门开着，一个烫着卷发，穿米黄色雪绸洋装的年轻女子手拿一沓档案袋走了出来。她看见清芳停住了脚步，微微笑道："小姐，这么晚了，请问你找谁？是来反映什么新闻线索的吗？我是今晚的值班记者，叫白蝶，你有什么事可以告诉我。"

清芳顿住脚步，脸色微微泛红，垂头半晌，鼓起勇气，问道："白小姐，请问，你们报馆的主笔，顾达飞先生在吗？"

"顾主笔？你找他啊！"白蝶微微惊诧，抬手一指走廊尽头的那间办公室，"据我的观察，他基本上都是后半夜才离开报馆的。现在应该就在那间暗房里冲洗照片，你可以去找找看。"

清芳点点头："谢谢，白小姐。"

白蝶嫣然一笑："不客气！"随即轻盈地往走廊另一头走去。

走到那间暗房，不过十来步的距离，但是清芳却觉得无比漫长，她的脚软绵绵的，一点力气也没有。搁下伞，就在手握住门把手的那一刻，她仍然犹豫不已，甚至想转身离去。

门呼的一下被人从里面拉开了，清芳被吓了一跳，一个头发乱蓬蓬的男子冲了出来，差点撞到清芳。他不悦地抬起头，望了一眼，突然愣住了。

"清芳！怎么是你？"顾达飞声调里满是掩不住的惊喜和温柔。

清芳觉得一股热泪冲到眼中，但又被她硬生生忍住了，她颤声道："顾先生，真不好意思，这么晚来打扰你，我家里出了点事情。"

顾达飞瞬间有些恍惚，注视着她，她两只手轻轻地绞在一起，白生生的腕子上，两只翠绿的玉镯子微微颤动着。

他心里闪过一丝念头，这样的凄风冷夜，她必定是受了寒气，不由得想伸出手去握住她的双手，但是，转念又觉得不妥，忙轻声问道："淋了雨吧，是不是很冷？先到我办公室来，坐下喝口热茶暖和一下再说。"

顾达飞办公桌上的一盏老式台灯射出柔和的灯光，一大杯热乎乎的红茶被清芳紧紧攥住，袅袅的热气不断从杯子中飘出，在橘红色的灯光和白色的雾气中，清芳的脸庞若隐若现。

"清芳，你家里出了什么事？"顾达飞靠在另一张办公桌上，凝视着她，柔声问。

清芳缓缓喝了一口水，道："我妹妹清菲今天在学校里被军警逮捕了，罪名是因为是她参与了抗日游行，有通共的嫌疑。我刚才去了警察署，可是根本没能见到她，据说她和同学们被秘密关押，还要连夜审问。我真是害怕极了，但又不知道该怎么办，于是，我就不知不觉来到这儿。"

顾达飞眼光一闪，说道："你妹妹就是今天在汇文中学被捕的学生之一？我正在密切关注这件事，原本还打算连夜写一篇报道发在明天的头版，呼吁全社会来关注这件事，但是被总编制止了，所以心情非常不好，刚才正在暗房里生闷气，谁知道一开门就碰上了你。"

他稍一沉吟，疑惑地问道："可是，清芳，你丈夫他是军部参谋，身居要职，要营救你妹妹，他应该是最能说得上话的。你为什么不找他帮忙，难道他不愿意帮你？"

说到这儿，他顿住，似乎自己也不知道该不该说下去。

清芳轻轻地哆嗦了一下，轻声道："你怎么这么清楚我的情况？"

顾达飞有些尴尬地笑道："你忘了，我是记者，记者的专长就是打听事情。其实，那天和你分手，你进了戏园子后，我回到报馆，就开始动用我的一切资源打听你的消息。很快，我就了解得很清楚，你父亲是徽州商人，你在师大上到二年级就辍学回家，奉父母之命嫁给了汪参谋。住在儒林街，家里除了你们夫妻，还有一个姨太太。其实，我经常在街对面悄悄看着你，你每天基本不怎么出门，但是傍晚必定会在院子里浇花，而且，你最喜欢的花就是粉色的海棠，所以院子里种了很多。你最喜欢吃的是小馄饨，你妹妹常来，我也见过她，是个很可爱的女孩子。"

清芳猛地抬头注视着他，惊诧道："原来是你，怪不得，怪不得我最近老是觉得有人在院子外面看着我。原来是你，顾先生！"

顾达飞自觉失言，歉然道："抱歉，清芳，我太鲁莽了！其实我没任何企图的，只是想看看你。"

清芳见他这模样，也轻声道："不，我没怪你，只是，只是……"

她轻轻叹了口气，垂下头，两人一时都无语。沉默了半晌，顾达飞才决然道："清芳，我想，要救你妹妹，为今之计只有去见一个人。整个江城，现在也许只有这个人能为这些被捕的学生说句话。"

清芳亮晶晶的瞳孔中闪过一丝光芒，脱口而出："戴将军！"

"就是他！他素来痛恨日本人，多次在公开场合倡导过把日本人赶出东三省去，也只有他，才能对警察署署长刘秋生施加压力，让他释放那些被捕的学生。"

顾达飞拿起搭在椅背上的外套，一边穿上，一边急促地说道："清芳，我们快走，马上去求见戴将军，事不宜迟，迟则生变！正好我们廖总编的车今晚停在外面，我们就开他的车去。"

清芳放下杯子，点点头，立刻起身。

两人前后走出办公室，快步穿过长长的走廊，头顶的一排汽灯散发出晕黄的光芒，不断掠过清芳的眸子。顾达飞的身上散发着一股温暖的气息，她突然间不再慌乱。

"顾主笔，这么晚了，你们去哪儿？"一个女子的声音在他们身后响起。

顾达飞和清芳停住脚步，转过身去，原来就是刚才和清芳说话的那个白蝶，她脸上写满了狐疑。

清芳有些说不出的慌乱，顾达飞却泰然自若。

"白蝶，你怎么还没走？夜已经深了，赶紧回家吧。这位是林小姐，我要陪她去一趟军部，有重要的事情求见戴将军。"

白蝶的眼光在清芳的脸上意味深长地打了个转，点了点头。

当两人一走出报馆的大门，飘泼的雨势就扑面而来。车子停在马路对面的德国洋行门前，顾达飞撑起那把黑色的洋伞，护着清芳，在大雨中艰难地穿过马路。等坐进车里，清芳才发觉原来顾达飞只顾着谦让自己，身子湿了大半边。

"顾先生，你都淋湿了！"

顾达飞一边发动汽车，一边道："别这么客气了，老是顾先生顾先生的，我比你大，你就叫我老顾吧，叫我达飞也行。"

老顾！达飞！清芳在心里唤了一遍，终觉不妥，只是含糊地叫了声："顾大哥，多谢你肯陪我去见戴将军。"

顾达飞直视着前方，车灯在黑色的雨幕中不断撕开一道道缝隙。

"清芳，千万别这么说，就算今天你不来，我也会设法求见戴将军的，这些学生都是国家未来的栋梁，绝不能让他们就这么被害。"

轿车在黑色的雨幕中无声地穿行着，清芳只听得见雨点敲打车顶噼噼啪啪的声响。车玻璃上刮雨器轻轻来回晃动，雨水不断倾泻而下，像极了播放电影的幕布，正不断地变换着场景。

一瞬间，妹妹清菲的脸庞出现在车玻璃上，她头发散乱，脸带泪痕，似乎正在遭受折磨。

"小妹，你千万不能有事！"清芳不由得心生寒意，喃喃自语。

"别担心！清芳，据我所知，警察署的人一开始一定会先劝说他们不要参加抗日活动，再看看这些人中有没有有家世背景的，看看能不能捞些油水，最后才会动刑。"

顾达飞的声音里含着股令人安定的力量，清芳的心稍稍平静了些。

车子拐过一个街口，远远的，借着路灯微弱的光，清芳看见了天主教堂的尖顶。她知道，戴将军的夫人笃信天主教，所以府邸就设在离教堂不远处的丁香巷内。

停下车子，顾达飞撑开洋伞，两人并肩沿着曲折的青石板路往深深的巷子中走去。顾达飞的身子倾着，努力把伞撑在清芳的头顶上。在浮动着的黑暗中，清芳嗅到顾达飞身上飘散着一股淡淡的油墨味。

两人刚走近那两扇黑漆大门，就有两个全副武装的哨兵迎上来，大声喝道："什么人，站住！这里是军事禁地，不知道吗？"

两人停住脚步，顾达飞提高声调道："我们是有重要的事情来求见戴将军的，深夜造访，情非得已，麻烦这位长官通传一声。"说着，他递上了自己的记者证。

清芳也鼓了鼓勇气，从随身的小包里掏出了那张特别通行证，递给其中的一个哨兵。

哨兵狐疑地接过通行证，扫了几眼，又上下打量着清芳和顾达飞，大概是觉得这两人气质高雅，绝非匪类。于是点点头，吩咐两人先在门外等候，自己则拿着证件转身走进了黑漆漆的大门里。

等待的时间异常漫长，尽管已经是春天，深夜的风也渗透着寒意。清芳微微哆嗦了一下，顾达飞感觉到了，低头轻轻问道："冷吗？"清芳点点头，裹紧了身上的紫色大衣。

顾达飞迟疑了片刻，自己也不知道怎么生出一股勇气，突然伸出双手轻轻握住了清芳的手。他只觉得她的手指纤长而微凉，像某种稀世的玉石，令人心生怜惜。

清芳颤抖了一下，没挣扎，只是任他握着。一瞬间，四周的雨声似乎渐渐散去，天地间好似只剩下他们两人。

不知过了多久，大门终于打开，一位管事模样的中年男人提着一盏防雨灯走了出来。清芳和顾达飞举目望去，他微微躬身对清芳道："汪太太，顾记者，你们可以进去了，戴将军在书房等你们。"

两人道了谢，随着这管事的走进院门，原来这宅子极大，仿造苏州园林的样式所建，玲珑别致，曲径幽深。三人沿着回廊一路往里，穿过几层院落，直走到一扇葫芦形院门前，门上深深镌刻着"慎思"两个篆字。

管事的上前轻轻叩打门环，不一会儿，门吱呀开了，一个极机灵的小丫鬟引着清芳和顾达飞一直走到院子南边的正房前。雕花木门被轻轻推开，丫鬟悄然退下，清芳和顾达飞惴惴地跨进门槛。屋内一色的紫檀木家具，古朴典雅，并无多余奢侈的摆设，只是墙上悬着几幅字轴而已。

一个正站在书架前的中年男子缓缓转过身，他身材并不是特别魁梧，但气度惊人，剑眉浓密，一双眸子锐利如鹰，令人不敢直视。不用说，他一定就是那位被誉为黄埔精英的陆军中将戴正平。

"戴将军，您好！"清芳和顾达飞忙止步问好。

戴正平走回书桌后坐下，把手一挥，说道："汪太太，顾记者，不必拘礼，两位请坐吧！"

待两人在旁边的紫檀木椅子上坐下，小丫鬟已经利索地送上了两杯清香怡人的毛峰。

戴正平望了望清芳，温言道："你就是学礼的太太？早听说学礼娶的太太才貌双全，今天一见，果然啊！"

清芳脸上一红，忙微微欠身道："将军谬赞了，我对您闻名已久，只是一直无缘相见，今天冒昧来访，实在唐突！"

戴正平微笑点点头，又把眼光转向顾达飞："这位是顾先生吧？你的文章我也看了不少，文笔犀利，才情横溢，特别难得是还充满了爱国热情。听说你去年去了绥远战场做战地采访，年轻才俊就是应该有你这样的勇气，国家才有将来。说说吧，你们两位深夜专程来一趟，肯定有很重要的事情吧？"

顾达飞酝酿了片刻，望了一眼清芳，缓缓道："戴将军，深夜来造访，打扰您休息，实在是情非得已。今早汇文中学的一批学生因为举行抗日活动无辜在学校被捕，想必您已经听说了。汪太太的妹妹也在这批学生之列，她不得已找到报馆，于是我陪她过来恳请将军，救救这批爱国的学生。"

戴正平脸色一凛，说道："这个事情我已经知道了。不瞒两位，因为近来日本人一直在蠢蠢欲动，在东北制造事端，所以南京方面在处理抗日的问题上内部争论不休，也非常谨慎。前天，南京方面派了一专员过来，说是巡查江防事务，其实也是暗中看看各地民众反日的情绪。刘署长可能也是碍于这种压力，才在今天下令逮捕一批准备举行反日游行的学生。"

清芳此时难以抑制，颤声道："将军，求你救救我妹妹，还有她的同学们，她们只不过因为热爱这个国家，爱国无罪！"

顾达飞也跟着道："是啊，戴将军。国家多难，东三省沦陷，目前南京政府虽然偏安，但是，日本人是嗜血猛兽，绝不会就此罢休，明眼人都看得出，他们的目的是吞并整个中华。国家正需要青年学子们为国出力，如果因为抗日爱国而被政府治罪，足令天下学子寒心啊！”

他本来口才极好，说着不由得提高了声调，慷慨激昂，听之令人动容。

戴正平猛地起身，来回在屋里踱了几个来回，沉声道：“说得好，说得好，爱国无罪！爱国如果都成了罪名，那么，国家还有什么希望！”

他停住脚步，转身凝望着清芳和顾达飞，目光炯炯。

“顾先生，我痴长了你几岁，就叫你达飞吧。达飞，你放心，江城有我戴正平在，不会让这些爱国的学子白白受苦，相信刘署长今晚也不会过分难为他们。明天一早，我就去警察署，相信我，这些孩子不会受到伤害。”

说着，他又安慰清芳道：“学礼媳妇，学礼这趟就是专为到南京帮我送呈委员长的信函。在信里，我已经力陈抗日之迫切和必要，相信，委员长看了也必会有所触动。你放心回家去休息，明天你的小妹一定可以回家了。”

顾达飞和清芳互相望了一眼，几乎是同时冲口而出：“谢谢，谢谢将军！”

走出戴府宅门，风势已经渐小，雨丝还若有若无地飘着，月亮在黑沉沉的天空中半隐半现。

两人没有撑伞，并肩走过幽暗的巷子，在巷口的一株广玉兰树下站住。

透过叶子的缝隙，惨淡的月光落在清芳的眸子里，闪着钻石般莹莹的光。清芳如卸下千斤大石般说道：“顾大哥，戴将军真是好人。这下我就放心了，小妹和她的同学有救了。”

顾达飞比清芳恰好高出半个头，这时又离她格外近，只觉得她发间飘荡着一股日似有若无的幽香，心微微地跳着。

“戴将军虽然可以暂时救出这些学生，但是，南京政府对抗日的态度要是总这么暧昧不清，只怕日本人会更加骄狂，迟早他们的铁蹄会踏到我们的身上。”

清芳的眸子里多了些忧伤，正色道：“是啊，国家现在这个样子，位卑未敢忘忧国，我们总是要尽力要做点什么。顾大哥，以后你们报馆若是举办什么为抗日做宣传的活动，只要告诉我一声，我一定会尽力！”

顾达飞只觉得心里荡过一层悠悠的涟漪，缓缓道："清芳，每次见你，你都令我惊喜。第一次在梅树下，你飘飘然有出世之态，我还以为你是不懂人间疾苦的仙子。今天见到你，却突然发觉你美丽的外表下却蕴藏着惊人的勇气，敢深夜来报馆，敢面见戴将军，敢慷慨谈起抗日。可惜无法天天见到你，不然，你会给我多少惊喜、多少感动！"

说到动情处，顾达飞眼中已经明白地泄露了心底的情意。清芳亦是面红耳赤，芳心大乱。幸好夜色深沉，她不由得垂下头，伸出手拂了一下脸颊。

夜风吹过，一瓣玉兰花恰好被吹下树枝，落在清芳发丝上。顾达飞一时心神恍惚，伸出一只手轻轻取下那洁白的花瓣，握在手中，愣愣地出神，心中如翻江倒海般，似有千言万语，却一句也说不出来。

清芳抬头见他的神态，心中一绞，掩饰道："顾大哥，夜很深了，你先送我回去吧，然后你也该回去休息了，明天你还要上班呢。"

顾达飞如梦初醒般，点点头，感伤道："是，是该送你回去了，家里人该担心了。"

一路上，两人默默无语，顾达飞怕清芳觉得气闷，半摇下车窗，让夜风徐徐吹进来。冷冽的风不断轻轻拂动清芳的发丝，她心中如涨满了春水的山涧，哗哗地流淌。悄悄瞥了一眼正在开车的顾达飞，只见他直视前方，英挺的眉毛微微皱着，侧面的轮廓在淡淡的月光中显得格外清晰。

两人都不由得在心里暗暗千转百回，终于，还是顾达飞打破沉默，说了句没头没脑的话："清芳，你回去后，要多保重。这样的乱世之中，有个强健的身体是最重要的。"

清芳只觉得他这话听来像是后会无期，临别叮嘱，心中酸酸的，好半晌，轻声道："请顾大哥也保重，报馆里虽然忙，也不要天天熬得那么晚，就算是铁人也熬不住的。我，读者们都还等着看你的好文章呢！"

她声音里透出的那种温柔，真叫顾达飞热血沸腾起来，他只有更紧地握住方向盘。车子此时就如一叶孤舟，四周浓重的夜色就如大海般翻卷起来。

第四章　庭院深深

这一晚，清芳回到家里就觉得浑身不舒服，沉沉睡去。她素来身子强健，但是，这次淋了雨，心里郁结，后半夜就翻来覆去，迷迷糊糊地哼哼着要喝水。

还是外间的翠寒睡得轻，听见了，赶忙跑进来，一摸清芳的额头，才知道发了烧。整个人烧得滚烫，背后却没有一滴汗。汪学礼不在家，菊仙不管不问，亏得翠寒和迎春尽力照顾，差人连夜请了相熟的医生来，喝了两服药下去，才发出汗来。

清芳在床上昏昏沉沉睡了一天，熬到傍晚，才有了些精神。她微微睁开眼，勉强撑起身体，哑声唤翠寒。

翠寒忙俯身帮她掖好被角，关心道："少奶奶，您快躺好，千万别动。大夫说您寒气进了肺，再也不能着凉了。"

清芳颤声道："翠寒，快叫人去警察署那边打听消息。昨晚，戴将军已经答应了我今天要放了小妹她们，不知道今天她能不能平安出来。"

翠寒忙安慰道："少奶奶，您别担心了。今天一大早，有一位姓顾的先生就打过电话来，说是您的朋友，还说他会去警察署守着，二小姐一旦放出来就马上送回来，让您放心，在家好好休息。"

清芳一听姓顾，心中一荡，不由得咳了几声，忙抓住翠寒的手，轻声追问："那你有没有告诉他我病了？"

翠寒疑惑道："那倒没有，他也没说让您接电话，只是让我转告您，让您安心，就把电话挂了。后来，大少爷又打了个电话回来，听说您病了，挺着急，但是他那边一时还走不开，只说让我跟二姨太太说，让她过来好好照顾，他尽量明天赶回来。但是那位二姨太太，整天不见个人影，一大早就打扮得花枝招展地出门打牌听戏去了，让我上哪儿找去。"

清芳听了，长长舒了口气，缓缓躺回到枕头上，微微闭上了眼，淡淡道："随她去吧，她本来是个心高气傲的人，做了姨太太，怎么会开心？何必再勉强她来照顾我。"

她一心只想着顾达飞若知道她生病了，只怕会担心不已，至于菊仙过不过来照顾，倒是丝毫不介意。

等迎春熬好了米粥送来，清芳靠在床上，翠寒一勺一勺地喂着。清芳心里惦记着顾达飞是否接到了清菲，终是心神不宁，勉强吃了几口。

门外，突然传来菊仙又尖又细的笑声："呀，这不是我们家二小姐吗？听说你去警察局当了贵客，这么快就回来了？"

"是啊，二姨太，让您失望了，警察署长不仅没有难为我，反而请我吃了顿大餐。"清菲的声音又清又亮，听着让人精神一振。

话声未落，门帘一掀，穿着蓝衣黑裙的清菲一脚跨了进来，虽然神情略显疲惫，但是一双大眼睛还是很是忽闪着，很有光彩。

清芳惊喜地伸出双手，叫道："小妹，你可算回来了！快，让姐姐看看，你怎么样了？"

清菲忙快步走到床沿边，扑进清芳的怀里，盈盈笑道："姐姐，我挺好的，真的，一根汗毛都没少，你放心。"

清芳仔仔细细地看她，除了脸色有些苍白外，果然并没有伤痕，心里才放下千斤巨石。迎春和翠寒也忙围上来，一沓迭声地问这问那，家里的两个老妈子也都笑着说清芳要去广济寺上香才行。

就连这几日从来不上清芳屋里来的菊仙，也走进来，笑着抓着清菲的手，一个劲地说她的面相大富大贵，这番没事，以后必能嫁个当大官的。清菲只是撇撇嘴，不理她。倒是清芳不好意思，陪着她说了几句话。

等众人都散去，屋里只剩下了姐妹俩，清菲美滋滋地吃着银耳莲子羹。清芳此时精神也好了很多，下床坐在桌边笑盈盈地看着清菲吃粥。

清菲一边吃，一边还叽叽喳喳地说话："姐姐，你是不知道，昨晚在警察署的牢房里，那些老鼠就在我脚边跑来跑去的，雪琴她们都害怕极了，我强撑着，还挺身保护她们，其实我心里也害怕极了。听警察署的人说，这次多亏了戴将军出面，亲自帮我们陈情，我们一帮子同学才被释放出来。他真是一位大英雄，可惜，我要是能见上一面就好了！"

清芳微笑道："戴将军，我倒是亲自见到了，果然是一位真英雄。以后，有缘你总能见得到的。"

"哦，对了，姐姐，我今天一走出警察署，就有一位顾先生走过来接我，说是报馆的记者，长得文质彬彬的，谈吐也极有礼貌，还把我们几个女孩子一个个都送到了家。最后，送我到这儿的时候，我请他进来坐，他却执意不肯，只是让我转告你，让你保重身体，就急匆匆开车走了。他是你的朋友吗？"

清芳眼前突然现出了顾达飞的脸庞，他什么也不说，只是望着她，目光温柔似秋水，半晌，抬起手，在她发间，摘去一瓣玉兰花瓣。

清菲见姐姐突然间沉默起来，眼光似乎飘向远远的什么地方，眉眼间漾起一层淡淡的忧伤，就停住了话语。好半天，她小心翼翼地问道："姐姐，你怎么了？"

清芳这才回过神来，掩饰道："没什么，只是突然想到，该写封信给父亲母亲，告知一下我们最近的情况，让他们二老安心。"

清菲何等聪明，自然猜得出姐姐这种失态和那位顾先生有关，但是见她不愿多说，便不再追问。姐妹间又闲话了几句，清芳让清菲在家里休息几天，等精神养好了再去学校。

正在此时，翠寒一掀门帘进来，眉眼中藏着笑，道："少奶奶，二小姐，那位谢少爷来了，正在外面客厅等着呢，说是听说二小姐回来了，要亲眼看看才放心。"

清菲一听，嘟起嘴道："这个谢大公子，光会说，昨天搞活动的时候他也不参加，我被捕的时候也看不到他的影子，现在倒是来献什么殷勤，不见！"

"那你可冤枉人家了，昨晚他听说你被捕，急得真恨不得立刻杀身成仁。"清芳简略地把昨晚谢天华来找自己，陪自己去警察署，后来又去见戴将军等等叙述了一下，只没提顾达飞的名字。

清菲这才转嗔为喜，扑哧一笑："原来他还这么勇敢呢！"

清芳用手指点点她额头，道："快去吧，别让小谢等得心急，人家可是真心关心你。"

清菲撒娇似的皱皱鼻子，才答应着转身跑出门去。

翠寒望着她的背影笑着说："二小姐到底还是个孩子，但是看她和这位谢少爷的情形，怕是过两年也要出嫁了。"

清芳淡淡笑道："她这样多好，两人志同道合，在一起做着喜欢的事情，比那些婚前见都没见过的强多了。"说着，不由得想到自己这段婚姻，神色黯淡下来。

翠寒瞧她好像神情萎顿，担心她大病未愈，过于疲劳，忙劝她上床休息。清芳懒懒地靠在床上，却怎么也睡不着，只得拿起枕边那本诗集来看。

正翻到一首《锦瑟》："沧海月明珠有泪，蓝田日暖玉生烟，此情可待成追忆，只是当时已惘然。"

她喃喃地重复着最后两句，只觉得真是无比契合自己此时的心境，她和顾达飞可不是只能成追忆，再见也只是惆怅惘然了。顿时她心中一阵抑制不住的悲伤，顾达飞的脸庞又浮现在脑海中，温柔地凝视着她，什么也不说，眼神中说不清是欢喜还是忧伤。

清芳赶紧放下书，缓缓躺在枕头上，盖好被子，望着床头柜上的那盏翠绿色灯罩的古董台灯，久久出神。

这时节，江城已经是暮春，却乍暖还寒，夜里的风依旧冷冽，吹落了一树的粉色海棠。

清芳又断断续续地在家里养了两三天才痊愈，而清菲是个待不住的人，下棋看书，陪姐姐闲话，住了两三天，就急得什么似的，整天坐卧不宁。

还是清芳看出她的心意，打了电话叫谢天华来接她回学校去住。清芳不放心，反复叮咛了清菲几遍，让她千万注意安全，戴将军虽然能救她一次，却未必能救她第二次。

清菲嘴上答应着，其实心中另有打算。清芳也知道她性子倔强，是不会轻易改变的，还是心悬着半截，隐隐为她担忧。

到第三天深夜，汪学礼才从南京急匆匆赶回来。进了家门，他一头扎进清芳的屋里，见她身体已经恢复得差不多了，又问起清菲也安然无事，这才放了心，坐定喝了几口茶。

翠寒和迎春忙着去准备夜宵，汪学礼笑着说起这番在南京的经历。原来，他奉命去送戴正平的一封信，委员长竟然破例特别召见了他，还颇为赞赏他。尤其是坐在委员长身旁的一个身穿黑色中山装的先生，更是一直凝神看着他，嘴角露着似有似无的笑容。

"这位先生看来一定是位重要人物！"清芳料想能坐在委员长身边的必定身份不凡，轻轻说道。

"那是！"汪学礼放下茶杯，颇为得意地说道，"他老人家就是军统的重要人物，白占亭白主任，和委员长有师徒之情，是委员长身边最能说得上话的人了。果然，第二天，他就单独邀请了我吃饭，并且力邀我到他手下。"

清芳虽然极少出门，但是每天也阅读报纸、收听电台，所以，提起这位白主任，她暗暗一惊。此人是南京政府中一个实权人物，行事狠辣，据说就算是国民党中的军政大员，也都忌惮他三分。

"那你同意了？"

汪学礼轻轻摇头道："这可是大事，我哪会一口答应他。虽然攀上他会离委员长非常近，但此君可是出了名的心狠手辣，要是为他办事办砸了可就要倒霉了。再说，戴将军这里我怎么开口，他一向器重我，知遇之恩不敢忘。所以，我只是含含糊糊地说，如今日本人和我们形势不明，只怕将来要开战，军人得随时准备为国而战。白先生倒也没有强求，只是留下了他的电话，让我随时和他联络。"

清芳轻轻舒了口气，说道："学礼，我也是这么想。这次为了小妹我去面见戴将军，没想到他居然没有丝毫架子，一口答应救人，我更加觉得他是一位真英雄，有民族气节和侠义之心，你跟着他，自然不会走错。"

汪学礼此时在灯下看她，虽然病了一场，两颊都清瘦了，但是俏脸尖尖，眸子如蓄着一泓春水，唇不点自红，更有楚楚可怜的风致。

"清芳，别讨论这些了，几天不见，我可想死你了！"说着，就起身绕过桌子，想捧起她的脸来。

清芳只觉得无比别扭，轻轻挣扎道："翠寒她们一会儿要进来送夜宵点心，你别这样。"

汪学礼哪里肯放手，正欲低头去寻找那抹红唇，突然，门外一个女孩子的叫声响起："大少爷，大少奶奶，你们快去看看吧，二姨太她在屋子里要吞大烟土呢！"

汪学礼一听，身子顿时僵了半边，只得放开清芳，快步走到门前，一掀帘子，原来是伺候菊仙的小莲一脸惊惶地站在院子里。

汪学礼低声喝道："菊仙怎么了？为什么好好的要吞大烟土？她什么时候开始吸上那玩意的？"

小莲颤声答道："二姨太今天晚上本来打扮得很漂亮要出去打牌，后来听说大少爷回来了，就又不出去了，吩咐厨房做了好几个小菜。后来，她在屋里等了好一会儿，没见大少爷您过去，就……就发起脾气，砸了好些个东西，还哭了好久，我们都不敢进去。后来，二姨太就叫我送大烟土进去，我还以为她要抽烟解闷，谁知，她接过大烟土就往嘴里塞，说不想活了，活着没意思，吓得我和荷花赶忙去抢，好说歹说，才把她拉到床上躺着。我让荷花看着，赶忙来禀告您和大少奶奶。"

汪学礼听了脸色铁青，转身问清芳道："菊仙抽大烟的事你知道吗？是从什么时候开始的？"

清芳听出他话语里有责备之意，轻声道："我只是隐隐听管事的提过，说二姨太最近开销大，你不在，我也不便过问她的事情，只是没想到她是在抽鸦片。"

翠寒在一旁小声插嘴道："大少爷，二姨太的脾气您还不知道，平时我们都不敢去她那个院里。再说，她几乎天天出去打牌听戏会小姐妹，大少奶奶这种知书达理的人怎么会去打听她的事呢？"

汪学礼这时也自悔有些失言，柔声道："清芳，你身子刚好，好好休息，我过去看看就来。"

清芳点头，目送他和小莲在夜色中穿过天井，往西跨院而去，心里暗暗叹了口气。她明知今天菊仙寻死必然是因为汪学礼没过去看她，心中不忿，半真半假的要挟。但是，想起这个女子容貌出众，聪明过人，却因为自小家贫流落戏班，当了世人看不起的戏子，成了别人的姨太太，现在又抽上了鸦片，身世实在悲凉。

清芳呆呆发愣，翠寒只当她为汪学礼离去伤感，忙上前劝她保重身体，回房休息。

清芳回到屋里，却在床上辗转几遍无法入眠，干脆起床开了灯，坐在书桌边，展开一张稿纸，抽出笔筒中的狼毫，奋笔疾书起来。

不出一个小时，已经写了几千字，她又仔细看看，斟酌了一下，才提笔郑重地在这篇小说的开头写下了一个题目：《蝶》。

这时，翠寒端了燕窝走进来催她休息，并且告诉她，汪学礼已经在菊仙那边歇了，菊仙也不闹了。

清芳喝了几口燕窝粥，再抬头看看墙上的自鸣钟，已经是午夜时分，一股浓浓的倦意涌上心头，这才把写好的那张稿纸仔细地收进书桌的抽屉中，才上床安心去睡了。

第五章　两情依依

　　江南的春如热恋，来时轰轰烈烈，缠绵入骨，一片醉人的姹紫嫣红，但却转瞬流水落花，悄然逝去。

　　夏季姗姗而来，小城的空气里飘着栀子花的淡淡甜香，悠悠的江风吹得夜空越发纯净，每颗星星看起来都又大又亮，像思念般灼痛着每个人的眼。

　　顾达飞伏在桌前飞快地打着一篇稿子，他拧着眉头，嘴唇的线条绷得紧紧的，手指不停地敲击着键盘，寂静的办公室里只听得见打字机键盘上下跳动的声音。

　　好一会儿，他似乎是打完了，停下来，抽出打字机中的纸张，长长舒了口气，稍微活动了一下脖子，拿起旁边放着的面包，啃了两口，又端起茶杯，却发现已经是喝得干干的。他只得起身去拿搁在地上的暖瓶，却发现暖瓶里竟然也空空如也了。

　　白天办公室里的开水都是门房的老赵头负责送，但此时是深夜，想必他已经睡熟了，于是，顾达飞放弃了喝水的打算，重新坐回桌边。他拉开抽屉，取出了一沓子信来，一封一封地翻看着，每一个信封上都写着同样娟秀的几个瘦金体字：顾达飞先生亲启。

　　他喃喃自语道："清芳！已经是第十封了，这篇小说，你快写完了，千万别放弃啊！"

　　顾达飞用手指轻柔地抚摸着每个信封，仿佛它们都有着自己的灵魂，生怕碰疼了它们。现在这些信就是他最大的心灵慰藉。

　　自从上次一别，他已经有三个多月没面对面地见过清芳了。虽然有时候他会故意在黄昏时分走过汪宅，远远地看一看那所宅子，想象她在院子里给花浇水，在屋子里读书的样子。她是瘦了还是胖了？她的眉间还蓄着那样的清愁吗？

顾达飞缓缓闭上眼，靠在椅背上，无数个画面滑过脑海——皑皑白雪的梅树下，她嫣然一笑；漫天飘泼的大雨中，她拿着黑色雨伞孤单地站在办公室门前；冷寂的月光中，车里弥漫着静静的温柔，她的脸美得那么恍惚，轻轻地说："顾大哥，你要多保重，不要天天熬得那么晚！"

"砰！"一声枪响，滑过顾达飞的耳膜，把他从甜蜜而心痛的断想中拉回现实。

"抓住他！快抓住他！"窗外接着又传来几声嘶喊，随即陷入一片死寂。

这个人说的是日语，难道是日本人？

顾达飞脑海中瞬间闪过这个念头，立刻从椅子上跳了起来，几步跑出办公室，顺着长长的走廊奋力跑着。

他一直跑出了报馆的大门，苍茫的夜色中，街上并没有一个行人，但隐隐约约看得见，一个人倒在昏暗的街道上。走近了，还听得见他在痛苦地呻吟着。

顾达飞蹲下，躺着的那个人看上去已经垂死，眼光晦暗，胸口满是鲜血。刚要俯身细看，那人突然伸出一只手抓住顾达飞的衣角，用生硬的中国话低低喝道："我是……我是日本商人，被人伏击了，袭击我的是个会日语的中国人，他也被我打伤了，你……你快点送我去医院，再帮我联络奈良茶馆的老板，他会给你很多钱。"

顾达飞只是静静地望着他，并未动身，那个人又死死地揪住顾达飞，大口喘着气道："中国人，你听清楚了没有，我是大日本帝国的商人，快帮我，你会有很多好处，不然……"

他似乎还想说什么，但是，显然力气已经耗尽，眼睛一闭，倒在了地上，手也不由得松开了。

顾达飞心中涌起一股嫌恶之情，但还是决定要救这个人。虽然这人是个日本人，但毕竟也是条生命，他不能眼睁睁地看着一条鲜活的生命在自己眼前逝去。于是，顾达飞伸出一只手在他鼻子下面试了试鼻息，竟然已经毫无气息了。

思忖了片刻，顾达飞果断起身，决定先回报馆打医院急救电话。他刚起身，还未走出两步，一个苗条的人影从路边树影中闪出，往他这里缓缓走来，颤声叫着："顾大哥，是我！"

顾达飞只觉得天地瞬间旋转了一下，他虽然还未看清楚来人，但是那声音已经深深镌刻在他灵魂里，无论怎么样都无法忘怀。一阵狂喜漾上他心头，似乎周围的夜色都突然间不存在了，只剩下眼前的这个人儿。

"清芳，怎么是你？你怎么会在这里？"顾达飞快跑了几步，一把握住了清芳的手，一沓迭声问道。

清芳一把摘下了头上的鸭舌帽，两根乌黑的辫子披散下来。她身穿着的粗布衫褂却丝毫掩饰不住她的天生丽质，虽然在黑夜中，顾达飞却能感觉得到她浑身散发出来的动人光彩。

清芳苍白的脸色中泛起一丝红晕，她望了望那个死去的日本人，悄声道："顾大哥，我今晚本来是偷偷溜出来跟你告别的，没想到骑着自行车来到你们报馆前时，却看到，这个男人刚走出马路对面的那家酒馆，就有个身材高大的男人迎面走上去。他们好像简单交谈了几句什么，那个高大的男人掏出一把手枪对着他的胸口，然后就听见了一声枪响。两人纠缠了一下，这个男人就跌跌撞撞地往街心走了几步，摔倒了。我很害怕，就藏在树丛后面了，直到刚才看见你从报馆里跑了出来。"

这时，街两边的店铺陆续有人伸出头来，甚至有两个胆大的开始缓缓往这边走来。

"走，我们先进报馆再说。"顾达飞连忙拉着清芳的手，往报馆里疾步走去。

两人穿过走廊时，彼此都能听得见对方的心跳声。顾达飞紧紧地握住那只手，他有种奇异的错觉，希望那走廊永远没有尽头，就这样，让他能牵着她的手，一直走下去。

直到走进了办公室，让清芳轻轻坐在了自己的藤制靠椅上，顾达飞还是紧紧握着她的手，仿佛他只要一放手，她就会如壁画中的飞天般飞去永不回。

清芳显然还没有从刚才的震惊中恢复过来，她微微颤声道："顾大哥，我看见了那个人——看见那个开枪的人，他好像也受了伤，跑进了你们报馆旁边的那条巷子里。"

顾达飞刚要开口安慰她，突然，他身后的那张办公桌下面传来一种异样的声响，似乎有什么东西在轻轻地挪动。

"谁？是谁？"顾达飞警觉地转过身，清芳也紧张地从椅子上嗖地站了起来。

没有人回答，但是两人却隐隐听见一个男人粗重的呼吸声从那张办公桌下面传来。

有人？顾达飞忙做了个手势让清芳待在原地别动，拿起自己顺手挂在椅背上的一把洋伞——他少年时也学过几招武术，可以当作防身武器。他蹑手蹑脚地绕过那张办公桌，刚一低头，就看见几滴清晰的血迹。

顾达飞心中一动，那个垂死的日本人的话闪过脑海——袭击我的是个会日语的中国人，他也被我打伤了！

顺着血迹的方向举头望去，一个四十岁左右的男人正坐在办公桌边的地上，右手捂住腹部，眼光炯炯地望着顾达飞。

"秦师傅！"顾达飞一惊，手中的洋伞也放了下来。

原来这个男人是报馆里专门负责分送报纸的一个工人，叫秦阳，为人豪爽，平时和顾达飞还颇能谈得来。

"达飞，是我！那个日本人是我开枪打伤的，他也用暗器伤了我。他不是个普通的商人，是日本的军事间谍。"秦阳捂住腹部低声说。

顾达飞忙一抬手，让他别开口说话，以免牵动伤口流更多的血。这时，清芳也看出了端倪，忙走了过来。两人互相望了一眼，顾达飞心知警察很快就会赶到，秦阳绝不能在这里停留，眉头轻轻一皱，已经有了主意。

"清芳，来帮我，我们先把这些血迹擦干净，再扶秦师傅到我那儿去，我租的房子就在报馆后面。"

清除地板上的血迹并不费什么工夫，但是秦阳身材壮硕，而顾达飞颇为清瘦，清芳更是苗条，两人费了很大的力气才把秦阳扶起来，缓缓穿过走廊，从报馆的后门来到一条寂静的小巷里。

幸亏夜色尚浓，巷中没有人走动，两人才能顺利把秦阳搀扶着走进了巷子尽头一间独门独户的院子中去。那是顾达飞和报馆里另一名记者一起租住的，那个记者最近几天出差了，此时只有顾达飞一个人住着。

　　两人把秦阳扶进了顾达飞居住的南屋，在床上躺好。顾达飞找出一个小小的药箱，清芳因为在大学时学过一些护理知识，先用碘酒粗粗做了些消毒，再上了些云南白药之类的止血药物，最后用药棉把伤口处裹紧，简单地包扎了起来。

　　清芳看了看秦阳伤口的纱布上还在微微渗着血丝，忧虑地说道："顾大哥，他好像是被什么尖锐的武器所伤，伤口很深，我们这样只是暂时止住了流血，看来一定要想办法送他去医院。"

　　顾达飞还未答话，躺着的秦阳微微喘着气道："不用担心，达飞，还有这位小姐，我还挺得住。今晚我先在你这里躲一晚上，明天我写个便条，你拿着去找扁鹊药铺的童老板，他会来接我，帮我安排治疗的。"

　　顾达飞点点头，面露钦佩之色，在床边的一张椅子上坐下，轻声道："老秦，我一直不知道在我身边，有你这样一位隐身英雄，你可瞒得太好了！"

　　秦阳靠在床背上，咧咧嘴笑道："达飞，真不是有意隐瞒你。我平时就看得出来，你是个有骨气的文人，对抗日充满热情，不像其他那些记者那样，鼓吹什么太平盛世。当今的国民政府消极抗日，日本人一直狼子野心，在寻找全面侵略的机会。我们可不能坐着等当亡国奴，所以，我们必须团结起来，才能救自己救国家啊！我和我的那些朋友们正是因为这样，才一直在暗中悄悄做着自己该做的事。"

　　顾达飞心中一热，紧紧握住他的手，激动地说道："说得太好了！老秦，平时看你不言不语的，没想到你口才这么好。你和你的朋友们一定都是不平凡的人，我顾达飞虽是一介书生，但是愿意跟随你们，为国家尽一份绵薄之力。"

　　秦阳笑着点点头，但此时腹部伤口又是一阵剧痛，他深深皱起了眉头，颤声道："好，达飞，等到有机会，我就会帮你引荐我的朋友，他们也很想见见你。"

　　清芳此时在外间的小厨房里烧了一壶热水，端着两杯热茶走进来。

　　顾达飞忙把一杯热茶递给秦阳，秦阳接过喝了几口，神情缓和了不少。

他瞧瞧这两人的神情，心里也明白了七八分，笑道："达飞，不用担心我，我休息会儿，就会好很多了。这位小姐，是你的朋友吧？"

顾达飞望望清芳，忙介绍道："秦阳，这位是林小姐，她很可靠，你放心吧。你好好睡一觉，清芳，我们先出去坐会儿吧。"

两人退出了里间，合上了房门，在客厅那张小小的茶几面对面坐下。

顾达飞望望清芳，想说什么，欲言又止。他和她，不过隔着几条街道，却似隔着漫漫的银河，能像这样面对面地说说话几乎是无法实现的奢望。而今晚，她这样真实地出现在他面前，全身散发着那股淡淡的栀子花香，眸子微微亮着，犹如闪着小小的两簇火苗。他如何能再放开手，让她像蝴蝶一样飞去。

好半天，顾达飞才缓过神来，挤出一句："清芳，你刚才说，今晚是专程来向我告别的，怎么回事？"

清芳被顾达飞望得微微低下头，目光有些黯淡，轻声道："因为父亲前几天托人送来了信，说我母亲这次犯了很严重的肺病。虽然在江城西医处治疗了很久，却没有明显的起色，她执意返回家乡养病，让我带着妹妹回去探病。我这一趟回家，少则两三个月，多则半年，不知道什么时候才回到江城来。已经定了明天一早上路，今晚收拾完了行李后，我想你一定还在报馆忙着，本来想着和你说几句话告个别就回去了，没想到遇上了这件意外之事。"

顾达飞见她比起上次见面时，头发已经长长了很多，编成了两只麻花辫，说话时一直不自觉地轻轻绕着自己的辫梢，倒像个天真未凿的少女。犹豫了半晌，他才小心翼翼开口问道："汪参谋他不陪你回去探伯母的病吗？"

清芳缓缓说道："他已经离开了江城军部，调去了南京，前一阵子带着二姨太菊仙、三姨太凤蝶去赴职了。是我执意不肯随他一起去，一来家母最近患病，小妹尚在求学，都需我照料，我不忍远离；二来，我和他已经是同床异梦，即使勉强共处一室，也是没什么话说，菊仙、凤蝶却是对他一往情深，所以，我劝他带着她们去赴任，留我在江城守着宅子。他虽不肯，但是拗不过我，也只好如此了。"

清芳说这番话时，神情颇为平静，倒好像不是在说自己的切身痛苦之事。而她越是这样淡然，顾达飞越是觉得心痛得几乎揪起来似的，吊在半空，晃晃悠悠，无法落地。

他重重一掌拍在沙发扶手上，问道："清芳，你是说，你丈夫他又娶了个三姨太？他怎么能这样对你？你这么好，他有什么资格这样对你？"

清芳也被他突然提高的声调惊得微微颤了一下，脸上泛起一丝红晕，摇了摇头，认真说道："顾大哥，你不必为我这么生气，其实，关于这一点，我并不介意。菊仙是个唱戏的女孩子，凤蝶是舞场里求生活的女孩子，她们都是穷人家的孩子，既然遇到了汪学礼这样有能力照顾她们的男子，自然是竭力攀附，讨取他的欢心。"

"至于汪学礼，他并不算多么坏，至少对我是尊重的，就是娶凤蝶，也是写信告诉了我的。只是，我和他虽然是夫妻，却永远无法找到共同的志趣，就像是隔着河的两个人，各走各的路罢了。"

顾达飞听她这话里流露出的悲凉和无可奈何之意，更是心疼，脑子里瞬间转过无数个念头。他深深地叹了口气，无力地靠向沙发背。

清芳看他眉头紧皱，神情萧索，知道他是为自己的处境担忧不平，忙岔开话题，盈盈一笑道："顾大哥，我寄给你的那些幼稚文字，你上次在回信里说，给你们的总编看了，还可以在你们的报纸上连载，是真的吗？"

顾达飞听她提起小说的事，才打起精神来，笑道："你可别自己贬低自己，什么幼稚的文字，你写的这篇《蝶》真是一篇很有新意的小说。我们廖总编说了，内容新，视角独特，文笔优美，写出了一个依附丈夫的姨太太内心的痛苦和挣扎，很打动人心，打算从下一期开始就连载你这篇小说。"

清芳听到这番称赞，眼角的笑意悄悄荡漾开来，像个孩子似的害羞起来。

"顾大哥，你们总编真的是这么说的？这么说，我写的东西真的能变成铅字，被很多读者看到了？"

顾达飞凝视着她点点头，她笑起来，那么生机勃勃，整个阴暗的房间似乎都一下子明亮了起来，而自己的心却像是被放在灼热的火上烤着，说不出的痛。

他低低唤了一声："清芳。"

清芳笑吟吟地望着她，答应道："顾大哥，我真快活，从来没这么快活过。"

顾达飞突然觉得自己心底的某种感情如钱塘之潮，越过堤坝，呼啸而来，势不可当。

他轻轻探过身子去，伸出手，握住了清芳的一双手。清芳虽然有些意外，但是却不挣扎，任他握着，只觉得他的眼神清澈而温柔，像是风，拂过她的全身。他的声音也像是从很远的地方传来，轻柔得不太真实。

"清芳，我知道，这个时候局势这么乱，你母亲正病着，你心里肯定不好受，不是说这种话的时机，但是，我……我却有几句肺腑之言不得不对你说。"

清芳心里明白他要说什么，耳根子都发热起来，只是微微点头，眼睛丝毫不敢去看他。

"清芳，第一次见到你，你在梅树下面站着，那样清雅脱俗，我就爱上你了！后来知道你已经出嫁，我不敢再存幻想，但是，我知道，我心里再也没办法装进别人了。如果他待你好，让你快乐幸福，我就一辈子不娶，只要能常常得到你的消息就行了。可是，没想到，他是这样一个不能专情的人，现在已经不再是男人可以妻妾成群、女人只能忍受的时代了，他没有资格让你不快乐。"

"清芳，如果你愿意，你可以选择文明离婚。我知道我可能无法给你锦衣玉食的生活，但是，我有一颗真心，我会照顾你陪着你，尽力让你快乐！"

清芳只觉得一颗泪珠在眼中打转，但她竭力忍着，微微哽咽着道："顾大哥，有你这样的心意，我这一辈子也无憾了。只是，你这样好，我怎么能配得上你呢？可是现在，我如何能提离婚，汪学礼总算对我娘家照顾有加，这一年来我家道中落，父亲的生意、小妹的学费，都靠他周全。我纵然是有些委屈，也不过是自己的一点小委屈。将来，将来那么渺茫，又有谁能说得清呢？顾大哥，你不必怜惜我，你该找个比我好一百倍的妻子，我会一直在心里为你祝福的。"

顾达飞使劲摇着头，紧紧握着她的手，缓缓地单膝跪下："清芳，你对我来说，就是最好的。这一生，我已经无法再这样爱别人了。你说的这些，我也都能体会。我会等你，一直等你，等你到能自由地走出汪家的那一天。"

他的语气虽然轻柔，但眼神却格外坚定。

清芳如同被滚烫的沙子迎面扑来，无数股细细的热流流遍全身，嘴唇虽然轻轻颤抖着，但却久久无法说出一句完整的话来。

"顾大哥，你……"

"清芳，叫我达飞吧！"顾达飞把脸庞轻轻贴在清芳的一只手背上，声音轻得几乎听不见。

"达飞！达飞！"

清芳喃喃地重复着这个名字，不由自主地抬起另一只手，去触碰顾达飞的头顶。他的头发又密又黑，摸上去像一丛柔韧的草，缓缓滑过她的手背。

此时，屋子里一片静寂。窗外，沉沉的夜色像泼在画纸上的墨，一片片地渲染开来。时不时的，有几声尖厉的警笛响过。

长夜，如一只白鸟，缓缓掠过城市的上空，翩然飞去。

天边，微微现出一丝曙光，无数条街道和楼房开始从酣睡中醒来。

蜷缩在沙发上睡着的清芳也缓缓坐了起来，身上盖着的一件男式衣裳滑落在地。她捡起衣服，揉揉惺忪的眼睛，才看清，顾达飞正趴在桌上沉沉地睡着。

清芳起身，深深凝望着他，这是第一次，她能如此好好地望着他——他脸色略显苍白，熟睡中的脸庞俊朗，还带着一丝孩子似的稚气。

清芳只觉得鼻子有些发酸，眼前这个男子对她的意义，连她自己也未必能完全明白。他给予她的爱情，是她生命中最不可承受之重，是她愿意付出生命来交换的感情。但是，越是如此，她仿佛越是踌躇，在她以前的生活中，她没有对谁产生过这样强烈而深刻的感情，她不知道，这种感情会带给她什么，这让她从心底生出一种深深的害怕。

"林小姐，原来你还没有走。"身后，突然传来秦阳的声音，他捂着伤口，从里屋挣扎着走了出来。

"哦，昨天太晚了，外面又有很多警车，顾大哥怕不安全，就让我留在这里凑合一夜。"清芳说着，忙去扶住他坐在沙发上。这时，也惊醒了顾达飞。

秦阳身体本来极好，虽然受的伤不轻，但幸亏清芳及时包扎，经过这一夜的休息，也恢复了四五成。他马上写了个便条，让顾达飞送去城东的扁鹊药铺。

顾达飞到了药铺，那老板是个很干练的中年人，收了便条，二话不说，就立马派了个小伙计，驾着一辆轻便马车随顾达飞回到他的住处，把秦阳接去一处极其隐蔽安静的院落中养伤去了。

送走了秦阳，顾达飞才骑着脚踏车，把清芳送到儒林街汪宅门外。两人心头虽然都有千言万语，但是，一路上却只是简单地交谈了几句，说定了以后还是书信联络，互相鼓励。

一直到告别时，两人面对面站着，清芳眼圈立刻就红了，几度哽咽，悲伤不可抑制。顾达飞虽然也心里酸楚，但是担心被汪宅的人瞧见对清芳不利，狠狠心，轻轻道了句珍重，马上转身离去了。

清芳痴痴地看着他的背影消失在街角，才恋恋不舍地推着脚踏车顺着围墙绕去后面的角门。

而此时，顾达飞其实并未走远，他藏身在一家商铺的橱窗后，亲眼看着清芳走进了院子去，才放下心来。他走出了商铺，抬手叫了一辆黄包车，跳上去，往报馆的方向赶去。

这时，街边的几个报童正在卖力地喊着："号外，号外，昨晚一日本商人在徽州报馆门前遇袭身亡，警察局连夜彻查，凶手据悉很可能是民间的抗日组织成员！"

这是1937年初夏很普通的一个清晨，一个日本商人的死，在平静的江城引起了不小的震动。但是，谁也没有料到，一个月后，在离江城几千公里的北平，爆发了一场英勇而惨烈的战斗，也让战争的阴霾瞬间笼罩了整个中国。

第六章　明月相思

1937 年，仲夏。

秋浦村，地处徽州山区的腹地，村子背靠着风光秀美、道教香火鼎盛的凌云山。因为每年都有不少达官贵人要上山参拜，再加上山中凉爽，到了夏天，各地避暑游玩的游客纷至沓来，所以政府从凌云县城特意修了一条很整齐的公路到山脚之下，也使秋浦村商业日益繁荣。小小的村子，客栈倒有十几家，街市上各色商铺、药铺、茶肆酒楼一应齐全。

身穿短袖素色旗袍的清芳，站在自家退思堂二楼的一间卧室中。

退思堂是村子里最气派的建筑，从推开的半扇窗望出去，视野极开阔，正是村后一片野趣横生的田野。夕阳像玫瑰色的花瓣，碎碎的，洒向土地、农舍、乡间小径，一畦畦碧绿的菜苗在傍晚的微风中轻轻摇曳着，茅草屋顶的农舍正袅袅地冒着炊烟。

她正看得出神，清菲淘气，从后面轻手轻脚地走过来，猛地勾住了她的脖子，学着京戏小生的念白，尖声尖气地说道："小娘子，你这般愁眉不展，是思念哪位俊俏的书生啊？"

这一下，倒把清芳唬了一跳，一扭身，见是清菲，就用手轻轻捏住她的腮帮子，微笑道："你这个丫头，总是这样神头鬼脸的，真叫人又爱又恨。"

两人闹了一会儿，清菲撇撇嘴道："姐姐，你是不是想我那个姐夫了？别想他，他左拥右抱的，这会儿在南京还不知道怎么风流快活呢，惦记他干吗？"

清芳淡淡一笑，摇摇头道："我没想他，他身边有几个女人，随他去吧。我是在想父亲，他出外收账有十几天了，也该回来了吧？"

清菲扬扬眉毛，在旁边的一张西式的安乐椅上坐下，边摇着边说："姐，我看那个姓顾的记者大哥就对你非常好，要不，他怎么隔三五天就写信来。咱们来了这些日子，他信写得都有砖头那么厚了，要是不喜欢你，哪儿有那么多话说。"

清芳也在另一张靠椅上坐下，拿起绣了一半的一块手帕绣着，听了这话，瞪了她一眼，轻轻簇起眉头，嗔道："别胡说，顾大哥他每每写信来，是因为要和我讨论在他们报纸上连载的那篇小说。我视他为师，他亦视我为妹妹，眼下咱们家最大的事情就是娘的病，我哪儿有别的心思。"

说到这些，清菲眉梢上也沾了些愁色，轻轻叹了口气："是啊，铺子里生意勉强还能维持，可是娘的病……我看，我们回来这半个月，倒像是没什么好转，爹怎么还不回来啊，真让人着急！"

半个月前，林秋白出门办货，至今未归。

清芳摆摆手，不让她再说下去，看看楼梯上并没有人上来，神色凄楚地悄声道："这话可千万不能在娘面前说。娘本来身体不好，再说起爹在外面耽搁了，白让她担心。"

清菲听了，也忍不住眼圈一红，一时姐妹俩都沉默着，微微含泪。

这时，楼下传来老妈子的声音："大小姐，二小姐，饭菜预备好了！"

姐妹俩忙擦干净眼角的泪痕，携着手走下又高又陡的木楼梯。吃饭时又说起自家绸缎铺里的生意难做，清芳有意盘出去换成现钱在手上，清菲也赞同。

两人正说话间，迎春快步走进来，笑嘻嘻地道："大小姐，二小姐，汪家蜂蜜作坊的伙计刚才送了最好的百花蜜过来，我已经收了，明儿就可以做桂花蜜糖糕了。二小姐，这儿还有一份你的电报，也是刚才送蜂蜜来的伙计带来的，是谢少爷发来的。"

一听是谢天华的电报，清菲马上来了精神。她本来是个喜动不喜静的人，这些天在家里陪着母亲养病，乡村闭塞，没有报纸和广播，也不清楚外界的动向，着实把她憋闷坏了。幸好，谢天华明白她的心思，隔个三五天便会拍一份电报过来，告诉她一些新闻和学校里最新的消息。

她马上起身，接过那份电报，饭也顾不上吃了，先展开电报来看。

众人也都知道她和谢天华是彼此有情，再加上谢家也是江城的名流，所以，就连林母对他们的交往也是极力赞成的。

"啊，日本人真的动手了，宛平怕守不住了！"突然，清菲正看着电报，脸色一变，失声叫道。

清芳见她的神情，已经猜出电报的内容必然是惊人的大事，追问道："小妹，你快说，谢天华的电报上到底说了些什么？"

由于气愤和激动，清菲的脸涨得通红，好半天，才轻声道："姐姐，天华在电报里说，昨天夜里，日本的军队突然炮轰宛平县城，我们的第二十九军被迫还击，仗这会儿已经打了一天一夜里，死了很多中国军人，日本人这回是真的要对我们中国人动屠刀了。"说着，把那份电报递给了清芳。

清芳接过电报，忙从头至尾，轻声读着："清菲，昨夜是一个全中国都失眠和悲痛的夜晚，驻华日军在卢沟桥附近演习时，借口一名士兵'失踪'，要求进入宛平县城搜查。其无理要求遭到中国守军严词拒绝，日军随即悍然向中国守军开枪射击，炮轰宛平城。守城的第二十九军毅然还击，战斗惨烈无比，但是，外无援兵，第二十九军官兵死伤惨重，宛平县城眼看守不住了。"

"事件进展我会再发电报告知你，目前我们学校里群情激愤，都是商量准备举行大规模的抗日游行活动，也可能去南京政府请愿。你善自珍重，照顾好伯母。天华，即日。"

读完电报，清芳和清菲也没心思吃饭了，只草草吃了几口，便让迎春和翠寒收了碗筷。两人照例去南边的正房看林母，陪起不来床的母亲说说话。

清菲还是一心惦记着宛平的战事。清芳也是惴惴不安，可是林父一向不喜欢西式的新鲜玩意，家里并没有安装电话，姐妹俩约定今晚早点睡，明天一早就去街上有电话的商铺打个电话给谢天华，好仔细问问宛平那边的消息。

清芳回到自己的屋子里，在书桌边坐下，刚从景泰蓝的笔筒中抽出一支笔又踌躇地放下了。她的那篇小说已经在《徽州日报》上连载了半个多月，据顾达飞的来信，颇受一些女性读者的青睐，还接到了不少读者来信。

本来，她每晚都会写上两三个时辰，但是，今晚她却觉得怎么也静不下心来进入故事的情节。

她呆坐了片刻，打开抽屉，里面整整齐齐地放着顾达飞寄来的十几封信，她取出最上面的一封信，从信封中抽出信纸，小心地展开。

顾达飞的每封信都写得很长，他在报馆里的日常工作，他生活中的点滴体会，对清芳小说的一些建议，洋洋洒洒，事无巨细，但是每次在结尾处，总是像个不厌其烦的长辈般叮嘱她注意身体。

清芳手里拿着的这封信是两天前收到的，在信的结尾处写着这样几句："清芳，天气渐渐暑热，请你照顾好伯母，自己也要善自保养身体。目前国家正在危难之际，日本人在不断地往我国增兵，中日战争局势一触即发，吾等男儿要为国分忧。一旦战争爆发，达飞当义无反顾，投笔从戎，为国效力。"

清芳的眼前不断跳跃着这一行字："一旦战争爆发，达飞当义无反顾，投笔从戎，为国效力。"

她的手不由得轻轻颤抖起来。本来还觉得是离自己那么遥远的战争，没想到，就在昨夜，战火就燃烧起来了。看来，很快，整个中国都会被这战争的噩梦笼罩了。顾达飞的胸怀和抱负她不是不知道，可是，战争是何等残酷，一旦顾达飞真的去参军，那么，死亡便随时会夺走他。

清芳不敢再想，她折起信纸，放回信封中，又关好抽屉，索性把书桌上的那盏鎏金台灯也灭了，起身走到床边，静静地躺下。

黑暗像愁绪般在整间屋子里弥漫开来，几束白绢丝似的月光透过窗棂照进来，只照到床边。

清芳觉得就像她儿时在河边折过的芦苇，柔柔地搔着她的脸，她缓缓闭上眼，不知不觉地沉入一片晶莹的月光中去。

她似乎来到了一处开满鲜花的山坡上，满眼红艳艳的，不知是杜鹃还是山茶。清芳拨开花枝，从这些艳丽的花丛中轻盈地走过，边走边轻轻唤着："达飞，达飞，顾大哥！"

微风不断轻轻掠过她的耳畔，还不时有些鸟儿悦耳的鸣叫。突然，在她身后，传来了一声温柔地呼喊："清芳，我在这儿！"

清芳惊喜地转过身，顾达飞就在不远处静静地凝视着她，他穿着的黑色长衫被风吹得轻轻摆动。

"达飞！"清芳刚想向他跑去，突然，满山明艳的花儿都枯萎了，灿烂的阳光也在一瞬间消失了，无数黑色的烟雾从顾达飞身后腾起，他的脸在越来越浓的黑烟中，变得模糊起来。

"砰！"一声刺耳的枪声，顾达飞的身体似乎微微震动了一下，鲜血从他的胸前迸了出来，他缓缓向后倒去。

"不要，达飞！"清芳低低喊了一声，猛地从床上坐了起来，微微喘着气，额头一片冰凉，手心全是冷汗。

梦，还好，一切只是个梦！

清芳缓缓地蜷缩起身体，抱紧自己的双膝，把脸深深地埋下去。月光如寒冷的海水不断涌来，窗外的蛙声此刻听起来竟然那么惊心。

凌云山上的芍药今年开得格外鲜艳，但是似乎在某一个狂乱的雨夜就瞬间凋落了，天气渐凉，带着轻寒的雾气开始在山间各处弥漫开来。

但城市里的人们，总是很难感觉到大自然这样细微的变化。

江城，残阳似血，浩渺的江面上，撒着淡淡的一层金光，像画布上薄薄的几笔油彩，看似不经意，其实却是最精妙得意之处。

顾达飞靠窗坐在鸠兹大饭店最高层的旋转餐厅里，正侧脸凝神望着远远的长江。他面前放着一盘几乎未动的牛排，洁净光亮的刀叉闪着微光，整齐地放在盘子的两旁。

一杯红葡萄酒在白蝶的手里轻轻地摇晃着，她身穿白色洋装，眼光虽然是在看着酒杯，其实透过玫红色的酒，正深深地注视对面坐着的顾达飞。

"达飞，你真的决定不去南京，放弃就职中央宣传部？这可是很多人都梦寐以求的美差啊！家父为了这件事，还特意动用了很多关系。"她有些幽怨地轻轻说道。

顾达飞转过脸来，镜片后的眼神清澈而坚决："是，我已经做了决定。白蝶，我知道此番调我去南京就职宣传部，是你的一番美意，也是你叔叔白主任的一力促成，但是，去南京走上仕途，确非我的心愿。我这个人真的不适合官场，我还是要谢谢你，也请你代我谢谢你叔叔。"

白蝶苦笑了笑，放下了手中的高脚玻璃杯，沉吟了一会儿，缓缓道："达飞，其实我早就想到你不会和我一起去南京发展的。那天晚上，下着暴雨的那个晚上，当我看到那个女人走进报馆时，我就有种奇特的预感，她是来找你的。果然，你很快就和她一起出去了，你对她的那种神情，我一看就知道，你很喜欢她。"

"但是，当叔叔打电话让我去南京那边工作，顺便陪着他，我还是想再做最后一次努力，请求他一定要把你也调去宣传部。我想，男人也许都会重视仕途的，没想到，在你的心里，那个已经嫁了人的林清芳真的比你自己的前程还重要。"

顾达飞的脸色突然变得很难看，看得出他竭力忍住了，缓缓说道："白蝶，我不就职南京是我自己的决定，我希望你不要怪及清芳。至于她的婚姻情况，更不需要你来告诉我，我和她之间一直都是坦诚相见的。"

白蝶咬了咬嘴唇，道："坦诚相见？那么你也该知道她丈夫汪学礼现在是我叔叔身边的得力助手，你这样和他的妻子来往密切，如果被他知道，你的性命怕都会有危险。难道你去国外留学，学的就是如何和一个有夫之妇谈恋爱？"

顾达飞淡淡一笑，回答道："我自己做的事，我自然能承担。我对清芳是发乎情，止乎礼。但是，我会等她，一旦她获得自由身，我一定会娶她做我堂堂正正的妻子。"

白蝶凝视了他片刻，冷冷一笑："只怕你永远也等不到那天。汪学礼那种人，在叔叔身边待久了，早晚会学会叔叔的狠辣手段，自己喜欢的东西，宁愿毁掉也不会落在别人手上。"说着，她眼中似乎闪起了点点泪光。

顾达飞望着她，微微含着歉意，轻声道："对不起，白蝶，希望你去了南京的政府部门以后能够开心，找到一份真正属于自己的感情。"

白蝶的眼中升起一种绝望的神气，轻轻说道："那么，你能告诉我，你以后有什么打算吗？眼看日本人已经占了北平和天津，对华东一带虎视眈眈，只怕上海也很危险了。听叔叔话里话外透出来，连南京政府方面都在准备转移到西南那边去，江城以后也很难说就是安全的。"

顾达飞很坚决地说道："我已经向廖总编递了申请，再过几天就准备去上海，深入采访报道那儿军民的备战状况。当一个战地记者，是我不可脱卸的责任。"

"你啊……"白蝶幽幽地叹了口气，她知道顾达飞心意已决，只好顿住不语。

两人沉默着对坐着，餐厅中央的表演台上，放着一架纯白色的三角钢琴，有个外籍乐手正在无比投入地弹着一首深情的钢琴曲。

白蝶再次深深地望了一眼顾达飞："达飞，保重！"随即拿起自己的手提包，转身，头也不回地走出了餐厅。

悠扬的琴声在顾达飞耳边轻轻回荡着，他再次转过头，望向窗外渐渐变得昏暗的江面，喃喃地道："清芳，国难如此深重，我们该怎么办？"

清晨，乳白色的雾气笼罩着整个秋浦村，挥之不去的愁绪一般，飘荡在每个人的心头。

伏在床前的清芳缓缓抬起了头，正看到棉被里，母亲露出来的蜡黄枯瘦的脸庞。原本端庄柔美的母亲，在这几个月中，已经被病魔折磨得只剩下一把骨头。

她鼻子一酸，但还是强忍住了泪，起身帮母亲掖了掖被角。这时，母亲的喉咙里发出了咕咕的痰音，翻了个身，发出一阵剧烈的咳嗽，清芳忙轻轻拍着母亲的背部。

门被轻轻地推开了，翠寒轻手轻脚地走了进来，伏在清芳耳边说了几句。清芳的脸色骤变，忙吩咐翠寒看着母亲，转身快步走出了房间，来到了客厅。

清菲正坐在小客厅的八仙桌旁，泪流满面："姐，听说北平的姨妈她们一家都……都被日本人给害了。"

清芳一进门，只听了这一句，就胸口乱跳，脸色煞白，好半晌，才颤声道："小妹，托了多少人才打听出来的消息，这可怎么跟娘去说啊！"

清芳双膝一软，趴在桌上，哀哀痛哭。屋里站着的几个小丫鬟也都低头哭出了声。战争，前些天还只是听说的一个遥远的消息，此刻已经变成了血淋淋的现实。

大家正哭着，翠寒急急忙忙地跑进来，叫道："大小姐，不好了！太太刚才醒了，问怎么有人在哭，是不是北平那边的姨太太家有什么事。我一时慌乱，支支吾吾的，她就疑心了，使劲追问。后来，我只得告诉她，她听了就吐血了。"

清芳本来就伤心不已，一听这话，顿时就浑身发颤，眼前一黑，从椅子上向后仰去。这下子，众人乱作一团，哭的哭，喊的喊，还是清菲强自镇定，吩咐迎春赶紧去请大夫，让几个小丫鬟把清芳抬去卧室休息，自己则带着翠寒忙赶去看母亲的情况。

这一整天，林府里人流不断，都是一些本乡的亲戚乡邻听说林夫人病重，前来探望的。林夫人经此打击，算是雪上加霜，病势越发沉重。

那位颇有前清遗风的老医生悄悄把清芳叫出房间，捋了捋胡须，嘱咐道："大小姐，令堂恐怕是就在这一个月了，你们赶紧帮她预备着吧，只怕临时忙乱了。"

清菲年纪虽小，但是处事历练，和清芳商量起事情来也是有模有样："姐，父亲还有些日子才能回来，母亲的病如此凶险，旦夕之间的事，我们还是要通知一些亲戚的。只是汪学礼那边，还有你公婆处，要不要派人去告知？"

清芳沉吟了一会儿，说道："应该去告知一下，礼数上也是必须的，明儿派人去云崖村送个信就行了，但是他们两位年事已高，请他们不必来探望了。"

"那，汪学礼那儿呢？"清菲轻声问。

"打电报告诉他吧，不管怎么说，他都是我们家的女婿，但他回来不回来，是他的事情，不用强求。"

清菲这时认真地劝道："姐，你们这种情况，不死不活的，也早就没个夫妻的样子。其实母亲背地里也后悔这桩婚事，说这个汪学礼自从去了南京就职军统，知道自己病得这样，也没回来看望过一次，倒是还讨了几个姨太太。只是眼下这样，她怕这样说更让你伤心。其实，以我看，这个事极其简单，你不如和汪学礼提出文明离婚。就连那个满清皇帝的妃子文绣都能提出离婚，何况咱们这样接受了新式教育的女性呢？再说，我想母亲和父亲也不会反对的。"

清菲说起这话来，双眼熠熠闪光。

清芳也是心头微微一震，离婚！这个念头像藏在蛹中的蝶，一直在悄悄孕育着。她走到窗前，眺望着那远远夕阳下的田野，缓缓道："小妹，目前母亲病得这样，父亲在外没回来，家里的生意将来如何做，我不能再添乱了。至于我和汪学礼的事，我已经有了打算，等父亲过几天回来，我会和他做个了结。"

一直忙到各屋里都点上了灯，清芳才回到自己的屋里，只觉得浑身筋骨隐隐地疼，太阳穴突突地跳着。她坐在书桌前，打开抽屉，拿出前一天顾达飞的来信，细细读着。

顾达飞在信中告诉她，中日战局目前非常残酷，北平、天津先后沦陷，日军又把目标瞄准了上海。上海军民也在积极备战，报馆决定要派一名记者去上海深入采访，他已经递交了申请，五天后就要奔赴上海。

"清芳，国难如此深重，我无法不把自己微薄的力量拿出来，作为一个记者，我唯有一支笔、一颗心而已。但是，我对你的思念却如眼前的江水一样悠长，你一个人在家乡面对病重的母亲、孤弱的妹妹，该如何应对呢？"

几滴泪簌簌地滴落在白色的信纸上，渗进了顾达飞那俊逸的楷书里。清芳把这一沓信纸紧紧地贴在胸口，无声地啜泣着，如同那一晚，顾达飞的脸轻轻贴着她的手背。不知道为什么，似乎是命运的捉弄，他和她总在一次次地离别。

这时，楼梯板噔噔地响起来，清菲推开房门。山区的天气夜晚温度骤降，她鹅蛋清的旗袍外面加了件针织背心。此时，她气喘吁吁，脸色微微泛着红晕，显然是一路小跑着上了楼来。

"什么事，小妹？"清芳听到脚步声，忙飞快地拭干了泪痕，放下信，起身问道。

清菲眼中是忍不住的笑意，猛地抓住清芳的手，说道："姐姐，谢天华从江城开车过来了，说是专程来看望母亲的病。"

清芳也爱怜地摸摸她的脸，道："天华果然是个有心的孩子，那你要好好地安顿他。开了这么长时间的山路，一定累了，走，我去叫厨房帮他准备好吃的。"

清菲摇着姐姐的手，一脸笑意地说道："姐，他还带来了一个人，你猜是谁？"

清芳觉得眼前的灯光突然闪了闪，她愣住了，好半天，才颤抖着声音说道："可是，可是，他明明是再过几天就去上海了，怎么……"

清菲不由分说就拉起她的手，两人一前一后跑下了楼，几乎撞到要上楼来送饭的翠寒。

小客厅里，明亮温暖的灯光下，几盆娇黄色的金鸡菊开得正好，右边的几扇木窗半开着，窗前就种着几株高大的桂树，清新的山风悠悠地吹进来，满屋都飘着一股甜甜的桂花香味。

身穿深色西服的顾达飞虽然坐在椅子上，手边搁着小丫鬟刚送来的一盏茶，嘴里和谢天华随意交谈着，但是他的眼光却是紧紧地盯着半月形的院门。

"顾大哥，你看我带来的这支百年人参，能不能对林伯母的病有所助益？这是家父的多年珍藏，这回被我死要活要地要来了。为了清菲，就是天上的星星，我也得摘下来。"谢天华颇为得意地拿着一只红色礼盒在手里扬了扬。

顾达飞瞥了一眼，扶了扶眼镜框，微微笑道："的确是很难得，更难得的是你对清菲的这份心意，易求无价宝，难得有情郎啊！"

正说着，一个穿旗袍的短发女孩子一脚跨进门槛来，脆生生地叫道："谢天华，你跟我吹嘘的那支百年人参，到底带来了没？"

谢天华立刻喜形于色地站起来，把手中的礼盒一举："清菲，你看，哪回我跟你说的话不算数了，我也没那个胆子啊！"

清菲嘴角弯了弯，对着顾达飞叫了声："顾大哥。"

顾达飞忙起身，还未开口，清菲已经扭过头，对着身后的暗影里，大声道："姐姐，我和天华先去把这支人参送去厨房，让他们赶紧熬出汤来，给母亲送去，你和顾大哥慢慢聊吧。"

说着，她给谢天华使了个眼色，拉起他，一起出了门往西跨院的厨房而去。

两个年轻人的身影像一阵风，瞬间消失在半月形的院门处。可是，站在门外暗影处的那个人却还未跨进门来。

顾达飞往前走了几步，努力抑制住自己激动的心情，轻声唤道："清芳，我来了！"

清芳缓缓地从暗影中走了出来，她的脸庞仿佛是一枝轻轻绽放开来的梨花，一点点地扑入顾达飞的眼中。稍停了片刻，她抬起脚轻轻跨进门来，月白色的旗袍下摆轻轻地漾过顾达飞的心。

"达飞，你怎么来了，你在信里不是说马上就要去上海了吗？"她轻轻柔柔地问了一句，眸子里却有些亮晶晶的东西在微微闪烁。

顾达飞突然觉得有一股泪意漫过自己的心头，他眨了眨眼睛，哑声道："我向总编请了两天的假，我对他说，我必须要去见一个人。他问我是什么人，我告诉他，是我这辈子最深爱的女子，只要见过她，跟她说几句话，我就可以毫无遗憾地去上海做战地采访了。"

清芳突然垂下脸，眼泪簌簌地滑下，却没有一丝声息。

顾达飞又是心疼又是后悔，上前把她轻轻揽在胸口，像哄个孩子似的，轻轻摸着她的秀发，柔声道："都怪我不好，把你惹哭了。我应该早点过来看你和伯母的，但是，报馆里的事情很繁杂，我是昨天晚上才决定今天过来看你的。都是我不好，都是我不好。"

清芳在他胸前使劲地摇着头，抽泣道："不怪你，不怪你，你这么忙，我本来不该让你为我再分心的。但是，我确实是很想你，就不知不觉地在信里流露出了思念，还是让你分了心跑来。"

这几日，她在退思堂里主持各项事务，本来是最干练老成的，但是不知道为什么，一见到顾达飞，她就仿佛成了个孩子，竟然完全失去平时的矜持，各种委屈、各种思念，都一下子喷涌而出。

好一会儿，清芳才抬起头来，顾达飞忙掏出自己的手帕，轻轻地帮她拭着眼泪。清芳倒不好意思，接过手绢自己擦着眼角。她的一头乌丝全盘在头上，顾达飞静静凝视着她，抬手轻轻帮她把鬓间散下的一绺头发整理好。

翠寒端着两碗燕窝从月亮门洞穿过，她是奉林夫人之命，送燕窝给清芳和顾达飞的，但是刚刚走到客厅门前的桂树下，就看到清芳和顾达飞正

面对面立着，

　　清芳还在拭着泪，顾达飞似乎正在她耳边说着什么，目光中的温柔之意都能把冬日的坚冰都融化了。

　　翠寒面色一热，忙闪身在桂花树后藏着。心里默默想着，这两人真是一对璧人，站在一起竟然如此相配。可怜大小姐这样的相貌才学，姑爷竟然不用心珍惜，顾先生对她却是真心实意的怜爱，如果真的能跟了这位顾先生就好了，只怕姑爷不会轻易罢休。

　　夜风悠悠吹来，满树的叶子沙沙地响着，翠寒只觉得额头一凉，她伸手一摸，原来是一滴露珠。夜深了，凌云山的秋意更浓了。

第七章　萋萋别情

　　天刚麻麻亮，清芳就起了床，虽然她昨晚和顾达飞、清菲、谢天华几个人聊天睡得很迟，但是今早却觉得精神格外好。她坐在梳妆台前，拿起牛角梳，把头发梳成了两根麻花辫，再起身换了件素色碎花的旗袍，穿一双半高跟的米色皮鞋，这才快步下楼来。

　　宅门外，顾达飞换了件长衫，早就准备停当，正坐在一辆轻便马车的踏板上，手握缰绳，静静地等着。原来他们两人商量好，今早要去请太平镇的一位名医，据说这位名医是治疗肺病的圣手，常年在北平一带行医，最近是因为日军进犯，才来到这里的亲戚家避难。

　　"达飞哥，小杜呢？不是说让他来赶车，送我们去太平镇的吗？"清芳在马车一侧的踏板上坐下，微微诧异地问。

　　顾达飞望望她，微微一笑，轻声说了句，坐稳，就左手一抖缰绳，右手挥起，轻轻一鞭。那马儿便迈开四蹄，踩过一片青草，往村外跑去。

　　清芳轻轻一晃，忙抓紧了顾达飞的胳膊，惊诧道："达飞，你竟然会赶马车？"

　　顾达飞一边熟练地操作着马车，一边微微笑道："是啊，你当我是公子哥，四体不勤，五谷不分，只会写文章？其实，我小时候家里有些田地庄院，在当地也算首富，但是家父一直都希望我们能自力更生，不要成为那种纨绔子弟。所以，自小，父亲就让家里的工人们教我和哥哥弟弟挑担、浇水、施肥、驯马以及赶马车等等活计，我十二岁时就已经能够独立赶马车去镇子上买东西了。"

　　清芳侧脸望望他，嘟起嘴道："谁说你是公子哥了，我在《金陵时报》

上看过你父亲的介绍，你父亲顾鸿儒先生是新派人物，曾经在北京大学学习，倡导西学，曾经开办过江城最早的西式学堂。有其父必有其子，你怎么会是个公子哥呢？"

"咦，知道的还不少啊，看来你把我这个记者的底都挖了。回头我和廖老爷子说去，不如请你来我们报馆里当记者吧。"顾达飞打趣道。

清芳知道廖老爷子是指他们报馆的总编廖雪峰，羞涩道："我……我怎么行？你又笑我。"

顾达飞皱起英挺的眉毛，很认真地说："廖老爷子一直都跟我说，他很想见见《蝶》这篇小说的作者呢！他夸你的文笔如行云流水，读之令人沉醉。清芳，你很有写作的天赋，千万不要放弃。"

清芳被他夸得微微羞涩，扭头去看路两旁的景致。

太平镇与秋浦村隔着一座落叶峰，此时，马车正行走在蜿蜒的山梁之上。淡淡的晨曦中，两旁山峰青翠，树木幽深，连绵不绝的绿意中还时不时地现出似火的红叶，尤其是那些山涧之水，碧绿清澈，恰如一块块碧玉散落于无限苍翠之中。他们两人自相识以来，这还是第一次结伴出行，心情都微微激荡，一时间都默不作声。

不过两个时辰，顾达飞和清芳便赶到了太平镇。没想到，那位名医谭少羽的名气虽然大，其实也就二十七八岁，态度极其谦和，听说是秋浦村的林府来人，热情招待顾达飞和清芳，还立刻应允了前去诊治。

清芳心中焦急，稍微休息了一盏茶的工夫，三人便驾车往秋浦村赶。天色刚刚有些昏暗，他们便回到了退思堂。

谭少羽进了内屋帮林夫人搭脉，看舌苔。清芳、清菲在一旁忐忑不安地陪着，谢天华、顾达飞则在外面小客厅里等着消息。谢天华手中是一份今天在镇子上买的报纸，第一版上鲜明的大标题就是：日军逼近上海，军民齐心备战。

谢天华看了一会儿，愤愤道："小日本居然这么猖狂！顾大哥，你说，我们泱泱大国，几十万的正规军，竟然会在一个月内连续丢了北平、天津，不会真的连上海也守不住吧？难道日本人真的会打到南京来？"

顾达飞负手站在窗前，桂花的香气如此馥郁，令人陶醉，但是不知道为什么，他却嗅到一股浓浓的硝烟味道。

"国家积弱，不是一时造成的，我国自从火烧圆明园、甲午战争后，直到建立民国至今，就一直是沦为诸多列强的口中之食。日本自从明治维新开始，国力就日益增强，而且，他们占领东三省后，南京政府一直采取消极抵抗的政策，这更助长了他们的气焰。他们此次挑起卢沟桥事变，就是为了全面侵略找借口。"

"天华，我有一种很不好的预感，上海外围目前聚集了近二十万的日军，虎视眈眈。我们的军队和日军已经进行了非常之惨烈的战斗，甚至巷战，虽然几次打退日军的进攻，可是，目前的形式并不乐观。"

"我从江城出发前还听说，可能会调戴将军手下的精锐部队去增援上海，可见，上海方面的压力非常之大。至于南京……"

他说着，缓缓转过身来，脸色凝重。

"天华，我听到一个消息，是我一个朋友的父亲，在南京政府任要职，据他透露，南京政府可能会在最近转移到西南方去，最有可能的是重庆。如果这个消息属实，那也就是说，南京方面对上海是否能守住也是心里没底。"

"什么！"谢天华猛地捶了一下茶几，"怎么能这样？这些达官贵人遇到战争倒是自己先筹划着跑，普通的百姓该怎么办呢？不行，我们得赶紧告诉清菲和清芳姐，让他们家人早做准备啊，万一上海沦陷，可就……"

正说到这儿，清芳和清菲一起走了进来。清菲接过话茬，问道："你们俩在说什么上海沦陷？"

顾达飞有些忧心地望着清芳，轻声道："清芳，伯母的病，谭大夫怎么说？"

谢天华忙把清菲拉到一边，悄声和她说着让她及早做好往重庆逃难的准备。

清芳微微露出一丝笑意："谭大夫给开了十几服药，说病势虽然沉重，还是有救的，只要认真服药，再加上天华带来的百年人参的效用，慢慢调养三五个月，也许会有起色。刚才，你们在说什么上海可能会沦陷？"

顾达飞爱怜地拂了拂她的肩膀，说："这样就好，天无绝人之路，只要我们有信心，总会有办法，伯母的病会好，上海也能守得住！"

清芳凝视着顾达飞，他眼神中的坚定和柔情竟然刺得她莫名地心痛。窗外的夜色渐浓，吹进来的山风带着微微的寒意，清芳虽然在盈盈笑着，但不知为什么，身子轻轻地颤了一下。

众人吃了晚餐后，迎春去厨房熬药去了，清芳安排了一间清净客房给谭大夫歇息。清菲和谢天华究竟是年轻人的天性，竟然不顾天黑路滑，乘着迷离的月色，非要驾着马车去离此几里地外的翡翠谷里看月光下的瀑布。

清芳和顾达飞也不想去打扰这小情侣两人单独相处的时光，去林母屋里陪着说了会儿话，看着她吃完药躺下睡了，才并肩走到了院子里。

这时，偌大的院子里，静悄悄的并无人声，只有桂树和白玉兰树的叶子在风中飒飒作响。两人缓步走到院子西北角的一处凉亭中坐下，清芳的手肘搭在青石桌面上，只感到微微的凉意。

顾达飞在另一张石凳上坐下，仰头望着天边的半轮月盘，思索着说道："起舞弄清影，何似在人间！苏东坡在千年前看过的明月和我们现在看到的并没有两样，就连心中的愿望也是一样——但愿人长久，千里共婵娟。如果没有战争，这个美好的愿望就一定能实现！"

清芳托着腮望着清冷的月光，幽幽叹道："是啊，千年前，诗人因为不得不离别而伤怀，写下那些千古名句。如今，我们俩，也不得不离别。可是，我虽然有满腹的话，却好像一句也说不出，正应了那两句，别有幽愁暗恨生，此时无声胜有声。"

说着，她扭过头望去，正和顾达飞的目光相遇，两人一时心中都掠过无数过往——

漫天的大雪中，她站在梅花树下，正仰着头望着一树梅花。咔嚓！闪光灯闪过，她扭过头，微微恼怒地簇起了眉头。

湿滑的雪地上，顾达飞在奋力地跑着，坐在黄包车里的清芳轻轻掀开车帘望去，细小晶莹的雪花正轻轻落在他微微卷曲的头发上。

黑色的轿车像汪洋中漂泊的一条船，那晚的月光也像今晚一样凄冷，顾达飞开着车，清芳坐在他身旁。漫漫的夜色仿佛没有尽头，但两人的心中却都不觉得害怕和孤单。

"清芳，对不起，如此战乱之际，你父亲外出未归，母亲病重，你是长女，家人生意都得靠你自己，我本应该陪在你身边，帮你分担一切磨难。可是，我却不得走，而且，这一去可能无法定下归期，得看上海的战况。"顾达飞满怀歉疚。

清芳使劲摇摇头："达飞，别这么说，如果不是家里的父母，我也会和你一起去上海，做一点力所能及的事。匹夫未敢忘忧国，在国难面前，个人的一点离别之痛又算得了什么呢？只是，你一定要答应我，要万分小心自己的安全，要经常给我写信。我已经决定了要和汪学礼提出离婚，只等母亲的病好转些，我就写信和他说明，不管他的态度如何，我是下了决心，再不回到他身边去了。我的人生是属于我自己的，我有权利和我所爱的人在一起。"

她的眸子在夜色中像坠落的星星，闪着倔强喜悦的光。

顾达飞只觉得眼前升腾起一片灿烂无比的烟花，在这凄冷的夜空中，一朵又一朵璀璨地散开。他伸出手轻轻握住了清芳搁在青石桌面的手，柔声道："清芳，只要上海局势稍稍安定，我就马上赶回来，你等我，我陪你一起去南京，去和汪参谋谈。我相信晓之以理，他会明白，勉强的婚姻是不幸福的。"

说着，他脑海中却闪过白蝶冷冷的脸庞："汪学礼那种人，在叔叔身边待久了，早晚会学会叔叔的狠辣手段，自己喜欢的东西，宁愿毁掉也不会落在别人手上。"

顾达飞只觉得心头一颤，他更加用力地握住了清芳的手。清芳凝视着他，微微笑着，她的脸庞尽管浸在清冷的月色中，却看得出有些云霞样的绯红。

两人都觉得如此幸福，从未感受过这样的幸福，浓烈得就如院子里飘散着的各种花香。但是这幸福却又是如此短暂，短暂得只有一夕。离别像一柄柔软的剑，正一点点的，悄无声息地插进两人的心里。

"达飞，我唱首歌给你听吧！"

"好啊，我一直没听过你唱歌呢！"

"长亭外，古道边，芳草碧连天。晚风拂柳笛声残，夕阳山外山……问君此去几时还，来时莫徘徊……一壶浊酒尽余欢，今宵别梦寒。"

清芳的歌声像月光下的桂花树，摇曳着淡淡的洁白。顾达飞不知为什么嗓子发干，眼睛涩涩的，有点湿润的东西渗出了眼角。

凌云山中飘来的寒气却是越来越重了，渐渐笼罩了小小的八角凉亭。

南京城，夜色正浓，歌舞升平，看不出多少战争的阴霾。停泊在秦淮河边的一条画舫中，帘幕低垂，丝弦悠扬，船上主舱中，摆着一桌酒菜。一个上着彩妆、穿着戏服的女孩子正娇声娇气地唱着《苏三起解》，一段西皮流水唱罢，博得在座几位男宾的一片喝彩声。

菊仙撇撇嘴，用手帕掩着嘴，在自己的小姐妹凤蝶耳边笑着悄声道："这唱得有什么好啊，嗓子还没开呢，要在我们八仙班里，连个丫鬟都唱不上。"

凤蝶不过才十八岁，爱笑爱玩，听了这话也是掩着嘴哧哧地笑。

旁边坐着的军统六处处长杨远举扭过头瞧着她们，眼光中有股子说不出的暧昧意味，他笑嘻嘻地道："二姨太，凤蝶姑娘，在说什么悄悄话啊？别偷偷乐啊，说出来让我们大家都开心开心嘛。"

菊仙抛了个妩媚的眼风，娇声道："杨处长，你就笑话我们，我们头发长见识短的，姐妹间说的闲话哪儿能登大雅之堂啊！"

杨远举色眯眯地盯着菊仙白嫩的脸庞，笑道："二姨太你是名角，我听学礼提过，要不，上去唱一段，给我们也开开眼！"

坐在主位，面无表情喝着茶的白占亭这时放下茶盅，微微笑道："学礼呢？我正想问问他交办的那件事怎么样了，麻烦二姨太去找一下他。"

白占亭在军统内部素来号称"石头佛爷"，这次能笑一笑也算是给了菊仙足够的面子，菊仙岂敢不去？她赶紧起身媚笑道："白主任，我们家那位爷啊，出去了这么久也不回，难不成看上哪家游船河的漂亮姑娘了？我这就去叫他回来。"说着，她离座款款走出主舱。

这时，秦淮河上正是一片桨声灯影，一艘艘挂着彩灯的游船正在河上悠悠荡去。穿红着绿的姑娘们，吴侬软语熏得整个金陵城都昏昏欲睡。

汪学礼正站在船栏边，眼望河面，默默地吸着一支烟，一明一灭的火光中，隐隐看见他的眉头微微皱着。

菊仙轻轻走过去，说道："我的爷，你怎么一个人在出神？白主任找你呢。"

汪学礼扭过头，看看她，嗯了一声："我父母前几天写信来说，我岳母病重，可能不一定熬得过一个月，让我回去看看。可是，我这儿实在走不开，过两天，还要陪白主任去一趟重庆。"

菊仙赔着笑问道："这是老太爷和老夫人的意思，还是少奶奶的意思？说起来，自从我们来了南京，你也多次去电报叫少奶奶来南京，可她就是不肯来。也难怪，母亲病重，自然是先尽孝道，夫妻之情暂放在一边了。"

汪学礼沉吟了一会儿，把手中的香烟丢进河里，缓缓道："清芳是外柔内刚，脾气倔强，再说娶了凤蝶这件事，我也确实是没有事先征求她的意见，也难怪她生我的气。不过，怎么说我和她也是结发夫妻，我相信她总会想通的。"

"这样吧，明儿你有时间，在我们的宅子不远处再找两处宅子，我立刻派人去接我父母过来居住，顺便也去秋浦村把清芳和她妹妹、父母一起接来南京，这样，她总没什么牵挂了吧？"

菊仙愣了愣，她没想到汪学礼居然会想出这么个主意，暗暗咬了咬嘴唇，道："爷想得是很周到，不过，只怕少奶奶未必肯来。您那小姨子是学校里的风头人物，亲共分子，学生游行示威什么的，她都是领头的，只怕也不会这么容易就来的。"

这话显然触痛了汪学礼，他猛地转过身来，逼视着菊仙，眼光灼灼，一字一字地道："清芳她是我汪学礼的人，出嫁从夫，这么简单的道理，我不信他们林家不懂。至于清菲，她到了南京，我再也不会许她胡闹，不行就把她关在家里。这趟派人去，林家好好说就一切都好，要是惹恼了我，带着兵去，就是抓也要把清芳抓回来。再说，看眼下的形势，南京很快也要保不住了，难道他们不怕死，不怕日本人来！"

菊仙见汪学礼动了气，也不敢再添油加火，忙点头应承着，两人这才转身走进了船舱。

月光下的秦淮河，黑色污浊的河面上闪着微微的光，弥漫着一股浓浓的脂粉香气。不知怎么，这股香气中却隐隐含着一种淡淡的血腥气，那些沉浸在醇酒美女中的男人们却并没有意识到，他们需要的就是忘记，忘记残酷的战争正在几百里外进行。

山区的天气，素来多变，一大早，就下起了蒙蒙的细雨。这场雨，一直下到午后，也没有停下来的意思。顾达飞和谢天华待了两天，必须启程了。

今天，谢家的司机特意来接他们。黑色的轿车边，清菲的眼圈红红的，谢天华撑着伞，拉着她的手，一直在她耳边低低说着什么。

雨下得那般缠绵，似乎只适合在柳永的诗词中被吟咏，但是并肩撑着伞走着的两个人心里此刻却没有半点诗情画意。簌簌的雨声敲打在伞顶上，听在清芳耳朵里，像是离别的鼓点，一声催着一声，每声都叫人心惊。

顾达飞撑着伞，清芳比他矮半个头，被风吹起的发丝恰好柔柔地蹭着他的脸。两人默默从内院穿过幽深的天井，在精美的窗雕和石雕间穿行着，犹如穿行在那些逝去的古老时光中。

清芳停住脚步，幽幽道："达飞，我就送你到这儿吧，不送你出去了，我怕，我会忍不住落泪。你去做战地记者，是每一个有良知和爱国心的记者都最应该做的事，也是一种荣誉，我应该为你高兴，为你祝福，而不是落泪。"说着，她眼中漾起一丝泪光。

顾达飞抬起手，轻轻去拭清芳眼角的泪痕。突然间，猛地把她揽入怀里，什么话都不说，只是紧紧地抱着，仿佛一撒手她就会乘风飞去。

清芳的眼泪夺眶而出，但是她拼命咬着嘴唇，不让自己哭出声来。

顾达飞明白战争的残酷和今日离别的意义，正因为明白，似乎才说不出那些憾人心扉的誓言。誓言是代表永远的，但他也许给不了清芳永远。

他说不出话，只能用嘴唇轻轻地吻着清芳芳香的发丝。

清芳的泪水湿透了顾达飞长衫的前襟，好一会儿，才轻轻挣脱出来，望着他，努力绽开一个笑容，哑声道："达飞，快走吧，该出发了。记得，我永远都在这儿等你，你一定要回来！回来！"

说完，她把手里的一个丝绢小包裹塞在顾达飞的手中，转身朝着后院跑去。她没有回头，只有两根长长的辫子在细雨中飞舞着，很快，她消失在游廊的尽头，再也看不见。但是那两根辫子，却像是扯不断的丝线，紧紧缠住了顾达飞的心，再也无法松开。

顾达飞深深吸了口气，撑着伞，转身大踏步地往院门走去。

雨还在下着，轿车缓缓启动了。谢天华身子探出车窗去，还在不停地向他心爱的姑娘挥手，清菲也竭力举起手臂向他挥着。

顾达飞轻轻解开了那个摊在膝上的丝绢包裹，几张用优美的梅花小楷书写着的稿纸露了出来，那是《蝶》的最后两个章节，是清芳昨晚重新写的。

顾达飞的眼光却被包着稿纸的丝绢帕子吸引住，那是用最上等的杭州丝绸制成，触手生凉，宛如温玉。在丝帕的一角，赫然绣着一枝婷婷的玉兰花，乍看是白色，细看却是淡若云烟的红。

——喧闹的月台上，一群叽叽喳喳的女学生中，穿着蓝衣黑裙的清芳微微垂着头，轻轻地把一枝粉色玉兰花别在他的衣襟上。

原来，他从前二十八年的生命，漂泊四海，离乡求学，只为了等待那一刻遇见他命定的女子。

"清芳，等我，等我回来！"顾达飞一边喃喃自语，一边小心翼翼地重新系好了包裹。

车子渐渐加速，秋浦村慢慢成了一幅墨迹未干的山水画。谢天华终于坐回到位子上，愣愣地望着自己手中的一朵蓝色小花，不断自语道："清菲，我将来一定要娶你！你一定要嫁给我！"

顾达飞安慰似的用力拍了拍他的肩膀，这个为情而苦的小伙子就像是自己的影子。

他扭过头从车窗去看那连绵若烟的雨色。

这一场雨不知不觉下了很多天，连绵多日的秋雨褪去了凌云山上满眼的红叶，草色开始渐渐枯黄，山涧中的溪水暴涨，阻断了登山的路径。再加上不断传来的战争不利的消息，今年的凌云山游人寥寥，秋浦村也显得格外萧条。

第八章　生死一夕

1937 年，秋。

顾达飞和谢天华离开秋浦村已经整整一个月，萧瑟冷僻的深秋午后，退思堂笼罩在一片深深的愁绪中。几缕淡淡的阳光，越过马头墙上那些静默不动的镇宅兽，透过精美的石雕漏窗，洒在每一层幽深院落的天井中。

本来，这一个月以来，林夫人服了谭大夫的几十服药，病情已见起色，甚至后来胃口还颇为好转，吃得下米粥，有时还能下地走两步了。前两天，父亲林秋白也从南京打来电报，说今天一大早坐火车回来。清芳和清菲一边派人去江城车站接父亲，一边在变卖铺子，准备林秋白一回来，就全家迁去江城，再做打算。

谁知，到了中午，清芳和清菲正坐在客厅说话，小杜抹着眼泪跑进了门，一跨进客厅就跪在地上放声大哭起来。

清芳看到父亲并没有接回来，心知不好，忙问怎么回事。小杜抽泣道："大小姐，我赶到车站才听说，老爷坐的那趟火车，被日本人炸了！"

"什么！你说什么？"清芳只觉得耳朵嗡嗡作响。

清菲性子急，这时从椅子上跳起来，抓住小杜的脖领子叫道："你胡说，你胡说，小杜，是你偷懒没去接老爷吧，你怎么敢这样胡说？"

小杜连连磕头："二小姐，我没胡说，老爷坐的火车确实被天杀的日本人炸了。车站的人说，全车的人都死了，没一个活口啊！"

"不，不，爹！"清菲哇的一声哭了出来，瘫倒在地。

清芳又急又悲，愣在当地，一时就连哭也哭不出声来，还是翠寒赶紧扶住她，大声唤道："大小姐，大小姐！"

屋里众人顿时哭声一片。

好半天，清芳缓过神来，泪如雨下，只哆嗦着嘴唇道："小妹，你别哭了，大家都别哭了，快把眼泪擦了，别让母亲听见。父亲已经走了，千万不能让母亲知道。"

清菲听了这话，忙忍住悲声，猛一抬头，却看见母亲正颤颤巍巍地扶着门框站在门口。

原来，今早林夫人也知道丈夫要回来，心情有些激动，辗转反侧睡不着，正靠在床上闭门养神。突然听到客厅这边哭声一片，正好她屋里没人，就自己支撑着起身，披了件外衣往客厅这边走来。谁知，刚走到门外，就听到小杜说火车被炸，一火车人都死了。

"母亲！"清芳看见母亲，正要上前搀扶，却见林夫人颤颤地抬起一只手，想抓住什么，凄惨地叫了声："芳儿，菲儿，你父亲……"话未说完，就哇地吐出一大口血来，向后倒去，昏迷不醒。

肺病吐血乃是大忌，大家扑过来，又是呼喊又是掐人中。掐了半天，人仍然不醒，于是慌了手脚，又是哭声四起。最后还是清芳自己勉强镇定下来，让小杜赶紧套车去太平镇请谭大夫。

小杜虽是快马加鞭，太平镇来一回也花了一个多小时。等谭少羽进了门，林夫人已经是气息微弱，四肢发冷，面如金纸了。

谭少羽倒是手脚麻利，处事果断，立刻又开了两服药，让厨房熬着，一边忙从药箱中拿出针灸火罐来，给林夫人施救。按照谭大夫的要求，屋里只留下两个年长的老妈子帮着用热水擦洗，其余人退出。

大家这一番忙乱，午饭都没顾得上吃。翠寒担心清芳身体顶不住，悄悄去厨房盛了一盅银耳羹来，递到她眼前，哭着道："大小姐，您无论如何也要吃点。人是铁，饭是钢，我知道您现在心里难受，但是您现在就是这个家的主心骨，您可千万要保重身体啊！"

清芳虽然没胃口，但是见她哀求似的眼神，心中不忍，还是接过茶盅，用小银勺子舀着，勉强吃了几口，又把小茶盅轻轻地搁在了石桌上。

无数种忧虑像纷乱的丝线紧紧缠住了清芳的心——父亲的尸骨不知能不能找回，母亲的病情看来凶险无比，上海局势不明，达飞十几天了完全失去音讯。昨天又接到汪学礼的电报，提到南京政府正在准备迁往重庆，催促她前去南京汇合，语气颇为激烈，甚至在电报的结尾加了这么一句：你若想离婚，绝不可能。若执意不走，恐将来落在日军手中，后悔莫及。望慎思！

门终于打开了，谭少羽提着药箱走了出来，看得出，一下午的忙碌让他很疲惫，一眼看见起身迎上来的清芳，微微欠身道："大小姐，我为夫人施了针，也灌了汤药下去，刚才，夫人的神志已经有了几分清醒。"

听了这话，清芳差点落下泪来，忙深深鞠了一躬，说道："谭大夫，您的大恩大德真是没齿难忘，清芳无以表达感激之情！"

谭少羽也忙还了一礼，满脸歉意道："大小姐真不必如此多礼，折杀谭某了！本来上次我来诊治时，夫人的病势已经非常严重，幸亏那支百年人参的功效，加上谭某的几服药，如果能坚持三个月，应该会有不错的效果。可惜林先生出了这样不幸的事，夫人受得打击太大了。"他叹了口气，迟疑着没有说下去。

清芳含泪凝视着他，缓缓道："谭大夫，您请直言吧，无论家母的情况多么糟，我也要知道实情。"

谭少羽微微避开她的眼神，低声道："大小姐，我已经尽力了，但是只能暂时使夫人苏醒过来，估计也就几个时辰，她会再次昏迷。夫人这次吐血，重创了肺部，可能无法再恢复了，我刚才替她把过脉，也许就在今晚，或者明日，夫人就会耗尽气力仙游而去，还请大小姐做个思想准备吧……"

清芳只觉得眼前一黑，身子晃了晃，幸亏翠寒机灵，忙上前搀住，扶她在石凳上坐下。

谭少羽忙劝慰道："大小姐，您一定要想开点，俗话说，医家能治病治不了命，圣人亦不可免，何况我辈凡人，您要节哀！"

清芳点点头，稍稍定了定神，微微点头道："谭大夫，清芳有个不情之请。"

"大小姐但说不妨，只要我能办得到。"谭少羽恭敬地说道。

"请谭大夫今晚留在我们退思堂，照看家母的病。"

谭少羽作揖道："大小姐，您放心，就算您不开口，我今晚也绝不会离去。我一定尽力照料夫人。"

月牙儿，像是一个孤单的白影子，在黑色的云层中摇来晃去。

清芳独自抱膝坐在黑暗的楼梯上，身上一阵阵彻骨的冷。今夜，父亲那枉死的灵魂不知在何处游荡。南院的卧室中，昏迷不醒的母亲，生命正在一点点地逝去。小妹在哭泣，翠寒、迎春在哭，整个退思堂都在默默地哭泣，而她却不得不把眼泪竭力忍着——她是林家的大小姐，妹妹、翠寒、迎春，还有十几个丫鬟下人，未来的命运，都要由她去筹划安排。

"父亲母亲，你们不要离开我。达飞，你在哪儿？你一定要回来！"清芳蜷缩起身子，痴痴地盯着天上的那一点模糊的月影，梦呓般自语道，两行晶莹的泪沿着脸颊缓缓滚落下来。

上海，黑沉沉的黄浦江面上，除了偶尔闪过几束探照灯的光柱，竟看不见一丝月光。

顾达飞在冰冷彻骨的江水中奋力地划着，他虽然是游泳高手，但是，一个小时的游行，又冷又饿，体力也即将耗尽。他觉得自己的身子越来越重，手臂越来越无力，渐渐往下沉去，嘴里猛地灌进了几口污浊难闻的江水。

他的脑海中开始混乱，各种蛰伏着的幻象纷纷蹿了出来：悠长的窄巷口，轰鸣的炮火炸起一串串尘土，士兵们被炸断的残肢鲜血淋漓，伤者痛苦的哀鸣回荡在耳边。凶残的日本士兵挥动雪亮的刺刀向他刺来，一个年轻的中国士兵一把推开他，和日本士兵厮打在了一处，高喊着："顾记者，你快跑，一直往南跑，那边是苏州河！"

顾达飞的胸口越来越冷，他的左腿似乎是被流弹打中了，受了伤，此时就越发觉得游不动了。身子像被什么东西坠着，缓缓往江水中滑去。他觉得好累，很想闭上眼沉沉地睡去。寒冷的江水渐渐没过他的头顶，在荡漾的水波中，一个女子的脸庞慢慢浮现出来，越来越清晰。她的眸子那么幽深清澈，如寒夜中的星光，闪烁不定，却亘古不灭。

"清芳！等我！"顾达飞猛地清醒过来，他从水面上探出了头，大口呼着新鲜而冷冽的空气。

月亮似乎在一刹那间从黑色的波浪中冉冉升起，一阵马达的轰鸣声从不远处的江面上隐隐传来。

秋浦村，银白的月光泻了一地，高大的飞檐和寂寥的黑瓦上宛如凝了淡淡的霜。院子里的十几颗桂花树都盛开得极其繁盛，退思堂沉浸在晶莹的月光和馥郁的花香中。

在这样的月光和花香中，林夫人静静地咽下了最后一口气，追随她心爱的丈夫而去。虽然没有找到父亲的尸骨，但是姐妹二人也用他平时爱穿的衣服和林夫人一起放进了楠木棺材里。丧事办得极其简朴，停灵三天后，这对夫妻被悄然下葬。

上海沦陷，日军已经逼近南京的消息接连传来。因为家里的大笔生意家资要迁往重庆，和清菲一起回到秋浦村的谢天华，不得不在林夫人下葬当天就先赶回了江城。清菲则留下来，帮助姐姐料理一切善后事宜。

清菲和谢天华已经商量好，在几天内，收拾好家中一切细软，赶往江城，搭上谢家包下的一艘豪华江轮，迁往重庆。

谢天华走后的第三天，清菲驾着马车独立去了趟太平镇。一回来，她就拿着一张刚刚收到的电报，神色凝重地走进了退思堂。

清菲今天穿的是轻便的骑马装，脚蹬一双长筒马靴，疾步走上楼梯往走廊走去，地板发出一阵咯吱咯吱的响声。她走到那间朝南的房间门前，又犹豫了，手中握着的那份电报似乎是烧着了的炭火，她几乎握不住那薄薄的一张纸。

思忖再三，清菲还是轻轻推开了雕花木门。清芳穿着黑色的丧服，鬓角别了一朵小小的白花，正呆呆地坐在桌边发愣，听见门声都没有回头，只是轻轻问了声："小妹，是你吗？"

清菲应了一声，悄然走到她身后，才看清楚原来桌上放着顾达飞之前寄来的十几封信。

清芳轻轻扭过头来，眼中闪着一股倔强的光："小妹，我想好了，等过两天到了江城，你带着翠寒、迎春、郭妈先坐着谢家的船去重庆。我一定要去趟上海，找达飞！"

"姐！"清菲欲言又止，只是不自觉地把手中的电报往身后藏了藏。

清芳起身走到窗边，幽幽道："小妹，你不用劝我，我知道现在去上海肯定会很危险，可是，现在连报馆都无法联络到他，可见，他处境极其艰难。也许受了伤，也许……我真的不敢再想下去。这几天虽然忙着母亲的丧事，我也每天晚上做着噩梦，梦到达飞满身血污地呼喊我。就算我去了重庆，我也没办法安心，与其这样，还不如搏一下，去上海找找看，不然我这辈子总是不死心！"

"姐！"清菲再次咬了咬嘴唇，提高了声调。

也许是清菲的声音异样，清芳察觉到了什么，缓缓转过身来，盯着她，眼光慢慢落在了她手中握着的那张电报，颤声问道："他，他怎么了？"

清菲知道终究瞒不住，只得把手中的电报轻轻递了过去。

清芳颤抖着接过那份电报，只扫了一眼，却觉得上面的每个字都在跳跃着，扭曲着，像一条条丑陋的蛇，狠狠地缠在她的脸上、身上、脖子上，令她几乎窒息。

这份电报是谢天华发来的。

"清菲，今天我父亲的一位挚交从上海奉命撤退归来，他是第十集团军的一位参谋。据他说，中日两军在上海进行数次巷战，战况惨烈，他所在的团负责守卫苏州河北岸，死伤过半。其中，有一位从江城去的记者，姓顾，也英勇地参与了这次战斗，结果被日军的流弹所伤，掉进苏州河里，被卷走了，只怕已经殉难。我详细问了这位记者的外貌特征、到上海的时间，应该是顾大哥无疑，只是这个坏消息我不知道该如何告诉你姐姐。"

屋子里寂静得可怕，清芳却只是低头反复看着那份电报，并没有发出一声哭泣，甚至连眼泪也没有落下一滴。她奇异的镇静让清菲心头突突地跳。

"姐，你一定要想开点，你还有我，还有翠寒，迎春。你别憋着，想哭就哭出来！"她几乎是哀求道。

那张纸片轻轻地从手指间滑落在地，清芳缓缓地，一步步地走出房间去。清菲追到门口，高声叫道："姐，你去哪儿？"

清芳却没有回头，只是一直往楼梯口走去。她脚下的地板似乎都在轻轻摇晃，她走的每一步似乎都在无边的大海上漂浮。她努力支撑着自己的身体向前走去，她就像一只在黑夜中迷路的小小海鸟，虽然明知前面没有方向，但她却不能让自己停下，因为停下就意味着她失去了那双赖以飞翔的翅膀。

终于，她走到了楼梯口，又长又陡的楼梯像是通往不知何处的长长甬道，那黑暗中，隐隐立着一个人，他镜片后略带孩子气的眼睛凝视着自己，他微微含着笑，那笑容温暖到让人落泪。

达飞，她终究还是失去了他！曾经以为，不管等多久，终有一日，还是能携手，但这一日，竟是永远也不会来了。

"达飞！"清芳轻轻唤了一声，只觉得心中的剧痛如汩汩的泉，无法抑制地喷涌而出。漫天的黑暗从四面八方涌来，她再也无力抵御，双腿发软，猛地从楼梯上一头栽了下去。

"姐！"这声凄厉的呼喊是清芳最后的记忆，之后她就缓缓沉入了无尽的黑夜。

清芳昏迷了整整十天，她意识稍稍清醒时已经是在去往重庆的客轮上。清菲虽然才十八岁，但是镇定处理了家中一切善后事宜，照顾姐姐，安置几个丫鬟老妈子，一切都很妥当，连同行的谢家二老都对这个女孩啧啧称叹，私下里对儿子的眼光表示非常满意。谢天华自然更是喜不自胜，一路细心呵护，和清菲的感情日渐亲密。

江水暴涨，船行得并不快，十几日才到了重庆码头。当清菲第一个走下跳板，看到码头上笑眯眯地迎接她们的汪学礼时，才骤然明白了一切。战乱之际，谢家虽然家资丰厚，但是能如此顺利地包下一艘客轮，并且避过乱兵劫匪日本人，顺利到达重庆，实际是汪学礼借助军统的力量暗中相助。谢家人对这一切自然是心知肚明，只是不说破而已。

事已至此，姐姐还病着，身处异地他乡，清菲别无他法，只得硬着头皮低低叫了声姐夫。汪学礼倒是并不介意，坦然处之，和谢家二老、谢天华打了个招呼，就一挥手，马上有十几个兵士上船帮着搬运东西，他则不紧不慢地走进舱里去看清芳。

清芳一家抵达重庆后没几天，就传来了日军攻陷南京，血腥屠城的消息，一时中外无比震惊！

第九章　满城风絮

1938 年，夏季刚刚过去。

重庆枇杷山，树木葱郁，曲径通幽，沿着蜿蜒的山势修建着数十幢风格各异的洋房。迁都重庆后，国民政府各大部门要员和富商豪门纷至沓来，都不约而同地看中了枇杷山这块风水宝地，所以山城坊间流传着，枇杷山居住的人非富即贵。

在枇杷山山麓的一片竹林掩映处，有一幢并不十分显眼的红砖小楼。房子建得极其精巧，砖面粉刷一新，换了西式的落地窗户，白纱窗帘低低地垂着。附近的山民叫它小红楼，但他们并不知道这是军统二处下属的警务科科长汪学礼的公馆。

宁静的午后，红砖小楼里还不时传来一阵阵女子的欢笑声，留声机悠悠地播放着软绵绵的爱情歌曲。突然，一声凄厉的防空警报响起，撕裂了城市的上空，紧接着，又是一声更加悠长的警报响起，如哀伤的哭泣般，在枇杷山中久久回旋。小红楼中的欢笑声霎时间消失了，响过一片女子惊恐的尖叫声。

清芳静静地坐在落地窗前的一把藤制摇椅上，膝上摊着一本纸张已经泛黄的影集。防空警报响彻云霄，直往人的耳朵里钻，但她似乎并不为所动，还是缓缓地翻看着影集。

自从父母去世，又得知顾达飞的死讯，摔下楼梯，昏迷醒来后，她精神一直很差，食欲不振，只是为了让妹妹清菲安心而勉强支撑着。

到重庆一个多月的时候，清菲本来就和汪学礼合不来，对他加入军统很反感，只是为了姐姐而勉强留在小红楼。待清芳稍有好转，她便一刻也不肯在这里停留，没几天就托谢天华另外找了房子搬走了。

清芳本来也想随着一块走，但汪学礼却无论如何不肯离婚。他并没有大发雷霆，只淡淡地说，清芳是他明媒正娶的妻子，必须和他一起生活。

清芳知道此刻他已经是军统的实权人物，和他撕破脸只怕对妹妹和谢家不利。再说，妹妹初出茅庐，自立谋生，去了一家书店当店员，靠着谢家的周济倒也不难生活，自己又没半分收入，去了只会给她增加负担，想想也只得作罢。

清菲搬走后，上个月，迎春也嫁了个游方郎中离开了小红楼，从秋浦村带来的几个老妈子也都各自散去，只剩下翠寒和清芳做伴。小红楼虽然还请了几个佣人，但都是来了重庆后找来帮忙的，和清芳说不上话。

清芳本意也是不想耽误翠寒的终身，想帮她找个合适的人家嫁了。但是翠寒却矢志不嫁，她自小跟着清芳读书识字，颇有主见，只说愿意永远陪着大小姐，不嫁男人。

"大小姐！快，日本人要来投炸弹了，快去地下室躲躲吧！"翠寒从后院急匆匆地跑来，抓住清芳的手，恨不得拖着她走。

清芳平静地望着她，居然还微微一笑："好翠寒，你去吧，和二姨太、三姨太她们一起去地下室躲躲，我没事的。"

清芳的笑容中隐隐含着绝望，看了叫人难过。

翠寒蹲下身子，轻叹了口气，劝道："大小姐，求求你了，别这样糟蹋自己了。我知道老爷太太不在了，你心里难受，要是顾先生还在就好了，怎么好人总是这么短命呢？"

提到顾达飞，翠寒又暗自后悔。清芳的手微微一颤，影集滑落在地。

翠寒哀求道："大小姐，你别伤心了，你不去地下室就不去吧，我也在这儿陪着你，我不怕日本人的飞机！"

清芳捡起影集，摸摸翠寒的头发，柔声道："傻丫头，你真是个傻丫头！"

主仆俩就这样静静地待着。过了一会儿，外面的警报声倒是渐渐轻了，重新安静了下来。

翠寒侧耳听听没什么警报声了，绽开一个甜美的微笑："我就说，我们大小姐福气好，不会有事的。都快晌午了，你还没吃什么东西呢，我去煮一碗鸡丝面来给你吃。"

清芳知道不让她去弄必然不行，翠寒的心思就是要把她喂得饱饱的。她点点头，说道："好，不过要咱们俩一起吃才行，两个人吃起来才香。"

翠寒答应着往后面厨房去了。清芳把影集放在茶几上，起身走到窗前放着的那架三角钢琴边坐下，缓缓掀起了琴盖。

这钢琴本来是凤蝶闹着要汪学礼买的，还专门请了个老师来教。可是，凤蝶没学几天，却是过了新鲜劲，再也不沾这钢琴了，又和菊仙等人去玩麻将了，倒是清芳认真跟着老师学了起来。她本来在师大时上过几节钢琴课，加上天生的领悟力很高，不过一个多月，居然就弹得有模有样。

清芳的手指在琴键上轻轻地拂过，一串悠扬的琴声缓缓流出，和着琴声，她轻轻唱道："长亭外，古道边，芳草碧连天。晚风拂柳笛声残，夕阳山外山……问君此去几时还，来时莫徘徊……一壶浊酒尽余欢，今宵别梦寒。"

她唱到这一句，却怎么也唱不下去，手指一直不断地在黑白的琴键上来回滑动着——那晚的月光似乎扑面而来，那晚的花香那么浓烈，浓烈得就像他眼神中的爱意，他的笑容那么暖，他的脸庞那么清晰，像每一次梦中那么清晰。

可惜，梦总会醒，他总会消失。一次又一次，她在梦中重新见到他，一次又一次，她在梦醒时再次失去他。

"唱得很好啊，怎么不唱了？"身后一个男人的声音打断了清芳的思绪。

她微微一怔，手指骤然停住，缓缓道："你回来了？"

汪学礼不动声色地走到钢琴边，用手指滑过琴键，淡淡道："结婚两年，我还没听过你唱歌呢，原来，你唱得这么动听。"

清芳起身，轻声道："你一定累了，先休息会儿，我去厨房让他们准备一些点心给你。"

汪学礼注视着清芳，心里腾起一股隐隐的怒火。清芳的眼中是一片幽深的潭，那是他无法触及的世界。到重庆的这几个月，她一直都是这样，无论自己怎样竭力温存，她都漠然相对，她的灵魂似乎并不在这小红楼，而是游离在这之外的某个地方。

他慢悠悠地说道："刚才我坐车回来的路上，防空警报拉了很久，菊仙她们都躲到地下室去了，你怎么还有心思在这儿弹琴？难道你真的不怕死？"

清芳平静地回答道："生死有命，就算逃过这次也逃不过下一次。国家都岌岌可危，我们这些百姓的命算什么呢？不过是蝼蚁。"

说着，她正要走开，汪学礼却一把拉住了她："你坐下，我有话跟你说。"

清芳只得又重新在钢琴前坐下，垂首不语。

汪学礼也在她对面的一套彩色条纹沙发上坐下，掏出烟，点燃，抽了两口，才缓缓开口道："清芳，我知道，你父母接连去世对你的打击很大，你母亲病中，我没能赶回去探望，我知道你和清菲心里肯定都在埋怨我。其实我在白主任身边，看着风光，也是身不由己。他一向喜怒无常，稍有差池轻则降职，重则被踢出军统，发配去前线。那段时间，恰巧有很多事情缠身，走不开。"

他还要说下去，清芳却轻声打断他道："这些你都不用介意。我从未怪过你，战乱之际，每个人的命运都风雨飘摇，前途莫测，你为自己打算又有什么错呢？况且，你以前也曾竭力支持我父亲的生意，后来也多次来电报催我去南京会合，是我坚持不去。其实，我也没有能尽到妻子的责任，又有什么立场要求你呢？学礼，也许我们这场婚姻本身就错了。"

汪学礼的手哆嗦了一下，一截长长的烟灰落在褐色条纹的地毯上，迅速烧出一个圆圆的小洞。他把手里的香烟在水晶烟灰缸里缓缓按灭，冷冷地说道："这才是你的真心话。之前你在信中就多次提出离婚，难道到了今天，你还不明白吗？我不会和你离婚，这辈子，你都是我汪学礼的女人，你永远也别想离开我！"

清芳抬起眼帘，望着他。眼前这个男人，是她的丈夫，但是，他却如此陌生，自己甚至从不了解他的内心。

汪学礼避开她的目光，话锋一转，平静地说道："我今天是回来拿点衣服和文件的，这几天白主任在渣滓洞审几个要犯，我可能会有阵子不回来。你要记住，你是这个家里的太太，菊仙、凤蝶都不过是姨太太，家里这一摊子你看着做主。"

说着，他起身往楼上走去，走到楼梯口顿住，像是想起了什么，又扭过头来："你妹妹……我知道她不愿意见我，你如果见到她，转告她，那个鸿文书店的老板秦鸿文背景很深，和共产党有千丝万缕的关系。目前虽然是国共合作抗日，暂时不会动他，但他早就是白主任关注的人物了，让清菲千万别牵扯进去，尽快离开那家书店。她年轻糊涂，如果着了那个秦鸿文的道，到了白主任的手里，到了渣滓洞，连我也救不了她。"

说完，也不等清芳再问什么，转身快步上了楼。

清芳只觉得心头突突乱跳，全身都微微颤抖起来。她素知汪学礼性格沉稳，从来不会耸人听闻，既然说到鸿文书店，那么看来，军统早就盯上了这家书店。白占亭的狠辣手段，渣滓洞的阴森，清菲岂不是很危险？

这时，菊仙和凤蝶从后院走了进来。凤蝶年纪最小，素来喜欢模仿当红的电影明星，留着长长的卷发，扎着蓝色的发带，穿一件浅蓝色洋装长裙。她一见茶几上留着的一盒烟，就喜上眉梢，大声问道："姐姐，学礼回来了？"

清芳还没缓过神来，只是嗯了一声，随手指了指楼上。

"那我上去看看学礼！"凤蝶丢下身旁的菊仙，喜滋滋地往楼上跑去。

菊仙冷冷地望着她的背影，一屁股坐在刚才汪学礼坐过的沙发上，从茶几上烟盒中抽出一根香烟，熟练地点燃，悠悠地吸着。她自从来了重庆，倒是不再吸鸦片，却迷上了吸香烟。

"一个舞女，就算打扮得像个大学生也没用，掩不住那股荡劲，就会勾引男人。姐姐，她这样，可是不把你放在眼里啊！"

清芳心里正百般纠缠，无心理会她，也不答话，起身往后院走去。

"姐姐，你要是不管，凤蝶这个小荡妇可是迟早要偷汉子的。学礼总是不在家，她哪儿守得住，到时候，看你怎么向爷交代。"菊仙还在清芳身后喋喋不休地说着。她的话，清芳却是一句也没听进去，她心里只想着今天无论如何要出去见一见清菲。

清芳一直躲在厨房看着翠寒熬桂圆莲子羹，磨蹭了一个小时，听见外面有汽车发动的声音，估摸着汪学礼应该走了，才穿过走廊，急匆匆地往楼上走去，打算回房间拿上手包出门去见清菲。

经过汪学礼的卧室时，门半掩着，只听见传来一阵凄惨的哭声。清芳迟疑了片刻，还是轻轻把门推开了些，瞥见凤蝶散乱着头发，身上的洋装扣子解开了一半，露出雪白的肩膀和后背，正一边捶着床一边放声哭着。

清芳虽然从不过问凤蝶的事，但是她冷眼看着，也能瞧出来汪学礼从不待见这个姑娘。他并不爱她，只是把她当成一件漂亮时髦的玩物，有兴致时和她缠绵一下，没兴致时对她常常粗暴不堪。

而凤蝶就像个期望爱情的孩子，越是无法得到的东西，她越是痴心向往。如此两三年，汪学礼却待她越发冷淡，把原本活泼外向的凤蝶折腾得有些疯疯癫癫起来。

清芳轻轻合上门，沿着走廊，缓缓走向自己的房间，那哭声虽然听不见了，但是依然往她的心里钻。她，菊仙，凤蝶，在这座小红楼中的三个女人都不幸福，甚至汪学礼自己也不见得幸福，可是命运和战争，却把这不幸福的四个人紧紧地连在一起。

天气晴朗无风，嘉陵江宽阔浩渺的江面上，一望无际。从轮渡船上望去，江对面远远的山峰起伏蜿蜒，如怪兽般盘踞于天地之间。

清芳穿着一件暗花丝绒旗袍站在船栏边，江风不断吹起她乌黑的头发，脚下的甲板轻轻摇晃着，她的心越发茫然焦躁起来。

走下渡船，清芳叫了辆黄包车，直奔观音桥，清菲工作的书店就在观音桥的老街上。车夫的脚力很快，飞跑起来，车轮骨碌碌地从青条石板路上滚过。清芳坐在微微颠簸的车上，思绪突然像从手中飞去的风筝线，飘向遥远的天际——

漫天细小的雪花中，顾达飞跟着黄包车奋力跑着，他镜片后的目光清澈温暖，一扭头望向自己时，微微一笑："我一定要送你到戏园子门口，不然，我怎么也不安心！"

他的笑容，他的目光，仿佛都触手可及，却又遥远如前世的记忆。

失去顾达飞的这些日子，她总是这样，常常会神思不自觉地恍惚起来。

"小姐，到鸿文书店了。"黄包车在老街边一处高高的楼梯下停住，清芳才猛地从云端跌回到现实中。她忙道了谢，付了钱，往那狭窄的石梯上缓缓走去。

书店的招牌并不显眼，一尘不染的玻璃拉门上贴着"营业中"的字样。清芳隔着玻璃门望去，只见几个高大的书架上书籍摆放整齐，旁边还设有几张藤制的靠椅供客人看书。靠近窗台的地面上搁着几盆兰花，整个屋子散发着清幽的书卷气息。

清菲正在书柜前低头整理着书籍，她剪着齐耳的短发，穿着件暗纹素色的旗袍，虽然略瘦了些，但是双眼却是神采奕奕，越发清秀。

清芳轻轻推开门，门上悬着的一大串紫色风铃发出一阵清脆的声响。清菲一抬头，扬起眉毛，惊喜地叫道："姐，这么远，你怎么来了？"

"来看看你这个小老板当得怎么样。"不知道为什么，清芳只要一见了妹妹，就觉得心情顿时明朗起来。

"姐，真想你，这两天正忙着，我本打算过两天有空就去小红楼看你。"清菲张开双臂，扑进清芳的怀里。

"这么大了，怎么还像个孩子？我今天来，是有一件重要的事要告诉你。"清芳爱怜地摸摸她的发丝，轻声说道。

"什么事？姐，你坐下慢慢说。"清菲忙拉着她坐下，又帮她倒了杯热热的茶来。

"汪学礼今天回来了，他说……"

清芳接过茶杯，刚想接着说下去，突然，墙边拐角处一扇小木门被无声地打开了，一个面容清瘦的中年女子走了出来。她见了清芳，先是愣了愣，随即绽开一个笑脸道："清菲，这位女士是你姐姐吧？"

清菲见了她，忙起身，介绍道："于大姐，这是我姐姐林清芳。姐，这位是秦大哥的夫人于大姐，这家书店就是他们夫妻俩经营的。"

清芳也跟着起身，微微欠身道："于女士，见到您太荣幸了，实在感谢您收留我的小妹，还给她一份这么好的工作，让她能在这个乱世自食其力。"

被唤作于大姐的女子走过来，握住清芳的手，爽朗地笑道："我叫于丽云，一眼就看出来你是清菲的姐姐，这么漂亮又气质高雅的女人，整个重庆也没有几个。你的那篇小说《蝶》，我还曾经读过，写得真的很好。"

清芳被她夸赞得有几分不好意思，诧异道："于女士也是江城人吗？怎么会看过我的小说呢？"

于丽云用力握了握她的手，说道："我看的是手抄本，是喜欢你小说的女学生们自己抄录的。其实，你的小说我们那里很多人都看过，都挺喜欢的，你一定要坚持写下去，不能停下来啊！"

清芳越发有些诧异，自己的小说只是在《徽州日报》上连载过，居然会流传得如此之广，实在出乎意料。

这时，于丽云却微微一笑，转而对清菲悄声道："小菲，江先生的演讲马上就要开始了，你带你姐姐进去听听吧，我想她会感兴趣的，我在这儿守着。"

说着，她就立刻走到书店的玻璃门前，取下那串紫色风铃，换上了一串蓝色的风铃。同时，把地上搁着的一盆兰花搬到了临街的窗台上。

清菲拉着清芳的手快步往那扇小门走去，原来看似狭窄的小门内竟是一条悠长的通道。清菲忍不住兴奋地说道："姐，江先生是一位很了不起的人，你听了他的演讲一定会终身难忘的。"

清芳虽不清楚她们提到的这位江先生究竟是何许人也，但是看见清菲的眼神闪烁不定，嘴角也微微含着笑意，也暗暗好奇。这丫头从来看不上那些附庸风雅的学者文人，常说他们于国难之际只会鼓动唇舌，怎么今天会对这个江先生如此佩服呢？

幽暗的通道尽头原来是一个小小的院落，穿过院落的一个角门，又是一片房屋，大概有四五间。清芳跟着清菲走进了其中一间较大的屋子，这屋子看上去像个仓库，很开阔，虽是白天，但是屋子四周的百叶窗都紧紧拉着，亮着几盏晕黄的灯，一排排放着数十张长条凳子，居然都坐满了人。

这些人中有男人也有女人，大多数都穿着工装，看得出，都是些靠劳力为生的工人。大家互相低声地交谈着什么，还有些人则蹲在墙角静静地吸着烟，屋子里有些灰蒙蒙的，但是清芳还是一眼就注意到了站在最前面大桌子旁的一个男人。

男子穿着粗布长衫，身材虽不太高大，但是却异常挺拔，年纪三十岁左右，神情坚毅，眼神敏锐。虽然是站在一群人中正亲切地说着什么，但清芳却分明感觉到了他身上透出卓尔不群的气质。

清菲拉着姐姐一直往前走，在最前面的一排长凳上挤着坐下。

"那个人是？"清芳低低问道。

清菲的声音含着说不出的欣喜，轻轻耳语道："姐，他就是江涛，天津大学法学系的高材生。他家里很富有，但是他却一点都没有纨绔子弟的习气，很早就离开家独自在外求学，他在上大学时就在报纸上发表文章以及帮别人翻译外文资料挣学费。在我们这里，每个人都很佩服他，因为他不仅文采好，而且武术、射击样样都会。去年，他还在抗日前线参加了几次战斗，亲手杀死了数十个日本鬼子。"

清芳微微侧过脸望向妹妹，她漆黑的眸子中闪着一股动人的光彩。

清芳的心里微微一动，还没来得及再说什么，屋子里突然静了下来，原来站在桌前的江涛已经转身跳上了桌子，他站在桌上，对着大家大声说道："工友们，同志们，今天我们聚集在这儿，为了什么？是为了我们正在被割裂、被践踏的祖国！为了我们每个人心中的屈辱和愤怒！"

他的声调并不高，甚至有些沙哑，但是，却似乎具有某种奇异的魔力，一下子抓住了所有人的心。屋子里人立刻安静下来，清芳也不由得屏住了呼吸，认真去听。

江涛整整讲了一个多小时，没有喝一口水，甚至没有停顿一下。

一阵热烈的掌声响起，清菲也站起来欢快地拍着巴掌，她的脸庞微微涨红着，满眼都是说不出的盈盈笑意。清芳也跟着站了起来，轻轻地拍着手。站在桌子上的江涛朝着大家使劲挥了挥手，他的眼光扫过整间屋子，正落在清菲的脸上。

他微微一笑，从桌上一跃而下。

江涛穿过人群朝清菲和清芳走了过来，走到近前，他停住，笑着伸出了右手："这位一定是清芳女士，您好，早就听小菲提起过您了。我也读过您的小说，觉得您的小说清新自然，很有新时代女性的风范。"

清芳也忙伸出手去，愕然道："江先生，你居然也看过我的小说？"

江涛的手宽厚温热还长着不少茧子，可见经常参加体力劳动。

清菲也有些诧异地扬起脸问道："江涛，你什么时候读过我姐姐的小说啊？以前我怎么没听你说过？"

江涛松开清芳的手，很自然地拍了拍清菲的肩膀，亲切地说道："小鬼，你不知道的事还有很多。我正要找个时间和你谈谈，你上次提出的申请，上级已经有了回复。"

清菲掩住嘴，颤声问道："江涛，难道是我的申请通过了？不会吧，我没想到，真没想到。"

江涛却只是淡淡地笑笑，并没有立刻回答，而是从怀里掏出了几块银元，递给清菲："小菲，今天清芳女士难得来看你，你下午就别在书店了，你们姐妹俩去心心咖啡馆坐坐，好好聊聊。我还有急事要去朝天门码头一趟，就不陪你们了。有些情况，等我晚上回来再详细跟你说。"

清菲点点头，想说什么却欲言又止，接过了那几块银元。

江涛又朝清芳笑笑："清芳女士，今天见到你本人，我真的很高兴。希望你以后能坚持写下去，继续往报馆投稿，多写写抗日背景下发生的真实故事，我相信真实的就是最有力量、最能激励人心的！"

他的话简洁而真诚，但似乎蕴含着说不出的力量，清芳的心里漾过一股暖流，使劲地点点头："谢谢你，江先生，我会的。"

心心咖啡馆，与汇文书店隔着一个街口，门面极狭窄，推门走进去，虽然窗明几净，也不过挨挨挤挤地摆着五六张桌子而已。但是老板娘极其热情，咖啡研磨得很地道，面包也烤得松软可口。

一缕暖暖的阳光，透过擦着晶亮的玻璃，微微照在清菲的脸上。她的脸庞泛着清新而纯净的光芒。

清菲喝了一口咖啡，轻声道："姐，我真的好担心江涛。他这几个月每天都只睡三四个小时，演讲、写文章、印刷报纸，还去军工厂和工人们一起劳动，嗓子都哑了，也不肯休息一下。他真的太累了，我真担心他身体撑不住。"

清芳轻轻地搅拌着小勺子，若有所思地缓缓道："我看得出来，江先生是个非凡的人物。他今天的演讲，来参加的那些工人，我想，他一定是在做什么对国家对民族有益的事情。小妹，你跟我说句实话，江先生是不是他们说的共产党？"

清菲望了望四周，才压低声音郑重地说道："姐，其实不止江先生，还有汇文书店的秦老板、于大姐，其他几个员工，包括今天听演讲的很多人，我们都是共产党人。"

"你们？"清芳的手微微哆嗦了一下，银色的小勺滑入咖啡杯中。

"小妹，你真的是共产党？"她低低地追问道。

清菲微微一笑，露出两个浅浅的酒窝，悄声道："严格来说还不是，我只是递交了申请，还没有进行宣誓，还不是一个真正意义上的共产党员，但是我的心早已融入了党组织。"

清芳深深吸了口气，也压低了声音："小妹，我也听说过共产党积极抗日的事情，我并不反对你加入这样一个党派。但是，汪学礼今早回来突然对我提起你，我听他的语气，似乎军统的那个白主任已经注意到你们这个书店了。你要小心，还有江先生、秦老板、于大姐，你要提醒他们都要小心，我今天过来就是特意来告诉你这件事。"

清菲愣愣了愣，秀气的眉毛微微蹙起。

"国民党一直在说国共合作，一起抗日，其实，他们是在做表面文章。江涛前几天还跟我谈过这个问题，他分析得真的很准，他说，国民党暗地里还是会监视敌视我们，一旦日本人的威胁解除了，国民党又马上会把我们当成心腹敌人。不过，姐，你放心，目前国民政府在和日本的正面战场上战事不利，他们还不会和我们翻脸，我们暂时还是安全的。"

清芳微微点头，颤声道："我也这么想，但是无论如何，小妹，你要小心。渣滓洞、白公馆的传闻真是令人毛骨悚然，我一想起汪学礼的话，一想起那个白主任的那张脸，就觉得浑身发抖。小妹，我已经失去了太多太多，父亲母亲，还有达飞，姐姐现在只剩下你了，我不能再失去你！"

清菲瞧着姐姐眼角闪着些晶莹的泪光，忙抓着她的手，劝慰道："姐，你别担心，江涛的战斗经验很丰富，有他在我身边，我不会有事的。顾大哥其实只是失踪，很可能还在人世。"

清芳茫然地点点头，又摇摇头："天华提到的那位前线回来的参谋，后来也来了重庆，上个月我还专程去见过他，详细问过他。上海沦陷前一晚，在苏州河边进行的那场巷战惨烈无比，据说，当时军方让达飞先行撤离上海，是他自己要求换上军装参战。"

"那场战役中，日本人发动了一次又一次疯狂的进攻，驻守在苏州河边的那个连几乎死伤殆尽，无一生还。"

"这几个月，我几乎每天晚上都在做梦，在梦里我总是看到那条河，河水竟然是血红色。我沿着河堤跑，拼命地跑，我看到达飞的背影，他就在河对岸和我一样跑着。可是，无论我怎么喊，他就是不回头，我只有拼命地跑，拼命地喊，直到精疲力竭地醒来，四周原来是漫漫无边的黑夜。"

　　说着，清芳感到一层雾气漫上来，几颗泪珠忍不住潸潸滚下，她忙垂下脸庞，用手绢轻轻拭去。

　　清菲心疼地凝视着姐姐，缓缓道："姐，我已经和江涛还有秦大哥都说过达飞哥的事，他们都很敬佩他能深入抗日前线采访，英勇抗日的气概，现在，已经安排我们在上海的同志暗中查找达飞哥的下落。你别悲观，要相信奇迹会出现，爹娘在天之灵会保佑达飞哥的。乌云总会散去，我们会赢得这场战争，会把日本人赶走！一切美好的东西都会回来！"

　　她的眸子中闪动着一抹异样的光彩，坚定而无畏，犹如深不可见的夜色中的两簇火苗，执着地燃烧着。

　　"小妹，一切逝去的美好真的会回来吗？达飞他真的会回来吗？"清芳只觉得自己也被妹妹的眼神点燃了似的，原本冰冷的心竟然一点点地滚烫起来。

　　清菲默默地点点头，姐妹俩的手紧紧缠绕在一起。

　　——退思堂的院落中，银白的月光泻了一地，桂花的香气在空气中静静地飘散，父亲和母亲坐在客厅中含笑品着茶。达飞站在那棵最高大的桂花树下，缓缓转过身，朝她微微笑着，自己的心顿时怦怦乱跳起来。而清菲和天华居然乘着夜色驾着马车去翡翠谷中看瀑布了。

　　一切已经久远得如同前生的记忆！家园，爱情，梦里的桂花树，一切都还会回来吗？

　　清菲突然坚定地说道："姐，我想你不适合再住在小红楼了，你和汪学礼之间必须做个决断。这个人，自从加入了军统之后，越来越阴沉诡异，你再留在他身边，非常危险。不如你搬到书店里和我一起住吧，于大姐她们肯定会欢迎你的。"

　　清芳轻轻叹了口气："我其实从来就没有了解过他，我们虽然做了一年多的夫妻，却从没有坦诚地说过一句话。但他对我，总算是不薄，从来没有为难过我。来重庆前，我在书信中就跟他提过离婚，但来了这几个月，我看出他是绝不会同意和平离婚的。现在如果我贸然离开红楼，他一定会来你这里找我，这样，会引起军统和你们的敌对。还是再等等，等一个恰当的时机吧。"

清菲略一思忖，说道："也好，军统的手伸得很长，在重庆确实很难防备他们。如果我们离开重庆，姐，你就和我们一起走。"

"离开重庆？你和谁？江先生吗？去哪里？"清芳诧异道。

清菲抿抿嘴唇，露出一丝梦幻似的笑意："去一个能让我们的青春发光的地方！去一个有火热生活的地方！去一个能真正抗日的地方！姐，我暂时还不能告诉你详情，但是，你答应我，假如我离开重庆，你一定要和我一起走。你先回小红楼，千万别让汪学礼看出端倪，等我的消息。"

清芳点点头，突然，她脑海中闪过一个人的影子："可是，小妹，天华怎么办？他对你的感情是那么深，他一定受不了这个打击。昨天他还打电话到小红楼，问你的近况，说他现在在南京受训，时间很紧，等闲下来就回来看你。"

清菲明艳的脸庞如窗外的阳光，渐渐黯淡了，她垂下眼帘，长长的睫毛像一片淡淡飘来的乌云。

"姐，前几天我也接到了天华的信。你知道吗？他这次参加的这个所谓通讯培训班，原本是他父亲特意走了那个白主任的门路，表面上说是上军校，其实是接受特务处的特别训练，半年的短训结束，就会成为军统的正式成员。自从来了重庆，他父母是对我越来越冷淡，如果说以前我们家和他们家还算是门当户对，现在我们家道中落，家财尽散，他父母已经表露出了希望我和天华分手之意。"

清芳顿时心乱如麻："什么，天华也会进入军统？不，不，我相信天华不会听他父母的摆布，不会离开你。"

清菲侧过脸去看窗外。远远的，江天茫茫，天色已经阴沉下来，隐隐飘起了淡淡的雾气。

"姐，我和天华就像是这江上的两只小舟，在那些最纯真美好的年华，我们曾经一起漂泊，但当一个大风浪袭来，也许现在我们却不得不分开了——不，不是分开，只是我们选择了不同的航线。姐，你放心，我会找个机会和天华好好谈谈，说清楚。"

她声音里带着淡淡的伤感，清芳想起儿时姐妹俩在乡间和一群男孩子做游戏，自己总是被分配当新娘子，和所有的男孩轮流拜天地。而扎着羊角辫的清菲那时不过六七岁，总是不服气地噘着小嘴，搓着胖嘟嘟的小手，嘟囔着："我也要坐轿子，我也要当新娘子！"

每次总是把在旁照看她们俩的母亲和老妈子们逗得哈哈大笑。

如今，时光如最深的旧梦，竟然不知飘散何处。

自己仍然困在这死亡的婚姻中，达飞生死不明，天华和清菲即将劳燕分飞。

那些往事，那些爱情，一切美好的真的还会回来吗？

第九章 满城风絮

第十章　身在樊笼

重庆的秋，似乎总是飘着蒙蒙的雨。阳光渐渐别去，雾气成了这山城缠绵的情人，不论清晨，还是傍晚，轻薄的雾气总是如悠远的箫声飘荡天际。

整整一个漫长的夏，清芳几乎都被失眠折磨着，如今秋夜微凉，她倒是能睡得安稳些。凤蝶以前喜欢邀人来小红楼玩牌打麻将，现在倒是整天打扮得妖娆别致地往外跑。菊仙越发诡异起来，有时整日不见人影，有时关在自己的卧室里，连饭菜也让翠寒送去。

清芳自然不去过问她们的事情，只是有几次夜里被汽车声吵醒，起床望去，凤蝶被一辆遮着号牌的黑色轿车送回来。隔着垂着黄色流苏的窗帘，她看见凤蝶和驾驶座上看不清模样的男子亲密告别。清芳总是莫名地惊心，说不清为什么，她的心有种模模糊糊的恐惧感。

一切来临得毫无预兆，就像是那天夜里突然而至的暴雨。

半夜，清芳被雨点敲打窗户的噼啪声惊醒，在迷茫的雨声中，还隐隐夹杂着一阵吵闹声。她翻身坐起，侧耳听了听，巨大的风雨声，窗外不断摇晃的树影，把整幢小红楼变得格外阴森。

清芳披上睡衣，趿着绣花拖鞋，缓缓走到门边，犹豫了片刻，还是轻轻拉开了门。

一楼的客厅里灯火通明，隐隐传来低沉的男人说话声，还有些女人低低的啜泣声。清芳踩着厚厚的羊毛地毯，悄无声息地走到走廊尽头，从楼梯上微微探出身去，她看见了一个男人穿着军服的背影，是汪学礼。

他静静地吸着烟，站在落地窗前，没有拉严实的明黄色窗帘外，是漆黑无尽的雨夜。屋子里还有两个人，菊仙穿着很明艳的翠绿色旗袍，以很舒适的姿势靠在那种紫红色皮质沙发上，似笑非笑地望着跪在地上的凤蝶。她不断抚弄着脖子上的珍珠项链，手指上鲜红的豆蔻在水晶吊灯下显得那么耀眼。

清芳浑身轻轻地战栗了一下，瘫坐在地上的那个女人虽然背对着她，头发散乱，但是姣好的侧脸，窈窕的身姿还是认得出是凤蝶。

凤蝶那隐秘的恋情到底是曝光了，自己该不该下楼去？清芳内心挣扎着。

汪学礼并未回头，他的声音沉沉的，却透出丝丝的寒意。

"凤蝶，我汪学礼自问对你不薄，把你从南京的舞场中带出来，这几年跟着我，也没让你缺过什么。你乡下的爹娘和你那个在茶叶铺子学徒的弟弟，我都帮你照应了，你为什么还要这么做？"

凤蝶沉默了一会儿，突然手撑着地面，缓缓站了起来。她朝着汪学礼深深鞠了个躬："爷，您对我是很好了，这几年养着我，好吃好喝的，从南京到重庆也没把我丢了，我爹我娘对您都是感激不尽。特别是我弟，能找到个安身立命的差事，也全靠您了。我自己做的事我自己承担，您别记恨他们。"

沙发上坐着的菊仙这时站了起来，指着凤蝶的脸啐道："不要脸的小娼妇，你既然知道爷对你这么好，还去偷人？什么人不好找，你还专找姓杨的那个老色鬼，你就是故意丢爷的脸！你怎么不去死，你还……"

她原本是自小唱戏练出来的利索嘴皮子，声调又高又尖，还要接着骂，汪学礼猛地转过身，黑着脸，低声喝道："够了，菊仙，家里还轮不到你来大声说话！"

菊仙后面的话被噎了回去，努力张了张嘴，终于什么也没说，无力地又坐回到沙发上。

凤蝶盯着菊仙，突然妩媚地笑了起来，她的肩膀轻轻耸动着，笑得花枝乱颤。

"菊仙，二姨太，你有什么资格说我？你以为你是个什么东西，你不过就是和我一样，在学礼眼里就是个玩物，是个陪着睡觉的姨太太。你以为他爱你，没有，一分都没有，爷心里只有姐姐，我和你都是一样，一样的可怜虫！"

菊仙的脸色顿时煞白一片，双手绞在了一起，指甲深深地嵌入肉里去。她抬起脸，望向汪学礼，颤颤地叫了声："爷！这个贱人到现在还不悔改，真是找死！"

汪学礼摆了摆手，冰冷的目光落在凤蝶的脸上，他的手握住武装带上的枪套停了一会儿，又缓缓落下，一字一句道："凤蝶，你这种女人，我不会动手对付你……这样吧，给你十分钟，你穿上衣服自己离开吧，除了贴身的衣服，什么也不许带，回乡下去找你的爹娘吧。"

两行清泪缓缓地从凤蝶的眼角中渗出来，她向前挪了几步，扑通一声跪在了汪学礼的面前。

"爷，学礼，我求求您，好歹我们也有夫妻情分，这兵荒马乱的，日本人的飞机整天在头上打转，您让我怎么回四川老家去？就算回得去，村里人都知道我嫁了大官，如今被休了，非被我爹娘打死不可。还有我弟，要是谢老板知道我不是您的三姨太了，还能再用他当账房吗？"

汪学礼蹲下身子，伸出手捏住凤蝶精致的下巴，瞧了一会儿，摇了摇头，残忍地笑道："我从来就没爱过你，老实说，杨远举打你和菊仙的主意我早就知道，我故意不说破，正好让他试探一下你们俩的心。既然你不愿意回老家，那么就去杨处长那儿吧，我让司机送你去，他的五姨太刚好前阵子病死了，正好你可以顶个缺。"说完，他冷冷地放开凤蝶，缓缓站了起来。

凤蝶跪在地上，仰望着他，这个男人轮廓分明的脸虽然刻着些疲倦，依然还是那么英俊逼人。自己曾经在他的怀抱中褪去了少女的羞涩，如今想来却是一场幻梦。

"学礼！你可怜可怜我，就让我留在这儿当个丫鬟也行！"凤蝶抱着汪学礼的腿，痴痴地叫道。

菊仙这时快步走过来，使劲掰开她的手，狠狠地骂道："贱人，你还缠着学礼干吗？还不赶紧去找姓杨的，不过等他玩腻了你，肯定会把你卖到窑子去的。"

默默看着这一切的清芳虽然还是没理出什么头绪，但是有个声音告诉她，该下楼去，为凤蝶做点什么。

她刚刚移动脚步走了几节楼梯，突然，跪在汪学礼身前的凤蝶却做了件谁也意想不到的事。她敏捷地向前一扑，从汪学礼的武装带上迅速抽走了那把手枪，举起对准了自己的太阳穴，嘶声喊道："学礼，你要是非要赶我走，我今天就死在这里，传出去你也没面子！"

这变故实在太快！

汪学礼在军统内早就练习得喜怒不行于色，倒不十分惊慌，只是脸上露出微微惊诧之色。菊仙被吓得尖叫了一声，藏在了汪学礼身后。

"凤蝶，不要！"清芳失声叫着，忙快步跑下长长的旋转楼梯。

她跑下楼梯，并不看汪学礼和菊仙一眼，而是快步走到凤蝶的面前，注视着她，柔声劝道："凤蝶，不要，你不要冲动。其实世上的路有很多条，我会跟学礼求情，让他不为难你。"

凤蝶的脸微微仰着，她本来俊俏，此时双目中隐隐含着泪，轻轻颤动的红唇那么饱满但透着绝望，如一只垂死的美丽蝴蝶。她朝着清芳努力笑了笑："姐姐，我知道你是好人，但你救不了我。"

汪学礼沉声道："放心，她不会用枪，想死也死不了！"

凤蝶却咔嚓一下，拉开了枪栓上的保险，子弹上膛的声音清脆刺耳。

"爷，这回你错了，杨远举没告诉你，他教会了我用手枪吗？"

清芳伸出手去，颤声叫道："不要，凤蝶！"

汪学礼此时也不免动容，他向前迈了一小步，声音缓和了些："算了，凤蝶，你跟着哪个男人都是一样过。你还年轻漂亮，杨处长既然喜欢你，你也不必要死要活的，我马上让司机送你过去，你弟弟也还可以在茶叶铺干活。"

凤蝶凄然道："你们都把我当礼物，当玩意儿。别以为我当过舞女就没有心肝，我是人，我也有心，有感情！"话音刚落，她的手指猛地扣动了扳机。

一声枪响刺破耳膜，凤蝶的太阳穴上霎时绽开一朵小小的樱花。她手中的枪滑落在地，喷溅而出的血洒落在暗红色的地毯上，身子缓缓地栽倒在地。

屋内突然间一片死寂！

死亡是不知何处生出的诡异藤蔓，紧紧地缠绕着凤蝶，她的身子微微蜷缩起来，眼睛半睁半闭，但微微颤动着的睫毛说明她还活着。

清芳缓缓蹲下身去，扶起她的头，贴近她的脸，轻声唤道："凤蝶，凤蝶，你还有什么话要说吗？"

凤蝶的嘴唇轻轻翕动着，终于吐出了几个字："姐姐，让我爹娘把我葬在乡下的老屋子旁边。下辈子，下辈子，我再也不，不……"

那个"不"字就如一缕不肯断绝的芳魂，缠绕着，纠结着，久久不愿散去。

清芳泪如雨下，她使劲点了点头。她明白，凤蝶终究是不甘心，如此年轻，如此艳丽的生命，从这冷漠的世间逝去总是含着无尽的恨！

凤蝶终于咽下了最后一口气，失去血色的脸上，眼睛却依然睁得大大的，痴痴凝望着那盏莲花型的水晶吊灯。

清芳几乎痴了，凤蝶的血沾在她的手上，还那么温热，但是她却觉得寒冷彻骨。她眼前一黑，身子晃了晃，差点摔倒。

"清芳！"

汪学礼及时从身后扶住了她，把她温柔地拥进自己的怀里，深深地叹了口气。在渣滓洞里，他每天都能见到死人，意志早就锻炼得无比坚韧——凤蝶的死，原是意料之中的，就算是去了杨远举那里，那个老狐狸也是个吃人不吐骨头的主，又能对凤蝶新鲜几天——他的五姨太就是受不了他的折磨吞大烟土自杀的。

但是，却万万没想到，这个丫头却能以这样惨烈的方式结束了自己的生命，这一点倒让汪学礼心生出几丝怜悯和后悔。他更懊悔的是，不该如此草率地处理此事，让清芳也目睹了这一切。

菊仙突然间也哀哀痛哭，她一直以为自己恨透了凤蝶，这个比她年轻、比她漂亮的女人，抢走了不少属于她的夜晚。但是，此刻，看着凤蝶渐渐冷却的身体，她才突然间明白，她和凤蝶一样，其实从没有得到过汪学礼一丝一毫的爱情。

这是1938年的一个冷寂秋夜，三姨太凤蝶死了，清芳也下了决心，要离开小红楼，离开汪学礼。

整整一个月，不论是白天还是黑夜，日本人的飞机发了疯似的在重庆上空盘旋。那些投下的燃烧弹像毒蛇的信子，吞噬了一座又一座民房。昔日繁华的街道上到处都是滚滚的黑烟，满眼都是残垣断壁、流离失所的灾民。

　　枇杷山因为居住着不少军政要员，也是日军重点轰炸的目标。所幸当初修建小红楼时就造有坚固宽敞的地下室，所以只要有防空警报拉响，及时躲进地下室里，生命就不会受到威胁。但还是免不了常常会担惊受怕。

　　汪学礼曾经试图带着清芳和菊仙离开小红楼，搬到罗家湾花园附近。他在那里又购置了一处新房，那儿毗邻军统总部，与白占亭的寓所只是一墙之隔，自然是有更严密的防范措施。

　　但是，自从那个暴雨之夜后，清芳却一直拒绝和他说话，无论他如何解释如何温存，她也只是沉默。汪学礼深知清芳外表虽柔弱，内心却极其执拗，只好先带着菊仙和几个下人搬过去了，留下了忠心耿耿的翠寒和一个叫喜儿的丫头伺候清芳。

　　清芳轻轻掀起鹅黄色的窗帘，望出去，迷离的夜色中，楼下隐隐有两个背着枪站岗的士兵，还有两个穿便衣戴礼帽的年轻男子靠在树下边抽烟边窃窃私语着什么。

　　她知道，那是汪学礼留下的人，是专门看守她的。事实上，她已经被软禁在小红楼中，因为汪学礼早已从她的眼神中看出了决绝的去意。

　　临走前，他坐在床边，指尖温柔地拂过她的脸庞，耳语般说道："清芳，我知道你心里埋怨我对凤蝶太狠心，但并非你想象的那样简单。我们军统人员身边待过的女人知道的秘密太多，是不可能轻易离开的。"

　　"就算我放凤蝶走，她也活不了，杨远举不会放过她，老佛爷更不会放过她，自杀倒也算最好的解脱。"

　　"你先安心在这儿住吧，暂时不要和清菲联络，免得引起老佛爷的注意。过阵子，等你心情好些，我再回来接你。"

　　他的声音温柔如春风，但清芳却牙齿轻轻打战，骨头缝里都渗出深深的寒意。她知道军统内部都暗地里称白占亭为老佛爷，她见过这个矮胖的中年男人，脸上总是露着温和的笑容，但据说杀起人来却是从来都不眨一下眼睛。

清芳裹紧睡衣，回到床上躺下，她睁大双眼望向天花板，在微微浮动着的黑暗中，似乎有一簇小小的火苗在窜动。

清菲执着而清澈的眼眸在闪动："乌云总会散去，我们会赢得这场战争，会把日本人赶走！一切美好的东西都会回来！"

清芳抚着自己的胸口，轻轻地问着："一切美好的东西还会回来吗？达飞，你还会回来吗？"

徽州如烟如愁的细雨中，黄色的油布伞似乎隔绝了淅淅沥沥的雨声。

顾达飞抬起手，轻轻去拭她眼角的泪痕。突然间，猛地把她揽入怀里，什么话都不说，只是紧紧地抱着，仿佛一撒手她就会乘风飞去。

泪珠顺着鬓角缓缓地流到清芳的嘴中，又苦又涩。

"咯吱"一声，卧室的门被轻轻地推开，灯随之亮了，清芳飞快地拭去泪滴，闭上了双眼假寐。

喜儿轻手轻脚地走到床边，把一碗燕窝粥搁在床头柜上。她俯下身，殷勤地轻唤着："少奶奶，您今天一天都没怎么吃东西了，喝点燕窝粥吧，小心身子啊！"

她连着唤了几声，清芳才故意动了动身子，伸了个懒腰，缓缓睁开了眼睛。

"喜儿，现在几点了？"清芳一边慵懒地说着，一边坐了起来。

喜儿望了望墙上挂着的自鸣钟，笑着帮清芳把枕头垫在身后："晚上七点了，您都睡了一下午了。"

她是个很聪明伶俐的丫头，两个月前来到小红楼服侍清芳。虽然她做事勤快，很会看人眼色，清芳却丝毫不敢在她面前松懈半分，因为她是汪学礼领来的，据说还是他的一个远房表妹。自从前天汪学礼走后，一直都是喜儿在伺候她的饮食，翠寒竟然被派到厨房帮忙，进不得清芳的卧室。

"哦，倒没觉得睡了那么久。"

清芳漫不经心地端起那碗燕窝粥，喝了两口，突然眉头深深皱起，痛苦地哼了一声，捂住了额头，手中的金边细瓷小碗也应声落地。

"少奶奶！你怎么了？"喜儿惊叫道。

清芳喘息着咬了咬嘴唇道："头疼，自小落下的毛病。"

喜儿慌了，忙问道："少奶奶，要不要去请个大夫来？我去给少爷打个电话吧！"

清芳摇摇头："不用，大少爷军职在身，这种小事别去烦他。你去叫翠寒来，她会刮痧，以前在老家，我一头疼她帮我刮刮就好多了。"

喜儿答应着转身跑下了楼。不一会儿，翠寒就走进了卧室，手里还拿着整齐的一套刮痧工具。

她很镇定地帮清芳褪去上衣，扶她趴在床上，开始细细地刮痧，又吩咐喜儿道："你快去烧上几大壶热水，倒在那大木盆里，再放上艾叶，一会儿刮完，让少奶奶泡个艾叶澡，她的头疼就会好多了。这是以前一位老郎中说的办法，灵得很！"

喜儿被翠寒的这副架势震住，忙答应着下楼去了。

翠寒侧耳听着楼梯上噔噔的脚步声消失，立刻起身去门口望了望，才把门关紧，转身走到床边，轻声唤道："大小姐，你觉得我刮痧的手艺怎么样？昨天，二小姐打过电话来，我告诉她，你被关在家里哪儿也去不了。她让我转告你，她在这段时间就要离开重庆了，让你等她的消息，她会带你一起走。"

清芳一骨碌坐起了身，握住翠寒的手，微微笑道："好翠寒，我就知道你会明白我的心意。汪学礼是让喜儿看着我，我不假装头疼，说你会刮痧，她怎么会让你上楼来。"

翠寒使劲点点头，悄声道："大小姐，二小姐让你这几天千万别露出要走的意思，尽量麻痹红楼里的每个人，不止喜儿，还有其他的几个老妈子，也都是汪学礼的人。只要走漏一点点风声，恐怕您就再也走不了了。"

清芳的眸子微微发亮，认真道："不，不是我一个人，是我们。翠寒，我们俩一起走，我怎么会把你一个人留在这儿呢！我走了，汪学礼肯定会为难你的。"

"大小姐！"翠寒忍不住泪眼婆娑，待要说什么，却见清芳朝门外的方向努了努嘴。翠寒忙抹了抹眼泪，清芳重新趴在床上，翠寒也继续帮她刮痧。

"翠寒，从今以后，我们都不分开，除了小妹，你也是我的姐妹！"

清芳的脸埋在枕头中，声音也有些嗡嗡的。

翠寒手中一边用力在清芳那白嫩的肌肤上刮出一道道紫红色的痕迹，一边轻声说："大小姐，有您这句话，翠寒就算立刻死了也值了。二小姐说，让您安心等着，她会想法子送信进来的。"

清芳喃喃道："不，翠寒，我们都不会死，我们都要好好活着，越是这样的乱世，越是要珍惜自己的生命，珍惜活着的每一天！"

"嗯，大小姐，我听您的话，一定好好活着，永远陪着您！"

话刚说到这儿，门外隐隐传来轻轻的脚步声，两人忙话锋一转，谈起闲话来。

望龙门湖南会馆，这里是战时重庆军统的主要办公地点，此时三楼的一个房间，窗户半开着。汪学礼站在窗前，默不作声地盯着围墙上那些快要枯萎的常青藤，眼中似乎也弥漫着浓重的雾气。

白占亭坐在沙发上，手拿紫砂茶壶，全神贯注地往盘子中那些小紫砂杯中缓缓注入滚烫的茶水。他酷爱工夫茶，而且只喜欢喝武夷山珍稀的大红袍。当然，作为军统内位高权重之人，他手眼通天，谁都知道他可以自由出入松厅别墅，是委员长和夫人的座上宾。各地的地方官员唯恐巴结不上，各种珍品自然源源不断流入了湖南会馆内。

"学礼，来，尝尝，今年的新茶，据说比黄金还值钱。"

白占亭近年越加发福，笑起来像年历画里的招财菩萨。但熟悉他的人都知道，此人喜怒无常，从没人能弄清楚他的笑容里究竟有几分真假。

汪学礼转身走过去坐下，接过白占亭递过来的紫砂杯，轻轻抿了一口，意味深长地笑道："果然是好，除了松厅别墅，我看整个重庆再也没有这样的好茶了！"

这是不动声色的恭维，白占亭听了果然得意，眼角浮起深深的笑纹。

"学礼，最近委员长几次召见我，对我们在沦陷区搞的几次成功暗杀活动非常满意。委员长称我们军统是党国精英，还亲口称赞了你。"

汪学礼忙放下茶杯，站起身来诚惶诚恐道："都是主任您指挥得当，我怎么敢居功呢？"

白占亭对他摆了摆手，示意他坐下，随即又皱眉道："不过，委员长也训示，对外对日本人要施以重拳，对内对共党也不可放松。最近，重庆的南方局可是活动频繁，特别是在学校、在工厂里不断演讲，煽动学生和工人。虽然名义上都是抗日言论，但暗地里却是宣传他们的共产主义，贬低委员长在抗日中的功绩，特别是有个年轻的共党分子叫江涛。"

说到这儿，白占亭顿了顿，翻了翻眼白。

汪学礼何等聪明，他立即明白了什么："主任，这个江涛我们最近一直派人在盯着。查了他的底，原来他父亲还是成都国军的一个军官，后来跟日本人打仗时战死了，家资还是颇丰厚。在北平上大学时，他受了共产党的蛊惑，加入了共产党，目前在南方局里很受赏识。"

白占亭诡秘地一笑："你既然查了他的底，不会不知道他身边那个漂亮的女朋友是谁吧？远举昨天可是把照片都给我拍来了，那个女娃子长得还真是很乖啊！她叫林清菲！"

汪学礼心中一沉，一股恨意冲上脑门，但是脸上却不露分毫。

"主任，您放心，就算她是我小姨子，只要是涉及党国利益，我也一定会亲手枪毙她！要不，我这就去安排人封了汇文书店，把江涛和林清菲都秘密抓起来？"

"不！暂时还不要动，严密监视就行。"白占亭把手中的杯子轻轻地放在茶几上，摇了摇头。

"学礼，我就知道，你绝不会徇私情。但是，我们要的不是一个小小的林清菲，我们要挖出她背后那些南方局的高层，还有共党在重庆其他更隐秘的联络站。"他无声地笑着，一双眼睛却像黑暗中的鼹鼠般，闪着诡异的光。

汪学礼的后背开始微微出汗。

白占亭盯着他，缓缓道："学礼，回去在你那个漂亮老婆身上做做文章，姐妹情深，她如果知道妹妹有危险，一定会通风报信的。这样，汇文书店那帮人才会动起来，我们也才能挖出他们更深的根！"

汪学礼立刻起身，微微欠身道："是，主任！您放心吧，我知道该怎么做了。"

窗外，浓重的雾气又开始在枇杷山四周蔓延开来。

接下来的一个星期，空袭的警报声仍然时不时会响起，恐惧的气息在全城蔓延着——有时在清晨，有时在深夜，人们不得不一次又一次仓皇地逃出家门，跑进幽暗的防空洞里，不得不一次又一次面对被熊熊烈火烧着的家园。

虽然无数鲜活的生命消逝了，但是生活依然在继续，饭总是要吃的，觉总是要睡的，日子总得过下去。

清芳大多数时候都是静静待在卧室里看书或者绣花，就算有时下楼，也不过是在客厅弹弹钢琴，几乎没有迈出过小红楼的大门。渐渐地，门外值班的那几个军统便衣也有些不耐烦起来，不免有些怨言。

几个人常凑在一起议论："什么世道，别人都在争取立功升职，我们却在这儿帮汪科长看着他老婆。"

"别抱怨了，汪科长现在是老佛爷面前的红人，听说他最重视这个老婆了，帮他看好了，以后肯定有好处。"

"汪科长的老婆还真是漂亮，就是冷冷的，是个冷美人！听说还总是生病，是个病秧子。"

"还有她身边那个小丫头，叫什么翠寒，也长得不赖！"

几个便衣发出一阵暧昧的笑声。日子久了，他们对清芳的看管渐渐放松了许多。

自从上次翠寒帮清芳刮了痧，所有的人都知道清芳有个头疼的老毛病。于是，翠寒隔几天就会名正言顺地去附近的济世堂药房抓些草药，乘机把清芳写的信交给药房的老板娘帮忙寄掉，再拿回清菲寄到那里的信。

姐妹俩之间隐秘的纽带就这样静静地传递着。通过这些信，清芳知道清菲和江涛最近一直在组织工人和学生中间宣传抗日，募捐各种抗日物资和经费，送往前线。

清菲在最近的一封信里这样写道："姐，我是个真正的共产党员了！江涛是我的介绍人，我已经参加了庄严的宣誓仪式，我即将和江涛一起去延安学习。那是个火热的地方，是个与以往都不同的新世界，你一定要和我们一起走！”

　　清芳表面淡淡的，不动声色，内心却时时充斥着不安和担心，也有对未来说不清的憧憬。她替清菲担心，也想知道清菲信里一直提到的那个和这里完全不一样的新世界，能不能打听到达飞的消息。

　　思念是一颗被飞鸟无意带来的种子，却能在人的心里坚定地生长着。时间并未能冲淡分毫，反而把顾达飞的身影更深地刻在了清芳心间。因为没有亲眼看见顾达飞的尸体，清芳的心里就永远存着一丝微茫的希望。

　　她自己也明白这些也许是无望的痴心，战争中一个人的生命如风中的蜡烛般随时会熄灭。但是，她更愿意相信顾达飞不是死了，而是去了一个遥远的国度，在某一个时刻，他还会轻轻推开门走进来，含着温暖的微笑凝视着自己。

　　天气一天比一天冷，嘉陵江上的雾气也越来越浓，渐渐弥漫开来，除了正午的阳光能暂时拨开那浓重的雾气，整个城市上空都灰蒙蒙的，像被蒙上了一层厚厚的面纱。这也成了天然的屏障，日本人的飞机轰炸次数明显少了。

　　这一天，翠寒又去了济世堂药房。回来后，她把熬好的药送进了清芳的卧室，搁下盛着中药的碗，用力眨了眨眼睛，微微笑了笑，却什么也没说，就转身退出了屋子，轻轻带上了房门。

　　清芳心里明白，这红楼里许多双眼睛都盯着她，所以务必要小心。她端起碗缓缓地喝着，苦涩的药汁流过喉咙时，她的手指也触到了粘在碗底的一张薄薄的信纸。她把纸条握在手心中，走进了卫生间，关好门。

　　这次，清菲的来信异常简短。

　　“姐，书店外总是有军统的人在监视，应该暴露了。我们撤离了，目前在一个很安全的地方，济世堂药铺这个联络方式也不能再用了，我们暂时不要联络。如果实在有紧急情况，就让翠寒到火车站的寻人启事处，贴一张纸条，纸条上写寻失散的弟弟林涛，第二天再去那里看回音。如果我离开重庆去延安，一定会设法通知你时间和地点。姐，你随时做好准备离开那个牢笼。看完信一定记得要销毁掉，切记！”

　　清芳的心怦怦乱跳，她快速地又扫视了一下信纸，随即把信纸轻轻地撕成了细小的碎片，转身丢进了抽水马桶里。

她走到洗漱池前，望着镜面中自己微微蓬松的发丝，抬手取下了脖子上的珍珠项链和耳朵上的珍珠耳钉，这些都是汪学礼帮她买的。汪学礼虽然对她出手慷慨，却很少给她现钱，也许是怕她用来逃走。眼下很快会出远门，现在是需要设法当掉这些东西筹措一些现钱的时候了。

几天后的一个清晨，清芳起得很早，在客厅里刚刚吃完早餐，翠寒还在收拾桌子，门外突然传来一阵尖厉的刹车声。翠寒忙跑到落地窗边，掀起白纱窗帘望了望，脸色微变："大小姐，是姑爷回来了，还有个穿军装的和他一起。怎么办？会不会是他发现了我们要逃走？"

清芳对她做了个噤声的动作，示意她别紧张。翠寒点点头，定了定神，忙走到门前拉开了门。

一身笔挺毛料军服的汪学礼快步走了进来，他身后跟着的年轻人面容英俊，却一脸的抑郁之色。

"清芳姐！"他一进门就急切地叫了一声。

清芳缓缓从餐桌边起身，笑了笑："天华，是你，你受训结束了？"

谢天华还没开口，汪学礼已经在沙发上坐下，接口道："天华是在第一阶段受训后被白主任特别选拔出来的，后面，还要接受更严格的训练，他今天来是问问关于清菲的事情。"

他虽然带着微笑，语调也甚温柔，但是眼神却如犀利的刀锋扫过清芳和翠寒的脸。翠寒忙垂下眼帘，转身默默关好门，拿起茶壶给两人斟上了两杯茶。

清芳虽心中一沉，但面色如常，也在一旁的沙发上坐下，微微诧异地问道："清菲？怎么，她有什么事吗？天华，你坐下慢慢说。"

谢天华一边坐下，一边懊丧地摘下了自己的军帽。沉吟了一会儿，他才开口道："清芳姐，我在军统受训之后，一直没和清菲见过面，只通过几封信。之前我父母和她之间可能有些误会，我知道委屈了她，本来想受训结束后就向她求婚，可是，没想到，昨天我收到了她的一封信，信中只有简简单单两句话——'天华，我与君已经走上了不同之人生路途，渐行渐远，此生难再同行，望君珍重，就此别过！'"

"我立刻请了假去观音桥的那家书店找她，谁知道，那家书店竟然关了门，人去楼空。我问了所有的邻居，谁也说不清书店里的人去了哪儿。清芳姐，你知不知道清菲的下落？我想，她去了哪里不会不跟你联络吧？求求你，告诉我。"

清芳"啊"了一声，颤声道："没有啊，我这一个月都没出过门，和清菲也没有见面，只是通过一两次电话，她并没有说过书店会关门，也没说过要去别的地方。最近十几天，我和她失去了联络，正想着让翠寒去江北看看她呢，原来，这丫头竟然一声不吭地走了。"

谢天华绞着双手，愣了好半天，才痴痴地嘀咕道："清菲究竟去了哪里？"他转向汪学礼，追问道，"学礼兄，你手下的兄弟不是一直在监视那家书店吗？为什么清菲竟然会突然消失了呢？"

汪学礼的脸色一沉，刚想开口说什么，清芳腾地一下站了起来，柳眉微微竖起，质问道："汪学礼，你手下的人为什么要监视清菲工作的书店？她是不是被你们军统的人给带走了？就算像你说的，她是和那些什么共产党有联系，你们也不能抓她啊！你快把我妹妹还给我！"

清芳素来娴静自持，从未高声说过话，此时突然发怒质问，汪学礼和谢天华一时都呆了。

好一会儿，汪学礼才尴尬地轻声道："清芳，我可以保证，我们军统的人没有动清菲一根指头，别说她还并不是共产党，就算她真的是共产党，现在两党联合抗日，我们也不可能对她不利。我想，多半是那个汇文书店的老板鼓动她出走的，你别急，我会派人去打听她的消息，只要她还在重庆，相信一定会找到的。"

清芳转脸对谢天华说道："天华，清菲去了哪里我真不知道。很抱歉，我现在感到很不舒服，要去休息一下，不陪你了，你请自便吧！"说完，她也不看汪学礼一眼，转身沿着楼梯缓缓上楼去了。

谢天华跌坐在沙发上，神情失望至极。他摘下军帽，喃喃道："清菲，你为什么这么狠心，这样离开我，连一句话都没有。"

汪学礼凝望着清芳的背影，若有所思。好一会儿，才走到谢天华身边，拍了拍他的肩膀道："天华，以我们军统在重庆的势力，不可能找不到一个人，除非清菲已经离开了重庆。但是，我想，也许她还没有走远，走，我们现在就去码头和火车站分别查一查。"

清芳走进自己的卧室，就立刻锁上门。靠在门背后，她的胸口轻轻起伏，喃喃自语道："天华，你别怪我，我不能告诉你清菲的消息。"

她突然间明白了，为什么清菲每封来信都会叮嘱她一定要销毁信件，果然，军统一直监视着汇文书店。

小妹，你现在在哪儿？一定要小心啊！

清芳在心里默念着，缓缓走到窗前，掀开紫色窗帘的一角，目视着谢天华和汪学礼登上敞篷军用吉普离去。不知为什么，一股莫名的恐惧感，如窗外疯长的爬藤植物般紧紧缠绕住了她的心。

夜里，清芳翻来覆去睡不着，说不出的心惊。直折腾到月上梢头，才迷迷糊糊地睡去。睡到半夜，她突然觉得有个温热的东西在自己的脸庞上轻轻磨蹭着，竭力从睡意中醒过来的她，意识到那是一个人的嘴唇。

"谁？"她翻身坐起，拼尽全力推开那个人。

台灯被啪的一声拧亮了，身穿军服的汪学礼睁着一双微微发红的眼睛望着她，身上弥漫着浓重的酒气。

"除了你男人，还会有谁呢？"他斜睨着眼望着清芳。

"你，你早上不是走了，怎么又回来了？"清芳裹紧身上的睡衣，冷冷问道。

"我怎么不能回来？今天在渣滓洞审了一天的犯人，就想着早点回来抱抱老婆，这是我家！"汪学礼轻薄地笑着，向清芳扑去。

清芳敏捷地躲开，汪学礼一下子四仰八叉地倒在床上。不一会儿，竟然轻轻发出了鼾声，看来他的确是醉得不省人事了。

清芳厌恶地皱了皱眉头，看来今晚是别想清净了。她正打算去隔壁的卧室睡，一起身，却看见印花地毯上汪学礼的公文包，旁边还落着一卷黄色牛皮纸。分明是一份文件，还隐隐看见"机密"的字样，看来是从那个公文包中掉出来的。

清芳素知汪学礼谨慎，今天要不是醉成这样，也绝不会把军统的机密文件带回家里来。她犹豫了几秒钟，最终还是弯下腰捡起了那卷文件。再扭头看看汪学礼，睡得正香，一动也不动。

清芳屏住呼吸，把文件凑近台灯，轻轻翻开了封面。

"近期逮捕共党分子名单"，几个黑色的大字映入眼帘，清芳的心猛地抽搐了一下。

"汇文书店老板秦汇文，老板娘于丽云，店员林清菲，兵工厂工人江涛。"

清芳险些惊呼出来，清菲和江涛的名字居然在名单里。

不是说抗战期间国共合作，互为盟友吗？军统怎么却在暗地里准备抓人。

她努力稳定心神，往下看去，下面密密麻麻还有很多人名，却都是她不认识的。这张纸的最下面是一个简单的批示："务必秘密抓捕，如遇抵抗，格杀勿论！"

"如遇抵抗，格杀勿论！"这几个黑色的小字扭曲起来，像一条绳索，紧紧勒住了清芳的咽喉，她几乎喘不过气来，手一颤，文件落在地上。

这时，身后的床上一阵窸窸窣窣的声响，清芳忙扭头望去，汪学礼翻了个身，又呼呼睡去。

清芳蹲下身捡起那文件，塞回公文包中。她迅速拧灭了台灯，在黑暗中，摸索着走出了房间，轻轻带上了门。虽然脚步发软，但清芳还是提起裙边，快步走下了楼，拐进了后院翠寒的房间。

房间里的西洋式大床上，汪学礼缓缓睁开了眼睛，黑暗中，他嘴角牵动了几下，露出了一丝狡黠的笑容。他知道，清芳看了那份文件，一定会想方设法通知清菲，而这正是他想要的结果。

次日清晨，清芳在卧室里侧耳听着——汪学礼穿着军靴，脚步沉重，似乎是走到她房门前，停了半晌，又叫来翠寒，叮嘱了几句什么，才匆匆下楼离去。

不一会儿，翠寒端着皮蛋瘦肉粥进来，清芳默默地把写好的一张纸条放在她手心里。主仆二人都没有吱声，眼神中却都隐隐含着焦急。

从窗口看着翠寒坐着黄包车离去，清芳的心就如坠在风中的蛛丝，飘来荡去，一刻不停。整个上午，她虽然做着女红，却几次戳破了手指。

熬到中午，翠寒才回来，乘着端中药给她喝的空当，伏在她耳边，轻轻说已经把那张纸条贴在了火车站的寻人启事栏里。一盏茶的工夫，就有个在火车站里捡废品的小男孩取走了那张纸条，在同样的位置贴上了另一张纸条。

翠寒走出房间后，清芳才把粘在药碗下面的纸条拿起来细看，上面一行歪歪斜斜的字体：明日下午两点，圣约瑟堂，忏悔室。

清芳握紧那张纸条，如释重负，明天终于可以见到一个月未曾见到的小妹了。

但清芳绝想不到，第二天的会面会以一种无比惨烈的方式结束。

第二天是个重庆少有的好天气，时值初冬，教堂栅栏外种的松柏还是郁郁葱葱。

清芳裹紧貂毛领灰色大衣，快步走上教堂高高的石阶。

她今天之所以能出得了门，还是翠寒想出的主意，她只对门前守卫的几个军统便衣说："少奶奶有喜了，要去罗家湾那边的别墅告诉大少爷这个好消息。"

听这么一说，自然没人会阻拦。喜儿虽然想跟着，但是被翠寒瞪了一眼，训道："别仗着跟姑爷沾点亲就事事想偷懒，去厨房帮少奶奶炖鸡汤去，少奶奶晚上回来还要喝呢。"

汽车拐过街口，远远望见教堂的尖顶时，清芳便叫司机停了车，只说自己要去店里逛逛，买点东西。翠寒便陪着她走到教堂门前，在台阶下守着。

清芳走进教堂时，里面空荡荡的没有一个人，只有一位老者正弓着身子在扫地。这个点，早上的礼拜已经结束，正是休息的时候。她径直走到忏悔室前，掀起帘子走了进去，坐下。

忏悔室是由两个分割开的小房间构成，忏悔者在这边忏悔自己秘密的罪过，而神甫则在另一边透过小小的窗口倾听并抚慰忏悔者的灵魂。不一会儿，黑洞洞的小窗口那边，便出现了一个女子纤细的身影。

"小妹！清菲！"清芳忙趴在窗口上低声呼唤道。

"清芳，我是于丽云，这里是我们的一个临时联络点。"女子很镇定的声音传来。

清芳急切地问道："于大姐，清菲呢？江涛，他们都还安全吗？"

"安全。你放心，他们正在和工人们一起准备游行的事，马上会赶过来。"

说正说到这儿，于丽云突然停住，似乎是感觉到了什么。

"清芳，你快走，听脚步声，教堂里好像进来了很多人，不太对劲。"她说着起身，还没等走出忏悔室，外面就响起了一声刺耳的枪声。

清芳从小到大没有距离枪声这么近，腿脚软绵绵，心里慌到极点，但是一股意念还是支撑着她起身掀开了门帘。

她看到一个男人浑身是血地倒在地上，还在轻轻地颤动着身子。是她刚才走进来时看见的那个扫地老者。

"啊！"清芳惨叫了一声，手中的提包落在了地上。

杨远举笑眯眯地从一群身穿黑衣、拿着手枪的军统便衣之中闪出来，弯腰帮她捡起了手提包。

"汪太太，受惊了！别害怕，这是日本间谍秦汇文，想偷袭我，被我的弟兄打中了。"

清芳说不出一个字，只愣愣地望着他那张诡异的脸，脑子一片空白。

杨远举转身对着忏悔室那边喊道："于丽云，于女士，出来吧！"

门帘缓缓掀起，身穿黑色神甫服的于丽云走了出来。她虽然脸色苍白，但是神情却镇定无比。

"于大姐！"清芳颤声叫道，心中的愧疚之情几乎要把她淹没，她无力地瘫倒在地上。

于丽云想扑上去看看倒在地上的秦汇文，却被两个便衣死死架住。

"你们怎么敢这样？现在是国共合作的抗战时期，你们这是公然破坏国共合作！"

杨远举皮笑肉不笑地瞥了她一眼："谁能证明你们俩是共产党，我看八成是日本间谍，死的活的都带回总部，先把他们从后门带出去！"

于丽云被几个便衣拖着往教堂后门走去，已经毫无声息的秦汇文也被两个便衣抬了起来。

杨远举蹲下身贪婪地望着清芳，色色地笑道："真是个大美人，难怪学礼兄痴情一片。可是，你怎么就有个当共产党的妹妹呢？不过别担心，这次你可是首功一件，学礼兄会对你妹妹网开一面的。"

清芳咬着唇怒视着他。她突然间想通了一切，这原本就是个圈套，一个等着她跳进去的圈套。

杨远举起身对着两个便衣一挥手，低声喝道："你们俩把汪太太先带到里面去，其他人都隐蔽起来，准备抓捕江涛。他可是个重要人物，别让他跑了！"

两个便衣应声上前来，又不敢造次，只得躬身客气道："汪太太，请！"

清芳正在想如何拖延时间通知江涛和清菲，突然教堂楼顶传来一阵扑棱棱的声响。

杨远举脸色一变，气急败坏地喊道："糟了，快上楼顶看看是怎么回事！"

几个便衣顺着狭窄的木梯往楼顶奔去，不一会儿，又气喘吁吁地跑了下来。

"报告处长，我们跑到上面，上面连个鬼影子都没有，只有一大群鸽子正四处乱飞呢！"

杨远举想了想，骂道："蠢货！那一定是暗号，通知江涛他们这里出事了！"说着，他抢步走进忏悔室，仔细检查了一圈。果然，在门板的夹缝里发现一根细细的绳索，直通往楼顶。

他阴沉着脸，骂道："这个臭女人，一定是在她刚才出来之前，拉了这根绳子，通知了藏在楼顶的共党，那个共党立刻放出鸽子。看来，江涛今天是抓不着了！"

还蹲坐在地上的清芳听到这句话，悬着的心一时放了下来，后背汗津津的几乎湿透了衣衫。

"大小姐！大小姐！"紧闭着的彩绘玻璃大门被一下子推开了，翠寒一脸惊慌地冲了进来。

守在门口的两个便衣立刻拦住了她。"大小姐，你怎么样？"翠寒竭力挣扎着。

"翠寒，我没事。"清芳扶着椅背缓缓站了起来，她知道翠寒一定是被刚才的枪声吓到了。

杨远举眉头一皱，摆了摆手道："算了，今天这么一折腾，看来不会有收获了，江涛就是到了门口，也跑了。收队，找两个人护送汪太太回家。"

这晚，清芳回到家就发起了高烧，迷迷糊糊地烧了两天，满嘴都起了大颗大颗的脓泡。翠寒寸步不离地照顾着，一边给她换着冷毛巾，一边给她灌进去又苦又涩的药汁。第三天的傍晚，清芳终于醒来，她缓缓睁开眼，却正触到汪学礼的脸庞。

"清芳，你终于醒了，烧好像也退了。"汪学礼惊喜地伸出手来触摸着她的额头。

"恶魔！"清芳的嘴唇微微翕动着，好久，才缓缓吐出了这两个字。

汪学礼的脸色一变，手僵住了，好一会儿，才勉强挤出一丝笑容，缓声道："你刚好，多休息，我让翠寒帮你去炖点燕窝粥。"

他说着，起身正要往外走，清芳却不知哪里鼓起一股力量，猛地撑起身子，拼尽全力，嘶声喊道："汪学礼，你这个恶魔！凶手！是你，是你故意露出那份文件，让我去和清菲取得联系，然后你们再来跟踪我，是你害死了秦老板！"

汪学礼停下脚步，缓缓转身，脸上依然带着动人的微笑，柔声道："清芳，这些事你不懂，你是活在一个远离尘嚣的世界里的。秦汇文、于丽云、江涛这些人都是顽固不化的共党分子，鼓吹他们的什么共产主义来蛊惑人心的。他们的存在只会动摇民众对国民政府的信心，影响抗战。清菲就是受了他们的蛊惑，才会走错了路。不过你放心，她是你妹妹，假如她被抓，我肯定会在白主任面前求情的，只要她写个声明脱离共党，什么事都不会有。"

清芳浑身颤抖，她平生没有辱骂过人，但是胸中一股怒气实在不可遏制，她随手抓起床头柜上的一个青花瓷杯子朝着汪学礼扔了过去。汪学礼敏捷地一闪身，瓷杯狠狠地砸在墙上，茶叶水溅在他的皮鞋和裤脚上。

汪学礼的脸色一变，但是他依然没有吱声，只是望了清芳一眼，转身便要往外走。

"汪学礼，我要和你离婚！我要离开这里！"清芳这句话虽然声调并不高，却是说得无比坚决。

汪学礼骤然转过身来，两步跨到床前，死死捏住了清芳的双肩，瞪大了双眼，咬着牙，一字一句道："林清芳，你听着，你这辈子都是我的女人。我知道你心里有别人，甚至，我还知道那个男人是谁，他姓顾，是个记者，

107

对吧？我还知道他已经死了，在上海被日本人杀了，你就死了这条心吧！"

清芳愣住了，汪学礼这些天表面丝毫不动声色，原来，他早就知道了顾达飞的存在。

汪学礼松开清芳的肩膀，缓缓站起身，冷冷一笑："清芳，你不知道我们军统是干什么的吧？我们无孔不入，无事不知，你和那个姓顾的记者在江城偷偷来往的事，早就有留守在江城的兄弟告诉了我。你们互通的那些信件，在你来到重庆昏迷的那段时间，我就已经查看过了。但是，我不计较，这几年，我毕竟也有些辜负了你的地方，只要以后你的人乖乖留在我身边，哪怕你不爱我也没关系，你生是我汪家的人，死是我汪家的鬼，永远别想离开我另嫁他人！"

说完，他淡淡道："多休息吧，我已经和楼下把守的兄弟打了招呼，你一步也不能离开这红楼！"

灯灭了，门被猛地带上了，无边的黑暗向清芳涌来。她只觉得心里溢满了悲凉和绝望，只有一处隐隐的希望在闪烁，那就是清菲和江涛安然无恙。

清芳断断续续地低烧了几天，被诊断为肺炎。这一个月里，除了翠寒每天日夜不离地伺候，就是汪学礼请来的一位有名气的西洋大夫每隔两天来诊治一下。

这天，这位满脸络腮胡子的美国大夫又来了，一进屋，他就唰的一下拉开窗帘，用生硬的中国话笑道："清芳，你不能整天生活在黑暗中，你需要阳光、新鲜的空气，这样身体才能更快康复。"

清芳竭力笑了笑，略显苍白的脸上露出了一丝红晕："威廉大夫，真麻烦你了，快请坐！"

威廉笑嘻嘻地走过来，坐下，从口袋里掏出听诊器，放在清芳的左胸部听了听，摘下，爽朗地笑道："清芳，恭喜你，你的肺炎已经痊愈了，只要再好好调养几天，就可以像一只快乐的小鸟一样飞起来了。"

清芳微笑致谢，这时翠寒端了茶和点心进来，也是对威廉大夫连声感激。威廉把听诊器收进药箱，却找了一颗胶囊出来，递给清芳，凑近些轻声道："清芳，这颗药丸是你妹妹托我送给你的，你一定要吃下去。"

清芳乍听这话，几乎不敢相信自己的耳朵。她愣愣地望着威廉，一时不敢伸手去接那药丸。威廉对她使劲眨了眨眼睛，把药丸放在她的手心里，就起身对翠寒道："翠寒，我们下楼去，我开些调养身体的维生素，你去帮大小姐买来。"

翠寒答应着，两人便走出了房门。

清芳这时才如梦初醒，赶紧把那颗药丸细细剥开，里面果然藏着一张小纸条。

那娟秀的字体，的确是清菲的笔迹无疑。

"姐，威廉大夫是同情中国人民的国际友人，我们通过他知道你的近况。秦大哥牺牲，于大姐被捕，我们的组织遭到严重的破坏，我和江涛听从组织的安排离开重庆前往延安。汪学礼现在戒备很严，你再想找借口离开红楼很难，江涛为你设计了一条逃出来的路线，就在红楼后院的那个地下室。后天晚上，你和翠寒就从那里逃出来，我们的人会在出口那里接应你们。十一点，我和江涛会在朝天门码头等你，有艘挂着红色灯笼的船就是。纸条看过即毁，切记！"

清芳的手微微颤抖着，她立刻把那张纸条放进床头柜上的那碗银耳粥里。很快，纸条便融入了雪白的银耳中，再也看不见一点痕迹。

清芳披上丝绒睡袍，缓缓走到窗边，向外望去，灰蒙蒙的天空中，一丝隐隐的霞光从厚厚的云层中透出。

延安，清芳喃喃念着这个地名，心里隐隐升起一股希望。

她突然有种奇异的感觉，达飞也许没有死，他就在延安，在那里等着自己。

就像清菲说过的，所有美好都会再回来！

三天后，夜色中，飘荡着的雾气清寒彻骨。清芳和翠寒猫着腰一步步走下黑暗的楼梯，往这个地下室的深处走去。

翠寒和清芳各举着一支手电筒缓缓往前走去，微弱的光柱照亮了四周的砖墙，潮湿破败的砖石缝隙中长满了苔藓。清芳正缓缓地移动着脚步，突然，脚下一阵吱吱的怪叫声，她忙把手电筒照向脚下，几只肥硕的老鼠在光影中一闪而过。

清芳和翠寒吓得失声大叫，但一瞬间，两人又捂住了自己的嘴巴，幽暗的防空洞中响过一阵回音。清芳使劲抓紧了翠寒的手，悄声道："别怕，翠寒，我们快点走出去就好了。"

两人加快脚步，顺着长长的甬道快步走去，大约走出几十米，就看见了地下室的尽头。那里有一扇小小的铁门，锈迹斑斑的铁门上挂着一把大锁。走在前面的翠寒弯腰拿起那把大锁，没想到锁却一下子滑落在地上，原来，这锁已经被剪断了。

翠寒扭过头，惊喜地说道："大小姐，这锁被剪断了，看来是有人在帮我们。"

清芳的身子微微发颤，她点点头："清菲在信里说，有人会帮助我们，果然。走，翠寒，我们赶紧出去。"

沉重的铁门被推开后，惨淡的月光下，是一条悠长的小巷。清芳和翠寒沿着小巷一路小跑而去。寂静中，两人只能听到鞋底触碰青石板的声音，一下一下，叫人心惊。

两人刚跑出巷口，清芳就看到了一辆黄包车停在路边，迷茫的夜色中，那个头戴毡帽，身材高大的车夫拉着黄包车正疾步向她们俩走来。月光透过雾气照在他脸上，像透过白纱糊的灯罩，忽明忽暗。

尽管过去了数月，清芳竟然一眼认出了他，激动地低声叫道："秦师傅！你是徽州日报馆的秦师傅！"

秦阳咧开嘴憨厚地一笑："林小姐，没想到你的记性这么好，只在报馆见过我一面就记住了。我是受江涛同志的委托，来接你们去码头的。"

清芳激动地说道："谢谢你，秦师傅！铁门上的锁也是你剪断的吧？"

秦阳点点头，四下扫视了一下冷寂的街面，轻声道："这里不能多停留，走吧，你们快上车！"

待清芳和翠寒在车上坐定，秦阳拉起车杆，开始飞快地沿着街道上跑了起来。他拐过两个路口，往朝天门码头的方向跑去。他的脚力极快，只一盏茶的工夫，清芳就看到了停泊在码头边渔船上隐隐的灯火。

清芳虽然看不见秦阳的脸，但是能听见他粗重的呼吸声。她俯下身轻声问道："秦师傅，达飞，就是顾记者，他在上海时给我写的信中，说在那里遇见了你，不知道上海沦陷后，你有没有看到过他，或者听说他的消息？"

秦阳一边向前奋力跑着，一边扭头答道："林小姐，你放心吧，顾先生没事。虽然我没亲眼看见他，但我听南方局的同志说过，顾先生现在就在延安，应该是他在上海沦陷时被救了，后来又辗转去了延安。这次你和江涛同志、林清菲同志就是一起去延安，一定会见到他的。"

"延安！"清芳的双眸在夜色中闪闪发亮，她猛地握住了翠寒的手，颤声道，"翠寒，你听见没有？达飞他没死，他可能在延安！"

翠寒也使劲摇着清芳的手："大小姐，太好了，真是好人有好报，我早就知道顾先生会平安无事的。这下，只要到了那个延安，你就可以和顾先生团聚了！"

清芳点点头，忍着差点夺眶而出的泪珠，转向秦阳问道："秦师傅，延安是不是很远？我们要多久才能到那里？"

离码头越来越近了，秦阳的声音里带着笑意："延安不远，就在陕西，黄河边上，你们下了船再坐车，几天工夫就到了。那是一个神奇的地方，虽然没有重庆热闹繁华，但是那儿的人都朴实真诚，而且都是敢和日本鬼子拼命的革命者，你们一定会喜欢那儿的。"

正说着，秦阳的脚步放缓了，他警惕地朝后瞥了几眼，突然，拉着黄包车沿着江堤往东跑去。

翠寒心急嘴快，忙叫道："秦师傅，你走错了，码头在那边，往这边走可就越走越远了！"

秦阳却并未回答，只是加快脚步，把那车轮拉得呼呼转动，往东边的一片棚户去跑去。

翠寒正要再说什么，清芳忙拉了一下她的手，在她耳边悄声道："翠寒，别往后看，后面有几辆黄包车一直不远不近地跟着，有点不对头，秦师傅一定是发觉了，所以才故意往相反的方向走。"

"啊，大小姐！"翠寒满脸的惊惧，又不敢回头，只好紧紧地抓住清芳的手。

黄包车很快拐进了一片杂乱的棚户区，在一处黑暗的角落里停住。

秦阳放下车杆，转身急切地道："林小姐，我们被人跟踪了，可能是军统的人，也可能是潜伏在重庆的日本间谍，都怪我大意，没有及早发现。你和这位姑娘赶紧从这条小路穿过去，一直往西边走，能走到码头，会有船等你们。快！"

清芳和翠寒忙跳下车，清芳担心地抓住秦阳的胳膊道："秦师傅，我们走了，你怎么办？你跟我们一起去码头吗？"

秦阳从黄包车坐垫下取出一把枪握在手中，冷峻地摇了摇头，道："我还有任务，不能离开重庆。我去引开他们，你们赶快走，记住，不管听到什么动静，千万别回头，一直朝码头那边跑！"

看清芳还愣着，秦阳大声喝道："快跑，千万别回头！"随即一扭身，拉起黄包车往小路的另一边飞快地跑去。

一片寂静的黑暗中，周围杂乱的房屋像极了一群潜伏着的怪兽。此时夜深人静，只能听见树上的鸟在吱吱地怪叫着。

清芳和翠寒手牵着手，跌跌撞撞地在布满枯叶和杂草的小径上奔跑着。黑暗笼罩着一切，几丝清冷的月光透过摇曳的树叶射进来，借着微弱的光亮，她们努力辨识着前方的路。

突然，翠寒"啊"的一声，她被树藤绊倒了，膝盖摔得渗出了血丝。清芳刚弯腰扶起翠寒，远远的，一声枪响刺破耳膜。

"大小姐，那边，是秦师傅！"翠寒颤声道。

紧接着，又是几声枪响，在寂静的夜里，这枪声显得格外瘆人，激起了棚户区里一片狗吠。

清芳使劲咬了咬嘴唇，一股微微的血腥味令她突然清醒过来，现在还不是悲伤的时候。她拉起翠寒拼命向前跑去，边跑边大声说道："翠寒，秦师傅是豁出命来保护我们的，我们一定要跑到码头，别辜负了他！"

第十一章　天涯芳菲

　　两人在黑暗中不知道被绊倒了多少次，胳膊和手掌也被树枝划破了很多血痕，但她们丝毫不敢停下脚步，依然拼命地奔跑着，除了呼呼的夜风，她们只听得见彼此粗重的呼吸声。

　　终于，两人跑出了黑乎乎的树林，一大片泛着微光的水面出现在视野中，江水拍打石阶的声音隐隐传来。

　　清芳的腿一软，几乎要瘫倒在地，幸好，翠寒一把抱住了她。两人气喘吁吁地抬头望去，刻着"朝天门码头"几个字的石墩静默地立在悠长的台阶边，黑沉沉的江面像铺开的黑色绸缎，在月光下闪着晶莹的光泽。

　　几艘货船正在石阶的尽头停泊着，随着江水微微起伏。其中有一艘较大的货船上，果然挂着几盏红色的灯笼，灯笼上描着几个黑色的大字：顺风商号。船头处还隐隐有几个人影在晃动。

　　清芳喘着气抬手一指："翠寒，就是那艘船，清菲就在那艘船上等我们一起去延安！"

　　"快走，大小姐，我们快去找二小姐！"翠寒含着眼泪惊喜地叫道。

　　清芳点点头，两人互相搀扶着刚要往石阶边走去。突然，一阵低沉的轰鸣声从远远的天空中传来，那声音起初像蜂鸣，后来逐渐开始变成了疯狂的嘶叫声。

　　清芳浑身一凛，心中掠过一种无可名状的恐怖。她猛地抬起了头，几乎是一瞬间，刚才还平静开阔的江面上空出现了十几束诡异的灯火，划破沉寂的夜空，朝着码头的方向呼啸而来。

　　又一轮残酷的空袭竟在此刻来临！

"飞机，是日本人的飞机，他们一定是来轰炸码头的。清菲，江涛，你们小心啊！"清芳觉得自己的喉咙像是被谁扼住了，几乎发不出声音来。她想大声呼喊，结果却只发出了微弱的声音。她身边的翠寒却听得清清楚楚，她拼命拉着清芳往身后的灌木丛中跑去。

那十几架飞机来势实在太迅捷，朝着码头边停泊着的船只俯冲而来。翠寒还来不及把清芳拉到灌木丛边，第一枚炸弹就落入了江水之中，激起了一串巨大的黑色水柱，停泊在码头边的几只船都剧烈地摇晃了几下。

清芳这时猛然清醒了过来，大叫了一声："小妹，清菲！"她爬起来往台阶边跑去，一枚燃烧弹落在一艘停泊的船上，码头边跃起条条火蛇。

清芳还想往台阶边跑去，却被翠寒死死地抱住了。任凭清芳如何挣扎，翠寒只是紧紧地抱着她，用自己温热的身躯护着她，在她耳边苦苦哀求着："大小姐，危险，你不能过去啊！"

轰炸机一架接着一架，从清芳和翠寒的头顶上空呼啸而过。

第二枚，第三枚……无数枚燃烧弹落下来，瞬间就撕裂了寂静的夜幕。江堤上木板搭建成的连片棚户区，瞬间腾起了烈焰和浓烟，火蛇吞噬着一切，一时间，火光映红了大半个天空。

巨大的爆炸声、人们惊恐的哭喊声混杂在一处，被燃烧弹燃着的树枝纷纷落在身边。清芳的意识渐渐混乱起来，她能感觉到被翠寒搀扶着，拉扯着，机械地迈动着双腿，拼命往她们刚才跑来的那片树林中跑去。周围还有很多奔跑的身影，似乎都是从棚户区中逃出来的民众。

"大小姐，那边，她们都说那边有个防空洞，我们快跑，千万别停下，只要跑到那个防空洞里就安全了。"翠寒的声音像是从很遥远的地方传来。

突然，清芳感觉到脚底一阵剧痛，她趔趄了几下，腿发软，重重摔倒在一潭泥泞中。

"大小姐，你怎么了？"翠寒抽泣着扑倒在清芳身边。

清芳面色苍白，指了指自己的左脚。翠寒忙低头小心地查看，原来是一根尖利的树枝戳进了清芳脚背里，血肉模糊。翠寒一见，心疼地失声哭了起来。

一颗泪珠顺着脸颊滚落在嘴边，清芳一把抓住翠寒的手臂使劲推着，喊道："翠寒，我是跑不动了，你别管我，自己跑吧！刚才的炸弹落在码头，小妹和江涛不知道是死是活，我竟然救不了她，我真没用。现在我不能再连累你了，你快跑！快跑！"

突然，一截烧得噼噼啪啪的树枝从树上呼地坠下，正落在清芳的眼前。火光中，翠寒并没有丝毫惧色，眸子里亮得惊人，她抬手抹了一把脸上的泥巴和泪水。

"大小姐，我怎么也不会丢下你的。来，快起来，我背你！"说着，她咬了咬嘴唇，拼力把清芳扶了起来。

清芳痛得钻心，额头渗出丝丝冷汗，却竭力推开翠寒，喃喃道："别管我，翠寒，你快走，要好好活下去！"

翠寒却一声不吭，俯下身子，抓住清芳的手臂，努力把清芳移到自己背上，缓缓站了起来。

"翠寒，你干什么，不要，不要，你背着我跑不动的。日本人的飞机说不定还会回来轰炸，我们都会死！"

翠寒扭过头，眼中的泪光一闪："大小姐，你以前怎么对翠寒的我铭记在心，就是死，我们也死在一起，我绝不会丢下你！"

她说着，就背着清芳艰难地往树林的另一边走去。说是走，其实是在挪动脚步，一步一步，虽然缓慢但是无比坚定。

清芳只觉得再也说不出一个字，泪水不断滑落下来，一滴滴落在翠寒的背上。她微微仰起头，惨白的月光倾泻下来，冰凉的泪水几乎要被深夜的寒气凝结在脸颊上，但清芳的心却是滚烫的。

走出了树林，果然不远处就是一个防空洞的入口，巨大的铁门已经打开，很多人都扶老携幼，急匆匆地往黑黢黢的洞口里拥去。

翠寒连忙加快了脚步，往洞口走去，一边喘着粗气对背上的清芳轻声安慰道："大小姐，到了，快到了，我就说，我们不会有事。等进了洞，我再帮你把脚上戳进去的刺取出来。我们一起好好活着，去延安，找顾先生，找二小姐。"

清芳使劲点点头，她把脸贴在翠寒的背上，轻声道："好，我听你的，翠寒，好好活着，我们一起好好活着。"

可是，此时逃难的人越来越多，翠寒被挤在了人流中，只得放缓了脚步，一步步地蹭过去。眼看就要走到防空洞口，只差几步而已，突然，人流中有人叫了一声："看，日本人的飞机又飞回来了！"

顿时，人群大乱，开始拼命地往防空洞口挤去，一时拥挤不堪，人们的叫声、孩子的哭声连成了一片。

果然，黑沉沉的天际又出现了数十个鬼火似的光点，飞快地朝这边移动着，看来日本的轰炸机的确是又折回了嘉陵江边。

翠寒拼命地往防空洞中挤去，但是人太多，她个子娇小，又背着清芳，只能勉强向前移动着脚步。眼看再差几步就可以进入洞口了，翠寒的力气也几乎耗尽了。

这时，日本人的飞机飞到了这片树林的上空，轰炸机螺旋桨转动的嗡嗡声开始变得越来越清晰。洞口的人群更是混乱，一个抱着孩子的年轻母亲从翠寒身后竭力挤了过去。

翠寒不忍心和她去争抢，停下脚步让她先进了洞口。就在这时，一颗炸弹落在不远处，尘土飞扬，弹片四溅，人群中发出一片惨叫声，纷纷再次向洞口拥去。翠寒被人流挤倒在地，在她背上的清芳也滚落在地。

死一般凝重的黑暗中，翠寒疯了般四处摸索着，大声哭喊着："大小姐，大小姐，你在哪儿？"

"翠寒，我在这儿，你小心啊！"清芳也大声喊道。

人流中，几个好心的大妈听到喊声，帮着连扶带拉，把两人都拽进了防空洞中。沉重的大铁门终于被关上了，死亡的气息暂时被隔在了门外。

两个人靠在冰冷的石壁上，手指终于触碰到了一起，互相拉扯着，挪到了一块。清芳却猛地觉出一丝异样，翠寒的额头上有股温热的液体正缓缓地滴落在她的手指上。

"翠寒，你流血了，你受伤了！"清芳惊叫道。

从铁门外，透出一丝微弱的光亮，清芳再仔细看去，殷红的血是从翠寒乌黑的发间渗出来的，看来是炸弹的弹片伤到了她的头部。翠寒受伤后又拼命背着清芳走了这么远的路，更是雪上加霜，血越流越多，几乎止不住。很快，翠寒就撑不住了，无力地依偎在清芳的胸前，陷入了半昏迷的状态。

"翠寒，你怎么样？你别吓我，你快醒醒！"可是任凭清芳如何呼喊，翠寒只是急促地喘着气，却说不出半句话来。

清芳凄切的哭声引来了众人的关注，大家围上来，七嘴八舌地询问，热心地帮忙，有的撕了布条帮翠寒缠在头上止血，有的还送上一口热水，给翠寒喂了下去。

好一会儿，翠寒才在清芳的臂弯中微微睁开了眼。由于不断失血，她的脸色苍白得可怕，轻轻翕动着嘴唇，却发不出什么声音。清芳忙把耳朵贴上去。

"翠寒，你想说什么？"

"大小姐，我这辈子能遇到你，伺候你，就没白活。以后我怕不能陪着你了，你要好好地活着，替我活下去。"翠寒的声音细若游丝。

"不，翠寒，你不要这么说，你也会好好地活下去的！"

"大小姐，我身上好冷啊，好冷啊！我想回家，回秋浦村去！"说着，翠寒的嘴唇渐渐失去血色，使劲蜷缩起身子，瑟瑟发抖。

清芳紧紧地抱着她，竭力想用自己的身子暖着她。但是没用，翠寒的脸色逐渐变成了死灰色，身体也越来越冰冷。

旁边靠墙坐着的一个头发花白的老奶奶叹了口气："这幺妹子怕是不行了，姑娘，你把她放下吧，让她安安生生地走吧！"

清芳拼命地摇头，泪如雨下，扭头对着人群高声喊道："这里有没有医生，救救她，有没有人来救救她啊！"

幽暗的洞穴深处，人群中微微骚动了一阵，一个穿灰色长衫的男子拨开人群走了过来。

"小姐，我是医生，请你放下这位姑娘，让我看看她吧。"他走到清芳面前，蹲下身子。

清芳此时悲伤得无法自已，泪眼蒙眬地望了这男子一眼，微微点头，轻轻把翠寒放在地面上。

男子俯身仔细查看了一下翠寒头上的伤口，又伸出两根手指搭了搭她的脉，好一会儿，眉头紧皱，轻声叹了口气。

"这位姑娘被一块弹片伤及颅骨，伤得太重，现在已经失血昏迷了。

如果能立刻送到正规的医院去，做个手术，再输血，或许还有一线生机。可是，现在这种情形，看来轰炸还不知道要持续多久，怕没办法抢救了。所幸她不会太痛苦，可以安安静静地离去。"

周围的人一片唏嘘之声，防空洞外的爆炸声时远时近，还在响着。绝望抓住了每个人的心，朝不保夕的命运，瞬间的生死离别，几个小孩子吓得依偎在母亲怀里哭了起来。

"翠寒，翠寒，你不要死！"清芳不由得放声大哭。她本来就已经精疲力竭，此时悲伤一点点袭上心头，一时觉得支撑不住，眼前一黑，身子向后栽去。

长衫男人忙一把扶住了她，仔细端详了一会儿她的脸庞，似乎是不可置信的眼神，突然惊喜地叫道："林小姐，你果然是林小姐！醒醒，你快醒醒！"

清芳失去意识前，最后的记忆是这个男子焦急的眼神，他臂弯里的温暖气息，还有他长衫上沾着的淡淡草药味道。

他是谁？我到底在哪里见过他？

清芳努力地想弄清楚他是谁，但是黑暗渐渐吞没了她，她无力摆脱，眼皮发沉，缓缓地闭上了眼睛。

"我是谭少羽！林小姐，你还记得我吗？我曾经帮林夫人看过病。"谭少羽几乎抑制不住喷薄而出的感情，原以为今生再也无法见到的女子，竟然就在眼前。

第一次见到清芳，谭少羽就已经悄悄爱上了她，对她的思念就像一道永远无法愈合的伤痕。如今她就在这里，在自己的臂弯里，那么疲惫，那么美丽，那么柔弱。虽然外面的轰炸声此起彼伏，但他心里却再也没有一丝恐惧，因为他知道，自己以后都要为这个女子而好好活下去。

这一夜，日军对重庆进行了前所未有的疯狂轰炸。微微晨光中的城市，像是被焚烧过的画卷，到处都是冒着黑烟的残垣断壁，到处都是流离失所的难民。尸体太多，政府部门来不及处理，临时用草席掩盖着，一排排搁在路边。人们来不及悲伤，抹了一把眼泪又继续咬紧牙活下去。

清芳醒来时是在一间昏暗的屋子里，四面都是破败的砖墙，只有一个巴掌大的窗户射进来淡淡的霞光。虽然只是一缕温暖的光线落在她脸上，但她也能感觉到生命还在。

"翠寒！"清芳翻身费力地坐起，只觉得一阵眩晕。

"快躺下休息，你昏迷了好几个小时，动作太猛，身体一时肯定受不了。"一个男人急匆匆地从屋角走过来，柔声说道。

清芳望着他，一时怔住。好一会儿，她才认出了这个男人，缓缓道："你是，谭医生！怎么会是你？我怎么会在这儿？"

谭少羽温柔地注视着她，道："是，我是谭少羽，你还记得我？我离开徽州去了南京，后来南京沦陷，我是逃难到重庆来投奔我叔叔的，他在重庆经营药铺。昨晚大轰炸时，我也逃进了那个防空洞，正好在那里遇上了你，你晕过去了，今早我把你背到这儿来的。这儿是我叔叔的房子，临时借给我居住。"

清芳突然打了个冷战，追问道："翠寒呢？"

谭少羽的脸色马上黯淡下来，好半天，才沉声道："翠寒已经不在了，我把她埋在防空洞前的那片树林里了。"

"不！"清芳呜咽了一声，捂住了脸庞，她虽然竭力忍着哭声，身子却在痛苦地颤抖着。

谭少羽抬手轻轻拍着她的背，用极轻柔的声音道："清芳，翠寒走的时候一直在昏睡，并没有痛苦。你要好好活下去，这样才能让她放心。我会陪着你，一直陪着你！"

霞光渐渐染红了整个城市，那些未倒塌的楼房像无数张沉默的脸庞，对着太阳的方向，静默地矗立着。

嘉陵江的水依然在奔腾不息，几艘劫后余生的商船正顺江而下，缓缓驶去。两个浑身透湿的年轻男女正站在船头，他们目光坚毅，默默凝望着远去的山城。

他们正是清菲和江涛。

第十二章　山城风云

五年后，重庆。

深秋的清晨，细雨霏霏，嘉陵江上飘荡着如诉如怨的薄雾。一艘三层的客轮从雾气中缓缓驶来，在三层的甲板上，一个女子格外引人注目。她身材苗条修长，穿着华贵的兔毛皮草大衣，曳地的青灰色长裙，戴一顶西洋式的宽沿呢帽，白色的轻纱遮住了她的半个脸庞，但是依然可以隐隐约约看见她美丽的脸部轮廓。

她戴着白纱手套的纤细手指正紧紧地抓着船栏，嘴唇轻轻抿着，似乎泄露了她内心的某种激动情绪。周围站着的几个男旅客虽然时不时用余光瞟着这个女子，但没有一个敢上前搭讪，因为估摸着这女子非富即贵，不定是哪家的官眷，得罪不得。

一个穿黑色呢子大衣、戴墨镜的青年男子从船舱中走出来，踱到女子身边，也俯身在船栏上，低声耳语道："清菲，组织上安排好了，我们到了码头，南方局就会派人来接我们。这次我们会住在一位林先生家里，他表面的身份是重庆的商界名流，专门和军方做药品生意，但实际上，他是我党一名优秀的地下工作者。他利用自己的特殊身份，屡次为党组织提供了重要的情报。可以说，他是我们在重庆的一颗子弹，是插在老蒋身边的一把尖刀，这次我们执行这个秘密任务将会得到他的大力配合。"

清菲侧过脸，眼光闪动，颤声道："江涛，五年了，终于又回到重庆了。我还记得我们乘船离开的那天，也是这个码头，夜是那么黑，船在水中行驶着，日军的飞机就在我们头顶打转，几发炸弹就落在我们的船边，炸烂了几块船板。我以为再也见不到第二天的太阳了，可我们终于还是顺利到了延安，还去了抗日的前线，跟小日本面对面地战斗。可是这几年，不知道我姐姐她到底怎么样了。"

提到姐姐，清菲突然沉默了。五年来，她一直不敢细想那天嘉陵江边的情形。大轰炸开始，她们乘坐的船只不得已立刻拔锚启程，姐姐是否按约来到了码头？她是否逃过了那场劫难？她还活着吗？

江涛默默地握住了她的手，低声道："我知道你在担心什么，这几年我也委托过南方局的同志查找你姐姐的下落。由于那天晚上去接应你姐姐的秦阳同志已经牺牲了，所以那天晚上你姐姐究竟有没有到达江边码头，是不是躲过了那次轰炸，我们始终没有得到准确的消息。不过你不要太担心，我们今天见到林先生可以再请他帮忙查找，相信你们姐妹俩终有一天会重逢。"

清菲点点头，她极目望去，渐渐清晰的枇杷山、南山、歌乐山，一片青翠掩映在苍茫的水雾中，饱受劫难的城市依然像默默张开双臂的母亲，散发着温暖的气息。

他们下了船，一辆轿车已经等在岸边。一个穿中山装、面色冷峻的年轻人迎了上来，他眼光逐个扫过下船的人流，最后沉着地走到清菲和江涛面前，微微弯了弯嘴角，缓缓道："江天一色无纤尘。"

"皎皎空中孤月轮。"江涛摘下墨镜，和他对视了一下，轻轻对出了约定好的暗号。

年轻人伸出手握住了江涛的手，又对清菲微微一笑，低声道："是林小姐和江先生吧，我叫魏如风，是林阳同志让我来接你们的，请上车吧！"

两人上了车，魏如风熟练地驾驶着车子，沿着江岸往崎岖的山路上开去。清菲取下了宽沿帽，扭头望向刚才走过的朝天门码头。蜿蜒的江岸边，那些被炸弹炸出来的大大小小的弹坑都已经长出了萋萋的芳草，但战争的阴霾仍然像江面上的沉沉雾气般挥之不去。

姐姐，你到底在哪里？

清菲心潮一时起伏不定，坐在她身边的江涛此时打开刚才魏如风交给他的一个黑色皮包，拿出了两本特别通行证仔细翻看着。经过五年，他眉宇间多了几分沧桑，气质更显沉稳干练。

魏如风一边开着车，一边解释道："江涛同志，林清菲同志，这是林阳同志为你们准备的新身份，因为在重庆，每个外来的人员都会受到军统方面秘密的监视。国民政府都很亲美，只有这一类人物是享受特权的，所以，美国人或者从美国来的中国人都会受到优待。林先生为你们设计的新身份是美国来的记者，此行的目的是专门采访宋夫人，这样，就有利于你们完成这次的秘密任务。"

清菲仔细看了看江涛手中的两本特别通行证，小声念道："纽约《华侨商报》特约记者，白安娜小姐，柳原先生。这两个名气起得真好听！"她禁不住嫣然一笑，露出两个浅浅的酒窝。

魏如风从反光镜中瞥见清菲的笑容，不觉心中微微一动，答道："是林阳同志起的，他在国学方面有很深的造诣。"

江涛又从包里掏出了两把小巧的微型手枪，微微凝眉道："我们这次从延安出发前，于处长只是告诉我要执行一项绝密的任务，可能会与国民党高级官员接触，但并没细说。究竟会涉及到哪位高官呢？"

魏如风并不正面回答，只是简洁地说道："这次的绝密行动，将由林阳同志全面负责，他会给你们布置任务的。"

江涛不动声色地把手中的一把微型手枪递给清菲。清菲在手中掂了掂，熟练地卸下弹夹，查看了一下里面的子弹，轻声道："是德国产的最新型84微型手枪，还装了消音器。林阳同志想得太周到了。"

魏如风微微惊诧道："清菲同志真是识货，没想到你是玩枪的高手。这是林阳同志特意为这次行动准备的，便于携带和隐藏。"

江涛爱怜地望望清菲，笑道："你还不知道，清菲同志是中央特科有名的女神枪手，去年我和她在洛阳执行任务，她曾经一枪击毙了日本特务头目吉川。"

这时，车子穿过了繁华的街区，渐渐往人烟稀少的郊区开去。魏如风一边开着车，一边赞许道："早就听说了那次洛阳的行动，干得太漂亮了，重重地打击了小日本的气焰，原来就是你们两位的杰作。清菲同志，你真厉害！"

"哪里，其实配合那次行动的同志有很多，只是我打响了那最后一枪而已。我也算不上神枪手，不过是大家开玩笑罢了。"清菲不好意思地笑了笑。

车子停在半山腰一处幽静的宅子前，清菲和江涛随着魏如风走进宅子里去，不由得微微一怔——这里一切竟然透着徽州的意味，徽式风格的雕花木椅，墙上悬挂着的铁画，甚至靠窗茶几上白色瓷瓶中插着的一枝梅花。

"这里的主人好风雅啊！"江涛微微点头赞道。

清菲走到那束梅花前，细细看了半晌。

两人刚刚落座，就有一个中年男子从内室缓步走了出来。他身材并不算魁梧，面色黧黑，留着八字胡，手中拿着个暗黄色的牛皮纸袋。穿着实在讲究，胸前口袋中露出的金色怀表链直晃人眼。

但清菲第一眼倒是被他额头上的伤疤吸引住，那是一块长及眉际的伤疤，左脸颊上还有一道暗红的疤痕。

"我是林阳，欢迎两位，早就听说你们是中央特科的骄傲，洛阳的行动也是非常干净利落。这趟又是马车又是坐船的，这一路辛苦了。"中年男子热情地伸出右手来。

江涛和清菲忙起身和他握手，只觉得林阳虽然瘦弱，但是手上却很结实有力。

"林阳同志，对你，我们也是久仰大名了！"清菲笑道。

魏如风依然面色冷峻，机警地对林阳说道："我去外面守着，等会儿我再送您走！"说着，转身走了出去，轻轻关上了客厅的花梨木门。

三人在沙发上坐定，林阳望了望江涛和清菲，微笑道："这里叫云雾山庄，很安全，是以我夫人的名义买下来的，作为我们地下联络和活动的据点，你们在重庆期间就住在这里，不会有别人过来。如风作为你们的联络人，会照顾你们的生活起居，并负责你们和我之间的联络工作。"

江涛喝了一口茶，便沉声问道："林阳同志，从延安出发前，于处长只是告诉我和清菲这次来重庆的行动关系重大，可能会影响整个战争的进程，但并没有告诉我们细节。这也是我们中央特科每次行动的规定，只有您，本次行动的负责人，才会掌握整个行动的计划。"

林阳赞赏地点点头："不错，中央特科这样的安排也是保证行动的绝对保密性。"说着，他打开手中拿着的那个牛皮纸袋，抽出了几张照片，递给江涛和清菲。

江涛接过照片，照片上是一个穿着日本军服，文质彬彬的中年男人。

林阳缓缓道："这个人叫松下健二，日本老牌间谍，土肥原的得意弟子。他精通汉语，多年来以各种身份在中国各地活动，为日本军方提供情报，可以说是双手沾满了中国人的鲜血。他还有个秘密的身份，是日本天皇的亲侄子。就在前几天，他已经来到了重庆，这次他以天皇特使的身份来的，将与老蒋秘密会面。"

"天皇特使？"清菲微微惊诧道，"前方中日战事正如火如荼，他这时候来重庆，肯定有什么不可告人的目的。"

林阳向清菲投去一个赞许的眼神："说得对，虽然还没有得到情报显示松下健二此行的确切目的，但延安方面做出了判断，松下健二极大可能是代表日本天皇来和老蒋进行秘密的合谈。因为日本这几年在东南亚投入了大量的兵力，而且所到之处都受到当地人民的顽强抵抗，所以他们在中国战场也愈发被动。"

"也就是说，这场仗打到现在，日本军队已经是强弩之末，日本国内也弥漫着厌战的情绪，他们很可能会寻求和国民政府秘密合谈，以期还能保持伪满洲国继续存在。加上老蒋本人在对待日本方面本来就是摇摆不定的，出于自己的政治目的，他也想早日结束战争，以进一步巩固自己的政权。一些国民党的高层官员，为了维护个人的利益也会劝老蒋接受合谈。"

"所以，组织上决定，我们必须要设法洞悉松下健二来重庆的真正目的，并且在一个月内寻找一切机会除掉他，迫使老蒋坚定把抗日进行到底的决心。"

他说话的声调虽不高，但是目光坚定，令人折服。

江涛和清菲不禁对视了一下，都钦佩地点点头。

林阳起身，走到窗前，凝视着窗外布满大片阴霾的天空，突然轻声道："我想，松下健二此行一定还有更深层的目的。"

江涛沉吟了一会儿，轻声道："刺杀老蒋，这一直都是日本军方的目标。"

林阳转过身来，目光灼灼："江涛同志的想法和我不谋而合！但是为了抗日的大局，我们不会让他的阴谋得逞。"

清菲展颜笑道："你们俩是英雄所见略同，林阳同志，请你赶快给我们安排任务吧。"

林阳哈哈笑道："好，现在，我给你们安排第一个任务，抓紧时间去休息，睡个好觉，等你们起来，如风会给你们准备好正宗的重庆火锅。睡好吃好，今晚你们就要去参加宋夫人在私宅举办的一场舞会，当然，你们的身份是《华侨商报》的记者。据可靠的情报，松下健二也会在舞会上出现。"

说着，他抬手看了看腕表，神情变得严肃："我马上要赶回兴隆商行去一趟，有些商务上的事要处理。这个牛皮纸袋里还有松下健二的很多资料，你们俩休息好了再研究一下。今晚我也会去那个舞会和你们碰头，但是我们之间不能显露出任何认识的迹象。重庆是军统的老巢，军统的眼线无处不在，现阶段他们和我们亦敌亦友，要格外小心！"

清菲和江涛忙点头答应着。林阳往外走去，江涛和清菲也送到了门口，清菲突然心中一动，脱口而出："林阳同志，你额头上的伤疤，究竟是怎么受的伤？"

林阳停下脚步，摸了摸那道暗红色的伤疤，微微笑道："这个也是日本人给我留下的纪念。"说着，转身走出了大门。

江涛微微握了握拳头道："日本鬼子在中国造的孽太多了，我们一定要把他们赶出我们的国土，我们一定要完成这次任务！"

清菲却转身走到窗前，凝视着林阳拉开车门，上了车，若有所思。

她突然转身，喃喃道："江涛，我总觉得在哪儿见过林阳同志。他给我一种很熟悉的感觉，但是一时又想不起来。"

江涛走到她身边，抚了抚她的肩膀，微微笑道："我们在延安时见到过那么多革命同志，后来去抗日前线又见过多少来自五湖四海的仁人志士，很多人都是匆匆一面，也说不定真的和林阳同志见过面。不用想了，其实见没见过都不重要，只要记住，我们都是为了一个崇高的使命而走到一起的，那就是把日本鬼子赶出我们的国土，还我们一个自由美丽的中国。"

清菲望着江涛那闪闪发亮的眸子，轻轻靠在他胸前，听着他胸膛里那坚定有力的心跳，轻声道："江涛，等抗日胜利了，我们就结婚，好吗？"

江涛轻轻抚摸着清菲漆黑的长发，柔声道："好，抗日胜利了我们就结婚，就在重庆结婚。到时候你姐姐一定也找到了，你们姐妹俩就可以再生活在一起了。"

"姐姐！"清菲哀伤地叫了一声，但随即又振作起精神，直起身子，"江涛，我们还是抓紧时间把松下健二的资料再熟悉一下吧，晚上说不定会和他打个照面。"

"好！"江涛答应着，还爱怜地帮她整理了一下凌乱的发丝。

黑色的福特轿车缓缓地开着，快到中午时分，周围熙熙攘攘的轿车、黄包车，还有挑着担子叫卖的让街面显得十分拥挤。

魏如风一边开车，一边问道："林大哥，如果今晚我们见到那个松下健二，我是不是要立刻对他进行跟踪，搞清楚他的住处和随从人员，为后面的行动做好准备？"

林阳注视着车窗外，微微摇头道："你刚刚进入军统，身份不便暴露，让爱莲去做吧，她不易引起注意。你还是留意那个白占亭的动静，他就像一只毒蜘蛛，只要他一动，就会牵动军统中的千丝万缕。还有汪学礼，这两年他在军统内很受重用。松下健二作为天皇特使前来，一定会受到军统的保护，我们这次的行动肯定要和他们做暗中的较量。但是为了抗战大局，又不能发生正面的冲突。"

"我明白了，林大哥。"魏如风答道。

他知道何爱莲和林阳只是挂名夫妻。魏如风、何爱莲和林阳是一个秘密行动小组，虽然隶属南方局，但是只有少数高层领导人才知道他们的存在。

"如风，在前面拐个弯，送我到白沙镇。"林阳突然的一句，让魏如风微微惊诧。但是长期的历练已经让他学会了绝不会多嘴，于是马上打了一下方向盘，顺着盘山的街道，往白沙镇的方向开去。

白沙镇历来就是天府名镇，商埠云集，船运发达，在抗战爆发后也先后建起了不少学校，安置从战区搬迁来的师生。

轿车缓缓驶进了白沙镇的老街，远远地就望见了教堂尖顶上的十字架。那是一幢十年前传教士修建的教堂，现在当成了临时的难民收容所。

林阳叫了声："停。"打开车门，沉声道，"如风，你去给江涛和清菲同志送饭吧，另外他们如果有任何需要的东西，也由你负责，晚上你再把他们送到宋夫人的黄山别墅去。我这儿你就别管了，我待一会儿，就自己坐车回商行去。"说完，他跳下车，往镇中心老街的方向走去。

魏如风望着林阳的背影，心中掠过一丝狐疑。过去一年，他曾经好几次送林阳来到白沙镇，而且每次都是停在这里，难道这镇子上会有什么和林阳关系密切的人吗？

但是，他绝不会去问，他们每个人，谁不曾在这场残酷的战争中伤痕累累？

他出身于宁波的富裕家庭，母亲在家乡老宅中被日本飞机炸死，年幼的妹妹死在了逃难的途中。自己在大学时就加入了革命小组，后来被派来重庆配合林阳的工作。

而何爱莲据说曾是苏州的一名绣娘，上海沦陷时，未婚夫被日军杀害，自己硬是从日军的铁蹄下逃了出来，辗转加入了党组织。

和林阳在一起工作了三年，魏如风不曾听他提起家人，或许他的家人早就死于这场战火了吧。甚至他额上那道伤疤的由来，也不曾听他提起，只知道他曾经留过学，英文流利，国文也是极其出色。魏如风发觉他有个癖好，酷爱梅花，不论住在哪里，卧室客厅必然都是摆着一束梅花。

难道林大哥爱上了白沙镇的一个女人？不，这可不是张恨水笔下的鸳鸯蝴蝶小说，这是真实而残酷的战争时期。

魏如风苦笑着摇摇头，收回思绪，忙调转车头往城里的方向开去，他必须赶回去安排江涛和清菲的一切。

清菲，想起她，不知怎么，魏如风的心中漾起一团小小的火花——

她嫣然一笑，又熟练地卸下了手枪的弹夹。一个美丽惊人的神枪手！

车窗外的天空依然那么阴沉，虽然雾气已经消散，但看不见一缕阳光。

魏如风突然觉得憋闷，想大吼一声。阳光像是被一只看不见巨掌遮住了，什么时候，这座美丽的城市才能洒遍金色透明的阳光？他想着踩下了油门，轿车加快了速度，往回城的大路上开去。

第十三章　松厅别墅

　　月亮从诡谲的黑色云朵中穿行而出，冷冷地照在黄山的松厅别墅前。一身笔挺毛料军装的谢天华正站在台阶上低头默默吸着烟。五年，足以改变一个人，他已经从一个英俊少年变成一个有些阴郁的军官，也从不会吸烟到如今每天离不开香烟。

　　最重要的改变应该是，他几个月前结了婚。

　　身穿粉色雪纺洋装的白蝶从他身后悄悄走来，有些顽皮地蒙住了丈夫的眼睛。谢天华猛地转过身，白蝶分明从他眼中看到一抹惊喜，但只是一闪而过，立刻换成了一丝怜惜的微笑。

　　"白蝶，原来是你啊！怎么出来了，不陪夫人多聊聊？"

　　白蝶瞬间有个猜想，丈夫把自己当成了别的女子，那个在他心头永远无法抹去的女子。虽然她不知道这个女子的名字，但她知道谢天华曾经有过一个情投意合的女友，五年前这个女子却突然失踪。

　　他的心头有一道伤，自己又何尝不是？顾达飞虽然从未真正走进她的生命，但他的死讯传来，也令自己肝肠寸断。

　　谢天华和白蝶都是怀着埋葬过去的心情来开始这段婚姻的，他们是两只渴望温暖的蝴蝶，不过是想聚在一起取暖。但过去的爱，却像个秘密无时无刻不折磨着他们。

　　白蝶莞尔一笑："哦，有我婶婶和一大堆名媛都围着夫人，我哪儿插得上话啊？你呢，怎么独自在这儿抽烟，不去陪陪叔叔？我看他正和一个又高又瘦的男人聊得起劲。"

　　谢天华扔掉香烟，揽住她圆润的肩，温暖地笑道："走，我们进去吧，这儿山风冷，别冻着了。"

白蝶温顺地靠在他怀里，夫妻俩转身缓缓往别墅中走去。

一阵凄冷的山风吹过，一辆黑色的福特车拐过弯道，稳稳地停在别墅前。

江涛、清菲、魏如风前后走下车来。江涛整理了一下脖子上挂着的照相机，清菲则扎起马尾，换了身利落的马甲长裤，显得神采奕奕。

"美国记者的派头果然管用，前面三道岗都顺利通过了，看来今晚我们会有个好的开头。"江涛小声道。

清菲扭头低声问魏如风："林阳同志呢？"

魏如风努了努嘴："他应该已经到了。我现在的身份只是军统的低级军官，还没资格进去，我会在外面等你们，做你们的接应，你们一切小心！"

清菲默默地点了点头，江涛也回身投给魏如风一个坚定的眼神。两人缓步朝青条石阶上走去。

侍者恭敬地拉开镶着金色金属边的玻璃门，一阵悠扬的爵士乐随即飘入了耳朵，大厅里无数盏水晶吊灯映着大理石地面耀人眼球。

江涛和清菲一走进门就互相交换了个眼神，很默契地分开，分别融入衣香鬓影的人群中。清菲伸手从侍者端着的盘子里拿了一杯香槟，迈着轻盈的步子往大厅中央走去。

清菲嗅到一股馥郁的花香，不禁微微惊诧。早就听说宋夫人酷爱玫瑰，但此时时近深秋，又在战争期间，没想到这松厅别墅的大厅中却摆满了艳丽的红色玫瑰。

清菲倚在雕花黄梨木窗棂边，眼光在大厅的人群中不断游移着，老蒋和宋夫人都不见踪迹。这倒并不奇怪，因为这种宴会其实是宋夫人专门为了联络各国在重庆的外交人员而举办的，老蒋本人倒是从不出席，宋夫人也是到了宴会结尾时才稍稍露个面，倒是她那个出名怪癖的侄女孔二小姐是这类宴会的主角。

此时，孔二小姐就穿着一身男式西装被一群太太小姐们围住说笑着。忽然，清菲捕捉到一张熟悉的面孔，汪学礼！

清菲的心微微跳动了一下，虽然她确信这位曾经的姐夫现在肯定无法认出自己，但还是不免隐隐有几分担心。她举目望去，经过在军统数年的历练，身穿黑色西服的汪学礼眼神愈加阴沉，他心不在焉地和身边一个穿粉红色洋装的女子调着情，一边眼光还时不时地往他身后的一道紫檀木屏风后面瞥去。

周围还坐着或者站着几个模样机警的年轻人，也都有意无意地围绕在紫檀木屏风附近。那屏风后面藏着什么人？

这时，音乐换成了欢快的踢踏舞，别墅里的气氛顿时轻松了起来，几个外籍来宾开始纷纷走到大厅中央跳了起来，一些衣着时髦的年轻女子也跟着扭动起了腰肢。

清菲思忖了片刻，猛地仰脖喝掉了手里的那杯香槟，又走过去在来回穿梭的侍者托盘中拿过一大杯威士忌。她拿着酒杯故意踉踉跄跄地往那屏风的方向快步走去，一边走，一边嘴里还嘟嘟囔囔地叫着达令。

走到那屏风跟前时，她似乎脚下一滑，摔了下去，手中的酒杯摔在大理石地面上，玻璃碴四溅。

就在倒地的瞬间，清菲看见了两双脚：一双是女人的脚，旗袍下面是一双白色高跟鞋；一双是男人的脚，穿着锃亮的黑色皮鞋，规规矩矩地并拢在一起。但马上，这两双脚都开始移动，很快就消失了，看来是自己惊动了他们。

"小姐，你怎么样？"一双有力的手扶起了清菲，一个穿军装的男子关切地询问道。

谢天华的手哆嗦了一下，所有的思维似乎都停止了，音乐、人群，在一瞬间都消失了，只剩下眼前这张脸庞。

"清菲！是你！"

好一会儿，谢天华惊喜地喃喃道，他甚至想伸出手去触摸一下那张脸庞，看看自己是否身在梦中。她，竟然回来了，就在他几乎连微茫的希望都完全放弃之时，她竟然出现在了自己的眼前。

"先生，你是谁？我不认识你，你叫我什么？"眼前这女子笑得茫然而灿烂，从他手中抽出了自己的手，四下张望着，喃喃道，"我的丈夫呢？我要找我的丈夫。"

"清菲，我是天华！我是天华啊！"谢天华完全蒙了，他正想近前再次握住她的手，这时，有个男人大踏步走了过来，一把揽住了清菲。

"安娜，你怎么了？我刚走开一会儿，你就喝醉了，没摔伤吧？"江涛心疼地扶住清菲，口气有些责怪。

清菲笑道："没事，我没事，柳原，我只喝了两杯威士忌而已。我刚才摔倒了，是这位先生把我扶起来的。"说着，她一指愣在原地的谢天华。

江涛转身对谢天华礼貌地点头，伸出手道："幸会，这位先生，我是纽约《华侨商报》的记者柳原，这位是我太太白安娜。我们今天刚刚到重庆，是专为采访战争大后方的真正面貌而来。"

谢天华的脸色瞬间黯淡了，他也伸出手来，和江涛握了握，轻声道："两位，幸会，我是重庆高炮部队少校参谋谢天华，欢迎你们来重庆采访！"

谢天华的目光透出一股无法言喻的失望，在清菲的脸上又停留了几秒，补充了一句："希望安娜小姐以后多注意安全。"说完，他松开手，转身离去。

这小小的意外很快被欢快的音乐舞蹈冲散，周围几个侍者忙上前收拾起地下的玻璃残片。

江涛和清菲缓缓走出侧门，来到大厅外的回廊中，两人亲密地依偎着。

"江涛，今晚大厅里有很多军统特工在暗中活动，我看到了汪学礼。那扇屏风后面，是一男一女，那个男人我想应该就是松下健二，还有个女人不知是谁，他们在进行秘密的会晤。"

"在你故意摔碎杯子倒地的时候，我看见白占亭带领一些人护送着一个从屏风后面走出来的女人上了楼。那些人中还有汪学礼，白占亭最信任的下属。军统既然是出动了最精锐的力量来保护这个女人，她必然是宋夫人无疑！"

"宋夫人和松下健二既然秘密见了面，肯定还会和老蒋见面，但是一定会更隐秘，我们一定要想办法弄清楚他们见面的时间和地点。江涛，刚才的那个少校军官……"清菲抬起脸，有些欲言又止。

江涛微微一笑："他就是谢天华，你曾经跟我提起过。"

清菲的眼神中闪过一丝抑郁："江涛，我和谢天华是因为信仰不同才走上了不同的人生道路，但是他以前对我非常爱护和帮助。从个人感情上，当初不告而别可以说是我辜负了他，现在，再次相遇，又是在这样特殊的时刻，刚才一瞬间我有点不知道怎么去面对他。"

江涛温和地拍拍她的背，柔声道："我理解，我们革命者也是人，也同样有感情的软弱和挣扎。但是你处理得很好，真的，我觉得我自己都未必能像你刚才处理得这么好。"

清菲凝视了江涛片刻，心中不觉泛起一丝说不出的柔情。从延安出发前，本来选定了另外一位男同志和自己假扮夫妻来执行任务，而江涛已经被中央领导选中要送去苏联学习。但是，江涛却第一次对组织上的决定婉言谢绝，他执意申请要和自己一起来重庆执行这次任务。清菲明白，他深知这次任务的危险性，他绝不愿意让自己只身犯险。

"今晚黄山的月色真不错啊！"

江涛和清菲吓了一跳，忙一转身，林阳不知什么时候走到他们身旁，微笑地望着他们俩。

清菲咬唇扑哧一笑："林大哥，你真是像猫一样，长了脚垫，走路都没声音的。"

林阳机警地向四周看看，悄声道："对，我们都要像猫那样有九条命才行，不然怎么要对付日本人，又和军统周旋。我刚才都看到了，清菲你的表现很出色，那一跤摔得恰到好处。宋夫人上了楼，松下健二从侧门悄悄离开了，我已经派了人盯着他，要找到他的藏身之处。明天中午，我们所有行动小组的人碰个头，商议下一步的行动方案。"

江涛和清菲点点头。

林阳拿出镀金的烟盒，抽出一根香烟，笑道："我是兴隆商行的董事，还得再去和一些老主顾周旋一下。如风在外面等你们，你们两位记者先回去休息，养足精神，后面还有很艰巨的采访任务呢。"

这时，大厅里响起了优美的华尔兹，江涛一拉清菲的手，展眉一笑："走，亲爱的，我们去跳一曲再回去睡个好觉，才不辜负今晚的好音乐啊！"

清菲的脸上腾上一抹绯红，羞涩地对林阳说道："那林大哥，我们去跳舞了。"

林阳温和地一挥手："去吧，去跳跳舞，年轻人就该有蓬勃的生命力！"

清菲和江涛手牵着手在人群中欢快地打着转，脸上洋溢着纯真幸福的笑容。林阳靠在门框上注视着他们，心中一阵欢喜，又忍不住一丝悲凉。

战争！残酷的战争能毁灭人的生命，但毁灭不了灼热的爱情，爱情像破土而出的嫩芽，长在清菲和江涛清澈的眼眸里。可是自己的爱情呢？在哪里？她，巧笑倩然，从那颗梅树下朝自己缓缓走来——她幸福吗？只要她幸福，纵然自己永远孤单也没关系。

林阳突然觉得自己额头上的伤口一阵剧痛，他忙捂住额头，咬紧了嘴唇。正在这时，一个穿军装拿着军帽的男人从他身边大踏步走过，头也不回地沿着回廊走去，他的脚步走下石阶时重得惊心，不一会儿，就响起了汽车发动的引擎声。

林阳放下手，扭头望去，虽然夜色深沉，但看背影认得出是谢天华。

凄冷的月光瞬间洒向整个黄山，满山的树叶沙沙作响。

林阳抬起头看了看在风中飘忽不定的月亮，轻轻地叹了口气，有些事注定无法让所有付出的人得到圆满的结果，比如爱情。

第二天，时近正午，难得的是个大晴天，雾气散尽，远离市区的南湖上的水天一色，能见度极好，几只灰色羽毛的水鸟贴着水面疾飞，然后又忽的一下冲上了天空。

一艘渔船正缓缓地拨开水面，清菲有些兴奋地站在船头上，极目望去，浩荡的水面令她觉得心胸豁然开朗了许多。这是林阳的安排，为了避人耳目，今天的行动小组会议从云雾山庄转移到南湖的一艘渔船上进行。

"清菲，五年没回重庆了，是不是觉得变化很大？"林阳走过来，和她并肩望去。

清菲微笑道："是啊，很多景物都改变了，被日军炸毁的许多建筑又重新建了起来，但是我相信有一样永远不会变，就是我们要打败日本鬼子的决心！林大哥，这次任务完成后，我和江涛决定结婚，然后我们会申请调离中央特科，去参加新四军，和鬼子面对面地拼刺刀。"

林阳一拍她的肩膀，钦佩道："好，看来咱们的清菲同志说不定将来还要做女将军呢！"

"可是，在我离开重庆前，有一个人我一定要找到她。"

"谁？"

"我姐姐，林清芳！"

清菲说完这句话，虽然没有扭头看林阳脸上的表情，但是她能敏锐地感觉到林阳的身子微微颤了颤。

"你姐姐？"

清菲继续说道："我姐姐曾经是一名作家，热爱文学和写作，家乡沦陷后，我们一起逃亡到重庆。五年前，我们在朝天门码头约好一起去延安，可是遭遇了日军的大轰炸，此后就失去了她的音讯。"

"我和江涛曾经多方打探，可是都没有结果，我非常害怕，担心她可能在那次轰炸中遇难了。可是昨天晚上，我看到了《大公报》上的一首诗歌，题目叫《致我战火中的家乡》，我觉得那首诗里写到的情形非常像我们的家乡，徽州秋浦村。那首诗的署名叫清飞，清字和我姐姐名字的一个字相符，另一个飞字，我猜是……"

清菲说着，顿了顿，扭头凝视着林阳。

阳光从水面上折射出的光影中，林阳的侧脸轮廓分明，他的眼神凝视着远方，只有紧紧抿着的嘴唇泄露了内心的激动。

"林阳，如风把桂园别墅的图纸拿来了。"何爱莲风风火火地从船舱中走出来。她是个三十岁出头的女子，浓眉大眼，虽然穿着旗袍，但掩不住浑身的英气。

林阳似乎立刻恢复了冷静，他看了清菲一眼，果断地说道："开会！"说着，转身进了船舱。

清菲一猫腰也走进船舱，里面陈设简单，不过是一张低矮的茶几，茶几上搁着一把铁砂茶壶和几个茶杯。

几个人席地而坐。为防暴露，一个巴掌大的窗口也被帘子遮得严密，舱内的光线就更加黯淡，只有半截白蜡烛在茶几上闪着微弱的光。

清菲在江涛身边盘腿坐下，江涛很自然地拿起她的手放在自己宽厚的手心中握着。这是他们俩多年来的习惯，每到秋冬，清菲的手脚都会冰冷，江涛就总是用自己的手来暖着她，还笑说，要一辈子把她捧在手心。

林阳扫视了一下众人，沉着地开口道："同志们，今天是我们这个特别行动小组的第一次会议，所有的组员都已经到齐。松下健二此刻正像个幽灵在重庆飘荡，南方局已经派出了精锐力量去监控他的行踪。两个小时，我们只有两个小时开这个会，时间非常宝贵。我想，不用我再专门介绍了吧，大家应该都互相认识了。"

何爱莲呵呵笑道："今天我是第一次见到江涛同志和清菲同志，但是早就听说你们俩是中央特科的神枪手，久闻大名。我叫何爱莲，也是林阳的太太——当然，我这个林太太是冒牌货。"

她快人快语，如此调侃自己，大家都忍不住面露笑意。魏如风调皮地说道："林大哥你未婚，爱莲姐你未嫁，不如你们就把共产党员之间的革命友谊上升一下，假夫妻成为真夫妻吧！"

何爱莲听了这话，心中一动，望向林阳，林阳倒是面色自若。

何爱莲毕竟性子直，她扬手给了魏如风轻轻一拳，微微笑道："臭小子，你知道什么呀，林阳同志他心里可是藏着一位珍贵的爱人呢！至于我，除非把日本人都赶走，替我爹娘报了仇，不然我不会嫁人。"

林阳淡然道："匈奴未灭，何以家为！爱莲的想法和我一样，抗日未胜利，何谈个人感情。"随即他话锋一转，"爱莲，你给大家说说昨晚跟踪松下健二的情况吧。"

何爱莲点头道："昨天晚上，我跟着松下健二走出了宴会厅，发现他并没有离开黄山，而是乘坐一辆挂着军统牌照的轿车沿着山路往前开。我骑着早就藏好的那辆自行车悄悄跟在轿车后面，一直看着他们到了山背面的另一间别墅，他和两名随从从别墅的侧门走了进去。那里是孔二小姐所住的桂园。"

林阳接过话头："孔二小姐是宋夫人的娘家侄女，也是她最信任的人，把松下健二安置在桂园中，既可以方便随时见到老蒋本人，也不会引起外人的注意。这也透露了老蒋对待日本人非常复杂的态度，他也知道日本人的所谓和谈是不可靠的，但是为了稳住日本人，尽量保存国民党军的实力，他又要和日本人敷衍。"

说着，他拿出一只烟斗，倒了些烟丝进去，缓缓道："这次松下健二在重庆的行踪非常隐蔽。据南方局侦听组的同志们截获的日方电文来看，松下健二在重庆的所有行动都受制于军统，而白占亭又把这个重要的任务交给了他最信任的手下，军统行动处处长汪学礼。"

"汪学礼！果然是他！"清菲脱口而出，何爱莲和魏如风有些诧异地望向她。

清菲低声解释道："这个汪学礼，他曾经是我的姐夫，不过五年前，我姐姐已经和他彻底决裂。也就在那一夜，我和姐姐在日军的大轰炸中失散，至今没有能再见。这件事说来话长，不过我都向组织上详细汇报过。"

魏如风惊诧地瞪大了眼睛："什么，你曾经的姐夫？那，今天他不是认出你来了吗？岂不是暴露了你的身份？"

清菲还未开口，江涛拍了拍魏如风的肩膀，说道："如风，不用担心，汪学礼虽然认识清菲，但是，经过了五年时光的打磨，清菲从装束到气质上已经有了很大的改变。昨天在舞会上，清菲出现在汪学礼面前，他无动于衷就说明了这一点。"

清菲也微微一笑："此刻就算和汪学礼面对面，我也毫不担心。当年，我还是个黄毛丫头，现在我已经是个成熟的女人了。最重要的是，他根本就认为我已经死了，他甚至还为姐姐和我都买了墓地，设了衣冠冢。这也是南方局的同志通过各种渠道得知的消息，组织上经过研究，认为我可以来完成这项任务。林阳同志，你觉得呢？"

林阳此刻正点燃烟斗，深深吸了几口，冷静地说道："是的，清菲同志重返重庆执行此次任务，是组织上经过仔细考量的，正因为她熟悉汪学礼的行事作风，所以她比别人更适合来完成这个艰巨的任务。松下健二可不是寻常人物，我们想一击而中必须做出周密部署。"

说着，他对魏如风眼光一扫，道："如风刚刚打入军统内部，这次他花了很大的心思搞到了桂园的地图。如风，你给大伙说说桂园里面的布局吧。"

魏如风有点不好意思地挠挠头："为了和那个桂园的管事拉关系，我可没少陪他吃饭喝酒。不过总算没白费劲，把桂园里面的情况基本都弄清楚了。"说着，他从口袋里掏出一张折起来的地图，展开铺在茶几上。

众人都凑过去仔细看着。

魏如风指着地图介绍道："桂园别墅三面环山，前对坳口，是一座砖木结构的二层楼，楼下有七间房，楼上五间。目前，孔二小姐本人并不在别墅里居住，她住在重庆市区的一座公寓中。而别墅里的厨子、司机、佣人们都住在小楼后面的一排平房里。楼上的房间就只住着松下健二和他带来的一些贴身保镖。据说那些保镖绝非凡人，都是剑道和截拳道高手。楼下的房间则是军统派来的四五个便衣住着，别墅外面还有一个排的卫兵日夜把守。可以说，桂园的防守非常严密，不是飞檐走壁的武林高手，绝难进入。"

何爱莲一皱眉头，问道："这样，我们如果想进入别墅刺杀松下健二，岂不是没有丝毫机会？那么，是不是只有在他离开别墅去别处的路上动手呢？"

江涛沉吟道："根据情报，松下健二此次只会在重庆逗留十天左右。现在已经是第三天，也就是说，我们只有一个星期的时间了。如果他深居简出，我们确实很难找到下手的时机。"

清菲眸子微微一闪，道："伏击！我们可以在别墅外面的山坡上伏击他。只要有合适的枪，在有效的距离内，我绝对可以一枪击毙这个狡猾残忍的日本鬼子！"

魏如风不由得轻声赞道："说双枪老太婆厉害，咱们这儿可有个神枪幺妹子呢！"

江涛道："这个方法虽然可行，但是太冒险。别墅外面布满卫兵，松下健二出行也会由军统的人护送，就算刺杀成功，我们也很难避免和军统发生冲突。而且，松厅别墅周围肯定更是防守严密，黄山上下也都布满军队把守，枪声一响，我们自己的同志很难全身而退。"

林阳放下烟斗，微微点头："江涛同志分析得很对，在别墅外面的山上进行狙击虽然是个办法，但绝不是最好的方案。"

随即，他缓缓抬起手，在空中画了个圈，坚决地落在那张地图的中心点："此次行动，中央特科和南方局都指示为秘密行动，不到万不得已不要和国民党发生正面冲突，所以，最佳行动方案应该是不入虎穴焉得虎子——我们要打入到松下健二的身边，在他的身边安插一枚钉子！"

茶几上的烛光微微闪动了一下，众人都不由得精神一振。

魏如风毫不迟疑地拍了一下胸脯："林大哥，我去！我本来就在军统内部，只有我去才最合适。我明天就去向上头申请，争取调到桂园去。如果实在不行，我就去和桂园里面的那几个便衣拉拉关系，找机会接近松下健二。"

林阳神色不动，微微摇头，道："不行，你直接申请到桂园，很容易引起别人的怀疑。此次松下健二来重庆，只有少数军统高层才清楚他的真实身份。你刚刚加入军统，汪学礼根本不可能让你执行这样机密的任务，这时候你表现积极反而会暴露了你的身份。还有一点，松下健二根本不信任任何人，除了他贴身的保镖，包括军统的人在内，都无法接近他。"

"那怎么办？时间不等人，再不抓紧动手，这小鬼子就要离开重庆了！"魏如风有些焦躁地问道。

林阳沉声道："别急，我仔细研究了一下松下健二的资料，他这人有个很特别的嗜好，就是喜欢京戏，还是个票友，而且特别喜欢听清唱。每到一地，都必然会找当地最出名的旦角为他清唱几场。果然，这次他来到重庆，也没有闲着，昨天晚上，他就抽空去戏园子听了赛玉环的戏。因为是孔二小姐陪着去的，所以我得到了消息，我和孔家的大管家很有交情，事实上，他也是兴隆商行的大股东。"

这几年，林阳在重庆着意结交国民政府各政要，正因为形形色色的人他都能接触到，所以他屡次为组织提供各种准确的情报。

"赛玉环！"何爱莲接口缓缓道，"她现在是重庆梨园行最红的角儿了，难怪松下健二这个戏迷会去听她的戏。不过，难道他会把赛玉环请去桂园为他清唱吗？"

"不错！"林阳说道，"据说昨晚松下健二就向孔二小姐提出了这个请求，但是，孔二小姐没有马上答应，只是说会在他离开重庆时满足他这个要求，而且一定是赛玉环最拿手的那出《贵妃醉酒》。大管家已经和赛玉环敲定了日子，在五天后的晚上，也就是松下健二留在重庆的最后一晚。所以，我觉得这是个机会。"

"这个赛玉环是个颇有爱国情怀的姑娘，前阵子，她还专门为募捐抗日经费进行了几场义演，甚至还捐出了自己全部的金银首饰为前线的将士们购买药品，所以，我觉得她是个可以争取的对象。我们可以利用赛玉环的身份进入桂园，在松下健二最放松的时候下手。"

江涛轻轻点头："这主意的确很妙，我相信，松下健二在听戏的那一刻肯定是最松懈的，也是最佳的袭击时机。但是，代替赛玉环进入桂园的这个人必须要会唱戏，才能在一定时间内麻痹住松下健二。"

魏如风皱皱眉头，插嘴道："可是，要会唱戏，这个可是一时半会学不了的。谁能去呢？"

"我去！"清菲忽然轻声答道。

众人的目光都转向她。

清菲微微一笑："我在学校时曾经加入过国剧社，学习过京剧。虽然时间不长，但是也学了几出经典剧目，其中就有这一折《贵妃醉酒》。虽然学艺不精，但是唱几句唬住松下健二一时半刻，我想，应该没有问题。"

林阳凝视着她，片刻，微微笑着，没说话，只是又拿起了烟斗缓缓吸着。

江涛目光炯炯地望向林阳："林大哥，我同意清菲扮演赛玉环，我来扮演琴师。虽然我不会拉胡琴，但我跟父亲学过二胡，所以应该可以学，在三天之内，学会拉这一段。这样，我和清菲就可以一起进入桂园，我们一起出手对付松下健二，这个计划就有九成的胜算。"

林阳含着烟斗，默默点头道："是十成的胜算。昔日有荆轲和秦舞阳刺秦，今日有江涛和清菲刺日寇，你们俩就是双剑合璧，天下无敌！松下健二这家伙曾参加过南京大屠杀，双手沾满了中国人的鲜血，这次他逃不了！"

清菲望着那跳动着的烛火，咬了咬嘴唇，轻声道："血债血偿，我的枪不会放过这些刽子手！"

魏如风有些着急地说道："林大哥，那天我也想进入桂园，助他们一臂之力！"

林阳拿下烟斗，微微笑道："你当然有任务，而且至关重要。桂园这个计划完成后，你要护送江涛和清菲第一时间到达码头，以最快的速度离开重庆。而且，还不能暴露你自己的身份，因为，你还得留在军统内部，为党做更多的工作。具体怎么做，到时候我会告诉你。"

魏如风默默点了点头，他明白纪律，林阳作为这个行动小组的负责人掌握着整个计划，而其他人只需要知道自己要完成的步骤。这样，也是为了防止小组中任何一个人被捕不至于影响其他组员的生命。

林阳的目光扫过船舱中每个人的脸，最后落在茶几上那张地图上。他拿起那张地图，卷了卷，放在烛火上点燃，缓缓道："同志们，这个计划，我把它命名为'射狼'，立刻汇报给南方局领导，请求他们的批准。下午，清菲和江涛和我去川江大剧院，见见赛玉环，学学戏。如风，你回军统后密切注意汪学礼和白占亭的动静，随时和我用电报保持联络，频率还是照旧。爱莲，你去朝天门码头，安排清菲和江涛离开时的船只。"

火苗迅速舔舐着林阳手中的纸卷，它慢慢化为一股青烟。

虽然这一刻大家都没有说话，但每个人的心都被一种隐隐的紧张和激动所笼罩。

林阳吹灭了蜡烛，随即起身，走到船舱口，一把掀开帘子，朝外面喊道："老于，掉头，送我们靠岸！"

船夫老于答应着就用力往水中撑起了长竿，小船开始微微摇晃了起来。

何爱莲提起茶几上的青花瓷茶壶，给几个瓷杯中都斟满了茶水，笑道："来不及喝酒了，以茶代酒吧，我们大家干一杯，就算是为江涛和清菲同志的庆功酒吧！"

魏如风拿起瓷杯，对着清菲和江涛举了举，爽朗地笑道："江涛，清菲，五天后，你们离开重庆，我们就不知道何年何月才能再见。这杯茶，就当是你们俩的喜酒吧，我提前喝了，祝你们白头偕老！"

说着，他仰脖一口喝尽。

清菲和江涛虽然觉得有点意外，但是都很喜欢他这种爽快的性格，不由得相视一笑，也端起两个瓷杯。

林阳也走回茶几边坐下，拿起一杯茶，对着清菲和江涛举了举。

"如风说得对，这杯茶权当你们的喜酒了。清菲，还有个好消息告诉你。"

清菲诧异道："什么好消息？"

林阳凝视着她，目光变得温暖。

"你姐姐，林清芳，五年前她躲过了那场轰炸，目前就在重庆，组织上已经找到了她。你放心，她生活得很好，而且，身边有了一个很爱她的丈夫，还有了一个可爱的孩子。在任务完成后，你离开重庆之前，组织上会安排你们见个面。"

清菲的手微微一颤，茶杯几乎落地。

"什么！我姐姐，她，她又结了婚？还有了孩子？这，这怎么可能，她心里明明只有一个人！"她顿住，望向林阳。

林阳的目光依然清澈，看不出一丝波澜。

这时，何爱莲举起手中的杯子，笑道："对，今儿就是我们喝江涛同志和清菲同志的喜酒了，还有祝贺清菲就要和她姐姐重逢。来，大家干了！"

微烫的茶水顺着江涛的咽喉流下，他拿着空了的杯子，对着众人展颜一笑："好，那就感谢大家了，这杯也算我们的庆功酒吧。西北望，射天狼！射狼计划一定会成功，我和清菲也一定会幸福！"

阳光下，南湖微微泛着金光，渔船刺破水面，飞快地朝码头驶去。

第十四章　贵妃醉酒

　　川江大剧院，气派的门楼上装了新式的霓虹灯，虽然在正午强烈的阳光下看不出什么灯光效果，但能想象在夜晚这里必定流光溢彩。

　　清菲远远地就看见了那巨幅的广告牌，广告牌上画的是一位头戴珠翠、全身戏服、眉眼传情的佳人。

　　几个龙飞凤舞的大字——倾城名旦，赛玉环，今晚奉献《贵妃醉酒》。

　　看着这幅广告画，不知怎么的，清菲竟然想起一个人——二姨太菊仙，这画中的女子眉梢眼角竟然和她有几分相似。

　　昨晚在舞会上看见汪学礼，显然他身边并没有菊仙的身影。那个美丽、好强、嫉妒，又薄命的女子现在会如何呢？

　　清菲刚想到这儿，他们分别乘坐的黄包车就陆续停在了剧院的门前。

　　林阳显然和这里的经理很熟，他打了个招呼，一个穿着白色制服的服务生在前面带路，他们便顺利地进入了后台。

　　这家剧院装修得讲究，后台也是宽敞亮堂。三人从几个练功的武生演员身边走过，翻飞的花枪和漂亮的筋斗，让清菲忍不住在心中喝了声彩。看这些演员们扎实的功底，就知道这个戏班必定不是那种草台班子。

　　服务生把他们带到了走廊尽头的一间休息室前，恭敬地敲了敲门，说了声："赛老板，您等的客人来了。"

　　门被轻轻地拉开了，顿觉满眼色彩斑斓的戏服，一个长发齐肩、穿素色旗袍的女子盈盈而立。虽然她看上去已经过了韶华之年，但是掩不住一股灵秀之气。

　　林阳、江涛和清菲都不由得一愣！

唱戏的女孩子通常妩媚，这女子却浑身上下都透着一股淡雅之气。

林阳摘下礼帽，客气道："赛老板，您好，我是兴隆商行的林阳，这是我的两位远道而来的朋友，我们特来拜访！"

赛玉环打量了几眼林阳身后的江涛和清菲，暗觉这三人皆气质不凡，忙浅浅笑道："林老板，两位，请里面谈。"

几人进屋坐定，赛玉环关了门，并不呼唤伙计，而是亲自帮三人斟着茶，一边缓缓道："林老板，我知道你们是干大事的人，我自小在戏班里待着，什么人都见过，一见你们我就看出来了。说吧，需要我怎么做？只要能对付那些日本人，我什么都愿意做。"

她动作虽轻柔，但语气却极其坚决。

林阳还未开口，清菲凝视着她，反问道："你很恨日本人？"

赛玉环放下茶壶，并未马上回答，而是走到化妆台前，拿起一个相框，走回来，递到清菲眼前，轻声道："我家乡在东北的一个屯子，这是十年前父母带着我和妹妹在沈阳拍的照片，也是他们留给我唯一的回忆。他们都死了——日本鬼子血洗了我们那个屯子，杀死了所有人，当时我因为出水痘被姥姥带回苏州老家而幸免于难。不久，姥姥病死，我被经过那里的一个戏班子收留下来，开始学戏，从此改名赛玉环，跟着他们四处漂泊。"

她的声音里有一丝说不出的悲愤。

林阳三人一时之间都没有说话，那微微泛黄的相纸上，两个年纪相差无几的小姑娘正天真地偎在母亲的怀里，无邪的眼神中，丝毫都没有死亡的阴翳。

林阳沉声道："日本人欠我们中国人的血债，迟早都要一一偿还！赛老板，你死去的双亲和妹妹他们会永远在天堂保佑着你。五天后，要请你去桂园别墅唱戏的那个男人是个日本人，而且，还是个日本间谍。"

赛玉环沉吟了一会儿，默默点了点头："我懂了，我会带你们一起进入桂园别墅。"

清菲起身，微微一笑，道："不，赛老板，你只需要做一件事，就是教我唱《贵妃醉酒》这折戏，其余的事都由我们来完成。"

一直沉默的江涛这时也朗声道："不错，其余的事都由我们来做！"

赛玉环有些狐疑地一一扫过三人，似乎是觉得不可思议，缓缓道："你们，要学戏——而且是在五天之内，学会《贵妃醉酒》？"

"对！"林阳决然道，"只有五天，身段、唱腔、扮相，第一眼必须要能以假乱真，我们需要十分钟迷惑住那个日本人。十分钟，足以做完我们该做的事。当然，赛老板，帮助了我们，你可能会有危险，所以，当我们去桂园别墅的那个晚上，我会安排人连夜送你离开重庆。"

赛玉环目光中流露出钦佩之情，她咬了咬嘴唇，说道："我明白了，你们都是好样的，是真正的英雄。好，只要是我会的，五天内一定都交给这姑娘。"

林阳随即对江涛使了个眼色，起身道："那咱们就去外面找个好的胡琴师傅吧，清菲，你在这儿跟着赛老板慢慢学吧！"

江涛和清菲约好了分别学艺，等晚上再一起回云雾山庄。

眼望着两个男人走出化妆间，赛玉环和清菲这才互相仔细地打量着对方，果然，无论身材还是脸型，两个人都十分相似。

"好，说学就学！来，清菲姑娘，我给你扮上。"说着，赛玉环走到靠墙放着的一个雕花木箱边，轻轻掀开，取出了一顶缀满珠翠的凤冠，捧在手中，笑盈盈地望向清菲。

清菲本来就是爱戏的人，此时流露出女孩心性，走过来，手指轻轻触摸着那顶精致的凤冠，脸色绯红，道："这行头真漂亮，赛老板，看来，我该叫你一声师傅才是。"

赛玉环凝视她脸庞半晌，眼中竟然蒙上了一层泪光，低声道："我那苦命的妹子要是还活着，也该是你这般年纪，也该是这么好看。"

清菲心中微微一颤，姐姐清芳的面容也忽的一下清晰起来。她轻轻握住赛玉环的手，缓缓道："赛姐姐，我的父母也是死于日寇之手。我有个姐姐，和你差不多年纪，我和她失散了，已经五年没见面，昨天，我终于知道她还活着。别伤心了，以后，你就把我当成你妹子吧！"

赛玉环本也是江湖儿女，性格豪爽，听了这话，忙飞快地拭去了眼角泪水，拖着戏腔道："那敢情好，我就大胆收下你这妹子了。好妹子，咱们今儿就是姐妹久别重逢，一起来醉一场了！"

唱着，赛玉环把那顶凤冠举起再轻轻戴在清菲头上，左右看看，两个姑娘不由得相视扑哧一笑。

无论战争如何残酷，她们还是那么年轻，年轻得能感受到一切细小的美好和快乐。

但此刻，在罗家湾一处二层的别墅里，有一个人却觉得自己的心已经无比苍老。

换了便装的谢天华独自坐在宽大的皮沙发上，手里虽然夹着一根点燃的香烟，却没有吸，他只是愣愣地看着那缕青烟缓缓地四散飘去。

他觉得他生命的一部分就像这烟雾，一点点地消散了，再也不会回来。虽然他在婚礼上宣誓要一生珍爱白蝶，但只有他自己知道那是个永远不能实践的谎言。是的，他爱他的妻子，但这种爱，已经缺少了灵魂。

在徽州的山间，在那略显凄冷的月光下，在那湾蓝得不可思议的潭水边，他曾对一个女子的刻骨缠绵，已经深深镌刻在他的生命中。不管过去多少年，只要想起，那种滚烫的感情依然灼痛着他的心。

已经把这个女子埋在自己的心底，像埋在蚌壳中的珍珠，只会在月光下刺痛着自己的心。原以为这一生再也不会想起，昨天在松厅别墅，却再次见到了那张梦牵魂绕的脸庞。

白安娜！她说她叫白安娜，她笑着说并不认识自己。

世界上真的有模样如此相似的两个女子吗？谢天华从昨晚到现在都是心乱如麻。

书桌上搁着的电话突然刺耳地响起来。

谢天华忙按灭了香烟，走到书桌前，拿起话筒："我是谢天华！"

一个冷酷的男子声音从话筒那边传来："是我，你要查的那个女人我已经叫人查过了。背景没有问题，证件也没有问题，是《华侨商报》的女记者，父母在华盛顿经营中国餐馆，和她在一起的男人是她的丈夫。所以，别惦记她了，她是个美国华侨，不是林清菲，只是长得有点像而已。"

谢天华只觉得浑身虚脱似的，突然没有一丝力气。他哑声道："不是清菲？不，不，学礼哥，你再仔细调查一下，她确实非常像清菲！"

电话那边的汪学礼粗暴地打断他的话："天华，你可是个军人，堂堂少校参谋，不要儿女情长。林清菲已经死了，死于五年前的那场大轰炸。我们的人在朝天门码头捡到了她的包，里面装着她的证件，江面上还捞出了女尸，你当时还去了太平间，难道你都忘了？"

谢天华突然觉得喉头被扼住了，好半天都说不出一句话来。

汪学礼的口气缓和下来，缓缓说道："天华，白蝶对你不错。白主任没有女儿，向来对他这个侄女爱护有加，林清菲的事以后千万别再提起，如果让他知道你还在想着前面的女人，你不会有什么好果子吃。况且你父亲的商行目前经营困难，需要大笔的资金，你需要的是钱，这些才是你现在该想的！把我要你做的事情干好，其他的一切我来帮你安排。"

他的声音像一条匍匐前行的毒蛇，悄无声息地潜入了谢天华的身体内，一下子就抓住了他的要害。

谢天华无力地答道："是，我明白，我会按你的要求去做的。"

"那就好，好好抓住白蝶，必要的时候，她能救你的命。又不需要你真的爱她，你只要假装爱着她就行了，外面的女人你只管去包养好了，只要别露出破绽。那个美国来的女记者，是来重庆采访宋夫人的，可能还会停留几天，我会帮你安排，让你有机会和她艳遇。"

汪学礼说完，挂断了电话。谢天华又呆立了一会儿，才放下话筒，转身缓缓走到屋子一角。那里搁着一台留声机，他抽出一张唱碟，把唱针轻轻放在上面。随着唱盘悠悠地转动起来，一个女子清亮的声音传入耳膜。

"长亭外，古道边，芳草碧连天。晚风拂柳笛声残，夕阳山外山……"

学校陈旧的礼堂里，他坐在舞台下，在一群蓝衣黑裙的女学生中，他竟然一眼就看到了那个微笑的短发女孩，她灿烂的笑容温暖了他孤寂的青春。如果早就知道必然会失去，是不是宁愿从未得到？

"清菲！"谢天华喃喃低语着。

书房外，白蝶端着一杯咖啡走到门前，手握在门把手上，刚想推门，突然听到里面隐隐传来的悠扬歌声。

她停住了。谢天华不嫖不赌，专一温柔，是个无可挑剔的好丈夫。但是他每当独处时，常常爱听这首歌，虽然这不过就是一首脍炙人口的《送别》，但是女人的直觉还是让她觉出，丈夫是在这歌声中怀念什么人。

听叔叔说过，那个失踪的女孩，早已死于日军的大轰炸，难道真的无法从丈夫心中抹去她的影子吗？白蝶明白，与一个死去的女子争夺爱情毫无意义，死亡只会让曾经的美好更加刻骨铭心！

她下意识地摸摸自己的腹部，那里面正孕育着一个小小的生命。本来她决定今晚把这个惊喜告诉丈夫，但是，现在她决定还是再等一等。

白蝶放下手中的白瓷咖啡杯，缓缓穿过宽敞而阴暗的客厅，一直走到小花园里，在白色的摇椅上坐下。虽然心里有一丝说不出的委屈，但是她却并没有怨恨谢天华。因为，她理解他，她理解这种感情，自己的心里，其实也深藏着一个人的影子，一个失踪已久，也许早已经死去的男人。

顾达飞！

她只是可怜天华，也可怜自己。有些感情是注定没有结果，却永远也无法忘怀。

新婚刚几个月，上天就给了他们这个孩子，一定就是来慰藉他们同样孤寂而隐痛的内心。白蝶想着，抬头望向黑沉沉的天空中那弯残月，仿佛白纸片剪出来似的，轻飘飘的，仿佛随时都会被风吹走。

第十五章　射狼行动

林阳走进云雾山庄后院时，也不自觉地瞥了一眼月亮，不过他看的是浮在荷花池水面上的点点月光，本来沉寂的水面被这些月影点缀出浅浅的诗意。

一声声婉转的唱腔借着流水远远地传来："海岛冰轮初转腾，见玉兔，玉兔又早东升。那冰轮离海岛，乾坤分外明，皓月当空……"

林阳加快脚步，往屋子里走去。一推门，屋里已经升起了一个热烘烘的炭盆，果然是清菲上了妆，穿着戏服，正有模有样地唱着。江涛坐在一边，低着头，很有章法地拉着胡琴。

林阳搓搓手，在炭盆边坐下："这儿真热闹，大家都在呢！"

清菲见林阳进门，更加卖力地一甩水袖，朱唇轻启，接着唱道："恰便似嫦娥离月宫，奴似嫦娥离月宫，好一似嫦娥下九重，清清冷落在广寒宫，啊，在广寒宫……"

"好！好！"坐在一边的魏如风鼓掌喝彩道。

清菲顿住，瞪了他一眼："魏如风，我们这是完成革命任务，你以为是在戏园子捧角呢，还喝彩，你懂戏吗？"

魏如风有些委屈地望了望林阳："林大哥，我这是帮她找感觉呢，到了桂园，只怕松下健二那个小鬼子也会喝彩的！"

林阳微微点头，一抬手道："说得有道理，清菲是该熟悉一下被男人眼光盯着的感觉。如风，现在你就扮演松下健二，你仔细看看，清菲的扮相，和赛玉环相比还能不能分辨出来。"

魏如风起身上上下下地打量着清菲，沉吟了一会儿，拿着日本腔大声道：

"呦西！这个中国花姑娘就是赛玉环，没错，一模一样！"

清菲扑哧一下笑出了声，连江涛也停了拉胡琴，笑道："如风，这个松下健二可是个中国通，人家中国话说得可以以假乱真，可不是你这种半吊子日本话！"

魏如风耸耸肩膀，说道："我知道，这家伙的资料我研究过，就是个带着中国人面具的日本豺狼！我这不是逗大家一笑，活着就得乐呵，哪怕……"

说到这儿，魏如风突然顿住。谁都明白，三天后在桂园别墅的这场刺杀，的确是凶险无比。但是，他们必须完成任务，哪怕需要付出生命！

"开饭了，热乎乎的火锅！"这时，何爱莲端着一个大铜锅跨了进来。她把铜锅放在木桌上，锅盖打开，一下子飘出白色的雾气来。

"哎呀！爱莲姐，真是太香了，这才想起来中午只吃了一个煎饼，我这肚子早就咕咕叫了。"清菲开心得像个孩子似的，皱起鼻子满足地闻了闻。

何爱莲又把旁边搁着的一摞碗拿起——在桌上放好，一边微微歉意道："对不起大伙了。听说日本飞机轰炸了运输物资来的火车，现在整个重庆的肉和菜都很紧张，我跑了一圈，只弄到了点豆腐、白菜帮子、虾皮给大伙做了个火锅……"

江涛一边上前帮分发碗筷，一边道："爱莲姐，你别这么说了，今天这顿算是饕餮盛宴了，我和清菲在延安的时候常常是吃窝窝头，能吃上白面馒头是很稀罕了。不只是我们，甚至中央苏区的领导们都是这样。我们不怕吃苦，想享福，就不要谈抗日，就不要加入共产党！"

"说得好！"林阳拍拍江涛的肩膀。

"但是，明后天我一定会想办法让你们吃上肉，因为你们有劲了，才能给松下健二致命一击！"

清菲打算乘着大家说话的空当去卧房卸妆换衣，刚快步走到回廊边，却被魏如风叫住了。

借着淡淡的月色，清菲看到魏如风的眸子明亮而灼热，像有些莫名的东西在燃烧。有些感情掩饰不了，虽然清菲知道魏如风绝不会说出什么令自己不快的话，但还是避开他的目光，淡淡地问道："如风，有什么事吗？我得赶紧去换衣服洗脸，我可是真饿了！"

魏如风双手插在口袋中，扬了扬眉头，轻声道："清菲，明天，等你跟赛玉环学完戏后，我打算开车带你去趟白沙镇。"

"白沙镇？去那儿干吗？如风，现在是什么时候，我可没有闲逛的心情和时间，我们的行动都要听从林大哥的指挥。"清菲一时有点摸不着头脑，有些不快地责怪道。

"去一趟吧，那儿风景很好，你一定会喜欢。"魏如风语气却很执着。

清菲一皱眉，她不打算和魏如风再说下去，转身就走。

"清菲，你姐姐就住在白沙镇！"

魏如风的语气虽然很平静，清菲却觉得心中一震，她猛地转过身，盯着魏如风："你说我姐姐就住在白沙镇上？林大哥告诉你的吗？"

魏如风默默点了点头，又摇了摇头："嗯，而且，就是他默许我带你去一次白沙镇！"

清菲愣住了，她望着身边静默的荷花池，沉吟了一会儿，说道："按照中央特科的行动纪律，在每次行动前，是不应该进行私人会面的，那样，很容易暴露自己的行踪，特别是在重庆这样一个布满军统眼线和特务的地方。林大哥怎么会同意呢？作为射狼行动的负责人，他不应该同意！"

魏如风的目光却变得异常温柔，提高声调道："因为林大哥知道这次桂园的行动很危险，他知道你非常想念你姐姐，在行动前应该让你放心。再说，明天去了白沙镇，你只是远远看看你姐姐好了，不说话，不接触，不会引起军统眼线的怀疑。"

清菲望了他一眼，突然微微一笑："我知道，一定是你向林大哥请求，让我见一见姐姐的，你怕我后天行动中万一失手，会留下永远的遗憾。我知道你是为我着想，谢谢你！"

魏如风一听这话有些急了，忙道："你们不会失手，松下健二这个小鬼子必死无疑。然后你们会结婚，会很幸福，会生很多孩子，将来我会当这些孩子的干爹，给他们讲他们爹娘的英雄故事。"

清菲咬着嘴唇，扑哧笑道："是，等我都变成老太婆了，江涛成了糟老头，你还在和我们的孙子讲那些老掉牙的故事。不跟你胡扯了，再说啊，那火锅的汤都要烧干了！"

她转身一溜小跑顺着回廊往前院跑去。魏如风凝视着她的背影，在月光下看去，她穿着斑斓的戏服，脚步轻盈，像极了一只蝴蝶，越飞越远。

　　清菲，你一定要幸福！

　　魏如风知道，有些人像彩虹，出现在你生命里，虽然也许一闪而过，但那光华却足够照耀你一生。清菲对于他来说，就是一道彩虹。

　　白沙镇，位于重庆市郊，背靠大旗山，沿江而建。早在东汉年间，就有人聚居，清代以后，商业逐渐繁荣，人口稠密。抗战烽火燃起，北平、南京相继沦陷，一大批机关工厂相继迁到此地。

　　魏如风开着轿车沿着江边的沙石路缓缓开去，一排高高建起的吊脚楼从他视线中缓缓滑过。

　　当车行过朝天门码头时，坐在副驾驶座上的清菲摇下车窗，默默地望着码头石阶下几个正在冰冷的江水中清洗衣服的妇女，突然开口问道："如风，你见过我姐姐吗？她是不是真的又结婚了？还生了孩子？"

　　魏如风一时语塞，支吾了一会儿，才低声道："其实，说真话，我还真的从没亲眼见到过林清芳女士，不了解她的生活近况，但是，我读过她的书。哦，就是那本《蝶》，我在林大哥的书房里见过，就借回去读，写得真好，就像是写我奶奶、我母亲的故事一样，旧时代家庭中女性的悲剧。"

　　清菲微微诧异，睁大了眼睛道："什么？你说你读过我姐姐的书，在林大哥那儿？怎么，姐姐的小说已经出版了吗？"

　　魏如风点头道："是啊！怎么，林大哥没告诉你吗？去年由南方局出资，著名爱国作家萧爱绫女士出面协调，出版了好几位进步作家的书籍，其中就有你姐姐的这本小说。不过，碍于国民政府的干涉，这些书没能公开发行，只是在爱国学生之间传阅，大家都很喜欢你姐姐的小说。"

　　清菲轻轻簇起眉头，喃喃道："林大哥，林大哥，他……他今天为什么不陪着我一起来白沙镇呢？"

　　魏如风并不知道清菲心中的疑惑，他笑着道："哦，下午你还在学戏的时候，林大哥来过，他说去南方局见伍先生，应该是商定你们最后的行动方案吧。我发觉他真的很喜欢白沙镇，几乎每个月我都会送他过来，不过每次他都会让我把车停在镇东头，自己进镇子来待上几个小时。我还和爱莲姐开玩笑说，也许林大哥在这儿爱上了某位流亡而来的女学生或者女老师吧，因为内地迁来重庆的很多大学都在白沙镇上呢。"

说着，他转动方向盘，车子拐上了东华街。

这是镇上最繁华的一条主街。小街两边，都是临街而建的铺面或者民居，而这里的民居由于离江堤很近，为防潮湿，都是以条石砌墙基，或以木柱支撑，也就是俗称的吊脚楼，楼房间时有黄桷树点缀其间，古朴静谧。满街都是淳朴的乡民和外来的学生，虽然热闹却丝毫也不嘈杂，仿佛是远离战乱的一个桃花源。

清菲这些年总是在枪林弹雨中冲杀，见了这街景，也不由得精神一振，有些欣喜地低声道："姐姐现在生活在这样一个民风淳朴的镇子上，也算是一种幸福，就是不知道我的那位新姐夫究竟是什么样的人。"

魏如风瞥了她一眼，抬了抬下巴，笑道："你马上就能看到你的姐姐和姐夫……到了！"

车子轻轻停在了街道的中段，蜿蜒的石阶远远地通向一座略显沧桑的山门。山门上的匾额有三个行云流水般的大字：流水寺。

清菲缓步下车，有些错愕地扭头望向魏如风："你确定我姐姐在这儿？这可是一座庙！"

魏如风神秘地眨了眨眼睛："跟我来！"

清菲满腹狐疑地跟着魏如风登上石阶，走进了流水寺。两人在缭绕的香烟中穿过主殿，来到偏院中的一处小楼上。这里是和尚们吃斋饭的地方，也准备了茶水和斋饭出售给远道而来的香客们。

魏如风特意挑了一张靠窗的木桌，又去老和尚那儿买了一大壶茶水和一盘素包子过来搁在桌上。等清菲在木桌前坐定，闪眼向窗外一看，才仿佛明白些究竟。

从这里望去，整个东华街上的情景一览无余。

魏如风一边帮清菲斟了一杯茶，一边扬了扬下巴，轻声道："清菲，那家回春堂药房你看见了吗？你姐姐就是那里的女主人！"

清菲凝神望去，那家药铺的门脸并不气派，但是门两边的一副对联却异常显眼：十代御医传人，几度妙手回春。往铺子里看去，青砖地面，黑漆柜台，都是一尘不染，收拾得十分整洁。

一位盘着发髻，穿素色旗袍的妇人正手拿小杆秤，有条不紊地拉开药柜上的一格格小抽屉，给等候着的客人配药。她一扭身，清秀明艳的脸庞上带着一丝淡淡的笑容。

“姐！”清菲低低唤了一声，有些忘情地站起身来。

“清菲，别激动，坐下！”魏如风忙小心地四下扫视着，低声提醒她。

清菲缓过神来，缓缓坐下，喃喃道：“是我姐，真的是我姐！”

正在这时，一个三四岁的女孩从药铺的里间跑了出来，她扎着羊角辫，穿着花布棉袄，虎头棉鞋，跑到柜台前，举起胖乎乎的小手，手里抓着一个布娃娃，对着柜台里忙碌着的林清芳奶声奶气地叫道：“娘，我的宝宝生病了，你快叫爹来帮她看病把脉熬药，不然，她就不能陪我玩了。”

小女孩皱着眉头，噘着小嘴，可爱的模样把柜台前等着的几个客人都逗乐了。大伙儿都纷纷猫下腰来哄她，但小女孩却似乎并不开心，还是林清芳从柜台里走出来，抱起她，笑盈盈地和她耳语了几句什么，小女孩才转怒为喜，开心地笑了起来，还在清芳的脸上重重地亲了一口。

清菲看到这母女温馨的一幕，心里又惊又喜，五味杂陈。

她为姐姐在这个兵荒马乱的世道上能找到一份安定宁静的家庭生活而高兴，但同时，也忍不住暗暗伤感。她想到，这几年，林阳也许常常就是这样，坐在这小楼之上，默默地关注着姐姐，却从来不去打扰她的生活。

魏如风看出她眼神中的伤感，小声道：“清菲，要不等到天黑了，我们悄悄从后门进入回春堂，让你们姐妹俩说上几句话。只是说几句家常话，只要我们当心点，应该不会被人看见。”

清菲轻轻摇了摇头，端起茶杯喝了一口，态度坚决地说道：“不，不行，任何可能影响到这次行动的事都绝不能做。我相信姐姐以后知道了我要做的事，也会原谅我今天不去和她见面。能远远地看见她和孩子，知道她生活得很好，我就很开心了。如风，你答应我一件事！”

说着，清菲郑重地望着魏如风。

“嗯，你说。”魏如风忙点头道。

"如果后天的行动成功了，我离开重庆时，你来白沙镇找我姐姐，我想见她一面。但是如果后天的行动失败了，你答应我，永远不要告诉我姐姐真相。"

"清菲，我不许你这样说，这次行动一定会成功，佛祖会保佑你一切平安！"魏如风脸色骤变，手微微一哆嗦，茶杯差点落在地上。

清菲嫣然一笑，托着腮："我们是布尔什维克，不相信什么神佛。不过，我相信正义能战胜邪恶，日本人一定不会在我们的土地上猖狂多久，到那时候，我、江涛、姐姐、林大哥、你、爱莲姐，还有生活在白沙镇上的每一个人，我们都能找到自己的幸福！"说着，她又扭头望向对面的回春堂。

一辆黄包车远远驶来，在清芳怀中的小女孩开心地大声喊道："爹，爹回来了！"然后便挣扎着要下来。清芳只得把她放下，小女孩一溜烟地跑向那辆黄包车。

一个拎着药箱的中年男子从车上走下，蹲下身子，慈爱地搂住了小女孩。

清芳并未上前，只是倚在药铺门框上微笑地看着这父女俩。

清菲微微惊诧，轻声道："原来是他，谭医生。他是为我母亲治病的那个医生，原来他也来了重庆，还成了我姐夫，命运真是不可思议！好了，如风，我们该走了，时间非常紧迫，还有很多事要准备。"

说着，清菲立刻起身，径自往楼梯口走去。魏如风忙把茶钱搁在桌上，紧跟着下了楼。

开车离开镇子的路上，魏如风注意到清菲再次回头望了一眼远去的白沙镇，静静地凝视着车窗外白茫茫的江面，晶莹如月的脸庞上第一次流露出一丝淡淡的忧伤。

魏如风知道她在忧虑什么，刺杀松下健二的危险性不言而喻，即使成功刺杀也不一定能全身而退。谁也无法保证，清菲还能不能见到她的姐姐，也许今天就是最后一面。

"看，落日，嘉陵江上的落日真美啊！我们家乡长江上的落日也是这么美，将来仗打完了，国泰民安了，我要和姐姐一起回到江城，回到秋浦村，每天，每个傍晚，都趴在我家窗台上看太阳从山伢子上慢慢落下去，听姐姐给我讲山海经里的故事。"清菲喃喃地说道。

"会的，小鬼子就快滚出我们的国土了，这一天不远了。"魏如风只觉得眼眶微微湿润，他使劲握紧方向盘，车子在颠簸的砂石路上加快了速度，向城区的方向驶去。

玫瑰色的落日从渐渐变得凄冷的江面上缓缓沉下去，黑暗再一次笼罩了山城。因为施行宵禁，九点一过，所有的声色犬马就歇了业，整个城市里只有家家户户零星的灯光，显得黑沉沉的。

云雾山庄，林阳正在卧室里戴着耳机专心收发着电报，书桌上只点着一盏台灯，散发着绿莹莹的微光。光线把他的脸庞勾勒出一个柔和的轮廓，假如没有额头上那道伤疤，他真可算是个英俊的男子。

好一会儿，林阳才取下耳机，轻轻地舒了口气。他已经得到南方局领导们的答复，射狼计划的每一个步骤也终于敲定下来。

他舔了舔干燥的嘴唇，起身蹲在地上，拿开一块活动的地板，小心地把发报机藏了进去，又把地板重新盖好。做好了这一切，这才坐回书桌前，拉开抽屉，取出了一本杏黄色封面的小说，轻轻翻开到中间的某一页，一方折叠得很仔细的白色丝绢手帕露了出来。

林阳用手温柔地抚摸着手帕，似乎用力重了，那手帕就会变成一缕青烟飘逝而去。

"林大哥，我可以进来吗？"突然，窗外传来轻轻的敲击声。

林阳听出是清菲的声音，忙把手中的书迅速合起来搁在书桌上，起身快步走到门口拉开了门。

清菲穿着素色格子大衣，围着白色围巾，脸庞在瑟瑟的夜风中泛着微微的红晕。

林阳侧身让她进屋："怎么，今天练了一天的戏，还不抓紧休息，有什么急事吗？"

清菲缩着脖子，双手插在大衣口袋中缓缓走进屋，垂着头，眸子闪烁不定，似乎有些欲言又止。林阳关上门，把那个熄了火的炭盆重新加了炭，放在书桌前，让清菲坐下取暖。

清菲坐下，一边伸出手放在炭盆上烘烤着，一边轻声问道："林大哥，射狼计划已经确定了吗？"

　　林阳倒了一杯热水递给她，微微笑道："怎么，心急了？刚才南方局的领导才批准了我们的计划，我正打算明天一早再告诉你和江涛呢。"

　　"太好了！松下健二在重庆的时间不多了，迟则生变，我和江涛都希望快点动手。具体的行动计划是什么？"清菲手捧着茶杯，袅袅的雾气中，她的眸子闪出坚毅的光。

　　林阳在她对面的沙发上坐下，用火钳拨着炭盆中的火炭，缓缓道："后天，你和江涛将以赛玉环和琴师老江的身份进入桂园别墅，在表演的过程中伺机下手。我和爱莲会在你们进入后破坏掉别墅的电路，再乘机潜入别墅，我们的任务是对付松下健二身边的那些随从，他们都是空手道高手。"

　　"为了保证你们行动的成功，我们埋伏在别墅里的另一条内线，厨子邱师傅将事先把准备好的迷药放进酒菜中，送给别墅里执勤的军警和军统特务吃，让他们丧失抵抗能力，不能去帮助松下健二。"

　　"你们得手后，就迅速从桂园主楼的那条地道离开。那条地道有三个出口，其中一个通往桂园的后门，老邱同志会在地道口接应你们，我和如风会在桂园后门等你们。如果一切顺利，在你们离开桂园前都不会有人发现，然后会立刻送你们去朝天门码头。组织上安排了船送你们连夜离开重庆，去上海，再由上海地下组织的同志负责送你们去和大部队汇合。"

　　清菲听后，忧虑道："计划非常周密，可是有一点，林大哥，射狼行动之后，我认为，你和爱莲姐也不适合再留在重庆了。老蒋对待日本人的态度一直摇摆不定，此次松下健二作为天皇特使来密谈，如果在重庆被暗杀，他们会不会为了讨好日本人而对我们的人下手？这一点不得不防，那你、爱莲姐、如风，还有厨师邱师傅岂不是都很危险？"

　　炭盆里噼噼啪啪冒出些火星，林阳望了清菲一眼，微微一笑："其实，老蒋内心并不想和日本人合谈，一来他怕背上卖国的骂名；二来他不傻，知道日本人是嗜血豺狼，不会那么容易退兵，只是在东南亚的战事连连失利，借此拖延时间。但是，他为了不跟日本人撕破脸，也为了在抗战中尽量保存国民党的实力，出于他自己的私心，还是同意松下健二来重庆。南方局的领导们早就清楚地分析出老蒋的心思，所以，我们一定要刺杀松下健二，让老蒋没有退路，只有一心把抗日进行到底。另外，我们还怀疑，松下健二这次来，会惊动一个人。"

清菲眼光一闪："谁？"

林阳缓缓道："一个令老蒋和军统都很头疼和痛恨的人，'独臂大盗'！他是潜伏在国民党内部的间谍，这两年一直在为日本军方提供绝密情报。"

"前段时间，由于重庆高炮部队的射程被泄露，致使日本飞机每次来轰炸都飞在射程之外，重庆军民遭受了惨重的损失。甚至，老蒋在黄山的官邸都遭到了日本飞机的轰炸，搞得老蒋大为震怒。"

"到目前为止，军统方面对他所知甚少，除了在抓捕的间谍口中知道独臂大盗这个代号以外，就只能猜测他可能是高炮部队的高级军官或者军统内部的人员，甚至可能是老蒋身边的亲近随从。"

清菲听到这儿，双手紧紧地握住了茶杯，轻轻咬了咬嘴唇："独臂大盗？这个人身为中国人，居然为日本人提供情报，残害同胞，如果抓住他，真该千刀万剐！林大哥，目前我们对于追查这个人有什么线索吗？"

林阳注视着炭盆中微微跳跃的火星，缓缓说道："独臂大盗行事非常隐秘，与日本军方发报联络时常常更换电台的频率，使用的也是独有的密码，很难被追踪和破译，可以说，他是日本人手中的王牌间谍。但是有一点可以确定，独臂大盗应该是藏身在国民党的高层军官中，因为他能提供一些非常机密的军事情报。所以，这次松下健二到重庆来，组织上认为他会与独臂大盗联络。射狼行动也会起到敲山震虎的作用，松下健二如果遇刺，相信独臂大盗一定会乱了阵脚，到时候，我们也能乘机把他揪出来。"

林阳说着，自怀中掏出怀表看了看，对清菲道："不早了，你该休息了，明天还要去川江大剧院学戏。这两天你得养好精神，保持最佳的状态，这次行动能不能成功全系在你和江涛的身上了。独臂大盗的事你就不要操心了，南方局已经决定，这次行动后，我和爱莲、如风会继续留在重庆，配合中央特科挖出独臂大盗这颗毒瘤。"

清菲微微点头道："好，我服从南方局领导的一切决定。林大哥，其实我今晚来是想问你一件私事。"

林阳似乎是意识到清菲要问什么，他的眼神中闪过片刻的犹豫。

清菲突然拿起书桌上搁着的那本《蝶》，一扬手，缓缓道："这本书是我姐姐五年前写的，是你费尽心力，筹措资金帮她出版。其实连姐姐自己都不知道，这本小说已经刊印出来了。甚至，听如风说，这几年你还经常去白沙镇，就是去暗暗看望我姐姐，是吗？如果真是这样，为什么？林大哥，你假如和我姐姐素昧平生，为什么会对她如此关心？从我们见第一面那天起，我就对你有种特别熟悉的感觉，其实，我已经知道你是谁了。"

林阳沉默了一会儿，平静地打断清菲的话："清菲，从我们宣誓加入中国共产党的那天起，我们的生命就已经不再只属于自己，还属于这份事业，属于这个时代。无论我是谁，我首先都是一个共产党员，而现在为了完成任务，我必须是林阳。"

清菲凝视着他片刻，眼中泛起微微的泪光，颤声道："可是，你这样，你心里太苦了。这一切未免太残酷了！"

林阳的目光落在清菲手中的那本书上，淡淡道："不，不残酷，比起那些死去的人，我还是幸福的，起码我还能看到我所爱的人，知道她生活得很安定，我就没有任何遗憾了。"

清菲忍住了眼中的泪意："是，比起那些牺牲的同志，我们还能活着继续为这个国家战斗，就是幸福的。顾大哥！"

这一声顾大哥让林阳也不免微微动容，不知有多久，没有人这么叫他，而这个称呼背后是过去无尽的岁月和离别。

"顾大哥，可是你的脸，你的样子为什么有了这么大的改变呢？这些年，你一定受了很多伤，吃了很多苦吧？"

林阳沉默了一会儿，似乎在穿越那些枪林弹雨的岁月。

"我在淞沪会战时中了日军的流弹掉进江水中，后来被一个渔民救了，又辗转去了延安。在那里，我加入了新四军，此后又参加过几次大的战役，大大小小负伤十几次。有一次巷战时被一个日本兵一刀砍伤了左脸，组织上决定，让我离开军队加入中央特科。伤愈后，中央特科领导人伍先生送我去苏联参加学习，并且在那里做了一个小小的整容手术。所以，我就从以前的顾达飞变成了今天的林阳！"

清菲忙垂下头，飞快地拭去了眼角的一滴泪珠："顾大哥，要是姐姐知道你还活着，她该有多么高兴啊！"

林阳深深地注视着她："清菲，总有一天这场战争会结束，你和你姐姐就能生活在一起。到时候，你就告诉她，顾达飞已经牺牲在抗日的战场上，他没有给爱过他的人丢脸，并且把这本书交给她，这样，就是我和她最好的重逢。答应我，永远不要告诉她真相，我不愿意她有一丝一毫的遗憾和伤心，我只希望她能心无旁骛地幸福下去。"

清菲使劲点了点头，她把那本书轻轻放回到书桌上，默默地走出了房间。

赤白的月光洒在院子里的青砖地面上，像凝起了一层薄薄的霜。清菲突然有一丝恍惚，她想起很多年前的那个夜晚，她和谢天华一起驾着马车去翡翠谷看瀑布，月光下的瀑布看起来就像银色的缎子般发着奇异的光。她拍着手笑着，一扭头，看见谢天华正温柔地凝视着她。

当他们回到秋浦村，刚踏进院子，她正要开心地叫姐姐，突然被谢天华一拉，一起隐身到一棵高大的桂花树后。她好奇地伸头望去，院子里的八角凉亭里，两个人影正紧紧地拥抱在一起。清菲一吐舌头，捂住嘴偷偷地笑。谢天华紧紧地握住她的手，在她耳边低语道："清菲，将来，我会娶你，像顾大哥和清芳姐一样，我们要永远幸福地生活在一起。"

那时候，她以为自己总有一天会嫁给谢天华，过着像父亲母亲那样幸福而琐碎的生活。

然而，战争改变了一切，所有痴心的誓言都永远消逝在那晚皎洁的月光里，姐姐和顾大哥也许永远再无重逢的一天，自己和谢天华虽然再见，却已经是恍如隔世。

"清菲，你不是去找林大哥了吗？怎么站在这儿发愣？"江涛急匆匆地从走廊那边走到她身边，关切地问道。

清菲这才发觉自己不知不觉走到了荷花池边。她抬起眼帘望着江涛，穿着长衫带着围巾的江涛跟五年前离开重庆时比，明显消瘦了，俊秀的脸庞上一双眸子却格外有神。他身材并不魁梧，甚至还有些单薄，但是每个和他在一起相处过的人都说，总是能从他身上汲取到无穷无尽的力量，他像颗燃烧着的彗星，即使在暗夜中也能发出耀眼的光芒。清菲突然扑到江涛的怀里，紧紧地抱着他，依偎在他胸前，贪婪地听着他胸膛中坚定的搏动声。

　　"江涛，这场战争改变了我的人生，几乎让我失去了所有的亲人，但让我遇见了你。所以，我还是很感恩命运，我比很多人已经幸运得多。"

　　江涛明白她的感受，并没有追问什么，而是温柔地伸出手来抚摸着她的头发，轻轻道："清菲，我还记得第一次见到你的时候，你还是个小姑娘，齐耳的短发乌黑发亮，总是爱戴一条蓝色的发带，穿蓝色的百褶裙，就像一株蓝色凤仙花。你知道吗，我那时候就已经爱上了你。只是没想到我们还有共同的信仰和追求，更没想到有一天，我们成了最亲密的战友，一起杀汉奸和日本鬼子。你永远不知道，我是多么爱你，多么感激命运让我遇见了你。你没有失去所有的亲人，你姐姐就在重庆。我听如风说了，你今天在白沙镇看到了姐姐和她的孩子，但是因为马上要执行任务，不能相认，是不是为了这件事心里难受了？"

　　清菲缓缓抬起头，说道："江涛，我今晚终于知道一件事，姐姐一直都在寻找的人，姐姐最深爱的人，顾达飞！曾经我们都以为他已经在日军攻陷上海时被杀害了，但是，今天才知道他还活着，还成了一名共产党员。他就是林大哥，林阳！但是，林大哥让我永远也别告诉姐姐真相，他宁愿自己忍受痛苦，也要让姐姐安心地生活。"

　　江涛凝神听着，沉吟了一会儿，缓缓道："清菲，我还记得五年前，你跟我谈起过你姐姐和顾达飞之间的故事，那种深刻的爱情，传奇般的相遇相知都让我记忆深刻，顾记者为民族大义而毅然奔赴战场，这些都曾经让我深深地感动。真没想到，林大哥就是当年的顾记者，难怪初次见面我就觉得他身上有一股儒雅之气。"

　　清菲微微点头道："其实我早就怀疑他就是当年的顾达飞，但是按照工作规定，我们的身份都是隐蔽的。所以，我一直都没有明确地问过他。但是今天下午我看到了姐姐和她的孩子，我突然间觉得顾大哥好可怜，如果不是这场该死的战争，如果不是他为了进行战地采访而和姐姐离别，他们俩本来应该是多么完美的一对爱人。尽管我也知道那孩子的父亲肯定是个好人，而且应该很爱姐姐，但是，我知道，在这个世界上，姐姐心里最爱的人永远只有顾大哥，而他们现在虽然近在咫尺，却也许永远不能相见，这太残酷了。"

江涛默默仰起脸，凝神望向黑沉沉的天空，一弯残月散发着柔柔的光，虽然微弱但是温暖。

　　"清菲，如果我是顾大哥，我想我也会做出这样的选择。从事革命工作异常危险，每天都是在刀尖上行走，不允许我们再有更多的个人感情生活。你姐姐现在嫁的是个普通人，是个医生，这会让她在这个兵荒马乱的年代过上相对平静的生活。所以，真正爱她的男人不会去打扰她的宁静，只会去默默地关心着她，就像这月亮的光华，虽然遥远，但是每晚都会出现，都能看得到她的光芒，这也是一种幸福。你要尊重顾大哥的意思，不要告诉你姐姐真相。"

　　说着，他搂了搂清菲的肩膀，感到她在寒冷的夜风中微微打了个寒战，忙摘下自己的围巾，细心地帮她围好。"走，晚上风大，我们赶紧回屋。我们回去再把《贵妃醉酒》练习一下，我拉琴你清唱。后天，我们就要登场了，绝不能有一丝一毫的破绽，松下健二可是个老狐狸。"

　　清菲使劲点点头，眼中蓦得燃烧起一股明亮的火焰。"江涛，我们这次是不杀日寇誓不还。他要看的是《贵妃醉酒》，我们却要给他唱一出《荆轲刺秦王》。算上他，我的那把勃朗宁枪下就凑上十个日本鬼子了。"

　　江涛握住了她的手，给了她一个温暖而坚定的微笑。

　　林阳站在窗口望着江涛和清菲远去的身影，心里总是有些微微的不安。射狼计划是他一手制订的，每个细节都仔细考虑过，以清菲和江涛的身手，应该完成得很漂亮。但是，时间实在太紧迫了，五天，仅仅学戏五天，就让清菲冒名赛玉环去接近松下健二，是不是太过于冒险了？毕竟清菲是清芳唯一的妹妹，是她在这个世界上唯一的亲人。可是，松下健二不除，就不能彻底坚定国民党抗日到底的决心。所以，这次行动的意义至关重要，他们不得不这么做。

　　清芳，相信我，即使我付出生命，也要保护清菲和江涛的安全。林阳缓缓闭上了眼睛，微微清寒的月光静静洒在他脸上，他仿佛在穿越着无尽的时光，仿佛又回到那个雨夜，她冒雨跑进报馆，请自己帮助她去救妹妹，她含泪而渴望的目光像烫在自己的心上，过去了这么多年，依然那么清晰。

第十六章　英雄无悔

对着化妆镜，清菲用眉笔仔细地勾画着粉红色的眼圈，她特意把眼线勾勒得稍稍上挑，让倾国倾城的杨玉环平添出几丝妩媚的风情。

盘着头发，身着男子装束的赛玉环一直静静地站在清菲身后，注视着她的每一个动作。直到清菲用大红油彩画出了一个饱满鲜艳的嘴唇，赛玉环才小心翼翼地帮着清菲把梳好的发髻再次整理了一下。

不知道为什么，赛玉环的手在轻轻地发颤，她在清菲耳边悄声问："妹子，你真的准备好了去见那个日本人？刚才茶房来说，桂园那边来接你们的车已经停在门口了。"

清菲此时转脸冲她微微一笑，缓缓起身，低声道："姐，等我们离开了戏院，你就悄悄地从后门离开。记住，我给你的那些钱要收好，要立刻离开重庆，到了别的地方，暂时也不要再登台唱戏，等我们赶走了日本人，这场仗打完了，你再登台。"

她说完，又握了一下赛玉环的手，就迈着轻盈的脚步朝门口走去。

"妹子，你千万要小心，我还不知道你叫什么名字！"赛玉环在她身后呜咽着轻声喊道。

清菲停下脚步，转过身，柔声安慰她道："别担心，姐，一切都会顺利的，你只要记得你有这么个妹子就行了。"

赛玉环哽咽地说不出话来，只是使劲点点头，望着清菲出了门，愣了一会儿，这才急忙戴好礼帽，提起早就准备好的箱子，从后门悄悄地离开了。

轿车在平缓的山道上静静地行驶着，山间的夜风渐渐凄冷。远远的，桂园别墅里的灯光从树叶缝隙中透过来，不断滑过车窗玻璃。

负责来接赛玉环的杨远举在前排坐着，他这几年在军统内越发不受器重，反倒是资历比他浅很多的汪学礼渐渐成了炙手可热的实权人物。此时他有些心猿意马，时不时瞟瞟反光镜中的那个女子。她本来就美丽，如今上了彩妆，那张脸庞在幽暗的车厢里更美得惊人。

杨远举在心里暗暗骂道：松下健二这个小鬼子还真是有眼光，来重庆没两天，就给他瞄上这么个美人胚子！说是听戏，这小姐今天进了这桂园，还能囫囵着出来吗？唉，这美人我只能看不能碰，还被汪学礼派了这么个苦差。汪学礼今晚陪老佛爷去机场接那个女明星金旋，那个女明星可是老佛爷的心头至爱，汪学礼这分明是去献媚啊！也难怪这小子这两年爬得快，要说军统里的人，谁能比他更会琢磨老佛爷的心思啊！

他正想着，桂园那两扇气派的大铁门徐徐打开，轿车无声地开了进去，稳稳地停在了长长的石阶前。马上有当班的军官跑过来打开了车门，杨远举和林清菲都分别下了车。

杨远举一下车，四下望望，并不见松下健二，有些不耐烦地问那个军官："这人我送来了，特使先生在哪儿呢？"

那名军官立正行了个军礼，伏在他耳边悄声道："报告杨处长，别墅小楼里面的警卫由特使带来的几位贴身护卫负责。刚才他的一位贴身护卫已经来传过话了，让把赛玉环小姐带进去，交给他们的人就可以了，我们的人全部在外面警卫，不得进入小楼。"

杨远举抬头望了望石阶之上那座灰色的二层小楼，哼了一声："什么特使，架子还不小，不让我进去更好，老子还捞个清闲。那好，这人交给你了，你给送到特使那里吧，我去客房烤烤火！"

说完，他又望了一眼静静待着的清菲，颇为惋惜道："好好唱，赛老板，那位先生要是听高兴了，说不定，赏的钱够你下半辈子花的了。"

清菲微微欠身，不卑不亢："长官，您放心，这是我们的饭碗，不敢不尽心！"

杨远举又叮嘱了那名军官几句，就转身往山坡一侧的一排平房走去。那里以前是桂园下人们的住处，这几天被军统暂时改成了休息之处。

那名军官随即对清菲一伸手："赛老板，请吧，先生等着呢！"

清菲不慌不忙："长官，我的胡琴师傅应该就在后面的一辆车里，还没到，我这场戏里要用的凤盔和酒杯都在胡琴师傅的道具箱里，不如我们等他来了再一起进去吧。"

那军官耸耸肩："先生已经等着了，赛老板还是请先进去吧，一会儿胡琴师傅来了，我会安排他进去的，不用担心。"

清菲见状也不便再拖延，就答应着提起裙裾随着这军官一步步往石阶上走去。这桂园中种着几株极粗大的桂树，此时，虽已经过了桂花盛开的季节，但是树木本身散发出的淡淡清香却在整个园中静静弥漫着，清菲似乎能从这香气中嗅出一种暗暗浮动的杀意。

果然，他们刚走到那幢灰色小楼前，就有一个剃着光头，穿着日式学生服的年轻人大踏步走出来。他对那名军官用眼神示意他可以离开了，倒是对清菲毕恭毕敬地行了个礼，才领着清菲走进了小楼。

清菲缓步穿过门厅，然后是长长的走廊，往客厅走去，一边走一边在暗暗观察四周的情形。这小楼里面防卫可谓严密，十几个着装一模一样的年轻人分别把守在门厅和走廊中，目露精光，看得出都是功夫高手。

一走进客厅，清菲就故意微微低着头，显出一副温顺的模样。松下健二今天显得颇为闲适，穿着深色格子西服，戴着金丝边眼镜，正站在窗前悠闲地品着手里的一杯红酒。

"先生，赛小姐来了！"走在清菲前面的年轻人微微鞠躬，用生硬的中文报告道。

松下健二马上转过身，他上下打量着妆容艳丽的清菲，不断点头道："果然是三千宠爱在一身，六宫粉黛无颜色。赛小姐，请坐！"

那年轻人马上很识趣地转身离去，同时还轻轻合上了房门。

松下健二很绅士地把手一摆，清菲也娇羞地笑笑，在沙发一侧的白色美人榻上坐下，却用眼角的余光悄悄把整个房间的布局看了个清楚。

整个客厅全是西式的布置，宽大的落地窗，白纱窗帘，墙上挂着西洋油画，无不透露出这座宅子的主人的喜好。

落地窗的外面就是别墅的小花园，应该是通往黄山的后山。在客厅的一角，几盆生长得很茂盛的绿色植物后面，有个很隐蔽的侧门，看来是通往后面的起居室。

清菲把这些细节都默默记在心里,她明白,在刺杀行动完成后,如何安全撤离就是对她和江涛最大的考验。

松下健二也在清菲对面的沙发上坐下,微笑道:"赛小姐,上次我在戏院里看到你唱《贵妃醉酒》,真是让我如痴如醉,绕梁三日,时时难忘。今天再次见到你,你今天的这个妆容真是比上次还要美丽动人,真是配得上李白的那两句,云想衣裳花想容,春风拂槛露华浓。"

清菲听到这儿也不由得有几分惊讶,这个日本间谍对中国文化的熟悉程度甚至超过了某些国人。她不慌不忙地柔声道:"先生,您太过奖了,其实我只是个唱戏的,就知道把戏唱好,可不敢把这个饭碗砸了。前几天大管家拿了孔二小姐的名帖来,我还以为是孔二小姐想听我唱堂会呢,没想到是先生您。不知道先生您贵姓?"

松下沉吟了片刻,笑眯眯地说道:"我姓宋,和孔二小姐家有些渊源,所以这次她出面帮我请的你。"

清菲听了忙起身行礼道:"宋先生,您给的赏金也实在太丰厚了,都够我们旗云班一年挣的了。您今儿想听哪一折戏,我一定好好唱。"

松下健二那金丝镜片后的眼睛里闪出一股隐隐的欲火,他盯着清菲,笑道:"赛小姐,你快坐下,那点赏钱不算什么,等你今天唱完了,我另外准备了一份赏钱给你。"

待清菲又坐下,松下健二起身走到她旁边,也靠着她坐下,眼睛只是直勾勾地盯着她,两手也如蛇一样缠了上来,去抓清菲的手。

清菲忙缩回手,心里想着对策,脸上勉强笑道:"宋先生,您别这样,别这样,让人看见不好。"

松下健二突然用力抓住清菲的手,眼神中越发贪婪,急促道:"没事,这里不会有人来打扰我们。赛小姐,其实从见到你第一眼,我就已经喜欢上你了,只有我才懂你的戏,我才是你的知己。你可以跟着我离开这儿,我保证你过上安逸快乐的生活。"

"您这是怎么说的,我一个唱戏的女子,怎么敢得您这样的厚爱呢?"

清菲轻轻挣脱着,正在琢磨用什么法子可以既不得罪他,又能躲开他的纠缠。突然，门外传来了两声极其轻微的敲门声。

松下健二很不耐烦地高声冲着门外叫道："是谁？"

这时，门外传来了一句短促的日语。松下健二脸色一变，随即放开了清菲，起身走到门前，打开了房门。那个光头年轻人正垂首立在门外，马上伏在他耳边悄声说了几句什么。

松下健二听了，转身对清菲彬彬有礼地说道："赛小姐，我有点事情稍去片刻，等会儿再来欣赏你的精彩表演。"

看着松下健二走进了那道暗门，清菲表面微笑着，但是心里却猛然一惊，因为她听懂了刚才的那句日语——那个光头年轻人说的是，独臂大盗急电！

清菲记得那天晚上林阳跟她说过，独臂大盗是国民党内部一个极其隐秘的间谍，松下健二此次来重庆可能会和他接触。看来，刚才一定是独臂大盗发来电报，松下健二才会急匆匆地离开，而独臂大盗此时急着和他联系，又会有什么阴谋呢？

看来，当下最重要的，她要尽快见到装扮成琴师的江涛，商量接下来的对策。而且，她也不能再给松下健二轻薄她的机会。

想到这儿，清菲起身走到门口，打开门，对着守在门外的一个光头年轻人微笑道："这位先生，刚才宋先生说让我准备好，一会儿他过来就要听我唱戏了，可是我的凤盔和道具还在我的胡琴师傅那儿。再说没有他的胡琴伴奏，我这表演也不成啊，这可怎么办呢？"

这些光头年轻人显然都是极其敬畏松下健二，听清菲这么说，忙点点头回道："赛小姐，你在这儿等着，我马上去把那个胡琴师领进来！"

稍等了一会儿，江涛被那个光头年轻人领了进来。他头发灰白，穿着长衫，背着一个小巧的道具木箱，手上拿着一把胡琴。清菲不得不佩服何爱莲高超的化妆技巧，此时的江涛看上去活脱脱就是一个步履有些蹒跚的老琴师，已经看不出他原本的模样。

两人见面，江涛一指身上背着的箱子，微微欠身道："赛老板，我来了，把您的凤盔和酒杯也带来了。"

清菲心里知道那道具箱里藏着一把产自德国的无声手枪，那是南方局的领导特意为射狼行动而准备的。

清菲笑道："老江师傅，您辛苦了，请这边坐。您调调琴，我把凤盔带上，开开嗓子，待会儿宋先生来了，我们可得好好给他亮一亮绝活。"她说到最后，"绝活"两个字特意加强了语气。

江涛会意地答应着，放下箱子，帮着清菲从箱子里取出了凤盔和道具酒杯。光头年轻人旁边肃立着，虽一声不吭，但是眼光却始终注视着清菲和江涛。两人不可能说什么，但一直用眼神默默交流着。

清菲带上凤盔，轻甩水袖，咿咿呀呀地唱起来。江涛也似模似样地摆开架势，一拉弓弦，悠扬的胡琴声渐渐响起。

那光头年轻人显然对中国戏曲不熟悉，不时皱皱眉头，似乎是完全听不懂清菲在唱什么。他当然不可能知道，清菲正在用唱词对江涛传递着信息。她在原本的唱词中，每句长长的尾音里都加上了一段摩尔电码，这本是她和江涛之间的特有联络方式。

一段唱下来，江涛已经明白了她的意思：小心松下健二身边的这些年轻人，他们都是高手。他去与独臂大盗联络了，很可能在酝酿什么阴谋。

清菲正唱到一段流水："皓月当空，恰便似嫦娥离月宫，奴似嫦娥离月宫，好一似嫦娥下九重，清清冷落在广寒宫……"一扭身，甩了个水袖。这时，门被推开，松下健二快步走了进来。

清菲一见他，忙收起水袖叫了声宋先生。江涛也停了胡琴，起身恭敬地行礼。

松下健二看了看拉琴的江涛，脸露不悦之色。他显然还想继续刚才对清菲的表白，却不想琴师竟然被带进了房间，但转向清菲，却又不自觉地流露出笑意。

"赛小姐，我们是以戏结缘，因戏生情，既然你都准备好了，那我就洗耳恭听了。"说完，他走到沙发上坐下，又对那个光头年轻人吩咐道，"小兵，你和我一起听听吧！中国戏曲博大精深，你刚来中国不久，也应该深入地了解一下，知己知彼。"

那光头年轻人忙欠身答道："是，先生。"于是，走到松下健二身后，恭恭敬敬地站好。

清菲和江涛交换了一个眼神，他们都注意到，被唤作小兵的年轻人站好的那一刻，手不自觉地碰了一下右边的口袋，那里应该是藏着一把手枪。松下健二毕竟是老牌间谍，即使在如此私人的场合，他仍然是选择了一位贴身保镖在场。

"玉环献丑了，请宋先生指教！"清菲甜笑着，对着端坐的松下健二微微行礼。

江涛手中的弓弦一拉，清菲随即一亮嗓子，婉转唱来："海岛冰轮初转腾，见玉兔，玉兔又早东升。那冰轮离海岛，乾坤分外明，皓月当空，奴似嫦娥离月宫……"

流水行云般的唱腔，如滚珠落入玉盘，声声激荡人心。

清菲的扮相极其俊美，明眸顾盼，水袖飞舞之际，她凤冠上豆大的珠子在灯光下熠熠闪光，更衬出她的眉黛唇红。别说松下健二看得入迷，就是那不懂戏的小兵，也盯着清菲上下瞧个不停，目光中流露出一丝贪婪之意。

"杨玉环今宵如梦里，想当初你进宫之时，万岁是何等待你，何等的爱你，到如今一旦无情明夸暗斥，难道说从今后两分离！"唱到此处，清菲面露悲戚之意，利落漂亮地做了个掷袖。这个动作本来是表现戏中杨玉环无可奈何之叹，这里由清菲做起来，却如飞蝶穿花，格外好看。

一段唱罢，胡琴声骤停，清菲盈盈下拜，轻声道："多谢宋先生点唱《贵妃醉酒》。"

"唱得好！此曲只应天上有，人间能得几回闻？"松下健二早已经是看得如痴如醉，一边拍掌一边大声赞道。

"多谢宋先生。"清菲只是微微垂着头，并不起身。松下健二是个老江湖，自然明白这是戏子们惯用的手段，为的是多邀赏。他忙笑眯眯地走过去，弯下腰，伸出双手想扶起清菲。

就在松下健二的手指触到清菲的那一刻，他突然听见了一声轻微的扑哧声。那声音令他微微一怔，因为对于一个职业间谍来说，那声音并不陌生，那是子弹划破空气的声音。

松下健二猛地一扭头望去，小兵轻轻倒在了地上，一枪正中他眉心，细细的血线喷溅到沙发上。由于地面上铺着厚厚的织花地毯，几乎没发出什么声响。刚才还又老又驼的那个琴师不知何时已经握着手枪站在沙发边，他身材瞬间变得挺拔，犀利的目光正望着自己。

"该死的！"松下健二用日语狠狠地骂了一句，刚想把手伸向西服口袋中的微型手枪，却被一个坚硬的东西抵住了胸口。

"特使先生，千万别乱动乱喊，不然我的枪可不认识你！起来，慢慢走，走暗门，带我们去你看一看你发报用的电台。"清菲一字一句，轻柔而坚决。

松下健二被枪抵着，不敢硬来，只得缓缓转过身，一步步往房间壁画下的那个暗门走去。他瞥了一眼举着枪的清菲，这个女子刚才还是千娇百媚的古典美人，现在已经除去了浑身的戏服，只穿着一套黑色的紧身衣裤，却还是那般冷艳动人。

这边江涛把一张早已准备好的《贵妃醉酒》碟片放在了墙角的留声机上，咿咿呀呀的华丽唱腔从唱针下轻轻飘出。这样一来，门外的守卫们肯定以为里面的表演还在继续，没有特使的召唤，谁也不敢贸然进来。

松下健二穿过暗门，一步步走下台阶，走进了一条黑洞洞的走廊。他能感觉到清菲和江涛在他身后悄无声息地跟着，心里暗暗琢磨，这两个人不仅胆大，而且身手不凡，计划周密，一枪就除掉了他最得意的保镖小兵次郎。他们到底是什么人？国民党的特工，还是共党分子？

他琢磨着，把这两个人带到密室也不失为一个好计策，那里有许多隐秘的机关，可以不费力气地收拾这一男一女。

松下健二想着，脚步就在走廊尽头的那间屋子前停下，微微喘着气道："就是这间屋子了，这里原来是酒窖，我把它改造成了密室，平常就在这里收发电报。"

"进去！"清菲在他身后用枪轻轻一顶。松下健二推开了门，木门咯吱一响，三人先后快步走进了这间密室。

这屋子的确非常适合进行秘密的间谍活动，由于原来是酒窖，并没有设计窗户，只有一些隐蔽的通气孔。为了储藏红酒的需要，墙壁设计得非常厚实，一关上门，就马上隔绝了外界的声音。

江涛迅速地环视了一下，屋子一侧，靠墙摆放着几个书柜，书柜里放满了书籍。另一侧则摆放着一张书桌，书桌上赫然放着一部军用发报机。

江涛和清菲交换了一个眼神，他随即在书桌前坐下，熟练地打开电台，戴上耳机，开始查找电台的频率。

清菲则把松下健二带到书桌边的另一张椅子前坐下，自己则站在他身后，一边用枪抵住他，一边默默地注视着江涛。

松下健二低声说道："赛小姐，不，你应该不是真的赛小姐吧？一个戏子是不可能有你这样敏捷的身手，你们到底是什么人？准备把我怎么样？我可是日本天皇派来的特使，一旦我在重庆出了事，你们也不会有好下场。"

清菲冷冷回道："你只需要知道，我们是不甘被你们奴役的中国人就够了，至于要把你怎么样——本来你血债累累，死不足惜，但是，如果你今天配合我们说出那个间谍独臂大盗的真实身份，我们可以不杀你，把你带出去，交给军事法庭接受公正的审判。"

松下健二脸上的肌肉轻轻地抽搐了一下："交给军事法庭？作为一名高贵的大日本帝国军人，我不会遭受那样的侮辱。至于那个独臂大盗，你们不可能知道他的真实身份，因为，就连我也只是通过电台跟他联络，并不知道他的真名实姓，只有特务机关长本人才知道他的真实身份和汇款账号。"

江涛此时拿下了耳机，开始在书桌上和抽屉里翻找松下健二记录下来的电文，听到他的话不禁抬头质问道："高贵？你们所谓的高贵就是残杀手无寸铁的民众，毫无人性地虐杀老人孩子和妇女吗？"

他眸子中射出一股压抑着的怒意，松下健二颤抖了一下，垂下眼帘，随即闭上眼睛，似乎打定主意不再开口。

江涛查找了一会儿，掏出怀表看了看，对清菲沉声道："还有五分钟，约定离开的时间就到了。从找到的这些电文来看，这些电报里全部使用了隐语，甚至大量引用了《源氏物语》里面的一些诗歌，可见独臂大盗是个非常熟悉日本文化的人，懂日语，有可能留学过日本。"

清菲微微皱了皱眉："可是这样的人在重庆的国军中实在太多了！"

江涛转而注视着闭目不语的松下健二："特使先生，最后那条电报里提到了几个日期，我想是老蒋的行程单吧？你们要了解这些，肯定是为刺杀他做准备的吧？看来你们的天皇虽然派你来打着和谈的旗号，其实，却打定主意要了老蒋的命，把战争进行到底！"

松下健二猛地睁开了眼睛，惊讶地望着江涛——这个中国男人居然一语道破了他们的完美计划。他恨恨道："原来你们不是国民党，那么，你们是谁？共产党吗？"

清菲厉声打断他："这个你不需要知道。走，起来跟我们走！"

刚用手去推他，松下健二突然脸色黯淡下来，左手捂住胸口，发出一声痛苦的呻吟，随即从椅子上滚到在地，嘴里含含糊糊地喊道："好痛，救救我，我有心脏病！"

清菲一时怔住，在这个时刻，松下健二突然发病，到底是真是假？

"帮我拿药！"松下健二身子蜷缩，痛苦地呻吟着。

江涛走过来，蹲下看看，他脸色苍白，微微痉挛着，确实非常像心脏病发作的状态。他凑近低声问道："药在哪儿？"

"在书桌第二个抽屉。"松下健二大口喘着气。

江涛起身，清菲把手轻轻放在他肩上，轻声道："小心！"

江涛点点头，走到书桌前弓身拉开第二个抽屉。谁知刚拉开一个缝隙，他身后的墙壁中突然射出一道白光，站在松下健二身边查看的清菲一抬头，大叫一声："江涛，小心！"

然而，太迟了，虽然江涛本能地一扭身，但是，那支飞镖还是狠狠地扎进了他的后背。钻心的痛让江涛一下子摔倒在地上，挣扎了几下，终于扑倒在地，再也爬不起来。

"江涛，你怎么样？"清菲神志大乱，刚要抬步，几乎就在同时，还躺在地上呻吟的松下健二突然挺身而起，一把匕首抵住了清菲的咽喉。

"别动，赛小姐，不然我就割开你美丽的喉咙！"松下健二狞笑道。

清菲立刻明白了这一切纯粹是松下健二的诡计。

清菲瞬间转了无数个念头，她不怕死，但就算是此刻和松下健二同归于尽，怕也救不了重伤倒地的江涛。她只好隐忍着，一动不动地盯着松下健二，任凭他从自己手中拿走了手枪。

松下健二瞥了一眼那边气息微弱、一动不动的江涛，又看看清菲，就算是在这幽暗的密室中，她浑身还是散发着夺目的光彩，精致的脸庞上没有一丝血色，薄薄的嘴唇由于气愤正在微微颤动。

虽然阅人无数，但这个女人实在让松下健二欲罢不能。

他用枪指着清菲，努力露出一丝温柔的表情，轻声道："赛小姐，你那个同伴肯定是活不成了。我不管你是不是真的赛玉环，也不管你是不是共产党，这都不重要，只要知道我喜欢你就行。现在给你一个选择，要么跟着我，配合我，把你们的那些同伙抓到，我保证你没事，可以过上自由优裕的生活。如果不肯，那我把你带到满洲国交给特务机关长，他可是没有一点怜香惜玉的心，不知道会用什么样的酷刑折磨你，你想想吧。"

清菲默默地注视着他，半晌未语，似乎在思考什么。她的目光其实落在松下健二的身后，受伤倒地的江涛正在慢慢地爬起来，缓缓举起了枪。

松下健二心中暗喜，他凑近清菲，喃喃道："再想想，生命可是最宝贵的，值得为你们的组织卖命吗，你还这么年轻漂亮。"

就在松下健二意乱情迷之际，突然，清菲脸色一变，飞起一脚，踢飞了他手中的枪。

几乎是同一刻，松下健二只觉得后背一阵微微的麻木——一颗子弹瞬间射穿了他的心脏。他面朝着清菲直直地倒下去，垂死的那一刻，脸上惊讶的表情似乎表明，他怎么也没想到，那个中国男人受了那么重的伤，居然还能朝他开枪，而且居然是一枪毙命！

"江涛！"清菲惨痛地喊了一声，跨过松下健二还在微微抽搐着的身体，跌跌撞撞地奔到江涛身边，一把抱住了他。

江涛背上依然插着那支飞镖，鲜血几乎染红了他的半边身子。他刚才拼尽全部力气举枪射死松下健二，此时已经是瘫倒在地，昏死过去，脸上没有半点血色，嘴角渗出几缕血丝。

"江涛！江涛！"清菲泪如雨下，她抱着江涛的头，他温热而黏稠的血顺着她手掌滴下去，不一会儿，就沾满了她的手臂。但是她明白，现在不是哭的时候，她没有时间了，他们和林阳约好的时间到了，她现在必须立刻带着江涛离开这间密室。

黄山后山，松林间一条隐蔽的山道上，一辆轿车熄着火静静地停在松林里。戴着鸭舌帽，穿着工装的林阳和魏如风正隐身在树后，焦急地望向那两扇紧紧关闭的朱漆木门。

魏如风焦躁地皱起了眉头，压低声音问道："林大哥，时间已经到了，怎么还没见他们出来，会不会出什么事？我们要不要冲进去接应一下？"

林阳神色凝重地注视着夜色中矗立着的桂园，沉声道："过了两分钟了，但里面还是很安静，不像是出了什么事，如果真有什么事，老邱会放出信号弹。再等等，如果再过五分钟他们还没出来，我们冲进去，埋伏在山下的南方局的同志们也会上来接应我们。"

夜风拂过松树枝，发出单调的沙沙声，时间犹如沙漏般，一点点地流逝着。又过去快五分钟了，桂园的后门依然毫无动静。魏如风拔枪在手，扭头望向林阳。

林阳刚要开口，突然，那两扇朱漆大门砰的一下被人撞开了，两个交叠的人影跌跌撞撞地冲了出来。山间的月光清澈如水，虽然还隔着一段距离，魏如风却一眼看到清菲苍白悲怆的脸庞。她和老邱搀扶着一个人拼命地朝这边奔来，那是一个鲜血淋漓的人。

"江涛受伤了，如风，赶快去把车开过来！"林阳低低地喊了一声，一个箭步冲了出去，朝着清菲他们迎了过去。

魏如风忙跑进松林，发动了汽车。

三个人连拉带拽地把江涛抬上了汽车，魏如风一踩油门，车子开始在蜿蜒的山道上疾驰起来。

这时，远处，桂园别墅才开始嘈杂起来。

林阳低头查看着江涛的伤势，他已经陷入了深度的昏迷中，脉搏极为微弱。那支飞镖插入极深，如果贸然拔出肯定会当场没命。

"什么环节出了问题？松下健二不是应该被一枪毙命吗？是谁出手伤了江涛？"林阳抬头望着清菲，困惑地问道。

清菲望着躺在她膝盖上的江涛，泪水不断地滑过脸庞。半晌，她才缓缓道："我们临时改了计划，并没有按照原先的计划一枪杀死松下健二，而是带着他去了地下的密室。是我做的决定，是为了查问独臂大盗的真实身份，谁知道江涛中了密室里的机关，我被松下健二挟持，江涛为了救我，拼着命射了他一枪。"

"你，你怎么能临时改变计划？"林阳额上的青筋微微暴起，但他触到清菲哀痛的眼神，默默地咽下了后面的话。

一直在桂园中卧底担任厨师的老邱担心地问道："林阳，看他的伤，实在太重了，今晚还走得了吗？"

林阳沉思了一会儿，果断地吩咐道："如风，马上回云雾山庄，江涛的伤刻不容缓，需要立刻找大夫治疗。老邱，你去一下朝天门码头，告诉等候在那儿的同志，说江涛和清菲今晚不走了，什么时候走再做决定。"

魏如风和老邱都点头答应着。

清菲紧紧握着江涛的手，那双手的温度正在一点点地消失，渐渐变得冰冷。她早已不是五年前离开重庆前那个单纯的少女，经历了这几年的腥风血雨，即使在以前的行动中数次面临极其危险的境地，她也未曾感到害怕。但今天，这一刻，她的内心几乎被恐惧淹没，她怕失去眼前这个男人。江涛，对于她来说，不仅是爱人，也是同志，是生命和精神的伴侣。

车窗外的夜色死一般沉寂，只有月牙儿，在乌云间闪着些微光。重庆，正在经历黎明前最黑暗的时分。

云雾山庄，荷花池中残败的枝叶间，静静倒映着一弯冷月。这时并没有半分残荷听雨的诗意，寂静的夜色中弥漫着一股深深的哀伤。

魏如风站在池边，凝视着屋子里的灯光，默默地吸着烟，由于吸得太用力，他几乎是在嚼烟丝。

林阳陪着一个身材瘦高的外国医生走出了屋子，那医生手里还提着药箱。他是美国人斯诺，因为在兴隆商行购买了几次药品而和林阳渐渐熟识起来。林阳知道他笃信天主教，常常免费为人诊治，而且非常支持抗日，所以今晚情况紧急之下，才让魏如风连夜把他请来。

"斯诺大夫，怎么样？"魏如风迎上去，开口问道。

斯诺无奈地耸了耸肩，把手一摊道："我已经尽力了，虽然我帮他取出了背上的飞镖，但是，已经伤到了主动脉，他血流得实在太多了，除非是立刻手术，而且要输入大量的血。只是，他的身体现在太虚弱了，根本没有办法支撑到医院。即使去了医院，也没有医生敢做这么冒险的手术，他很可能下不了手术台。我只好帮他打了止血针，注射了吗啡，来减轻他的痛苦，我能为他做的就只有这些了。"

"真的没有办法了？"林阳似乎在问斯诺，也似乎在问自己。

魏如风一直垂着头强忍着泪水，此时突然紧紧抓住斯诺的手，颤声道："斯诺大夫，你救救他，他还有很多事没有完成，他不能就这么死了！"

斯诺面露难色，轻轻拍了拍魏如风的手，摇头道："魏，我很遗憾，你们还是去陪陪他吧，他的时间不多了。我今晚就留在这儿不走了，一会儿如果他太痛苦，我再帮他做些急救措施。"

魏如风疾步走到房门前，刚触到门把手，被林阳叫住了。

"如风，让清菲和江涛单独待会儿吧，我们别再去打扰他们了。这是他们最后的时光了。"林阳的声音似乎瞬间嘶哑了。

魏如风握住了门把手，又无力地松开，他不敢去想象此时清菲的样子。

"等我变成老太婆了，江涛成了糟老头，你还在和我们的孙子讲那些老掉牙的故事。"

一切美好的事都已经不可能实现，清菲又如何能承受这一切？

屋子里的灯光有点暗淡，只有书桌上那盏台灯荧荧亮着。

清菲抱着江涛，用自己冰凉的脸庞轻轻贴着他的脸，对他轻轻耳语着："江涛，你不会有事的，快醒过来。你说过，完成了这次任务后就打报告申请组织批准我们结婚。我们说好的，会结婚，会一起上前线，一起去打日本鬼子，咱们会一起去建立一个新的中国。"

江涛的额头像团火，由于伤口发炎发着高烧，处于时而清醒时而昏迷的状态中。此时他微微睁开眼睛，嘴唇轻轻翕动着，唤着清菲的名字。

"清菲，清菲……"

清菲惊喜地捧着他的脸："江涛，你醒了，我就知道你会醒的。都怪我，不该临时改变行动计划，才让松下健二有机会暗算你，都怪我！"

清菲像个孩子，一下子扑进江涛的怀里，拼尽所有的力气抱住他，滚烫的泪水落在江涛的脸颊上。

江涛已经没有一点力气，但是他强撑着低语道："清菲，听我说……好好听我说……别哭，为了查出独臂大盗的真实身份，改行动计划是对的，你没做错，是我太疏忽了，应该……想到松下健二是假病……应该想到那个抽屉里有机关。"

他突然喘着气，说不下去，因为高热而干裂的嘴唇无力地颤抖着。

清菲这才想起什么，她赶紧起身去倒了杯水，想喂给江涛，但是此时江涛又开始陷入昏迷，喝不进一点水。清菲于是用自己的丝绢手帕蘸着水，小心地去润湿他的嘴唇。

"江涛，你不是爱听我唱歌吗？我唱我们家乡的小调给你听，你别睡，别睡，快点醒过来。正月梅花对雪开，二月杏花迎春来，三月桃花红搭白，四月蔷薇朵朵开，五月石榴枝枝红，六月莲子结蓬蓬，七月菱角飘水面……"

清菲轻轻哼唱着，她虽然离乡多年，这首徽州的小调却依然能清晰记得。每次唱起，总是小女儿情态流露，江涛总是含笑望她，说她像极了一个和郎君撒娇的小媳妇。

唱着唱着，清菲突然哽咽，她竭力忍住，只是簌簌地落着泪，胸口剧烈起伏着，却不肯哭出声来。尽管江涛此时昏迷不醒，但清菲也怕他听见自己的哭声。

江涛整整发了一夜的高烧。当第一抹霞光刺破沉沉的黑夜，静静地照射进这间屋子时，他终于再一次苏醒。他知道，这是他最后一次看这个美丽的世界，看他心爱的女子了。

清菲趴在床边昏昏沉沉地睡着了，只一夜，她明显憔悴了，脸上还残留着泪痕。她太累了，从桂园回来后，几乎没有合眼。

江涛费力地抬起手臂，伸出手指，轻轻抚摸着清菲的脸庞，仿佛初见的时光——他慷慨的演讲，她坐在前排专注地听着，那个齐耳短发的女孩，两颊微微泛着红晕，眸子中闪着倔强而自信的光芒。

还有很多的岁月想和她一起度过，还有很多话要对她说，但是他已经没有时间了。他最后一次吃力地抬起头去看窗外的天空，天色微明，喷薄的红日隐隐地浮现在天际。

"清菲，答应我，这次任务如果我牺牲了，你要好好活着，替我活着，实现我们共同的理想，赶走日本侵略者，建立一个崭新的国家。还有，再努力找到一个爱你的人，和他一起幸福地生活。这就是我的愿望。记住，不用把我的骨灰运回家乡，就撒在长江里，那样，我就能永远看到这壮美的河山，永远陪伴着你。"

第二天，清菲才看到江涛早就写好的这封遗书。

其实，中央特科当时有个不成文的规矩，只要是出去执行危险的任务，出发前都可以写好遗书统一封存，以便以后万一牺牲可以留给家人。所以在去桂园前一晚，江涛就写好这封遗书交给了林阳。可是，清菲却并没有想到要写遗书，因为她从没有想到，她会与江涛分开。

现在江涛将永远留在这座浓雾弥漫的山城，她将孤身离去继续战斗。

重庆连续几天雨意缠绵，雨丝纷纷扬扬，悄悄浸湿着江堤。

尽管还是残冬，但一些耐不住性子的草芽已经冒出了头。穿着黑色大衣的清菲默默踩过这些早生的春草，走向江边。她手里捧着她的爱人，江涛就安静地躺在她手中那个小小的黑色丝绒盒中，连雨丝都如此温柔，生怕惊扰了他的英灵。

清菲轻轻挥动手臂，把江涛的骨灰不断撒向白茫茫的江面。在瑟瑟的江风中，她的身影显得那么孤单，只有鬓间一朵小小的红花那么醒目。那是她昨晚用丝绢做好的，她告诉林阳和魏如风，今天即是江涛的葬礼，也是他们的婚礼，她要在今天成为他的新娘。从此，她的生命将承载着江涛的生命，他们的生命已经融在了一起。

"林大哥，我真担心清菲，要是她能哭出来，也许还好一些。可是，她一直这么坚强，从江涛牺牲到现在，整整三天，她都没有放声大哭一次，我真担心她撑不住！"魏如风撑着伞，凝视着清菲的身影，担忧道。

林阳沉默了一会儿，才缓缓道："从投身革命的那一天起，我们每个人都准备好了会牺牲，会忍受失去爱人亲人的痛苦，这是孤寂而漫长的旅途。清菲是飞翔于大海之上的海燕，她会在战斗中淡忘伤痛，这也是江涛对她的期望。江涛不会白白牺牲，他临终前告诉了我在密室中发现的电台频率，南方局这两天一直在监听，果然是独臂大盗和日本方面联系所用的频率，只是他们使用了很多暗语，一时间还难以完全破解。但是，我们的同志依靠那本《源氏物语》也有了重大的发现。"

魏如风刚想问是什么重大的发现，林阳已经神情肃穆地走向江边。清菲还深深地凝视着浩荡的江面，细雨中的江水不断拍打着她脚下的江堤，发出隐隐的轰鸣声——江涛已经融入了这奔腾的江水中，这是否是他对自己恋恋不舍的嘱托？

"清菲，根据江涛留下的电台频率，南方局的同志这几天进行了监听，独臂大盗的身份已经有了眉目。"林阳的声音在江风中轻轻飘来。

清菲缓缓转过身，神情坚决："顾大哥，告诉我独臂大盗的真实身份，在离开重庆之前，我想亲手处决这个出卖民族的间谍！"

林阳微微一怔，这是自从他们重逢后，清菲第二次叫他顾大哥。清菲这一声呼唤，似乎把所有久远的往事都唤起了，而在所有的往事里，都只是保存着另一个女子的身影。

他定了定神，才恢复了平静，继续道："清菲，组织上决定，让你今晚就离开重庆。虽然国民党方面并没有大张旗鼓地调查刺杀松下健二的事件，但是，这两天街面上的巡逻车明显增多，军统方面也在暗流汹涌，你继续留在重庆会很危险。独臂大盗的事，就留给我、如风以及其他同志来处理。"

"不！"清菲第一次这么简洁地拒绝了组织上的决定，她目光渐渐燃起一团微微的火苗。

"顾大哥，帮我向南方局领导请示，我要求多留一天，我一定要亲手处决独臂大盗。江涛就是为了查清他的身份才牺牲的，我不会让他的血白流！"

清菲目光中的执着让林阳无法拒绝，看来，他必须要说出那个残酷的真相。

第十七章　山城魔影

林阳沉默了一会儿，下了决心似的，注视着清菲，缓缓道："就在昨天，负责监听的同志很意外地看到这样一段电文——独臂大盗发出电文说，他将不再为日本人工作，军统方面已经对他有所怀疑。而且，他的妻子也怀孕了，再也不想做这样违背良心的事。"

"日本方面马上回话道，要他一定要继续提供情报，不然，不仅他要死，他妻子和未出生的孩子也要死。而且，他们不用亲自动手，只要告诉白占亭，独臂大盗就是他的侄女婿就可以了，相信他会大义灭亲的。之后，独臂大盗这边就一直没有回音，只有日本方面一直在催促和威逼。"

林阳说到这儿顿住了，清菲的身子似乎微微颤抖了一下，她缓缓垂下头，喃喃道："是他？他是独臂大盗！怎么会这样？他曾是个多么单纯热情的人，当时卢沟桥事变，他还为了日本军队屠杀我们的民众而热泪盈眶，他怎么会堕落成了一个民族罪人？"

这也是林阳心里的疑问。

谢天华年轻的脸庞浮现在林阳眼前，在那个同样也是细雨纷飞的清晨，在那辆颠簸在山路上的汽车里，谢天华痴痴地望着远去的秋浦村，不断自语道："清菲，我将来一定要娶你，你一定要嫁给我！"

少年情深，终成了一场幻梦，究竟为什么他放弃了良知，成了一个为钱出卖灵魂的日本间谍？

江风愈发寒冷，雨水打湿了清菲的发丝。

林阳把手中的伞递给清菲，自己裹紧了大衣，缓缓道："清菲，谢天华是前年从军统调往高炮部队的，也就是从那时候开始，独臂大盗开始向日本人提供军事情报，从时间上看吻合。这件事，经过组织研究，由我继续来调查，你今晚务必离开重庆，还有更广阔的战场等待着你！"

清菲猛地抬起头，轻声而坚决地说道："顾大哥，用我的名义去约谢天华。那天在松厅别墅见到他，我知道，他对我还有感情，他一定会来。你们埋伏在旁边，由我来问他，如果他真的是独臂大盗，我会亲手处决这个民族败类！"

"不行，这太冒险了！"林阳脱口而出。

"你难道还有更好的方法？时间已经不允许了，这是最好最直接的办法！"清菲异常坚定。

林阳沉吟了一会儿，说道："好吧，我马上向组织上请示，你等待组织上的最后决定。清菲，其实，我心里也希望天华不是那个独臂大盗，但我们都无法把握，岁月会改变一个人。你在这里多陪一会儿江涛吧，我先赶去南方局汇报。"

林阳说完，转身默默地朝着路边停着的轿车快步走去。

清菲转过脸，再去看那烟波浩渺的江面，几只白色的水鸟正从茫茫的水雾中展翅飞出。

雨越下越大，丝毫没有停歇的意思，整个山城渐渐笼罩在一片缥缈的雨雾之中。时近黄昏，街道上行人寥寥，只有一些小商贩们还在雨中不辞辛苦地叫卖着。

一辆黑色轿车疾驰而过，泥浆飞溅。

轿车悄无声息地停在了罗家湾19号花园公馆前，一个穿黑色中山装的年轻人先跳下车，弓身拉开车门，殷勤地递上了伞。

汪学礼急匆匆地跨出车门，并不去接伞，而是大踏步地往公馆中走去，完全顾不上雨水顷刻间就淋湿了他身上的军服。那年轻人忙撑起伞，一边叫着处长，一边忙追赶着为汪学礼遮雨。他便是汪学礼手下最受器重的第一行动队队长宋子雄。

汪学礼正想伸手去推那扇黑桃木门，不料杨远举突然推门而出，两人打了个照面，一时都微微怔住。

在军统内部，他们两人的明争暗斗已经是公开的秘密。杨远举本是白占亭的同乡，有少年之谊，十年来最得白占亭器重。但是近年来，汪学礼后来居上，他虽不过三十出头，但机警内敛，表面温文尔雅，杀人时却是丝毫不手软，做事干净利落，渐渐得到了白占亭的赏识，先是被任命为情报处处长，近期又被任命为行动处的处长。杨远举倒是渐渐失宠，只管理着训练处，负责训练新招募的特工。

杨远举上下扫视了一下，不阴不阳地笑道："汪处长啊，瞧您这一身雨水，虽然这段时间您为松下特使来访的事日夜操劳，但是也要注意身体啊，主任正等着您呢，快进去吧！"

汪学礼心知肚明，虽说松下健二来重庆这几天老头子一直避而不见，并没有和谈的意思，但是，不管怎么样，人被刺杀在军统的眼皮子底下，不仅给日本人落下了口实，也让军统的颜面扫地，这个黑锅自己是非背不可了。

他面上并不露声色，回道："杨处长，都是为党国效忠，谈不上辛苦。我年轻，淋点雨也没什么，您倒是要当心，上了年纪的人受不得风寒，一场感冒就能送了命！"

说罢，他优雅地笑笑，推门走了进去。直把杨远举气得咬牙切齿，涨了一肚子闷气。

白占亭负着手站在窗口，屋子里只点着书桌上的一盏台灯。幽暗的光线中，汪学礼轻手轻脚地走到他身旁，垂首肃立，偷眼之间，只觉得他的镜片中闪着鬼魅般的光。

"主任，学礼特来请罪。这次松下特使在桂园被刺，的确是我太疏于防范，太轻视共党的手段了，我甘愿受任何处罚！"

白占亭缓缓转过身来："学礼，这次松下特使被刺，委员长非常震惊。虽然我们不会真正和日本人和谈，但是，却可以借和谈为名牵制他们，让他们更多地与共军为敌，好在这场战争中消耗共军的力量。将来日本人走了，我们和共军之间势必还有一场恶战。委员长深谋远虑，未雨绸缪。但是，松下特使这一死，日本人肯定认为是我们军统动的手，这样，在正面战场上，势必和我们拼死一战。"

汪学礼不敢抬头："是，主任，我知道这次失职给党国带来了很大损失。我难辞其咎，等事件调查有个结果，我会自请去前线，戴罪立功，希望主任批准！"

白占亭望了他一会儿，脸部的表情微微缓和了一些，缓缓道："学礼，不必过于自责。虽然你负责此次松下特使来重庆的行程，但是共产党太狡猾，他们这么做，无非是想逼委员长和日本人彻底势不两立。反正和日本人这场仗是非打到底不可了，委员长并没有责怪你，他说了，这样也好，日本人的胃口太大，不会满足于已经得到的利益，是喂不饱的狼，不和他们和谈也好，反正我们还有美国人支持。只是共产党神通未免太大，居然在我们军统的眼皮子底下动手，这让我的面子往哪儿搁。"

汪学礼这才抬起头，目光灼灼："主任，您放心，我不会让共产党这么容易就踩在我们军统头上的。虽然松下特使死了，但是，共产党的特工也留下了蛛丝马迹，这一天一夜我和手下的弟兄一直在追踪，已经有了收获。"

白占亭镜片后的一双小眼睛顿时闪出满意的光芒，他转身坐下："不愧是学礼，这么快就有收获了，说说看，都查到了什么？"

汪学礼不疾不缓地说道："主任，我主要跟了三条线索。一是赛玉环，她必定是和刺杀者串通好的，不然，那一男一女也不可能顺利进入桂园。虽然她逃走了，但是，我们的人已经四处通缉她，想来不久会有线索。"

"二是那个失踪的厨子老邱，他本是得意楼的名厨，这几天因为松下特使来了，桂园的大管家特意把他请去，给松下特使做川菜吃。经过我们的调查，他的弟弟是共产党员，曾经是上海锄奸队的骨干，去年在一次刺杀行动时失手被抓住，被日本人秘密处死了。他还有个老娘，就住在重庆，这次，他肯定是参与了刺杀特使的行动，我们已经监视住了他娘——弟弟已经死了，相信他这个大孝子就算要离开重庆，不会不去和老娘告别的。"

"还有，就是那两个刺杀者。我们查问了戏班子的人，都说他们是五天前去的戏班子找赛玉环，还是一个穿着很体面的中年人开着车送去的。在桂园的密室里留下了不少血迹，相信这两个人中有人受了重伤，必然会先治伤，看来暂时还离不开重庆。我们已经画出了画像，在整个重庆秘密搜捕这两个人。至于那个送他们来的中年人的身份，我们已经有了眉目。"

白占亭一拍花梨木扶手，说道："好，干得利落，这个人究竟是什么来路？"

"他叫林阳。我们询问了桂园的大管家，他说，老邱是一个叫林阳的商人推荐给他的。这个林阳，是兴隆商行的董事，也是这两年来重庆商界很活跃的人物，只是没人能说得清他的身世来历。"

"我把林阳的照片给戏班子的人看了，他们都肯定，就是他开车送那一男一女来找赛玉环的。我立刻让人监视了兴隆商行，但是林阳却一直没露面，商行的人也不知道他的住址。我觉得这个人的疑点非常大，我怀疑此人很可能是共产党在重庆的重要人物，已经安排了弟兄们在重庆进行地毯式搜索，现在只需要一些时间，我们一定能挖出这个林阳。"

白占亭嘴角露出一丝残忍的笑容："学礼，我相信你的能力，你抓紧去办吧，只要抓住人，我去委员长那里为你请功！记得，我要活的，抓住这个林阳后，送到白公馆去，我要亲自审问。共产党是我们的劲敌，现在虽然表面是联合抗日，可是，一旦日本人战败了，我们和他们势必有一场恶斗，每一个共产党的重要分子我们都不能放过！"

"是，主任，我立刻着手去办！"汪学礼双脚立正，敬了一个标准的军礼。他刚想转身，却被唤住，白占亭的脸色瞬间变得很阴沉，递过来一份文件。

"还有一件事，委员长昨天召见我时，其实不光是为了特使被刺的事件，还有另一件重要的事。美国大使馆前几天给委员长送来几份截获的电报，证实了我们很久以来的怀疑，在重庆，确实有个埋得很深的日本间谍，代号是独臂大盗。他为日本军方提供了很多关于我军的绝密情报，搞得我们现在对付日本人的空袭都非常被动。"

"学礼，丢脸，实在太丢脸！这个家伙在我们军统的眼皮子底下和日本人联系如此密切，都惊动了美国人，我们自己却后知后觉。"

汪学礼刚刚放松的情绪立刻又紧张起来，他忙垂首道："主任，都是属下们办事不利，您放心，就是掘地三尺，我一定要揪出这个独臂大盗来！相信他既然能提供这么多的绝密军事情报，一定是我军的高级军官，我会一一排除，绝不漏掉一个！"

白占亭霍地站了起来，缓缓走到窗前，唰地拉开窗帘。窗外的雨丝像鞭子般抽打着玻璃，发出噼噼啪啪的刺耳声响。

"好，一个月，学礼，给你一个月的时间，去把这个独臂大盗挖出来。这件事交给你去查是我最放心的，我们要证明给美国人看，我们军统的人不是饭桶，而是精英！"

"是！"汪学礼的背上已经微微冒汗，他转身快步走出房间，轻轻带上了房门。走出这座阴沉的灰色小楼，他抬头看看那漫天飘洒的雨，如释重负地舒了口气，嘴角掠过一丝淡淡的笑。

其实，他并没有向白占亭完全和盘托出。那就是，刺杀松下健二的一男一女，根据画像上来看，就是那天在松厅别墅出现过的美国记者白安娜和她的丈夫。

看来，这两人来到重庆的确是身负使命，而那个白安娜，她酷似五年前死于大轰炸的林清菲。这一点，他不能告诉白占亭，因为他深知这位石头佛爷心冷而多疑，如果他知道自己曾经和白安娜对过面，却没能发现她的破绽，很可能会怀疑自己徇私，包庇这位小姨子，甚至可能怀疑自己暗通共产党。

一直等待在楼外的宋子雄这时撑着伞跑过来，殷勤地叫道："处长，刚才去江北白沙镇那边调查的兄弟们来报告，有件大好事！"

汪学礼一边快步走下台阶，绕过大理石雕塑的喷泉，朝着停在黑漆大门边的那辆车走去，面无表情地问道："是发现了林阳的行踪，还是逮住了那个老邱？"

宋子雄附在他耳边轻轻低语道："处长，林阳名下有两处房产，我们的人都盯着了，但是目前还没有发现他出现过。至于那个老邱的瞎子娘，我们也盯着呢，另外……"

宋子雄顿了顿，献媚地说道："有夫人的消息了！有个兄弟在白沙镇看到一个女人，非常像夫人！"

汪学礼的脚步猛然停住了，他扭过脸，盯住宋子雄，一字一句地问道："他确定没看错？真的是我老婆？"

宋子雄忙立正道："我也是这么问他，他赌咒发誓说千真万确，五年前，他是在别墅那边亲眼见过夫人的。他说，夫人是在一家药铺里卖药，身边还有个孩子。弟兄们已经把那家药铺监视住了，只等处长亲自过去确定。"

"她有了孩子！"汪学礼的眼中突然射出一股可怕的光，双拳紧紧握住，宋子雄吓得连忙闭上了嘴。

汪学礼愣在原地，眉头皱了半天，才突然起步，走到车边，猛地拉开车门，钻进了车里。不一会儿，车窗缓缓摇下。

还立在车边的宋子雄忙弯下腰："处长，还有什么吩咐？"

汪学礼面无表情地吩咐道："子雄，我现在去趟白沙镇，你去安排，给老邱的瞎子娘那里放把火，但是别烧死老太太，只烧房子，她是我们的饵。特别是夜里，要严密监视布控，他很可能夜里会来。至于那个林阳，他既然精通外语，又做商务生意，很可能会躲在外国人聚居的地方，去那些地方下功夫查一查。告诉大伙，这次松下特使死了，主任的面子上很挂不住，要是抓住那几个共产党，大家都有赏。如果连条猫鱼都没捞上来，只怕所有的人都吃不了兜着走！"

宋子雄连连点头答应着，汪学礼抬起下巴示意了一下，司机这才缓缓发动轿车。汪学礼的目光飘向窗外的雨幕，天色渐暗，雨中的所有景物都蒙上了一层鬼魅之意。

"林清芳，你是我的女人，永远都是，就算是死，你也必须死在我的身边！"他的嘴角轻轻抽搐着几下，随即又狠狠咬了咬牙。

第十八章　慈云夜语

　　黑夜像上古传说中的魔兽,迅速而无情地吞噬了山城。涂鸦般的夜色中,远离那些喧闹的街道,沿着曲折的江堤,循着一阵沉寂的钟声,一辆马车慢慢悠悠地停在了慈云寺的对面。

　　慈云寺,始建于唐朝,殿堂依山而建,沿山势而布局,曲径通幽,宛如园林。车上跳下一位头戴礼帽,身穿长衫的男子,他付了钱打发那车夫离去,自己径直朝寺院山门走来。虽然是深沉的夜色,但借着寺院门前的微微灯火,也能看出他是个英俊的男子,只是面色略显憔悴。

　　男子刚跨进寺门,就有个慈眉善目的老和尚迎上前去招呼。虽然这么晚了,老和尚也见怪不怪,如今乱世,人心惶惶,信佛求佛之人反而更多,晚间常有虔诚的香客前来投宿,为的是赶得及去上第二天的第一炷香。

　　"师傅,我姓谢,来找一位林先生,他约我今晚在寺里见面。"谢天华摘下礼帽,掏出几块银元递给老和尚。他的声音有点沙哑,因为昨晚他几乎半宿未眠。

　　老和尚笑容立刻漾上眉梢,他把银元纳入袖子中,双手合十,一行礼,悄声道:"施主,半个时辰前,确有一位林先生前来,他跟老衲说过,有位谢先生是他的朋友,来了就请去寺后望江亭一叙。"

　　"就是我,请带我去!"谢天华极力压抑着内心的激动,他随着老和尚绕过巍峨的主殿,踏着鹅卵石小径,穿过了几扇石门,那江水的澎湃之声越来越清晰。

　　"施主,望江亭到了。您请,我帮您照着亮,小心石阶,上面都是露水,打滑!"老和尚一手挑高了灯笼,又抬手一指那江边岩石上一座飞檐玲珑的小亭。

谢天华顾不上再跟他说话，抬脚就沿着石阶快步而上，走进望江亭他却猛地停住了。亭子中的石桌上放着盏小巧的铁皮灯笼，还贴心地摆放着黑瓷的茶壶茶杯，但谢天华的目光却被茶壶边一朵蓝色小花吸引住。那是一朵勿忘我，数年前那个离别的清晨，自己深爱的女子把它别在了自己的衣襟上。

"你是谁？你是清菲吗？难道真的是你，你回来了！"谢天华的声音微微颤抖着。此时，背对着他，站在亭子栏杆边一个戴鸭舌帽、穿黑色猎装的年轻男子缓缓转过身来。

清菲在学生时代就曾经穿过男装参演舞台剧，所以，谢天华对她的男装形象并不陌生。只是，她清丽的面容中透出来的冷峻之色，令谢天华如坠冰湖。

"谢参谋，我们前几天还在松厅别墅的舞会见过面，难道你这么快就忘了？"

清菲轻轻走到石桌边，在石凳上坐下，她望向谢天华，用眼神示意他也坐下。

凉亭外风声涛声隐隐在耳，石桌上的灯笼被风吹得忽明忽暗。谢天华只觉得清菲的脸在幽暗的灯火中美得那么不真实，似乎随时都会消失。他梦呓般说道："不，你不是白安娜，你就是林清菲，是五年前突然消失的清菲！为什么，你当初那么绝情地走掉？为什么，今天你回来了，却不肯和我相认？你知道吗，这五年来，我无时无刻不在思念你。"

清菲隔着石桌注视着他，心中也暗暗生出一丝愧疚和不忍。谢天华不过才三十岁，但鬓角竟有了几根白发。他依然是英俊的，但眼角眉梢已经没有了当初飞扬的少年风采，而是爬满了几许倦怠和愁容。

那个在秋浦村陪她深夜去看翡翠潭的深情少年已经不复存在，也许是对逝去恋情的痛苦追忆，也许是在军统内部的勾心斗角，也许是迫于父母之命的婚姻，可以一眼看出，这个男人五年来过得并不幸福。

独臂大盗！

这几个字闪过清菲的心头，她收敛心神，低声缓缓道："天华，五年前，我的确欠你一个解释，今天我来就是还你这个解释的。"

"在最不识愁滋味的少年时代，我们曾经并肩走过，我们曾经以为可以永远生活在父母的羽翼之下，可以永远活在卿卿我我的小儿女情态中……可是，卢沟桥事变，日本人举起了屠刀，我们的梦碎了，全中国人的梦都碎了，我们一下子掉进了鲜血淋漓的现实中。"

"我爹被日本人炸死了，我娘在痛苦中病死了，我和你一起逃亡到重庆。我开始接触抗日团体，你则走进了军统的培训班，从那一刻起，我们就开始踏上了不同的道路。"

"不，不！"谢天华突然打断了清菲的话，他猛地隔着石桌抓住了清菲的右手，痛苦地哀求道，"清菲，我加入军统是父命难违。我是家里的独子，而当时家中的财富引来了很多势力的觊觎，庞大的生意必须依靠军方的支持才能继续经营。而你，你当时加入了共产党，你爱国，你参加抗日组织，这些我都了解，可是我们为什么一定要分离？现在国共都联合抗日了，为什么那天在松厅别墅你还是不肯和我相认？是不是你怪我不等你就成亲了？"

清菲深深地注视着他，神色中含着淡淡的哀伤。好一会儿，她开口一字一句地说道："天华，我知道，你是背负着家族的命运兴衰，所以，你不得不加入军统，也不得不娶军统头子白占亭的侄女为妻。我们注定只能在那个人生的十字路口分开，这就是为什么五年前我不告而别。今天我回来，并不是为了来跟你重叙旧情，我和我的同志是带着任务来到重庆的——昨天，在黄山桂园别墅，我已经完成了我的任务！"

谢天华脸色骤变，他缓缓缩回了手，喃喃道："桂园！你……是你刺杀了那个日本特使？清菲，你太了不起了，你太了不起了！"

突然，他想到了什么，急切地补充道："白占亭不会放过你们的，他最恨的就是共产党人，尤其这次你们又在军统眼皮子底下动的手，他更是没有面子，现在正在全城秘密搜捕你们。清菲，你要赶快离开重庆，越快越好，落到白占亭的手里，非死即残。这样，我可以帮你弄到特别通行证，还可以帮你找到汽车——不，汽车不行，现在查得太严，我可以帮你找一艘货船，这样比较不显眼。你一定要走，越快越好！"

清菲沉吟了一会儿，慢慢起身，双手插在口袋中，冷冷道："多谢你的关心。走，我是一定要走，抗日战争正是最艰苦之际，我已经决定要奔赴战场，浴血杀敌。可是，在临走之前，我必须还要见一个人！"

"见一个人？谁？"谢天华愣了一下，狐疑道。

"独臂大盗！"清菲淡淡吐出这几个字，眼光变得犀利，逼视着谢天华。

谢天华的身子哆嗦了一下，他似乎想扶着石桌站起来，但是，双手却使不上劲。他缓缓地抬起头望向清菲，眼神中有股说不出的绝望，颤声道："清菲，我知道，我有罪！我罪无可恕！"

石桌上的灯火猛地闪烁了一下，清菲拔枪在手，枪口指向谢天华的眉心，厉声道："我认识的那个谢天华已经死了，曾经为了宛平枪声而流泪的那个谢天华去哪儿了？为什么？你为什么犯下这么可耻的罪行？你忘了你是个中国人，现在堕落成了最可耻的叛国者，出卖情报让日本人来残杀自己的同胞！你说，这一切是为什么？"

谢天华缓缓闭上了眼睛，颓然道："清菲，现在说什么都晚了，大错已铸成，你动手吧。我的罪孽太深了，我知道迟早有这一天，能死在你手上，我也瞑目了！"

清菲的手竟有些微微颤抖。在见面前，她还抱着一丝渺茫的希望，万一谢天华并不是独臂大盗呢？万一他否认呢？此刻，尘埃落定，无数记忆的碎片如闪烁不定的灯火在心头跳跃。如果不是为了查明独臂大盗的身份，如果她按照原计划刺杀松下健二，那么，江涛就不会死。她今天来不仅仅是为她的爱人报仇，她也必须处决谢天华，因为他为日本人提供的情报已经让千千万万的中国人丧了命。也许，唯有鲜血才能洗刷他的罪行！

清菲的手指慢慢地扣动扳机，突然，一个人影扑上来抬高了她的枪口，子弹贴着谢天华的头皮擦过，一缕鲜血渗出。

"清菲，先别急着动手，事情还有蹊跷！"化装成老和尚的林阳其实一直隐蔽在亭下的山石边，观察着亭子中两个人的动静，此时几个箭步沿着石阶奔了上来。

清菲用枪口一指呆坐在石椅上捂着头的谢天华，说道："林大哥，他自己已经亲口承认了，还有那封电报，不会有错的，独臂大盗就是他！"

林阳凌厉的目光扫过谢天华的脸："独臂大盗在四年前就开始为日本军方提供各种情报，可是那时候，谢大华还只是刚刚进入军统没多久的新人，他根本不可能、也没机会接触到那些绝密的情报。所以，独臂大盗应该是军统的高层，或者是军方的人。"

"当然，我相信，谢参谋你对这个独臂大盗是知情的——两年前，你离开军统，调入高炮部队，开始为日方提供高炮部队的机密情报。我想，这一切也都是听命于那个独臂大盗吧？他用什么控制了你？是金钱还是权力，还是其他？"

谢天华缓缓抬起头，注视着林阳，喃喃道："老师傅，原来你也是共产党！既然必须要有一个人来承担罪责，就让我来承担吧！不管独臂大盗是谁，不管我是不是心甘情愿当间谍，毕竟是我向日本人发了电报，告诉了他们高炮部队的射程，让他们的飞机在重庆上空长驱直入。大轰炸死了那么多人，这几年，我一直是夜不能寐，就让我的鲜血来承担这个罪责，这样，我心里也能好受些。"

林阳厉声打断他："谢天华，你当年也是意气风发的爱国青年，是什么让你甘心为人驱使出卖祖国？你以为你今天这么一死，就能赎了你的罪过？那些被炸弹炸死的老百姓就能活过来？不，你犯下的罪百身莫赎，但是，如果你悬崖勒马，说出那个真正的独臂大盗来，让他不能再继续帮助日本人残害我们的同胞，至少还能对得起你的妻子和那未出世的孩子。"

谢天华只是愣愣地坐在那儿，他的嘴唇轻轻翕动着，好一会儿，却未吐出一个字来。

清菲此时放下了枪，她绕过石桌，走到谢天华面前，垂首望着他，轻声道："天华，我怎么也想不通，我们分别的这五年间究竟发生了什么，让你把自己的灵魂出卖给了魔鬼。但我知道，你不会泯灭你的良知，不然，你刚才就不会让我开枪了。"

"你知道吗？为了查明独臂大盗的身份，我们的一位同志在桂园别墅牺牲了。本来，我们是打算一起奔赴战场的，现在，只有我一个人能去完成他的遗志了，他，他永远留在了这里。"说到这儿，她呜咽了。

也许是觉察出清菲话语里的悲伤，谢天华微微诧异，轻声问道："我昨天听说刺杀行动中，有个刺客受了伤，原来他已经过世了，真是太可惜了。"

清菲默不作声地望向亭外，那片冷寂的江面完全笼罩在昏暗的夜色中。

林阳提高语调道："那位牺牲的同志就是清菲的未婚夫！他们本来打算在这次行动后就结婚，就是为了彻查独臂大盗的身份，他才被松下健二暗算。谢天华，你难道还要替那个真正的独臂大盗当替死鬼，让我们同志的血白流吗？"

清菲转过身来，一直走到谢天华身边，伸出一只手搭在他的肩上，她的声音微微发颤："天华，你一定要说出那个真正的独臂大盗是谁。抗日战争已经进行了六年，最后的胜利就在不远了，你不能再让他操纵你的灵魂，不能再让他为日本人提供情报了。帮我们抓到他、除掉他，这是你赎罪的唯一办法！"

谢天华这一刻只觉得万箭穿心，他能体会到清菲内心那种无法言喻的悲伤，能让她倾心爱慕的男子一定是极其优秀的，但是，他却没有丝毫的嫉妒。本来，在失去清菲消息的那些日子里，曾经无数次想过再见，而如今，终于再次相见，却已经人事全非，他是间谍，她是锄奸者。

"清菲，我一直不能说是因为他说过，如果他暴露了，他将会让我的父母和我的姐姐一家陪葬。可是现在跟你们相比，我知道我太自私了，我为了我家人的安全，让多少无辜的人流离失所。真正的独臂大盗就是，汪学礼！"

"汪学礼！"清菲和林阳不由得一惊。

是了，如果是汪学礼，一切都迎刃而解。他目前是军统中炙手可热的人物，深得白占亭的器重，自然可以接触到那些绝密的情报。他曾是谢天华的上司，自然可以插手他的调动，他的家族和谢天华的家族本是通家之好，自然可以轻易地控制谢天华。

谢天华慢慢道："自从清芳姐逃走了，他就完全变了——三年前有一天他来找我，跟我说，战局不稳，即使打赢了日本人，国共迟早也要开战，我们应该早早为自己准备好退路。他说让我帮他，调去高炮部队后帮他搜集情报，出卖情报的所得将去美国购置不动产或者囤积黄金，以备他的家人和我的家人可以去美国过舒适的后半生。"

"所以你答应了他去当日本间谍？"清菲的眉头微微蹙起。

谢大华面露痛苦之色，轻轻摇头道："我开始并没有答应，可是恰巧那时候，我姐夫因为倒卖紧缺药品被军方抓住了，可能会被枪毙，我姐姐哭着来求我帮她，而我人微言轻根本帮不了她。汪学礼知道了这件事，他疏通关系帮我搭救了我姐夫，我父母和我姐姐对他千恩万谢，我也就欠下了他一笔人情债。他对我说，我家人的荣辱都掌握在他手中，如果我不加入，他们都会死。"

"他又在白占亭面前极力为我美言，让他把白蝶嫁给我，其实我明白，他只是想利用小蝶来进一步控制我而已。所有的一切都在他的计划之中，我终于还是成为了他的一枚棋子——调去高炮部队，开始为他提供情报。大部分都是由他和日本人联络，有时候我也按照他提供的频率自己和日本人联络。"

"我很想结束这种噩梦般的生活，但是一直没有勇气和他对抗。直到前几天，小蝶告诉我她怀孕了。她知道我不喜欢军中的生活，她让我和她一起去美国，找她的哥哥，在那里开始新的生活。于是，我决定要跟汪学礼摊牌，我以独臂大盗的身份向日本人发出了一封电报，告诉他们，我将不会再为他们提供情报，谁知道……"

林阳接口道："谁知道，他们却威胁你，如果不继续提供情报，将会在军统内公开你的真实身份，让你身败名裂，沦为阶下囚。自然是汪学礼把你的真实身份告诉了日本人，他一早就打算好，一旦暴露，让你来做他的替死鬼，这也是他费尽心机把你拉进来的原因。"

谢天华微微点头，默然不语。这封电报一发出，汪学礼自然是马上打来了电话，对他好一番训斥加威胁。

大错已经铸成，他无力为自己辩驳。昨夜他翻来覆去，不甘心再当间谍，又挣不脱汪学礼的控制，差一点就在书房里举枪自尽。但是想到白蝶还怀着孕，他又如何能让她承受如此悲惨的命运，始终下不了决心。

他今天一直待在家里没去任何地方，谁知道傍晚时收到了一张便条，让他独自来慈云寺相会，署名只写着故人林先生。他一见不知怎么就隐隐有了预感是清菲，忙和白蝶撒了个谎，出门找了辆马车过来。

三人沉默了一会儿，林阳理清了思绪，缓缓道："天华，你必须坦白。你要写一份自白书，澄清一切，说明是汪学礼胁迫你参与了间谍活动，这样才能揭露他的真面目。而且，自白书必须面陈到老蒋那里，才能保证不被汪学礼发觉。不过这样以来，你自己也难免获罪，你愿意吗？"

清菲也望向谢天华。

谢天华摇摇晃晃地站起身，凄然而坚决地说道："好，清菲，还有这位大哥，如果你们相信我，给我三天的时间，我回去安顿好妻子。三天后，我将写好自白书面陈到松厅别墅，如果我做不到，你们只管去我家取我的性命。"

清菲裹了裹身上的衣服，开口道："我相信你！天华，我相信你依然有一颗中国人的良心！"

林阳走过去，拍了拍谢天华的肩膀，低声道："天华，立刻送你妻子去香港吧，这样也能最好地保护她和未出世的孩子。你即使以间谍罪被审判，但自首有功，罪不至死，或许你和她们还有重聚的一天。你回去后，一定要当心汪学礼，别让他察觉到你的意图。过了这三天，只要这件事捅到老蒋那里，他就没有翻身的机会了，也无法再威胁到你的家人了。"

谢天华只觉得他虽然穿着僧人的衣服，但是气度出众，目光清澈有神，似乎是很熟悉很亲切的感觉，但又实在想不起在哪里见过，只是默默点头。

江风渐冷，林阳望了一眼清菲，示意她该走了。两人前后缓缓走出望江亭，往假山下走去，谢天华在身后低低叫了一声："清菲！"

林阳故意加快步伐往山下走去，他知道，这可能是谢天华和清菲此生最后一次相见。按照组织上的安排，清菲将要在今晚乘船离开重庆，而谢天华将要自首，生死未卜。他想留点时间给他们做最后的告别。

清菲停下脚步，回头望去，石桌上的铁皮灯笼散发着一点微弱的光，谢天华的脸苍白得几乎失去血色。他是她曾经少女诗怀中的那个青衫少年，他们的青春曾经在一起炽烈地燃烧过，却终成灰烬。五年前一别，还能在今日相逢，今日一别，他们将再见无期。

"天华，保重！"清菲最终只轻轻说了这句，就转身快步走下石阶。她的背影在夜色中看起来依然美丽如昔，但在谢天华眼中却渐渐模糊。

"清菲！"谢天华喃喃念着她的名字，他仿佛又听到那首歌从夜的雾气中隐隐约约飘来——

"长亭外，古道边，芳草碧连天……一壶浊酒尽余欢，今宵别梦寒！"

谢天华明白，他的人生已经到了终点。

夜深了，谭少羽才从一户产妇家出诊回来。他提着药箱，推开虚掩的大门，轻手轻脚地穿过回春堂的大堂，来到小小的后院。后院收拾得很整洁，只种着一株丁香树，并无其他花草。有几间平房，主屋住人，侧屋则是做饭或堆放药品。

今天有些古怪，平时，谭少羽也经常出诊到很晚回来，清芳总是会在药铺大堂里点一盏灯给他照亮，小厨房里的灶上也总是会炖着些热腾腾的羹汤。但是，今天大堂里却是黑乎乎的一片，小厨房里也是没有半点灯光，唯一亮着的就是主屋。

院子里鸦雀无声，谭少羽心里直犯嘀咕，今天清芳是怎么了？难道不舒服，还是小樱桃出了什么事？他一边想着，一边朝屋子里唤了声："清芳，我回来了！"

他话音未落，哗啦，主屋的门一下子被人撞开，几个黑衣大汉从屋里冲了出来，不由分说就七手八脚地按住了谭少羽，试图把他反绑起来。

"干什么？你们是什么人？来人啊，来人，有强盗！清芳，小樱桃！"谭少羽极力挣扎着，他心里更担心的是清芳母女的安危。但是他哪里是这些人的对手，几下子就被绑了个结结实实。

"清芳，小樱桃，你们在哪儿？"一想到清芳母女可能的遭遇，谭少羽心如刀割，拼命地喊叫着。

一个中年人看来像这帮黑衣人的头，他揪起谭少羽的头发看了看，不阴不阳地笑了笑："别嚷了，她们俩没事，汪处长对夫人爱得不行，绝不会动她一根汗毛的，你的小命就难说了。来人啊，把他的嘴巴堵上，带去望龙门湖南会所先关起来！"

夫人，汪处长，湖南会所！

这几个零星的字眼飘进谭少羽的耳朵，他瞬间明白了今天这一切都与军统有关。这五年来，他和清芳深居简出隐居在白沙镇，就是为了躲着那个人，终究，那个人还是找来了！

清芳和小樱桃看来是已经落进了军统的手中，她们现在在哪儿？汪学礼会如何对她们？他还想继续呼喊，但是一个布团塞进了他的嘴巴，他只能发出呜呜的呻吟声。

轿车在黑夜中不断地疾驰，车窗上都拉起了黑色的帘子，根本看不清外面的景物。坐在后座上的清芳只能从帘子的缝隙里看到一星半点的月光，她恍惚记得五年前的那个夜晚，她和翠寒互相拉扯着在黑暗的树林中狂奔，月光也是这样冰凉而惨白。

很多久远的往事都在一瞬间涌上心头——凤蝶渐渐冷却的身子，翠寒满头淋漓的鲜血，日本轰炸机在头上不断轰鸣盘旋，一枚又一枚炸弹呼啸落下，无数的难民往防空洞涌去……

"娘，我们去哪儿？我想回家，我想爹！"小樱桃在她胸前抬起毛茸茸的小脑袋，怯生生地说。

小樱桃还处于最依恋父母的年纪，今天下午回春堂里突然闯进了一群黑衣的陌生人，把她和娘带走，她到现在还处于惊恐不安的情绪中。清芳不知道如何向小樱桃解释这一切，只能轻轻地抚摸着她，温柔地把她紧紧抱在怀里。她不担心自己的安危，但是她担心汪学礼会对付小樱桃。

清芳早看出，在来的这帮子军统特务中，现在坐在轿车前排的那个年轻男子是个头。她抬头低声问："汪学礼在哪儿？我要见他，他要把我们母女俩弄去哪里？"

宋子雄扭过头来，笑嘻嘻地说道："夫人，您别着急，其实汪处长也很惦记您，本来他是要亲自来白沙镇接您的，但是，白主任那边突然有急事召他去。他叮嘱我，一定要照顾好您，还有小姐。先把你们送去枇杷山老宅那里去休息，已经派了人提前给二夫人送信，处长他一忙完手头的事就会回去看您的。"

清芳打断他的话，提高声调问道："小樱桃她爹呢？你们把他怎么样了？"

宋子雄之所以能成为汪学礼身边最得力的干将，就是因为他处事极其圆滑，此时听清芳追问，不急不忙地回道："哦，那位谭医生啊，我已经安排几个弟兄在那里等着他了。处长说了，不会为难他，只是问他几句话，还会给他一笔款子，感谢他这几年照顾夫人您，依旧还让他在白沙镇行医。"

清芳根本不相信汪学礼会如此宽容地对待谭少羽，她深知汪学礼对自己那种近乎疯狂的占有欲，他怎么也不会接受自己和另一个男人一起生活了五年，并且有了孩子。

"你去告诉汪学礼，五年前，是我自己决定要离开他，我和他的事不要牵涉到无辜的人。他如果伤害了小樱桃的爹，我绝不会苟活于世，一定会死在他的面前。"清芳声音虽轻，语调却无比坚决。她说完不再理睬宋子雄，垂下头，柔声地哄着小樱桃。

枇杷山，暮色低垂，雾气浓重。宋子雄在前面引路，清芳抱着熟睡的小樱桃一步步踏上湿滑的台阶，走进那座红砖小楼。五年恍如一梦，她曾经以为永远逃出的那个牢笼，今天却被迫又回来了。

宋子雄一推开那两扇雕花木门，清芳就看见了菊仙的脸。她身形依然窈窕，但脸上半分血色也没有，两腮都瘦得塌了下去，盘着发，穿绿丝绒旗袍，狐狸毛坎肩。只是，浑身的珠宝也掩不住那种刻骨的寂寞，如果说五年前的菊仙还有争宠的心机，此时她一双空洞的眸子里，除了倦怠就是说不出的麻木。

"二姨太，处长让我把夫人送回来了。他说，让您好好照顾夫人，他稍后忙完事情就会回来。我会安排兄弟们在小楼外面严密看守，不会有人进来打扰两位夫人。"宋子雄说罢，恭恭敬敬地对两个女人行了个军礼，随后退出，带上了大门。

菊仙定定地望了清芳一会儿，才走上前亲热地挽住她，幽怨地说道："姐姐果然还是回来了。你走的那晚，日本人大轰炸，江边那防空洞里死了很多人，别人都说姐姐不在了，可是只有学礼不信，他说你一定还活着。这五年，他到处差人找你，他说就算把重庆翻过了也要找到你。皇天不负苦心人，果然，还是让他把你找回来了。你走了这么久，我替你守着这栋大屋子，学礼难得回来一趟，现在你回来了，我完璧归赵，这儿还是你的家！"

清芳抽出自己的手，冷冷道："菊仙，你错了，这不是我的家，我的家在秋浦村。自从我爹娘死了，妹妹失踪，我早就没家了。"

菊仙深知她是外柔内刚，不敢同她争辩，就低头去看她怀里的小樱桃，笑道："这孩子还真是生得漂亮，可惜不是学礼的孩子。不过，我想，爱屋及乌，学礼说不定也会好好疼爱她！"

清芳微微竖起眉头，抱紧小樱桃："我的孩子不需要汪学礼疼爱，我虽然没有和他正式离婚，但是事实上，我和他早已经不是夫妻了。今天也不是我自己要回来，是他把我抓回来的。等他回来，我就会正式提出和他离婚，就算他不同意，我也可以去法院递诉状。堂堂中华民国政府，总不会没有一个能说理的地方吧？现在我的孩子要休息了。"

菊仙忙赔笑道："是啊，姐姐也累了，是该休息了。楼上的房间早就收拾好了，一切等学礼回来再说吧！"说着，连忙招呼老妈子送清芳上楼，让丫鬟帮清芳送水送饭菜。

小樱桃到底是孩子，虽然换了地方，白天折腾累了，晚上还是睡得挺香。清芳却几乎一夜未眠，她拉开厚厚的丝绒窗帘望去，后窗外，是静静的山坳，白茫茫的雾气在夜色中飘荡着，好似梦魇般紧紧缠绕着她的心。

清芳握紧拳头，指甲深深地嵌进肉里。她告诉自己，为了小樱桃，为了谭少羽的安危，要忍耐，要等待，她等着和汪学礼面对面的那一刻。她知道，自己这一次再也没有机会像五年前那样从地道逃走，所以这次，她要勇敢地告诉汪学礼，她要永远离开他的生活，要堂堂正正地走出这栋屋子。

但是，第二天，一直到中午，只有菊仙殷勤地来看过清芳几次，汪学礼却一直未露面。

第十九章　歌乐阴霾

　　其实，宋子雄没告诉清芳实话，汪学礼并未被白占亭召去，他从昨晚到现在一直都待在重庆郊外的歌乐山渣滓洞。

　　渣滓洞三面是山，一面是沟，位置极其隐蔽。国民政府搬到重庆后，军统把这里设为监狱，分内外两院，外院为特务办公室、刑讯室等，内院16 间房间为男牢，另有两间平房为女牢。

　　目前，国共联合抗日人人皆知，在舆论的压力下，原来关押的一批共产党人也都先后释放了。所以，有一段时间，这里的看守们都觉得颇为清闲。

　　可是昨晚，渣滓洞的刑讯室里又传来阵阵惨叫声——老虎凳、竹签、吊索、狼牙棒轮番上阵，汪学礼也在此坐镇亲自督审了一夜，直到天边微微泛起鱼肚白，刑讯才告一段落。

　　汪学礼略显疲惫地走进设在外院的一间休息室，他在安乐椅上躺下闭目养神，马上有手下给他送上最上等的龙井、热腾腾的银丝鸡汤面、甜软的糯米糕。

　　这些都是宋子雄精心安排的，他知道汪学礼平日最爱吃那些点心小吃，今天一大早就差人去城里的老字号买好了送来。此刻，他垂手肃立在一旁，静静地望着汪学礼。

　　汪学礼缓缓睁开眼，端起盖碗茶杯，吹了吹，喝了一口又放下了。

　　"子雄，这次能逮住这个姓邱的，你首功一件。但是，折腾了这一夜，他也没有说出那个林阳或者两个刺客的行踪，你看下面该怎么办？"

　　宋子雄忙一个立正，答道："处长，都是您的主意妙，烧了那邱老太太的房子，才能把她儿子引来。属下无能，没能撬开姓邱的嘴，这会儿我看不能再上刑具了，他已经昏过去好几次，我看他是抱了必死的决心，如果再用刑，只怕我们只能得到一具死尸，线索也就断了。我想，姓邱的既然敢来接他母亲走，他在重庆肯定有落脚点，还有人接应。所以，至少说明，林阳还没离开重庆，我们就还有机会抓住他。"

汪学礼赞许地望向他："子雄，你天生就是吃这行饭的！不错，我也这么想，这个林阳看来是策划这次刺杀行动的关键人物，抓住他，也可以向主任有个交代了。别让共产党觉得我们军统没人，可以在我们的地盘上随意行动。"

他沉吟了一会儿，靠在椅背上轻轻摇着，嘴角掠过一丝诡异的笑容，说道："既然姓邱的这里没办法突破了，先关起来。他老娘不是扣押在女牢吗，老太太说不定知道些什么。你去吓唬吓唬她，就说她儿子拒不交代，明天要被枪毙了，只要她把知道的说出来，就能救她儿子的命。母子连心，也说不定能问出点什么。"

"好的，我这就去套邱老太的话，您先休息！"宋子雄答应着正要退出去，突然又像想起了什么，停住，弯腰贴近汪学礼，"处长，抓住共党分子的事，是不是要马上向白主任汇报。现在正是两党合作的紧要期间，万一共党那边发现人失踪了，向我们提出交涉，再煽动那些什么民主人士向我们施压怎么办？"

汪学礼冷冷地说道："不必担心，其实所谓合作抗日，也是面合心不合，这不过是委员长的权宜之计。白主任已经授权我全权处理松下特使遇刺事件，一定会为我们在委员长面前说话的。不过，表面文章还是不得不做，你去吩咐一下，这里关押着共党分子的事，所有人都要三缄其口，对外界封锁消息。后面再有任何搜捕行动，都要秘密进行，别惊动重庆各界。特别是那些文人，省得他们鼓动老百姓，对我们军统不利。"

"是，我一定严令兄弟们，不许漏出去一个字。"宋子雄会意退下。

不过一盏茶的工夫，汪学礼还未把那碗银丝鸡汤面吃完，宋子雄就面露喜色地走了进来。

"怎么，老太太那里有意外收获？"汪学礼问道。

宋子雄掩不住兴奋之色："处长，您果然神机妙算！那邱老太太起初说她并不清楚儿子做的事，我就吓唬她，说要把她儿子枪毙。她就哭哭啼啼地求我，说是想起一件事，她前阵子生了场病，他儿子曾经带了位林先生和一个洋大夫来家里帮她看病。她还听到她儿子叫那洋人为斯诺大夫，后来他儿子告诉她，那个洋人是林先生的好朋友，他们还是邻居。重庆的洋大夫并不是很多，姓斯诺的就更少，而且洋人主要都居住在一些高级住宅区，我已经让兄弟们立刻去查了，看看这个斯诺是何方神圣，和林阳有什么关系。"

汪学礼猛地从安乐椅上坐起，用力握住椅背，眼中射出兴奋的光："好，这条线索太重要了！林阳，这下你跑不了了，迟早落在我们军统手里。子雄，你在这里全权负责抓捕林阳的事宜，我要回趟枇杷山老宅，去看看我那位逃跑的太太。五年了，我们夫妻也该好好团聚一下了！"

提到清芳，他眉宇间闪过一丝凄然之色，起身披上搁在一边的黑色大衣。

宋子雄跟了汪学礼一段日子，对他家里的事多少也有耳闻，知道汪学礼虽然身边女人不断，唯独对这位原配的太太钟爱有加，念念不忘。他殷勤地陪着汪学礼走出渣滓洞的大门，送到轿车边，笑道："处长，我看两位太太相处得非常融洽，真是羡煞旁人啊！昨天一见夫人，果然气质超尘脱俗，您对夫人的一片深情，她也一定能体会到的。"

汪学礼拉开车门，幽幽道："子雄，我汪学礼这辈子没有什么女人是舍不得的，唯独我这位太太，我是绝对割舍不了，上天入地，我都不会让她再离开我。至于那个姓谭的医生，先把他好好看押着，等我忙完抓捕共党分子的事，再处置他。"说完，他猫腰钻进了汽车，绝尘而去。

宋子雄默默地注视那辆远去的轿车，脑海中闪过白占亭那张诡异莫测的面孔。他昨天从枇杷山汪宅出来后就被紧急召到了湖南会所，白占亭正在那里等着他，交给了他一项秘密任务，那就是监视汪学礼的一举一动。

白占亭素来多疑，不相信任何人，这也是做特工的基本素质。但是，宋子雄还是没想到他连身边最炙手可热的亲信汪学礼也不相信。

"子雄，记住，盯住汪学礼，对他的一举一动都要严密监视，随时向我汇报！"

宋子雄想起白占亭那阴沉沉的语气，只觉后背直冒冷汗。他不知道汪学礼究竟是为什么失去了白占亭的欢心，看来在军统内部，靠谁都是靠不住的，谁都不可能常开不败，唯有紧紧靠住石头佛爷白占亭，才是立足的根本。

午后，下了一场雨，八角红楼后窗下种植的几株丁香经过雨水的冲洗，显得格外清新。那还是清芳和翠寒五年前种下的，如今已经枝叶繁茂。那时候，清菲还曾经暗暗感叹，说是丁香寓意相思，姐姐是借丁香寄托对顾达飞的思念之情。

小樱桃睡醒了午觉，被几个奶妈丫鬟带去院子里玩耍，清芳独自站在卧室窗前，抱着肩，思绪飘荡起伏。树木依旧，人事却非。翠寒的灵魂已经永远留在了那绝望的夜色中，再也回不了梦里故乡，妹妹清菲自从大轰炸那夜后音讯渺茫，生死难测。

达飞，这个名字如一把极钝的刀缓缓割裂着清芳的心。五年来，她曾经无数次梦见顾达飞在战场上负伤，浑身鲜血地凝望着她，也很多次从梦里哭醒。

虽然谭少羽从没有刻意追问过她什么，但是到底从她的只言片语里知道了些顾达飞的情况。他为了让清芳安心，曾经托还留在上海的一些老同学打听过顾达飞的下落，但是人海茫茫，战乱之中更是朝夕不保，五年来并没有一个确切的消息。

房门轻轻地响了，一阵美式烟草的味道随着飘了进来。脚步声在清芳背后不远处停下，似乎来人在端详着她的背影。

"汪处长，你总算露面了，我一直在等着见你！"清芳缓缓转过身来。

汪学礼收起了手中的香烟，望着她，努力挤出些笑容："清芳，五年没见，你还是那么美。怎么样，昨晚睡得还习惯吗？我还特意让菊仙帮你准备了徽州的菜肴，饭菜还算可口吗？"

清芳淡淡道："多谢费心，我也不会住在这里多久，你不用为我费心了。汪处长，我只想知道，你想把我和我的女儿怎么样？是把我囚禁在这里，还是把我送去渣滓洞或者白公馆关押？"

汪学礼并不急着回答，在屋里的沙发上坐下，沉吟了一会儿，才微笑道："清芳，好歹我们也做了一年多的夫妻，就算到现在，我们也没有法律意义上的离婚，而且，我永远也不会和你离婚。你还不了解我对你的心吗？我怎么会让你去渣滓洞那样的地方。你还是住在这里，喜欢住多久就住多久，如果你住烦了，我还可以带你去我在罗家湾那里购置的新宅子住。至于你女儿么……"

说着，他顿了顿，脸上还是保持着笑容："你女儿，自然得和你一起生活，我既然爱你，也会好好对她。就让菊仙帮你好好照顾她吧，反正她这辈子也不会有孩子了。"

清芳听这话有点古怪，迟疑着追问道："菊仙她到底怎么了？我看她瘦得脱了形。"

汪学礼淡然道："也没什么，不过是你走了这五年，她一直都在抽大烟，她已经离不开那玩意儿了。自然，也不会再有孩子了。"

清芳只觉得心中莫名一痛。第一眼见菊仙时，她穿着水红色滚边短袄，系粉色裙子，明眸皓齿，倚门而笑。岁月已经无情地杀死了这个女子，她只是行尸走肉般地活着。

"既然你半点都不再爱她，为什么不放她走？我听老妈子们说，你又娶了新姨太太另有住处，想必以你今时今日的地位，身边也少不了女人。既然你对菊仙已经没有了半点爱意，为什么还要把她困在这牢笼里，任她一点点死去！"

汪学礼似乎是没想到清芳会说出这么一番话来，他脸上的笑容渐渐僵了，猛地站了起来，嘴角微微抽搐了一下："放她走？你以为她还能去哪儿？一个残花败柳的戏子，我汪学礼还念着几份旧情，才好吃好喝地养着她，她离开我这里，出去只有当妓女！至于我又娶了别的姨太太，那些女人都是无足轻重的。清芳，只有你，才是我这辈子最重视的女人，虽然你五年前曾经从这里逃走，逃开我身边！"

说着，他呼吸莫名地粗重起来，突然向前跨了一步，伸出双臂，试图抱住清芳。但是，清芳早已在暗中提防着他，此时狠命推开他的手，转身几步跨到窗边，背靠着窗，手中已经多了一把剪刀，抵住自己的脖子。

原来，早上她就趁做女红的机会偷偷在袖子里藏好了剪刀。此刻她怒目而视："汪学礼，你别再往前走，你要是再逼我，我就死在这里，反正五年前在朝天门码头我也是死里逃生。如果你要逼我做不愿意做的事，我绝不会苟且偷生！"

汪学礼一惊，他深知清芳的个性，如果硬来，她真的会宁为玉碎，不为瓦全。他往后退了几步，摆手道："清芳，好，我不会逼你，你别做傻事。你女儿还小，难道你不管她了？虽然我知道她根本不是你亲生的，她是个孤儿。"

提到小樱桃，清芳眼中漾起柔情，颤声道："你怎么知道小樱桃是我收养的孤儿？"

汪学礼轻轻叹了口气："你以为我们军统是吃素的吗？这点只要问问你周围的邻居就清楚了。清芳，你先放下剪刀，我费了五年的时间才找到你，无论如何不会再让你离开我身边的。再说，你仔细想想，你若是出了事，那谭少羽还能活吗，就连小樱桃也活不成。"

他语气虽然委婉，但是清芳听出了弦外之音，她从昨晚被带到这里，就一直在担心谭少羽的安危。在白沙镇这孤寂的五年里，唯有他一直陪伴在她身边，虽然他们对外声称夫妻，其实私下里却是结为兄妹。

清芳不是不明白谭少羽对她的痴心，但是，她梦里只有一枝梅花，心里只有一个顾达飞，所以，她只能一直辜负着他的深情。而如今，他却被她牵连落在军统手中，生死难测。

清芳缓缓放下了横在脖颈处的剪刀，决然道："汪学礼，我请求你不要伤害谭少羽，我们的事由我一个人来承担，不要牵连他人。我和他其实只是假夫妻，为的是住在一起不引起别人的注意。他当年对我有救命之恩，我可以答应你留在这里，但你要放了他，别伤害他一分一毫！"

汪学礼柔声道："清芳，我早就猜到你不会真的嫁给那个姓谭的，以你的才貌，怎么会看上那么个俗人。你放心吧，我答应你，不会把他怎么样，明天我就让人放了他，还会给他一笔钱，让他去别的地方行医。至于小樱桃，本来就不是他的孩子，自然跟着你待在这儿，当我们汪家的大小姐。"

清芳轻轻摇头："我不信你，明天我要亲眼看着你放了他，我才能安心。还有，小樱桃也让他带走吧，虽然不是他亲生的，毕竟，也叫了他五年爹。"

汪学礼阴阴地一笑，想了想，说道："那不行，小樱桃自然得留在这儿陪着你，她在这儿，你才会安心留在这儿的。至于姓谭的，你不能再去见他，省得他纠缠不清。这样吧，明天我让天华去放了那个谭少羽。天华你总该相信吧，让他把谭少羽送走，然后再过来告诉你一声。"

清芳本想借机去和谭少羽见上一面，再让谭少羽把小樱桃带走，自己也就没有了后顾之忧。可是没想到却让汪学礼一眼看穿心思，只得轻轻叹了口气，转过身去，望着窗外。

"我累了，你走吧，我想休息了！"

汪学礼见她这样，也怕再刺激她，心想只要她留在自己身边，天长日久自然能再去慢慢感化她，不必急在一时。于是，他轻声道："好，你休息吧，我要去罗家湾那边，最近日本人动作频繁，我们也得时刻盯着。"

汪学礼走出房来，轻轻带上了门，一转身，正要下楼，却看见菊仙正愣愣地站在楼梯口，手里捧着托盘，里面是几样小菜和肉末粥。她脸上隐隐有些泪痕，看见汪学礼忙强颜笑道："学礼，姐姐从昨晚到现在都没怎么吃东西，我正想送些粥给她。"

汪学礼也懒得看她，只从鼻子里哼了一声："这回，我把她交给你，你给我看好了，千万别错了眼，别让她带着那个孩子单独离开这屋子。如果她再跑了，你也别想留在这儿了，跟着凤蝶去吧！"说完，并不看她，自顾自地下楼去了。

直到皮鞋踏过木地板的嗒嗒声消失，菊仙才从梦中惊醒似的，缓缓瘫软在地，嘤嘤地抽泣起来。

汪学礼走出八角红楼，刚钻进汽车，一个戴墨镜的年轻人就跑过来凑在他耳边低声汇报着什么，他嘴角立刻掠过一丝微笑。

"干得好，那个洋大夫还算识趣。别太为难他，毕竟是美国人，先关起来，让子雄立刻带人过去，给我死死盯住那个云雾山庄，我要活的！"

"是！"墨镜男子忙答应着离去。

天色渐渐暗了下来，愁绪般的暮霭慢慢爬满天际。

谢天华站在罗家湾公寓的窗口，他只觉得浑身冰冷，夜色如蛰伏着的怪兽，从四面八方向他涌来，一点点蚕食着他的心。

今天早上，他刚刚送走了白蝶，让她先行去广州和自己的父母汇合，然后再辗转去香港。谢天华不敢去想白蝶临走时那种期盼的眼神，她的腹部已经微微隆起，甚至都能听得见那微微的胎动。

他说着违心的话把她送上火车，看着她的身影消逝在视线里，不禁泪眼朦胧。虽然他们这场婚姻中掺杂了太多的家族利益，但是半年多的朝夕相守，白蝶的温柔可人，即将为人父的喜悦，令他生出丝丝柔情。

他知道，自己将无法再对父母尽孝，无法亲眼看着自己的孩子出生，无法再对白蝶尽一个丈夫的义务。他必须为自己赎罪，他必须完成对清菲的承诺。

送走白蝶回到公寓，他已经写好了一份数千字的自白书，就锁在那边的书桌抽屉里。里面详尽地写下了汪学礼如何找到他，如何把他安插进高炮部队，两人如何为日本军方提供重庆防务的情报，并且郑重地签上了自己的名字。

明天就是第三天了！

谢天华在心里默默对自己说，明天，他将带着那份自白书去面见委员长，说出汪学礼就是独臂大盗。那时一切就结束了，自己的命运将如何呢？是被押上军事法庭，还是被军统秘密处决？

谢天华轻轻打了个寒战，他长长舒了口气，闭上眼。无论如何，自己已经完成了在望江亭对清菲的承诺，为自己犯下的罪行去承受应该承受的一切。

门不知什么时候被推开了，一个人如猫儿般无声无息地走到谢天华身边，在他耳边轻轻道："这两天你都称病不去军部，躲在家里干什么呢？

谢天华一惊，脸色瞬间惨白，他甚至不需要去看，就知道来的是谁。他竭力稳定住自己的情绪："学礼兄，你什么时候进来的？下人怎么没来禀报？"

"怎么，我要来什么时候需要人通传了？我们是生死搭档，你忘了？看你神情恍惚，前几天又给日本方面发了那样的电报，该不是想着，要去委员长面前自首，说出我们之间的小秘密吧？"

谢天华只觉得汪学礼的声音里有种说不出的阴森，他竭力用平静的语气说道："怎么会呢？学礼哥，难道我不想活了？就算我不怕死，难道我不顾我家人的死活了？白蝶都怀有身孕了！"

汪学礼扭过头，眯缝着眼，盯住谢天华："瞧瞧你，一副失魂落魄的样子。谢家大少爷，军部参谋，仕途顺利，富甲一方，家里有娇妻，又将有爱子，到底有什么好烦的？男人烦，不是为了钱就是为女人，难道，你见过她了？是不是，你见到林清菲了？"

谢天华只觉得像被人扼住了喉咙，他胸口剧烈地起伏着，却说不出话来。

汪学礼点点头，接着说道："果然是为了这个女人，她真是你的命门。她就是刺杀松下特使的刺客，跟了那个江涛，看来是共产党的死硬分子。我还在猜想，她既然回来了，不知道她会不会旧情难忘来看看你这个老情人。看来你们果然见了面，是不是她又把你耍了一把，怪不得你像失了魂似的。她现在在哪儿？"

谢天华知道终究瞒不过去，哑声道："我是见过清菲，可是她现在已经走了，离开重庆了。"

汪学礼微微皱眉："走了？也对，她干了这样的惊天大事，共产党肯定会安排她跑路的。罢了，委员长现在也不得不表面上和共产党联合抗日，我们又何必一定跳出来和共产党作对呢？就做个人情，随她去吧。天华……"

说着，他拍了拍谢天华的肩膀，声音变得柔和起来："你就别再留恋这个女人了，她注定不属于你。再说她是共产党，日本人一败，我们迟早要和共产党决裂，如果你跟她扯上关系，以后还想在白主任手底下混吗？你的小命还要不要了？"

谢天华心中暗暗松了口气，看来汪学礼还没有怀疑到自己会去自首。他努力笑了笑："学礼哥，我已经想开了，强扭的瓜不甜，清菲是我抓不住的，白蝶才是我应该珍惜的。"

汪学礼面露笑意："这就对了。我还有件喜事要告诉你，清菲的姐姐，你的嫂子回来了，现在正在我的旧宅那边。"

谢天华惊诧道："什么！清芳姐回来了，原来她真的在那次大轰炸中幸存。恭喜你，学礼兄，你们终于夫妻团聚。可惜，清菲已经走了，没见到她姐姐，不然，她该多开心。那我应该要过去看望一下清芳姐。"

汪学礼一把拉住他，盯着他，缓缓说道："不急，清芳那里，晚些时候再去，我还有更重要的事要你去办。走，车就在楼下等着，我们出发吧！"

谢天华看出汪学礼的表情有几分古怪，但是他并不敢追问。因为他深知汪学礼心计深沉，喜怒从不形于色，除非是他自己想说，否则别人休想从他嘴里挖出什么。

两人出了门，钻进了轿车，汪学礼立刻拉上黑色的帘子，车里顿时一片幽暗。谢天华只能感觉到车子拐过了几个街口，四周的人声喧哗越来越少，却判断不出车子究竟驶往哪里。

"天华，你知道你嫂子当年为什么好好的要从我身边离开吗？"汪学礼靠在后座上，微闭双眼，突然开口问道。

谢天华有些猝不及防，他不知道汪学礼的用意，斟酌着道："这个……清官难断家务事，夫妻之间的事，外人自然不得而知。"

汪学礼缓缓睁开眼："她那时候曾经提出离婚，可是她知道我绝不会答应。她又受了她妹妹的怂恿和那些共产党的鼓动，才决定逃走。当然，我很清楚，最根本的原因是，她心里一直惦记着另一个男人，就是《徽州日报》那个姓顾的记者，他们之间有私情。"

"这个……有这回事？我怎么不知道还有这样一个人？"谢天华顿时有些结巴。他曾经和顾达飞一起去秋浦村，自然对清芳和顾达飞之间那种深情了然于心。但是，后来顾达飞在战场失踪，传来死讯，清芳逃亡来到重庆，本来他以为这件事已经成为尘封的秘密，没想到汪学礼却是一副早已知道的模样。

汪学礼冷冷一笑："没说实话，你怎么会不知道？你不是还和他一起去了秋浦村探望林家老太太？你姐夫亲口告诉我，你当时寄回的家书中提到，你是和《徽州日报》一个叫顾达飞的记者一起赶往秋浦村的。"

谢天华顿觉后背冷汗淋漓。自从汪学礼说情，让他姐夫洗脱了偷运药品的罪名，他那个只热衷于吃喝嫖赌的姐夫就和汪学礼过从甚密，原来早已把自己的一言一行都当成情报报告给了汪学礼。

"学礼兄，我想起来了，清芳姐那时候开始写小说往报馆投稿，的确是和那个姓顾的记者有些来往。后来日军大举进攻，那个记者好像是去上海做战地采访，死在了战场上。这件事已经过去了这么多年，你怎么又提起？"

汪学礼脸色一变，恨恨地说道："不，那个记者并没死，他还活着。他当年逃去了延安，在那里受训成了一名共产党的高级特工，他就在重庆，还策划了这次对松下特使的刺杀。他现在化名林阳，表面身份是一个成功的商人，因为担心林阳的身份曝光，他的上司，中共南方局的首脑人物已经决定让他撤离重庆。可惜，他跑不了了，因为，今天我们就要抓捕他！"

谢天华脑子一蒙，喃喃道："顾达飞，他没死，他就在重庆！"

突然间，慈云寺中那个身材瘦削、双目炯炯有神的老和尚闪过眼前，是他，一定是他！怪不得他会和清菲那么熟悉，怪不得自己会对他有种似曾相识之感。

第二十章　云雾山庄

车子猛地停下了，开车的第二行动队队长黄有德转脸毕恭毕敬地报告："处长，云雾山庄到了。第一行动队的宋队长已经带兄弟们在这里守了好几个小时，确认林阳就在里面，没出来过，等您的命令就动手！"

汪学礼轻轻哼了一声，抬手拉开了黑色的帘子，沉声道："你去告诉宋子雄，前后门都给我守好了，一只苍蝇也不能飞出去！不要强行冲进去抓人，以防他们鱼死网破，那个林阳，我要活口。我们就在这儿静静地等，以不变应万变，他们急着离开重庆，一定会很快出来，只等他们一出来就动手！"

谢天华这才缓过神来，朝外面望去，注意到他们此时是在一处幽深的宅子前。爬满青苔的红砖墙面上，挂着一块白底红字的牌匾：云雾山庄。

"天华，叫你过来是因为我们这些人里，只有你见过这个顾达飞。一会儿，你不必下车，就在车里看着，宋子雄会带人动手，人抓到了，你就认一下是不是那个姓顾的，然后告诉我。"

汪学礼的声音里充满了深深的恨意，谢天华不由得暗暗揪心。他知道，汪学礼对清芳有种近乎疯狂的情结，如果今天顾达飞被捕，出于私心，他也会想方设法置顾达飞于死地。

"是，学礼兄，我会仔细看的。"他嘴里含糊答应着，眼睛紧紧盯住那两扇紧闭的黑漆大门。

时间漫长得好像没有尽头，狰狞的夜色渐渐吞噬了整个云雾山庄。

何爱莲挎着一个绣花小包，急匆匆地穿过院子走到林阳的卧室前，敲了敲门。

"进来！"

何爱莲推门而入，才发现屋里燃起了一盆炭火。林阳正坐在书桌前，低着头，把一份份文件轻轻丢进炭盆中，再仔细地拨动着木炭，直到它们都烧成灰烬。

她走过去轻声说道："林阳，我想我们必须要马上离开。老邱失踪都一天了，如风去打探消息也没有回来，现在你的处境很危险，这里已经不安全了。怎么样，伍先生那边有什么指示？"

林阳抬起头来，脸色凝重，微微点头："伍先生刚才发过电报给我，说目前局势未明，他让我们不要去南方局公开露面，已经在码头安排了船让我们离开重庆，先去万县，再转坐火车去陕甘宁边区。清菲已经先行去了那里，加入了国民革命军第八路军。"

他从怀中掏出怀表看了看，接着道："还有一个小时，就是约定好的时间，我们是该出发了。"说完，他把手中还剩下的几份文件一起丢进炭盆中，起身走到床边，从床下拖出一个旧木箱，拍打了一下上面的灰尘，小心地打开了木箱。

何爱莲记得这个箱子是林阳的宝贝，他们来到重庆换了几个住所，林阳都随身携带。里面到底装着些什么呢？何爱莲有些好奇，不禁凝神望去。

林阳打开箱子，里面却只是装着一条丝绢帕子，几张泛黄的纸，一个老式的德国照相机，还有一沓照片。

林阳的手指轻轻抚摸过那条丝绢帕子，随即拿起它轻轻摊开，把那几张泛黄的纸和照片包裹了起来，塞进自己怀里。随即又合上了箱子，把它重新放回了床底。

林阳起身再次走到炭盆边，确认了那些文件全部烧毁后，转身微笑道："走吧，爱莲！我们党的军队对日寇的全面反击即将展开，这次组织上安排我们去陕甘宁边区，也是我的期望，我们将要加入八路军，和日寇真刀真枪地干，去把我们失去的国土都夺回来！"

何爱莲的眼中闪出异样的光彩："太好了，我早就想去战场上和日寇面对面地拼刺刀了，为我死去的家人报仇！"

林阳拍了拍她的肩膀，拉开抽屉，拿出一支微型手枪递给她："爱莲，我相信你死难的亲人在天有灵，会为你自豪的。这个收好，防身用！"

何爱莲接过手枪，在包里藏好，才缓缓道："林阳，我们在一起工作了三年，可是我还不知道你的真实姓名，我知道中央特科的纪律就是这样。这次离开重庆，也不知道组织上会不会安排我们还在一起工作，我只想告诉你，这三年我过得非常开心，不管你以前有过什么样的经历，有什么样忘不了的人，只要你以后还需要我的陪伴，我会永远陪在你身边。"

她深深地凝望着他，轻轻说着，脸颊上莫名地飞起一点绯红。

林阳突然间不知道该说什么，何爱莲那种淡淡的情愫，他是有感觉的。只是，他无法对这种感情做出什么回应，因为他的心从来都不是自由的，五年来，都埋着一梦梅花。

他避开她的眼神，拿起挂在衣帽架上的外套穿上。

"爱莲，将来，你会找到永远陪着你的人。走吧，在外面的信箱留下联络信号给如风，如果他回来就会看到。"

两人一走出云雾山庄的大门，林阳立刻感觉到有什么不对——萧瑟的风声里浮动着隐隐的危险气息，平时寂寥的街道上多出了几个眼神游离的小贩，还有几个看似棒棒军的闲杂人等在那边的墙根蹲着。

他抬眼扫去，不远处的街口停着一辆黑色轿车，车窗上都蒙着厚厚的窗帘。

"爱莲，情况不对，赶快退回去，从后门走！"林阳扭头对何爱莲轻声喊道。但是已经迟了，一声口哨响过，几乎是一瞬间，那些小贩和棒棒军就掏出枪来，十几只黑洞洞的枪口从四面八方对准了两个人。

林阳和何爱莲明白了，这些人无疑都是军统的便衣。

"林阳，你跑不了了！兄弟们，抓活的！"黄有德高声叫道。

几个壮硕的便衣一起扑向林阳，试图把他压在身下。

林阳敏捷地躲过，飞起几脚，踢翻了两个冲在最前面的便衣，拉着何爱莲往旁边的小巷子里跑去。谁知没跑出几步，就蹿出来几个黑衣男子，拦住了去路。看来为了这次抓捕，军统的确是布置周密，出动了大批人马。

林阳和何爱莲只得退到一个墙根处隐蔽，用随身携带的手枪朝外面还击。

"爱莲，你快走，我掩护你！"

"不，我要和你一起，他们这么多人，我绝不会一个人走！"

何爱莲的这句话还没说完，就被一颗不知从何处发出的冷枪射中，惨叫了一声，摔倒在地。

"林阳，快出来！别顽抗了，你跑不了的！"巷子口传来军统便衣们疯狂的吆喝声。

林阳忙俯身望去，只见一颗子弹洞穿了何爱莲的胸部，鲜血几乎是喷溅而出。

"爱莲，你怎么样？撑住！一定要撑住！"

"林阳，你快走，别管我！"何爱莲喘息着，嘴角渗出一缕缕鲜血。

林阳知道他必须要做出选择，何爱莲伤重不可能再走，如果自己离开，她将面临绝境。

片刻，林阳缓缓起身，大踏步走出了隐蔽处，走到了那盏昏黄的路灯下，把手中的枪扔在地上，高声喊道："我是林阳，我是共产党员。跟你们的头说，这儿有人受了伤，你们赶紧把她送去救治。快！"

便衣们一拥而上，把林阳五花大绑起来。一个便衣跑到墙根下，望了望躺在地上奄奄一息的何爱莲，又赶紧跑出巷子，向一直在暗处督战的宋子雄汇报。

宋子雄也不敢做主，他径直走到那辆停着的轿车前，敲了敲车窗。车窗缓缓摇下，汪学礼面无表情地问道："人抓到了吗？是死是活？"

"处长，林阳是活口，但是他那个女伴中了枪，伤得很重，林阳要求我们帮她医治。怎么办？是不是带回去再找医生？"

汪学礼冷冷一笑："不用了，我们的目标是林阳，其他人无足轻重，既然受了重伤，就送她一程吧，也算是你做了件善事。把林阳带回渣滓洞，单独关押，我今晚要连夜审他！"

宋子雄愣了一下，点头答道："是，处长！"转身往巷子里走去。

坐在后座上的谢天华轻轻战栗了一下，想开口但还是默默抿住了嘴唇。

一会儿工夫，巷子里传来了一声沉闷的枪声，接着一个男人被几个便衣拉扯推搡着从巷子里鱼贯而出。尽管隔着一段距离，尽管那个男人的面容有些改变，但是，谢天华还是一眼认出，那是顾达飞！

"你们这群刽子手！畜生！居然能对重伤的人下毒手！国共合作抗日，你们居然这样对待共产党人？"顾达飞的脸上刻满了愤怒和悲伤，他竭力挣扎着，但很快被几个便衣强行拖进了早已等在路边的一辆面包车。车子立刻绝尘而去，消失在雾都的茫茫夜色中。

"天华，是那个姓顾的记者吗？"汪学礼扭头问道。

"是他！学礼兄，你打算怎么处置他？我陪你一起去渣滓洞夜审他吧，我和他也算旧相识，可以试着劝他写自白书，加入我们军统，说出共产党南方局的内幕！"谢天华在心中瞬间闪过无数个念头，试探着问道。

汪学礼脸上的表情诡异莫测，静默了好一会儿，才缓缓道："不用了，这个人我要单独审，我和他的账要好好算算！他不是那些普通的共产党，用不上自白书那一套，也别指望从他嘴里得到什么，不过，他倒是可以成为我们手里的一个筹码，让南方局的那些高层投鼠忌器。天华，我还有件事要你立刻去办，让黄有德送你去趟湖南会所那边吧，那里关着一个医生，叫谭少羽。"

"谭少羽？"谢天华觉得好像在哪里听过这个名字。

"过去这五年，这个男人一直和清芳在一起生活，不管他们究竟是什么关系，我不可能让他活着。把他带去朝天门码头，让他死得痛快点，永远消失在江水里。但是在除掉他之前，记住，让他写一封信给清芳，就说他已经安全离开了重庆，让清芳放心照顾好女儿。一定要他亲手写，才没有破绽，清芳只信任你，稍后你去把信交给她。"汪学礼的声音淡淡的，不像是在说杀人的事。

谢天华的胃狠狠地痉挛了一下，但是他知道此时什么也不能追问，只是机械地答道："是！"随即打开车门，下了车。

一直肃立在路边的黄有德立即跑过来，赔着笑，递上一根烟："谢参谋，今天抓住了共产党的重要人物，咱们都能在白主任跟前露脸了！走，上那边的车，我送您去湖南会所，汪处长特别吩咐的人在那儿押着呢。"

"好，咱们走，处长吩咐的事耽误不得。"谢天华接过烟，也笑了笑。

夜色如滴在盘子中的墨汁，一点点化开，渐渐染黑了整个山城。车子就在这样的夜色中疾驰，被铐住双手、蒙上双眼坐在后座的谭少羽只能感觉到车子有些颠簸，似乎是离开了大路驶上了一条砂石小路。

深夜，军统的人突然把他从牢房里提出来，又被要求写了封给清芳报平安的信，他就有种非常不祥的预感，他们可能是要对他下手了。

从被强行带出回春堂的那一刻，他就没想到能活着回去。他不怕死，作为一个医生，几乎每天都在面对生死。但是，他揪心清芳和小樱桃。五年来，他们三人朝夕相处，虽然他没有办法用他的深情打动清芳那颗沉寂的心，把她变成自己的妻子，但是，他不在意，只要每天能看到这一大一小两个女人在身边开心地生活，他就别无所求。

但是，这一天终究还是来了！

谭少羽早就知道清芳的丈夫是军统中的厉害人物，清芳拼死拼活地逃出来就是不想再待在他身边。两个在乱世中飘零的人互相温暖着，隐居在白沙镇，可惜，自己陪在清芳身边的时间仅仅只有五年，以后的岁月，她在那个可怕的男人身边如何苦度岁月呢？还有小樱桃，可怜又可爱的小樱桃，她的命运又会如何呢？

车子突然停了，车门被打开。

"谭少羽，下车！"一个年轻男子的声音传来。

谭少羽摸索着走下车，感到迎面吹来一阵凄冷的江风，还有远处江水拍岸的声音，难道是到了江边？

还是那个年轻男子的声音："黄队长，你就在这儿守着吧，处长要我单独处理。"

处理！谭少羽心中一抖，难道这儿就是我的丧命之地？

他被那个年轻男子推搡着一步步走向江水的方向，直到走到江堤边，奔腾的江水声近在耳畔，他下意识地停下了脚步。

唰！蒙在眼睛上的黑布被扯去，谭少羽看到了一个模样英俊，脸色微微苍白，穿着军服的年轻人。

谢天华知道他必须抓紧时间，黄有德其实是汪学礼派来盯着他的。他一边自腰间缓缓拔出枪，一边压低声音说道："谭少羽，汪学礼要杀你。你听好，我叫谢天华，是清芳姐的朋友，我是来救你的，你会不会游泳？"

谭少羽愣了一下，随即低声答道："会，小时候在长江边长大，会一点。"

谢天华瞟了一眼不远处，黄有德靠在车边一边吸着烟，一边和另一个军统特工谈笑着。这是个绝好的机会，他继续压低声音道："你听着，你想从这里逃走是不可能的，军统的人会立刻射杀你，我们配合来演一场戏——你假装逃跑，从这些台阶跑下去，一直跑到江水里去。我会故意把子弹射偏，然后告诉他们你中弹掉进江里了。天这么黑，他们不可能看清，你就躲在那些岩石后面，等我们走了，你再上岸来。"

谭少羽感激地点点头，急切地问道："谢谢你，不过还请你告诉我，清芳她们母女现在究竟怎么样？"

"她们还很安全，就是被软禁在汪学礼在枇杷山的旧宅里。你放心，汪学礼应该不会加害她们，因为他很在乎清芳姐。不过，另一个人的生命就很危险，你如果今晚能安全离开，就帮我一个忙，去共产党南方局办事处，你要面见他们的负责人，告诉他们，顾达飞被捕，就关在渣滓洞，让他们想办法营救，一定要快！"

"顾达飞！他，他被捕了？"谭少羽脑子蒙了一下，他还想再追问什么，但是，谢天华已经举起来枪，低低喊道："记住我的话，现在，开始跑，不要回头，一直朝江水中跑。快！"

谭少羽只得咬了咬牙，转身朝着那黑漆漆的江面奋力跑去。

"谭少羽，站住！你跑不了！"谢天华故意提高声音大喊了几声，随即对着那个奔跑的背影，微微抬高枪口，扣动扳机。

谭少羽只觉得几颗子弹擦着他的头皮飞过，他不敢回头，只是拼命跑着，他觉得江风不断掠过脸颊，他那粗重的呼吸声几乎把自己淹没。

"站住！站住！"谢天华大声喊着，还故意追了几步。

"扑通！"

谭少羽的身影消失在黑不见底的江面。谢天华心中暗暗松了口气，他很确信自己射出的子弹没有让谭少羽受伤。

黄有德和那个军统特工也追了过来，问道："怎么，谢参谋，处理好了？"

谢天华收起了枪，怕这两人去江堤查看，故作轻松地说道："这家伙中了我两枪，掉进了江里，必死无疑。好了，今天大家都累一天了，抓捕共党有功，我做东，我们去翠花楼喝两杯，明天再去向汪处长汇报吧！"

黄有德和那个特工都知道谢天华和汪学礼的关系匪浅，听他这么说，自然是不愿放弃这个巴结的机会，都乐呵呵地应承着。三人便又说了几句闲话，驾车离开了江堤。

谭少羽大半个身子泡在江水中，躲在一块巨大的岩石后，十指紧紧扣住岩石上的缝隙。过了不知道多久，他悄悄伸出头望去，江堤上已经空无一人。

谭少羽费了半天劲才游了回来，爬上了江堤。他顾不得浑身湿透，也顾不得脚底被粗糙的岩石磨得伤痕累累，跌跌撞撞地往江岸边那几处还亮着灯火的房屋跑去。他脑海中只回响着谢天华刚才的话："顾达飞被捕，就关在渣滓洞，让他们想办法营救，一定要快！"

顾达飞！我一定要救他！我不能让他死！

谭少羽对自己说，为了清芳，一定要救他。因为他知道，清芳眼中的每一丝忧郁都是为了那个男人。

第二十一章　漫漫长夜

长夜将明，微弱的曙光静静撕开天幕的一角，城市在微微的疼痛中醒来。尽管残酷的战争已经进行了好几年，人们每天都面临着死亡的威胁，但是黎明总是给人希望，总是能让活着的人燃起对美好的向往。

可是，渣滓洞里没有黎明，高耸的围墙隔绝了歌乐山的树木苍翠，一年四季，花开花落，不管外面是春光明媚，还是白雪皑皑，渣滓洞里始终是黑暗，漫长无边的黑暗。

窄小的窗户上焊着拇指粗的铁条，几缕阳光透过铁条的缝隙射了进来。这是一间单人牢房，由于阴冷和潮湿，整间牢房散发着令人恶心的霉味。墙角铺着些稻草，就算是床铺，此刻，顾达飞就躺在这堆稻草上。他身上的衣服被血渍粘住了，几乎看不出本来的颜色。因为昨夜受的鞭刑，裸露出来的皮肤上都是一道道骇人的紫色伤痕。

他微微皱了皱眉头，干裂的嘴唇努力抿了抿，缓缓睁开了眼，不知道昏迷了多久，这时醒来才感觉到了浑身剧烈的疼痛。屋子太黑，他竭力移动了一下身子，让一丝微微的光落在自己的脸上。虽然只是那么微弱的一丝光亮，但是心似乎一下子温暖了很多。

顾达飞不怕死，这几年，他多少次和死亡擦肩而过，身上留下好几处弹痕。宣誓入党的那一天，当伍先生缓缓展开那面画着镰刀锤头的党旗，他的心就像是被火燃烧起来。

"我志愿加入中国共产党，坚持执行党的纪律，不怕困难，不怕牺牲，为共产主义事业奋斗到底！"顾达飞还清楚地记得自己的誓言。

宣誓完毕，伍先生紧紧握住了他的手，微微笑道："从今天起，你就是一个坚定的布尔什维克！就像每一个从事地下工作的党员一样，你也要有个化名……"

顾达飞稍一沉吟，坚定地说道："那我就叫林阳吧！"林，是他所深爱的那个女子的姓，阳，代表着阳光和希望！自从宣誓那一天后，他一直是以林阳的身份生活和工作，他要为他苦难的祖国而战斗，直到流尽自己最后一滴血。直到那次偶然间在白沙镇见到清芳，那埋藏在心底最深的思念才如火山般喷发而出！

望着那个淡雅如菊的身影，他竭力忍住了狂奔到她身边的冲动。她已经有了呵护她的丈夫，可爱的孩子，那么，只要她能一直幸福下去，自己又何必再出现在她面前呢？就让顾达飞永远留在她的回忆中里吧，林阳则会在她看不到的地方默默地关心着她。

可是，命运注定要让他再次以顾达飞的身份面对一个人——

汪学礼！

在顾达飞模糊的印象里，昨晚的酷刑和拷打中，那个人的脸始终在黑洞洞的审讯室里忽隐忽现。他一言不发，吸着烟，像观赏一场精彩的表演，眼中还时不时闪过兴奋和残忍的光。

看得出，汪学礼并不在乎从自己的嘴中得到任何一点关于党组织的信息，他只是享受着能折磨自己的乐趣。他的恨，是关于清芳。

清芳，你现在怎么样？是否已经落入了汪学礼的魔掌中？顾达飞在脑海中反复琢磨着各种可能性。老邱和何爱莲都已经牺牲，魏如风应该还没有落入陷阱，伍先生是否得知了云雾山庄的巨变？早在几年前，国共两党就定下了共同抗日的目标，军统这些年来也曾经积极参与抗日的暗杀活动，这场突然而来的逮捕，看来必定是汪学礼本人耍的手段。

"吱呀！"

牢房的门突然被打开了，一个身穿军服的男人跨了进来，他的皮鞋在湿滑的地面上发出啪啪的声响。他走到顾达飞的身边停下，背负着双手，俯下身来，仔细看着顾达飞的脸。不一会儿，他咯咯地轻笑道："顾达飞，当年你抢了我心爱的女人，今天你落在我手里，我要让你生不如死。渣滓洞还有很多你没尝过的新鲜玩意儿呢，后面让你慢慢尝个遍！"

顾达飞平静地注视着他，缓缓说道："汪学礼，清芳从来就不属于你，她不属于任何人，她是自由的，是具有独立人格的人，她还是位才华横溢的作家！她离开你，是因为你从来看不到她灵魂深处的光彩，你只是自私卑劣地想占有她。你心里没有爱，从来没有，不只对清芳，对其他女性，你也没有过尊重和爱！"

汪学礼额头的青筋突然暴了起来，他猛地伸出手卡住了顾达飞的脖子："清芳，你永远也别想再见到她，她是我的！姓顾的，我现在就可以杀了你，就像碾死一只蚂蚁。什么国共合作，我要让中共南方局那些人甚至连你的尸体都找不到，我会让人把你抛进嘉陵江里喂鱼！"

顾达飞被掐得几乎透不过气，他竭力挣扎着，艰难地挤出了一句话："就算我死了，你也毁灭不了你就是日本间谍独臂大盗的罪证！"

汪学礼眼中突然射出一股可怕的光，他的手猛地松开了，低低逼问道："你怎么会知道？你们不可能破译我的密电，难道，是松下健二泄了密？这不可能！"

顾达飞喘着气，努力支撑起身子，靠墙坐着，缓缓道："汪学礼，我们之间的个人恩怨暂且不提，你居然背叛国家民族，给日本人提供情报来残害自己的同胞，你不配当一个中国人！就算是你的主子白占亭，他也是力主抗日的，你的丑恶行径就算在国民党内部，也是为人所不齿！"

汪学礼缓缓站起来，盯着顾达飞看了半晌，嘴角突然掠过一丝狞笑。

"顾达飞，你别摆出一副民族英雄的姿态来教训我，你说我是日本间谍，有什么证据？等你的骨头在这里烂了，我看有谁来给你树碑立传，到时候，我早就拿着大把美金在大洋彼岸逍遥了。清芳，她这辈子也别想离开我，我会带她一起走，等你周年的那天，我再告诉她实情，想必那时候她的表情会很有趣！"说完，他大踏步走出牢房，举手示意手下关好牢门。

一直等待在外面的宋子雄这时走上前，小心翼翼地问道："处长，这个林阳，不，顾达飞看来是块硬骨头，要不要报告白主任？今天还继续审吗？昨晚那个老邱已经死在牢房里了，姓顾的再受刑可能也会没命。"

汪学礼仰起头，望着院子上空那片灰沉沉的天空，面无表情地说道："白主任今早飞成都了，他临走说了，所有关于桂园刺杀案的事宜都由我全权处理。今天不要再审姓顾的了，记住，没我的命令任何人不许接近他的牢房，不许和他说一句话，我现在要去一趟罗家湾 19 号。晚上，等我过来，就送顾达飞上路！"

宋子雄微微吃惊："处死？自从我们开始的这次行动，已经死了两个共产党了。顾达飞是中共高层特工，如果他再死了，正在国共合作期间，会不会被那些民主人士抓到把柄？中共南方局会不会借此挑起事端？"

汪学礼一边戴好白手套，一边扫了他一眼，淡淡说道："怕什么，共产党也要讲证据。今天夜里动手，处理得干干净净的，一根骨头渣子也不留，他们就算是来抗议，来调查，也没有任何证据可查。"

宋子雄还想说什么，但是他也多少知道些汪学礼和顾达飞之间的纠葛，只得闭了嘴，点头道："是！我会安排好，所有守卫都不许对外透露顾达飞的身份，行刑前把他的嘴封上。"

"好！子雄，处理好这件事，我绝不会亏待你，一旦我离开军统，我这个行动处处长之位非你莫属！"汪学礼轻轻拍了拍宋子雄的肩膀，意味深长地说道。

"子雄不敢！"宋子雄诚惶诚恐。

汪学礼乘坐的车子绝尘而去。

宋子雄心中暗暗思忖掂量着，秘密处决虽然是军统之前的惯用手法，但是这一回他可不愿意帮汪学礼背这个黑锅。白占亭目前不在重庆，他也不能让汪学礼察觉自己暗中监视他。但是有一个人，他昨天就看出来此人对顾达飞格外关注。对，谢天华！他既曾是军统中人，又是白占亭的侄女婿，可谓绝佳的人选。

宋子雄拿定主意，就转身往自己的办公室快步走去，进屋后锁上门，拿起电话，拨通了谢天华的寓所。

这个季节，山城总是没完没了地下着小雨，似乎，所有的一切都浸泡在微微苦涩的泪水中。

红岩村 13 号，毛边玻璃上的雾气似乎从来没有干过。屋子里烧着一个小小的炭炉，那是伍先生特意吩咐人拿来的，为了给这间屋子增加些温暖，炉子上的开水正在嘟嘟地冒着热气。

魏如风端着一碗热腾腾的面条，推开房门走了进来，却发现空无一人。他急忙放下手里的碗，走到院子里找了一圈，果然，昨天深夜负着伤突然来访的谭少羽不见了。

他疑惑地走回屋子里，才发现桌子上用笔筒压着张纸条，旁边的砚台上搁着毛笔。

纸上的字虽俊逸，却有些凌乱。

"魏先生，非常感谢你们帮我治了伤，还收留了我。请原谅我的不辞而别，因为我只要一想到清芳和小樱桃此时正在遭受折磨，我就心焦如焚。我一定要去做我该做的事情，而营救顾达飞先生之事，就拜托你们了。请代我向伍先生致谢！谭少羽。"

"哎呀！他一定是自己跑去救清芳姐了。不行，这太危险了，军统的人一定把汪宅围得铁桶一样，我要赶紧汇报给伍先生。"魏如风懊恼地自语着，急忙拿着纸条往屋外走去。

他没有猜错，今天一大早醒来，谭少羽就马上起床，把受伤的脚重新包扎了一下，接着提笔写下了那张便条。虽然，魏如风安慰他，说伍先生他们正在紧急开会，商议如何营救顾达飞和清芳母女，但是，他无法安心待在南方局里等消息。他已经下定了决心，就算是豁命命去，也要设法救出清芳和小樱桃。活着，他们便一起活着，若是她们出了事，他也不会独活！

谭少羽昨晚在南方局里已经换了身衣服，黑色对襟袄，黑色裤子，白袜子，黑色布鞋，看上去倒像个在街面上随处可见的棒棒军。出了红岩村，他更是刻意把帽檐压低，急匆匆地穿过几条街道，坐上了一辆有轨电车，往枇杷山而去。

他在江边听谢天华说起，清芳和小樱桃眼下被汪学礼囚禁在枇杷山别墅里。昨天来到南方局，他刻意跟魏如风打听了一下枇杷山别墅的情况。

下了电车，谭少羽沿着枇杷山的山道快步而上。这里已经远离繁华的闹市，因为山上都是别墅区，也鲜有行人，偶尔遇到轿车从身边驶过，谭少羽都会避让到一边，刻意低下头，不引起别人的注意。

走到山腰，他隐隐看见在树丛中现出红砖楼房的一角，也发现周围出现了一些行迹诡异的黑衣男子。这些人看似无事闲逛，却只在这座红砖小楼周围，并不远离。看他们腰间都鼓鼓囊囊的，好像都别着家伙。

谭少羽忙闪身到一颗高大的丁香树后，心中暗暗琢磨，看来汪学礼的手下对这座小红楼别墅看守严密，自己如何才能进入呢？也许等到天黑，他们会有所松懈，自己再从别墅后面绕进去，但不知道清芳母女会在哪个房间。自己没有枪，就算是有也从未打过枪，万一碰上这些军统特工，该如何对付？

谭少羽正想着，他丝毫没有注意到，有个人从别墅的后门走了出来，顺着一条蜿蜒的小径走了过来，绕过一大簇菊花，一直走到他身后，轻轻拍了拍他的肩膀。

"谁？"谭少羽猛一回头，随即惊诧地睁大了眼睛。

"谭少羽，果然是你。快，跟我走，这儿太危险，你要是让他们发现就没命了。"

谭少羽却微微摇头："不，我不走。谢参谋，你别管我了，我要救清芳和小樱桃。"

谢天华恼怒地抓住了他的胳膊："汪学礼就在里面，你要是继续留在这儿，只会害了清芳姐和小樱桃。我刚才进去见了她们，她们现在很安全，而且，也有个可靠的人向我承诺，会帮助她们逃走。你连枪都没摸过，你怎么救她们？"

"我，我……"谭少羽恨自己一无所用，无奈地握紧了拳头。

"走！"谢天华不容他再说，拉起他猫着腰，借着树丛的掩护，悄悄退到山道上。那里停着一辆车，谢天华拉开车门，不由分说把谭少羽推了进去，自己也坐进驾驶室发动了汽车。

一路上，两人都没说话，谢天华不时从反光镜中看看后座的谭少羽，只见他面色灰暗，满面愁容。

谢天华把车子开到枇杷山脚下的一处茶馆前停下，两人下了车，走进茶馆里最僻静的位置坐下，叫了一壶龙井。

"你怎么知道我在小红楼别墅？还有，你刚才说会帮助清芳她们逃出来的人究竟是谁？"谭少羽急忙问道。

谢天华一边拿起茶壶帮谭少羽斟茶，一边说道："你也太鲁莽了，怎么能一个人跑来枇杷山？就在一小时前，我冒险去了红岩村13号，为了告诉他们一个重要消息。南方局的伍先生嘱咐我一定要找到你，把你安全地带回来。于是，我赶紧找了个借口来小红楼。果然，见到了清芳姐，汪学礼刚回来，正把你写的那封平安信交给了她，清芳姐还以为你已经安全离开了重庆。我也不便对她说明，只能是敷衍了汪学礼几句，假意说白占亭即将回重庆，才脱身出来。这不，刚出别墅后门走出来，绕了一圈，就看到了你。你放心吧，我说的那个可靠之人就在小红楼别墅里，她会帮助清芳姐的。"

"可靠的人？是谁？到底是谁？她真的能帮助清芳和小樱桃？只要一想到她们现在和汪学礼这个恶魔在一起，我就快疯掉了！我恨我自己，百无一用，不能冲进去救她们。"谭少羽懊恼地抱着自己的头。

谢天华四下看看，并无人注意到他们，低声道："汪学礼的二姨太，菊仙。她已经答应我，就在今晚，一定会找机会帮助清芳她们逃出红楼。"

"菊仙？哦，我好像听清芳提过，她为什么会帮助清芳呢？"谭少羽有些茫然地问道。

"我想，因为她心底还有未泯灭的善良，因为她知道汪学礼是个什么样的人。她告诉我，她已经想好了一个法子，能支开外面那些看守的军统特工。"

谭少羽这才微微舒展了一下眉头，端起杯子喝了一口茶，突然又想起了什么，便问道："可是，如果汪学礼今晚留在小红楼别墅里，清芳和小樱桃怎么逃得了？"

谢天华脸色骤然变得阴郁："就是因为我知道汪学礼今晚一定不会留在小红楼，所以，才让菊仙帮清芳姐和小樱桃逃走。过了今晚，她们就很难有机会逃走了。"

谭少羽愣了一下，略一思索，问道："今晚……你今天冒险去了南方局，是不是，汪学礼今晚要对顾达飞下手？是不是？"

谢天华见他猜出了几分，就微微点头，应道："是，我得到一个军统特工的密报，汪学礼已经决定在今天夜里秘密处决顾达飞，行刑地就定在渣滓洞后山的小树林中，到时候，他会亲自来监刑。他这么急着动手，就是怕白占亭回重庆时，南方局去跟他交涉。我听昨晚参与审讯的人说，汪学礼下令对顾达飞用重刑，他已经遍体鳞伤，我看他是决心要置顾达飞于死地。现在的汪学礼已经不再是当初那个汪学礼了，心狠手辣不逊于白占亭！"

谭少羽一把抓住他，颤声道："你们一定要想办法救他，不能让他死。清芳这些年一直在找他，在等他，如果让清芳知道他被汪学礼秘密处死，那她会受不了，她的后半生也不会有幸福了！"

谢天华突然间觉得心中一酸，眼前这个男人和清芳姐一起生活了五年，却一直兄妹相待，难以想象是一场多么无望而深刻的单恋。现在，他唯一担心的，还是他深爱的女子。

谢天华有些不忍心地安慰道："谭医生，救顾达飞的事你就不要担心了，今晚，南方局会派精干力量去渣滓洞的行刑地埋伏，我来做他们的内应。虽然这次营救行动并没有百分之百的把握，但是，我谢天华就算豁出命去也要救出顾达飞，不仅为了清芳姐，也为了赎我的罪，不能让他这样的人死去！"

"赎罪？"谭少羽疑惑地问。

谢天华却不想跟他详细解释，低声说道："谭医生，时间紧迫，我还要做一些准备赶去渣滓洞。这样吧，我先把你送去我家，让我家的老管家想办法送你离开重庆，或者坐船，或者坐火车。"

谭少羽打断他的话："不，我不会离开重庆。谢参谋，我要和你一起去渣滓洞，一起去救顾达飞！"

谢天华无可奈何地道："谭医生，我知道你很想救顾达飞，但是，你是个文人，既不会用枪，更不能劫狱，你去了只能添乱。"

谭少羽注视着谢天华，问道："那么，你看，我的身材和顾达飞像不像？"

谢天华摸不清谭少羽这么问的用意，犹豫了一下，道："是挺像的，可是这有什么用？"

谭少羽似乎下定了决心，平静地说道："你也说了，你们这次行动没有百分之百的把握，如果今天夜里汪学礼突然改变主意，在狱中就处死顾达飞怎么办？你一个人不可能对付那么多军统特工，就算你豁出性命，还是救不了他。现在你带我去渣滓洞，我去替换他待在牢房里，这样不会有人起疑心，你就有时间在汪学礼去之前，把他带出渣滓洞送到安全的地方。然后，到了夜里行刑的时候，你们再来救我，这样可以万无一失。"

"不，这绝对不行，万一汪学礼认出来是你，你就会丢了性命，那样就算顾达飞得救，他和清芳姐也会怪我，南方局的伍先生也不会同意。你还是听我的，跟我走！"

谢天华简直不相信自己的耳朵，他起身便要往外走。谭少羽用眼神制止了他，谢天华只得又缓缓坐下。

"谢参谋，你坐下听我说，我这么做绝不仅仅是为了清芳。以前我恪守家训，只行医不问政治，可是，日本人来了，烧杀抢掠，占了我的家乡，迫使我逃难到了重庆，我的父母妹妹都在这场战争中死去了。在朝天门码头和清芳重逢的那天晚上，翠寒就死在我眼前，她也是被日本人的炮弹炸死的。我不知道共产党是些什么人，但是我知道他们真心抗日，昨晚短短的接触，我就能感觉到他们都是有热血的中国人，顾达飞就是其中的一个。你说，目前到天黑只有几个小时，你还能想出比我这个主意更好的办法吗？"

"可是……"谢天华顿觉心乱如麻。他知道，自己不该同意谭少羽这个近乎荒谬的办法，但是，时间如此紧迫，他也确实没有更好的主意。

谭少羽用近乎哀求的眼神望着谢天华，低声道："谢参谋，别再犹豫了，机会只有这一次。至于怕被人认出来，到时候我换上囚衣，头发乱蓬蓬的，那些监狱看守不会认出来的。到了行刑地，汪学礼才会见到我，那时候，他就算认出来我不是顾达飞，也没有关系，南方局的同志都安排好了，你也在一旁，我不会有事。"

谢天华还是轻轻地摇摇头："可是，每个人的生命都很宝贵，不能这么做。我不能，顾达飞不会同意你这么做，清芳姐也不会同意你这么做！"

谭少羽猛地伸出手，紧紧抓住谢天华的手臂，颤声道："谢参谋，我求求你。我谭少羽也是中国人，也流着一腔热血，却从来没有为抗战出过一份力，你就让我做这一件事，为国家，也为清芳，这也是我唯一能为她做的。你知道吗？这五年来，她无时无刻不在等顾达飞，他就是她活着的最大精神支柱。我爱她，很爱她，但是我给不了她幸福，我绝不能让顾达飞出事。我要他活着，陪着清芳，让她幸福！"

谢天华张了张嘴，但谭少羽哀伤而决绝的眼神却让他什么也说不出来。他何尝不是，如果可以为清菲做一点事，让她幸福，即使付出生命他也不后悔。可惜，自己再也不能为她做什么了。

窗外的天空渐渐暗了，虽然还是午后，整个城市却陷入了浓重的雾气中，山坡、房屋、街道，只剩下模糊的线条。人们在雾气中缓缓行走，几乎看不清方向，但是，却能隐隐嗅到空气中淡淡的血腥气。

渣滓洞阴森的黑色大门前，一辆轿车缓缓开来。哨兵看了看车牌，就知道是军牌，忙敬了个礼，开闸放行。车子缓缓开进大门，从布满铁丝荆棘的高墙下驶过，一直开到架着机枪的瞭望哨边停下。

车门打开，谢天华走下车来，随着他一起下车的还有个戴着鸭舌帽，穿着夹克，背着包，脖子上挂着相机的男人。

值班休息室里，正乐滋滋地喝着小酒的黄有德听到动静，忙走了出来。他一看是谢天华，立刻眉开眼笑，谄媚道："谢参谋，哪阵风把你吹来了？"

谢天华淡淡一笑，掏出镀金的烟盒，抽出一根烟递给黄有德，四下望望："黄队长，当然是有正事，不然，谁愿意上这儿来，鬼哭狼嚎的。宋队长呢，他怎么不在？"

黄有德嘿嘿笑着接过香烟："宋队长说家里有点急事就先走了，非让我在这里守着，汪处长的命令，姓顾的要严密看守，兄弟不敢懈怠啊！"说着，他瞅了瞅站在一旁默不作声的谭少羽，"谢参谋，他是谁？这儿可是不让一般人进来的。"

谢天华心知宋子雄是借故离开，他给自己通风报信后，生怕白占亭那里会有什么动静，不想令汪学礼疑心到他。这样也好，黄有德其人不善心机，更好对付。

于是，谢天华指了指身旁精心伪装过的谭少羽："他是我表哥，姓秦，是《新蜀报》的记者，我今天特意让他过来帮姓顾的拍照。"

戴着黑边眼镜，贴着假胡子的谭少羽朝黄有德笑了笑，微微欠身："黄队长，幸会。"

"秦记者，幸会。"黄有德也冲谭少羽咧开嘴笑笑，随即有点困惑地眨眨眼睛。

谢天华凑近黄有德耳边低声道："中共南方局那些人为了救顾达飞，通过几个民主人士去委员长那里告了状。委员长当即打电话责成老佛爷来处理，老佛爷今早打了电话给我，说汪处长此次行事太鲁莽，搞得军统很被动，他很不满意，让我来给圆圆场。所以，我把我表哥叫来了，你忘了老佛爷总是教导我们做事不要一味用蛮劲，要利用媒体的力量，大众不是最相信媒体吗？"

黄有德一拍脑门，竖起拇指："啊，谢参谋，高啊，不愧是老佛爷的侄女婿，果然对他老人家的意思领会得最深刻。我明白了，就是我们惯用的那一招，让你表哥来给那个姓顾的照个相，往报纸上一放，说他自愿脱离共产党，这样，那些民主人士就没话说了。"

谢天华扬扬眉毛："我都想好了，照片旁边再配一篇文章，就说，顾达飞自愿脱离共产党，我们为了保护他，把他妥善安置在一处静养。这样一来，不仅那些民主人士没话说，中共南方局也会认为顾达飞已经改投我们，再也不会来营救他了。以后他是死是活，也不会有人关心了。"

黄有德拍拍他的肩膀，悄声道："幸亏你今天过来，不然，这照片可就拍不成了。我听宋队长漏了一句，说汪处长今晚就要让那姓顾的上路。"说着，他举起手在脖子那儿比画了一下。

谢天华故作惊讶地道："这么快？汪处长还没向老佛爷请示就要秘密处决人犯，这个不合规矩啊！莫非这个姓顾的得罪了汪处长？"

黄有德神秘地低声道："谢参谋，这个我们就管不了了。汪处长说了，这事老佛爷要是怪罪下来他担着，他的私事，我们也不便过问啊！就像昨天晚上在江边让你解决的那个男人，据说也是因为和五年前失踪的汪太太有关。这个也是兄弟们私下说着玩的，不说了，不说了，还是赶紧让你表哥去拍照吧！"

在一旁沉默不语的谭少羽，这时听黄有德提到昨晚在江边的事，生怕他认出自己，不由得稍稍有些紧张，微微低下头去。

谢天华立即岔开话题："黄队长，总不能在牢房里拍照吧，还得劳烦你把姓顾的提出来，借用休息室，在那里拍照吧。还有，我这儿还带了干净体面的衣服，还得给他换上，不能让人看到伤痕。"

黄有德哈哈一笑："谢参谋想得周到！姓顾的也算是有运气，今天换了新衣也好安心上路了。我这就去牢房里把他带出来，二位先去休息室等着吧！"

黄有德正要转身，谢天华又叫住了他，低声叮嘱道："黄队长，今天咱们照相这事你可别对汪处长提，这是老佛爷的意思，一切等他从成都回来再说。"

黄有德一听是白占亭的意思，忙连连点头，心中暗道，汪学礼这次抓捕共产党的行动有公报私仇之嫌，只怕白占亭回来他就会失宠了，自己可得抓紧谢天华这根绳子，才不至于城门失火，殃及池鱼。

一盏茶的工夫，当顾达飞拖着沉重的脚镣蹒跚着走进休息室时，沉默着的谢天华和谭少羽都按捺不住急切的心情，一起从沙发上站了起来。

"顾……"谭少羽刚一张口，就被谢天华的一个眼神止住。

谢天华对随后走进来的黄有德正色道："黄队长，先把他的手铐脚镣下了，还得劳烦你去外面守着，决不许任何人进来或者窥视，以免走漏风声。"

黄有德此时一心想巴结谢天华，自然言听计从，立刻叫人拿钥匙打开了顾达飞的脚镣，自己也赶紧退了出去，还随手把门带上。

谢天华忙走到门口，从里面锁上了门，才转身上下打量了一下顾达飞，见他全身伤痕累累，穿着布鞋的两只脚的脚脖子上，由于一直带着镣铐，更是开始红肿溃烂了，心里一酸，上前轻轻握住他的手，低低唤道："顾大哥，那天在慈云寺，你的样貌改变了，又化妆成老和尚，我一时没认出你来。这几天你受苦了，我应该早点来救你！"

顾达飞虽然面色惨白，但还是勉强支撑着站立，淡淡一笑道："天华，我没什么，只是些皮外伤。那天晚上在慈云寺，我不便暴露身份和你相认，但是看着你能悔悟过来，当年那个热血爱国的青年能够悬崖勒马，我很欣慰。我送清菲坐船离开重庆时，她跟我说，你本质是个善良的人，只是性格太软弱，不能主宰自己的命运，才被汪学礼胁迫利用了。她希望你以后能尽力弥补自己的过失，早点揭露汪学礼的真面目。"

"顾大哥，你放心，我已经写好了自白书，过几天就会送到委员长那里，汪学礼他抵赖不了。清菲总算安全离开了，她现在在哪儿，好不好？"谢天华说起清菲，目光中闪着说不出的温柔。

顾达飞望了一眼在旁默默不语的谭少羽，低声急切道："你放心，她很好，此刻已经在去往太行山根据地的路上，她加入了八路军，会和小日本面对面地战斗，这也是她和江涛一直以来的心愿。可是，你们不该这么冒险前来救我，太危险了。这次军统下了黑手，我身边已经有两名同志牺牲了，绝不能再让任何人为我而牺牲。你们快离开吧，去南方局转告伍先生我的情况，一切听他的安排！"

"我已经通知了南方局的伍先生，可是，现在情形很紧急，汪学礼他决定在……"

谢天华刚要继续说下去，突然被谭少羽打断了。

谭少羽向前一步，目光灼灼地盯住顾达飞："顾达飞同志，我就是伍先生派来营救你的，从现在起，请你听从我和谢参谋的安排。时间刻不容缓，你先坐下，我得先帮你处理一下身上的伤口，再告诉你我们的计划。谢参谋，请你去窗口看着，别让那个黄队长起疑心。"说着，他和谢天华交换了一个眼神，不由分说地把顾达飞扶在一旁的沙发上坐下。

谢天华心里明白，谭少羽是不想告诉顾达飞实情，就答应着快步走到窗边，警惕地朝外面望去。

谭少羽并不多言，麻利地拉开他带来的那个帆布大包，拿出了一个小小的包袱，打开包袱，取出了纱布、药棉、注射器等，熟练地帮顾达飞清洗消毒好伤口，然后又拿起注射器，开始往他的胳膊上注射起来。

顾达飞心里微微有些疑惑，他轻声问道："这位同志，看起来你像个医生。伍先生的具体指示是什么？为了抗日大局，我们还不能和国民党公开决裂，只能采用迂回的政策。我受这点刑不要紧，请你和天华抓紧离开，回去转告伍先生，我的意见是，把汪学礼逮捕杀害共产党员的事实公布出来，利用舆论和媒体的压力来迫使国民党当局彻查此事，不要为了营救我个人动用武力，让同志们做不必要的牺牲。"

谭少羽拿着注射器的手不由得微微颤抖，他抬起眼帘，哑声道："顾先生，虽然我们今天才第一次谋面，但是就冲你这番话，共产党果然都是好样的，我值得为你做任何事。清芳在等你，你要答应我，一定要让她幸福。还有小樱桃，当好她的爹，照顾好她。"

顾达飞愣住了，好半晌，猛地伸出手来，用力扶住他的肩膀，惊诧道："你说什么？清芳，小樱桃，你究竟是谁？"

谭少羽轻轻抽出了注射器，起身静静地望着顾达飞，什么都没说，但是，目光渐渐变得坚定而无畏。

"你，你是……"顾达飞突然明白了什么，他竭力想挣扎着站起来，但是，注射进去的麻醉药已经开始发挥作用，他的意识慢慢模糊。

"不，不……"他喃喃道，眼皮无力地缓缓闭上，昏倒在沙发上。

"他怎么样？"谢天华扭头望过来，有些担心地问道。

"我给他注射了麻醉药，药力可以维持一小时，谢参谋，下面全靠你了。"

谭少羽很镇静地脱去自己的夹克，帮昏迷的顾达飞换上，又把他从沙发上移下来，轻轻放倒在地上，拿出早就准备好的一袋子鸡血洒在顾达飞的脸上。最后，把自己头上的鸭舌帽脱下扣在他头上，特意把帽檐压低，让人越发看不清他的面容，自己则换上了顾达飞身上破烂的囚服。

做好这一切，他神情自若地把照相机交给谢天华，冲他点点头："谢参谋，我准备好了，按照我们的计划行动吧！"

谢天华觉得心里刹那间有千言万语，但最终也只是轻轻说了句："保重！"

随即，他把照相机狠狠摔在地上，拔出手枪，对着天花板猛地开了两枪，才转身迅速拉开房门，冲着外面大喊道："来人，快来人，这里有人受伤了！"

黄有德听到枪声，急忙从另一间休息室里跑了出来，和几个看守警卫一起冲进了这间办公室。

"怎么了，谢参谋？谁受伤了？"

谢天华一脸恼羞成怒的表情，用枪指了指故意站在墙角阴暗处的谭少羽，说道："黄队长，姓顾的真是不识好歹，我表哥帮他拍照，他居然夺下照相机就砸了我表哥的头，还想袭击我，我只好开枪警告他。真不该下了他的手铐脚镣，是我太马虎了。"

黄有德忙对身后的几个看守警卫一挥手："快，把这个共党送回牢房，上脚镣手铐，连水也别给他喝，我看他还有劲折腾！"

一帮如狼似虎的看守们一拥而上，有的抓头发，有的拧胳膊，把谭少羽架住往牢房押去。在谭少羽被强行拖出房门的那一瞬间，谢天华能清晰地看到他深深地望了自己一眼，那执着的眼神是无声的嘱托，是比山还要沉重的情义。

谢天华用力咬住自己的嘴唇，竭力克制住自己胸中汹涌的感情。他现在需要冷静，十二分的冷静。他走过去扶起依然昏迷的顾达飞，黄有德本意要巴结一下谢天华，此时气得直跺脚："共党分子真该枪毙！谢参谋，在我的地盘上秦记者出了事，我真是对不住你，是不是把狱医叫来看看？"

谢天华生怕时间拖延下去会露出破绽，忙扭头焦急道："黄队长，我表哥伤得不轻，赶紧叫几个兄弟来帮我把他抬到我车上，我要送他去大医院救治。姓顾的你要严密看守，情况我来向老佛爷汇报，由他定夺！"

黄有德不敢有误，扭头去叫人找担架来。不一会儿，昏迷不醒的顾达飞便被人七手八脚地抬出了渣滓洞，放在轿车的后座上。

谢天华拉开车门，跳上了车，心里才稍稍安定。他不动声色地从车窗中伸出头去，对黄有德耳语道："今天之事，咱们办得都不利，千万别声张，让汪处长知道了，他会疑心我们出卖他。至于他自己的行为，他自己负责，我们犯不上帮他在老佛爷那里背黑锅。"

黄有德连连点头："谢参谋，你放心，今天半夜，松林坡，汪处长就会来办事。他要亲自动手杀姓顾的，这个黑锅他自己背，与我们都无关。老佛爷那里你还要替我多多美言，兄弟以后的前程全指望你了。"

谢天华答应着，摇上车窗，车子顺着蜿蜒的山道驶去。经过一片沉寂的松林，一只硕大的秃鹫突然自林间飞出，怪叫着掠去。

谢天华双手微微一震，这里就是渣滓洞历来进行秘密枪决的刑场，松林坡！

第二十二章　奔向黎明

日影渐渐西斜，窗台上，快要枯死的大叶菊在瑟瑟的风声里微微发颤。

清芳心绪不宁地在屋子里走来走去，在一旁专心玩着布娃娃的小樱桃突然抬起头，奶声奶气地叫着："娘，我想爹了，他说要做个小木马给我骑，怎么到处给人看病不来看我？"

清芳走过来，蹲下身，爱怜地摸摸她的头，哄道："小樱桃乖，爹这次去了很远的地方看病，要很久才能回来。但是他写过信来说，很想你，等他回来一定会帮你做漂亮的小木马。"

小樱桃已经四岁，似懂非懂，但是多少也有些明白，她皱起眉头，噘起小嘴，问道："娘，我们为什么不回家？我不喜欢这个大房子。那个穿漂亮衣服的阿姨拿了好多东西给我吃，但是她整天都不笑，老是叹气。还有那个穿军装的大伯伯，张妈、喜儿姐姐，大家都怕他，看到他就吓得低着头什么话也不说，虽然他对我笑，但是我一点也不喜欢他。"

清芳知道，下午汪学礼的到来，让整个小红楼别墅中的人都噤若寒蝉，他阴冷的目光肯定也深深刺痛了小樱桃的心。她把女儿拥在怀里，眼角微微湿润，她用下巴轻轻蹭着她柔软的头发，低低道："别害怕，小樱桃，娘不会让他伤害你，再忍耐一下，娘带你离开这儿，娘保证！"

静默的黑暗中，墙上挂着的自鸣钟嘀嗒嘀嗒地响起来。

清芳大睁着双眼，她敏捷地起床，穿好了棉布旗袍，特意把菊仙今天送她的那件灰兔毛坎肩也套在外面。就算顺利逃离这儿，也是一段长长的逃亡生活，她贴身口袋里藏着下午谢天华来时悄悄塞过来的一张银票和一张纸条。纸条上写着，清芳逃离后就去红岩村13号中共南方局找一位伍先生。

银票上的数字足够中等人家过上一年，但是，乱世之中，银票能不能兑现尚未可知，多带件值钱的衣服，困难时典当一下够一般人活上好一阵子。

一切准备停当，清芳把床上熟睡的小樱桃小心翼翼地绑在自己身后，用棉布小斗篷把她裹严实，才悄悄地拉开屋门，侧耳听了听。时至深夜，小红楼里的人都沉沉睡去，红楼外，明里暗里监视的那些军统特工，也不免偷闲去附近的歌苑茶馆消遣了，她唯一担心的，就是那个半生都在与她争宠的女子，菊仙！

清芳背着小樱桃迅速而无声地走过擦得锃亮的实木楼梯，她脚上的软底布鞋是她自己亲手所做，比起五年前逃走时所穿的皮鞋，几乎无声。

白天她暗暗观察了，红楼里面的布局几乎未变，她悄然穿过客厅，走进了后花园。疾步走到地下室的入口前，记忆如黑夜般席卷而来，今晚的月光一如五年前那晚，翠寒明媚的脸庞在闪烁——

"大小姐，我这辈子能遇到你，伺候你，就没白活。以后我怕不能陪着你了，你要好好地活着，替我活下去。"

清芳努力镇定自己的心神，现在她必须为了小樱桃好好活着。她用力去推了几下那扇沉重的铁门，却未推开，只听见一阵铁链摩擦的声响。借着幽暗的月光，清芳急忙摸索下去，她的手触动了一件冰冷的东西，一把巨大的铁锁！

"姐姐，别费劲了！自从你上次逃走后，那扇门就锁上了，而且，再没有人打开过。钥匙只有学礼一个人有，他随身带着，从不许别人碰。"一个婉转的女声在她身后响起，她的好嗓子果然一如既往。

清芳浑身几乎僵住了，自脚脖子生起一股寒意，难道自己和小樱桃这辈子注定被囚禁在这儿，忍受汪学礼的折磨？她缓缓转过身，一片清冷的月光下，菊仙朝她走过来，她依然是步履婀娜，那双眸子，散着幽幽的光。

清芳轻轻地摇头："菊仙，你别想让我回去服从汪学礼，我就算是用牙咬，也要咬开这把铁锁，带着我女儿逃出去。今天你除非杀了我，不然，我怎么也不会甘心留在这儿做一具行尸走肉。"

"我知道，我就是这儿的一具行尸走肉！"菊仙走到她身边，淡淡说了一句，就自口袋里掏出一把钥匙塞进了大铁锁的锁眼中。

咔嚓！

清脆的一声，锁被打开了。菊仙一把推开了那扇大铁门，一股潮湿阴暗的气息扑面而来。

"菊仙，你……"

菊仙突然紧紧抱住了她，在她耳边轻声说："姐姐，我这辈子都在嫉妒你，嫉妒你有好容貌、好学识，还有男人爱你，现在，你还有个可爱的女儿。而我却什么也没有，所以，你一定要替我好好活着。快走！"

清芳感到有些滚烫的东西沾在她的发丝上。

"菊仙，你放了我，汪学礼绝不会饶了你，跟我一起走吧。你不能再待在这儿，我们一起走，去寻找新的世界和人生！"

菊仙惨然一笑："我走不了的，这就是我的命，我生是这里的人，死是这里的鬼。姐姐，你快走，跑快一点，再晚惊动了别人就走不了了。门外还有很多便衣，不过你放心，我有办法引开他们。快走，一直跑，千万别回头！"

清芳还想说什么，被菊仙狠命推开，只得无奈地沿着湿滑的石阶，跌跌撞撞地往地道中跑去。仓皇中，清芳最后一眼看到的菊仙，是她苍白憔悴的脸庞，眼中却像是燃烧着什么，亮得惊人。

清芳深一脚浅一脚，一路拼着命奔跑，背上的小樱桃虽然被惊醒了，但是她却乖巧地一动也不动。当清芳好不容易从地道的另一个出口爬了出来，扭头望去，小红楼竟然燃起了冲天的烈焰。在熊熊的火光中，她隐隐绰绰地看见一个婀娜的身影在楼顶上翩然舞着水袖。

"菊仙！"

清芳霎时间明白了菊仙眼神中的含义，送别自己，她已经决心要和小红楼一起毁灭。她这一生都在别人的故事里活着，唯有这一死是为她自己。

别墅里此时人声嘈杂，逃命的，救火的，大呼小叫，乱成一团。清芳知道不能逗留，抹了一把眼泪，背好小樱桃，顺着长满杂草的林间山道，头也不回地疾步走去。

月光下，松林坡宛如一个巨大的坟茔，空气中隐隐飘荡着一股腐肉的气息。时近深秋，凄冷的山风从尖利的松针上拂过，像扎着谁的心，连绵成片的松林不时发出一阵阵痛苦的呻吟。

魏如风带领着一批南方局的精干埋伏在松林坡上，静静地等待着。尽管夜晚草丛中的蚊虫很厉害，叮咬着每个人的皮肤，但是没有人发出一丝声音，谁都明白，谭少羽的生死在此一举。

傍晚，当谢天华冒险把昏迷不醒的顾达飞送到南方局的时候，魏如风几乎不能相信自己的眼睛。由于南方局外几乎日夜都有军统特务在暗中监视，谢天华无法停留太久，只是三言两语把谭少羽如何进入渣滓洞，如何替换了顾达飞，如何以身替死，今晚会在松林坡被施以秘密处决的事情说明了一下。

并没有片刻的犹豫，伍先生斩钉截铁地说道："谭医生能这样舍弃生命来营救我们共产党员，我们就一定要不惜一切代价去营救他，不能让他死在军统的屠刀下！按照原定计划行动，双管齐下，一边武力营救，一边继续组织进步媒体披露军统方面残杀迫害共产党员、爱国人士的事实，迫使国民党高层重视彻查此事。"

魏如风送谢天华从红岩村13号的后门离开时，谢天华迟疑了片刻，紧紧握住魏如风的手，轻声而坚决地说道："请转告伍先生，我会在暗中配合你们营救谭医生。明天，一切事情完毕后，我会把自白书亲手交到松厅别墅，一定不会让独臂大盗再逍遥法外，残害同胞。如果你将来能见到清菲，替我告诉她，我虽然做了很多错事，但是我还没忘记我是个中国人！"

一阵汽车的引擎声打断了魏如风的思绪，他警惕地撑起半边身子望去，松林坡下，两辆黑色轿车缓缓停下。第一辆车车门打开，先跳下几个手上拿枪、戴黑色礼帽的年轻人，随即一个穿囚服、戴着黑色头套的男子从车内拉扯了下来，推搡着往松林坡上缓缓走来。

远远望去，虽然看不清楚，但魏如风直觉那就是谭少羽，按照经验，他应该是还戴着手铐脚镣，嘴巴也被封住了。

第二辆车的车刚停稳，从驾驶座上下来一高一矮两名黑衣男子，其中一人急忙拉开车门，一个穿灰色长衫、戴礼帽的男人这才不慌不忙地跨出车门。

"那是汪学礼和他手下最得意的两个行动队长，黄有德和宋子雄！"魏如风对身边的一个特别行动小组组员低语道。

"大家沉住气，等他们都上来了，听我的命令再动手！"魏如风沉着地答道。

谭少羽自从被几个便衣强行拖出牢房，就被罩上了黑色的头罩，嘴巴也用毛巾死死塞住了，他只能感觉到被塞进了一辆轿车，车子似乎在颠簸崎岖的山路上行驶了一段时间，才停了下来。

他被人推搡着往一处平缓的山坡上走去，走在他身旁的两个便衣还不时窃窃私语："共党分子都要死了，还害老子半夜不能休息！"

"听说是跟汪处长抢女人的，真是找死，今天怕处长不会给他一个痛快！"

谭少羽跌跌撞撞地在沾满露水的草丛上走着，模模糊糊地感觉到走上了山坡，头顶上扑簌簌飞过几只乌鸦，传来几声难听的叫声。

"站住！到地方了！"身后的便衣突然喝了一声。

谭少羽还未反应过来，双腿上就被人狠狠地踹了一脚，他不由得摔倒在地，险些滚入身边一个巨大的土坑中。黑色的头罩被人唰一下拽了下来，他拼尽全力支撑起身子，刚想抬头，却被两个便衣死死按住。

"放开他，让他好好看着我，你们退到后面去！"一个男子阴沉的声音。

便衣松开了手，谭少羽这才缓缓抬起头。他看见了一个戴礼帽，穿灰色长衫的男人正缓缓举起手中的枪，对准他的额头。

"顾达飞，既然当初在上海日本人没能杀了你，那么就让我来了结你。你根本就不该出现在清芳的生命里，你将在这个土坑里腐烂。清芳，她是我的，她永远都是我的！"

这时，乌云飘过，一片月光洒下，男子脸上突然显出了极度惊讶的表情，一双怨毒的眼珠死死地盯住谭少羽的脸。

"你不是顾达飞！你是谁？顾达飞在哪儿？"

汪学礼暴怒地揪住面前这个囚徒的衣领，凑近了再仔细看了看。没错，这个男人和顾达飞身材相似，年纪相仿，但他千真万确不是顾达飞。

站在几米开外的黄有德、宋子雄和几个军统便衣看出情况有变，正要上前，突然，枪声四起，一颗颗子弹从树丛中飞出，有两名便衣应声倒地。黄有德也惨叫一声，捂住了左臂。宋子雄行动敏捷，忙拉住黄有德和剩下的几名便衣一起快步逃进了松林中。

"处长，小心！"宋子雄紧急关头不忘大叫一声。

汪学礼素来狡猾，此时料到是有人来劫囚，他毫不迟疑，举枪朝谭少羽射去，想先下手为强。谁知暗中隐蔽的魏如风早就提防着他，甩手一枪，正击中他的手腕。汪学礼痛叫一声，手枪落地。他平日也是训练有素，一个翻身，滚入了松林之中。

魏如风和特别行动小组的队员们一起冲了出去，边朝松林射击，边朝谭少羽跑去。有队员用枪打开了谭少羽的手铐和脚镣，魏如风和另一名队友搀起他便往山坡下跑去。那里停着接应他们的大卡车，只要上了车，就可以沿着设计好的线路离开。

但是，魏如风突然觉得有些不对劲，不远处的山路上，齐刷刷亮起一排车灯，十几辆军用吉普车正从白公馆看守所的方向疾驰而来。他明白了，原来，汪学礼虽然是深夜秘密枪决顾达飞，但是，他为防万一，早就准备了一帮军统特工在离松林坡不过一箭之地的白公馆待命，这也正是他阴险的表现。

魏如风正踌躇之际，汪学礼和宋子雄带着几名军统便衣提着枪从山坡上追了下来。这边驶来的吉普车已经停下，几十名军统特工借着车门的掩护朝这里射击。腹背受敌，魏如风和十几名队友只得一边借着周围的树丛和山坡还击，一边向大卡车靠拢。

双方正在僵持不下，突然，一辆黑色轿车从山路尽头冲了出来，驾驶人从摇下的车窗中朝着军统车队的方向扔出了十几枚烟幕弹，瞬间松林坡下浓烟滚滚，军统便衣们都被呛得一阵猛咳。

见有人来营救，魏如风忙把手一挥，命令队员全部攀上卡车，军用卡车铆足马力，风驰电掣般朝着山道冲了过去，越过军统车队，朝歌乐山驶去。那辆轿车则敏捷地一拐弯，从车道的另一个岔口离开。

魏如风趴在卡车后厢举着枪往后望去，心中深深忧虑。他虽然没有看清轿车的驾驶人，但确定无疑是谢天华，只有他才能在这千钧一发之际利用对地势的熟悉冲出来解围。但是他今晚的出现无疑也暴露了自己，不知道汪学礼后面会怎么对付他。

烟幕弹的浓烟渐渐散去，军统的十几辆吉普车紧紧追赶着军用卡车。顾达飞在狱中被莫名替换，眼看自己眼皮底下的囚犯也被人救走，汪学礼早就气得发疯，他夺过旁边一个特工手里的机枪，爬上车顶，朝着军用卡车就是一阵疯狂的扫射。

军统的吉普车穷追不舍，几挺重机枪的无情扫射，相比卡车上明显火力不足。虽然魏如风他们奋力还击，但先后有几位队员受伤。

在卡车拐过最后一个弯道，就要驶上山下的大路时，后面又是一阵疯狂的机枪扫射。魏如风手臂受伤，差点栽下车去，一直卧在一边的谭少羽忙扑出来，用自己的身体做人墙挡住了射向卡车车厢里的子弹。

魏如风忍痛射出几发子弹，打穿了最前面一辆吉普车的车轮，车子翻了几个滚，后面的车也被撞得七零八落。终于，卡车摆脱了追击，顺着平坦的大路开去。

"谭医生,谭医生,你怎么样？"魏如风放下枪,抱住谭少羽,急切地问道。

谭少羽虽然脸色几乎苍白如纸，双唇微微颤抖着，却努力绽出一丝笑容，他用几乎听不见的声音说："我没事，只是为了救我，让这么人都受伤，我真过意不去。"

"谭医生，你别说话，保存体力，你没事的。我们马上就到江边了，送你上船去安全的地方治疗。"魏如风虽然竭力安慰谭少羽，但是他的心却在往下沉，因为他的衣袖几乎被谭少羽的鲜血染红了半边。

"清芳，小樱桃，顾先生，他们……"谭少羽还在喃喃自语。

魏如风忙贴近他的耳边，鼓励道："你放心，他们很安全，清芳姐和小樱桃已经逃出了枇杷山别墅，顾大哥也受到了很好的治疗，他们现在正在离开重庆的船上。谭医生，你不要睡着，我们马上送你去江边，你就可以和他们见面了。"

"告诉清芳，她要幸福！"谭少羽拼尽全力说完这句，抬眼望向黑沉沉的天际，浅浅的半弯月亮一如他在家乡看到的，温婉宁静，令人忍不住落泪。太累了，他真是太累了，气息渐渐弱了，一点一点地闭上了双眼。

卡车在浓重的夜色掩护下疾驰，在剧烈的颠簸中，魏如风一直抓住谭少羽手腕的虎口处。他能感觉到那轻轻的搏动，一下一下，虽然微弱但顽强。

"谭医生，这些话，你留着自己去告诉清芳姐，你不能死，我们还要一起打跑小鬼子，战场上还有很多战士等着你去救呢！"魏如风望向黑沉沉的江面，喃喃自语。

深秋的月光洒在江面上，像是凝成了一层薄薄的霜。一艘带着小马达的商船正稳稳地驶离码头，朝江心深处驶去。看得出来，掌舵的船老大是把好手，他把船掌控得又稳又快。船尾处，还有两个机警的伙计正警惕地四下巡望着。

微微颠簸的船舱里，昏迷中的顾达飞感觉到了一缕温暖的光线照射过来，似乎有温柔的手指正触摸着他的脸庞。他努力动了动身子，微微睁开眼睛，干裂的嘴唇轻轻嚅动着。

他的意识在一点点恢复，这是哪里？是渣滓洞吗？不，这里不是渣滓洞的牢房，而是一间安静温暖的船舱。自己怎么会在这里呢？好像是做了一场很深很沉的梦，在梦里，自己走了很长很长的路，很多人对自己说过话，可是却一句也想不起来了。

"达飞，你醒了，快喝点水吧！"一个女子模糊的身影渐渐出现在他瞳孔里。一只粗瓷蓝花大碗递到他嘴边，他此时觉得咽喉火烧火燎，忙努力张开嘴咕嘟咕嘟地喝了几大口。缓过劲来，顾达飞终于睁开了双眼，望向那个女子。

"清芳！清芳！"他无法相信自己的眼睛，眼前的女子的确是他曾经无数次梦见的清芳。她盘着发，包着蓝花头巾，身上不过是重庆乡下女子惯穿的对襟大褂，但是，却气质娴雅，美得令人无法侧目。

"清芳，真的是你？"顾达飞不知哪儿来一股子劲，呼地坐了起来，握住了清芳的手。

"是我，达飞，是我！"清芳微微笑着，眼中却不自觉地流出泪来。

六年了，自从秋浦村一别，他们是第一次这样面对面地看着彼此，这么近，近到清芳能看得到顾达飞鬓上的一片白发。他的样子虽然改变了不少，但是那股熟悉的气息并没有改变，算年纪他不过才三十出头，竟然有了不少白发。

一瞬间，顾达飞几乎忘了这六年的时光，忘了他们的离别，忘了清芳已经嫁了人，忘了她已经有了孩子，忘了自己发过誓不去打扰她的生活。他忘了一切，眼中只剩下眼前这个女子。

顾达飞的眼睛湿润了，他紧紧抱住了清芳。

——梅树下，她仰起脸抬头望去，无数花瓣伴着雪花轻轻飘下，她像个孩子，欢快地伸出手，任凭细小的雪花在掌心慢慢融化。自己不自觉拿起相机，咔嚓，一声响过，她扭过头，脸上微微惊诧，恼怒，自己的生命似乎在那一刻停住了。此后，虽然经历了无数次生死关头，腥风血雨，但自己的心永远飘荡在那一天的漫天飞雪中。

不知过了多久，清芳在他怀中轻轻说道："达飞，南方局的伍先生特意安排了几位同志护送我们离开重庆。他们告诉我，你早就知道我活着，住在白沙镇，你还曾经多次去那儿看望我。为什么你从来不和我见面，为什么不和我相认？"

顾达飞慢慢回到现实中，他此时串起了一切零碎的记忆——自己在渣滓洞监狱里被人营救出来，一个男人替代自己回到了那阴冷的牢房，而自己被谢天华带出了监狱，送到了南方局。

他放开清芳，深深地注视着她："清芳，我三年前就找到了你，从那以后，我每个月都会去白沙镇探望你，但是都不会让你看见我。在这样的乱世里，我只希望你有一份宁静的生活，有个幸福的家庭，像普通的女子一样相夫教子。我没有和你相认，不是狭隘地嫉妒谭医生，我是个共产党员，我要为我的信仰而流血牺牲，我的命运注定和残酷多变的革命斗争相联系，我不想打扰你的生活，不想让你卷进斗争的漩涡里来。"

清芳的泪水像无法扯断的丝线，她抽泣着，断断续续地说道："在秋浦村听到上海沦陷，我以为你战死了，以为再也见不到你了。我到处打听你的消息，但是从没有一个确切的答复。"

"本来我想和清菲、江涛一起去延安找你，但是，在朝天门码头，日本人的飞机来轰炸，我们又失散了，翠寒死了，我差点也死了。后来碰到了谭医生，他是个好人，救了我，为了躲着汪学礼的追踪，我们就一起到了偏僻的白沙镇。他对我的确很好，但是，除了你，我再也无法爱其他人，于是，我们就结拜成了兄妹。但是，为了避人耳目，对外我们就称为夫妻，还收养了小樱桃。她的父母都是逃难来白沙镇的，来到我们的药铺求医，又双双病死了，丢下了这个可怜的孩子。"

"本来我们三个人相依为命，谁知汪学礼居然找到了我们的药铺，他们抓了我和小樱桃，关在枇杷山别墅。谭少羽也不知道被他弄到哪儿去了，下落不明。昨晚幸亏菊仙舍命救了我们俩，放火烧了小红楼别墅，可是她也葬身火海。"

清芳边哭边说，一时哽咽得无法说出完整的句子。

顾达飞仔细听着她的每一句话，这时心疼地用袖口替她擦着眼泪："我懂了，我知道了，你们……你们原来是假夫妻，和我一样，和爱莲一直在扮演假夫妻。我们是为了地下革命工作，你们是为了躲避汪学礼和军统特务的追查。原来，你是逃出别墅去找天华，是天华把你送到南方局，伍先生才会安排我们连夜离开重庆。"

"爱莲是谁？达飞，你这几年究竟过得怎么样？"清芳稍稍住了眼泪，问道。

顾达飞就简略地跟她说了一下自己当年受伤如何被救，如何被组织派去苏联学习并整容，又如何派到重庆从事地下工作，如何在商行扮演商人，如何和何爱莲扮演假夫妻，如何接应清菲和江涛来重庆执行刺杀日本特使的任务，江涛如何牺牲，如何查出独臂大盗的身份，清菲如何在慈云寺面见谢天华，感化他，自己又是怎么被捕，爱莲怎么牺牲，自己怎么被关押在渣滓洞。直说得口干舌燥，他端起搁在矮几上的蓝瓷大碗，一口气喝了个干净。

清芳听得时而欢欣，时而惊讶，时而伤心。当听到江涛牺牲时，她忍不住又簌簌落下泪来，颤声道："清菲，小妹她怎么受得了？我当年就看出来她和江涛是互相爱慕，志同道合，却没想到，命运这么残酷。小妹以后该怎么办？她一个人孤零零的，我又不能在她身边陪伴着。"

顾达飞握住她的手，眼神无限温柔："清菲是一个坚定无畏的共产党员，你要相信她，她能挺过去。那天晚上，她离开重庆去往陕甘宁边区时，我送她登船，她说，以后她的命不仅是她的，还是江涛的。她要加入八路军，以一名军人的身份去战斗，以一身之躯去实现和江涛两人的理想，赶走日本鬼子，重建一个美好幸福的中国。她还要我以后有机会告诉你，让你坚强勇敢地活着，你们姐妹以后一定能重聚！"

清芳一边点头，一边不断拭去泪珠。清菲的脸庞清晰地浮现在眼前，两人分开时，她不过是个齐耳短发的少女，穿着蓝衣黑裙，活泼明艳，咯咯地笑着扑上来叫着姐姐。如今，物是人非，时光改变了一切，清菲已经失去了她最深爱的男子，只身奔赴战场，她们姐妹还能活着再见吗？她该为这个英勇的妹妹而骄傲，但是伤痛也如一把匕首深深刺着她的心。

"清菲……"清芳还是难以抑制内心的悲伤，附在顾达飞肩头哀哀痛哭。

顾达飞只是轻轻拍着她的背，他明白，这几年，她内心郁结了太多的悲伤，是应该让她释放出来。可是，还有一件事，他不知道如何开口告诉清芳，谭少羽居然冒险去渣滓洞替换自己。

突然，船舱的一角，一个睡眼惺忪的小姑娘坐了起来。她脸红扑扑的，头上的羊角辫已经散开了，看来，是被清芳的哭声吵醒了。

"娘，你怎么哭了？谁欺负你了？这个人是谁？"小樱桃揉着眼睛爬起身走过来，抱住清芳的胳膊，娇声问道。

清芳见惊醒了女儿，这才勉强忍住哭声，急忙擦去眼泪，把小樱桃抱在怀里，柔声道："小樱桃，没有人欺负娘，娘只是……只是思念你小姨妈，还有担心你爹。"说着，她用手一指顾达飞，"这位伯伯是娘最好的朋友，他是个大好人，也是个英雄，他是来救娘和小樱桃的，他要带我们去一个最安全最幸福的地方。"

小樱桃依偎在清芳怀里，对顾达飞甜甜地笑着，有些娇羞地叫道："伯伯好！"

顾达飞伸出手掌轻轻抚摸着小樱桃的头发，想到谭少羽此时生死未卜，不禁心中一颤。他深深吸了口气，脱口而出："清芳，你知道吗，我能顺利逃出渣滓洞，其实全靠了天华。他虽然误入歧途，但是及时回了头，帮了我们很多，救了你也救了我。但是，更重要的是，另一个人，他舍出自己的性命冒险进入渣滓洞，替代了我，留在那个牢房里。此时，我不知道他是不是安全，汪学礼有没有对他下毒手。我想他做这一切都是为了你，为了能让我们重逢，他竟然甘愿舍弃自己的生命，我……我实在太感动了。"

顾达飞说到这儿，清芳已经明白了大概，她忙摆摆手，示意顾达飞别在小樱桃面前说到谭少羽危险的处境。两人又哄睡了小樱桃，才走出船舱。

清芳站在船尾，月色如水，两岸的山丘树木都如同笼罩在清冷的薄纱中。顾达飞和两名船员打了招呼，问了问情况，才缓缓走到她身边。两人并肩望去，江水滔滔，山城正不断消逝在视线中。

"达飞，你说，谭医生能平安脱险吗？汪学礼会对他怎么样？"

"清芳，我刚才问了那两位同志，伍先生已经安排了特别行动小组去营救谭医生，他已经顺利脱险了，正在送往别处接受妥善的治疗。至于汪学礼，他背叛国家，沦为日本间谍，不用我们动手，天华会揭发他的真面目。"

清芳扭头望着他，沉沉的夜色中，顾达飞的侧脸消瘦而沉静，如雕塑般坚毅沉静。两人的手紧紧相握着，仿佛永远不会分开。

第二十三章　独臂大盗

　　天刚麻麻亮，乳白色的雾气从山涧中升起，哗哗的溪水，啾啾的鸟鸣，树林间弥漫着淡淡的清香，一切似乎很美好，几乎让人忘了这已经是深秋。

　　最后一朵大叶菊凋落在黄山公寓的阳台，无声无息，淡紫色的花瓣在风中轻轻四散飘去。

　　谢天华站在百叶窗前，凝望着令人不忍辜负的秋日风景。身后的书桌上摆着昨天白蝶发来的电报，那是催促他赶紧南下与家人汇合，一起前往香港的。他身怀六甲的妻子在期待他，他白发的父母在等待他，但是，他们不知道，自己可能永远无法再和他们相会。

　　曾经年少时，他以为一切都能永远，但经过了这么多年，他才明白，所有美好都是短暂的，无法挽留的。比如他和清菲的恋情，和白蝶的婚姻，以及家族富甲一方的繁华幻梦，还有他那尚未出世的孩子。

　　一想到那孩子，他的心就痛得无法自已。但是，他知道，他必须马上行动，昨晚他在渣滓洞参与了对谭少羽的营救，是瞒不了汪学礼多久的。一个小时后，白占亭就会陪同委员长乘专机回到重庆了，自己必须立刻面见他们，呈上自白书，揭穿汪学礼的间谍身份。不然，迟则生变，一切就会变得不可收拾。

　　他拿定主意，转身走到书桌边，拉开抽屉，小心地把那封早已写好的自白书放在信封里，放进贴身的口袋，拿起衣帽架上的军帽戴好，整理了一下军服，大踏步朝门口走去。

　　他刚要去握那黄铜色的门把手，门突然无声地打开了，右臂缠着绷带的汪学礼似笑非笑地望着他，问道："天华，这一大早的，你是要去哪儿啊？"

谢天华不由得退了一步，定了定神，才镇定自若地笑道："学礼兄，是你啊，我正要出门，你怎么也这么早来到寒舍？你这手臂是怎么了？"

　　汪学礼缓步走进来，顺手关上了门，脸上依然挂着莫测的笑容："一点小伤而已……我么，来得早是因为昨晚一夜没睡，一直在想，是谁那么大胆，把黄有德这个蠢货骗得团团转，从守卫严密的渣滓洞里偷梁换柱换走了顾达飞？是谁，那么熟悉渣滓洞附近的地形，又帮助共产党从我眼皮子底下救走了那个冒充的囚犯？"

　　谢天华默默凝视了他一会儿，故作惊讶道："什么，昨晚居然发生了这么大的事？从渣滓洞看守所里换走了顾达飞，还劫走了死囚？共产党真是神通广大啊，还伤了学礼兄，这件事，我觉得一定要向白主任好好汇报一下。不如我们一起吧，一起去九龙坡机场接机。"

　　汪学礼脸上的笑容突然一点点消逝掉，低声道："当然，当然要去接机，不过，不是我们一起去，而是我一个人去——因为黄有德已经全都告诉我了，是你昨天下午去渣滓洞换走了顾达飞。你私通共党，放走要犯，必须交由军统处置。别乱动，你没我快！"

　　说到最后一个字，他没有受伤的那只手中突然多了一把别致的无声手枪，紧紧抵住谢天华的胸口。

　　谢天华的手也正摸到后腰处别着的手枪，这时，只好缓缓地把手放下，冷冷道："汪处长，我可是高炮部队高级参谋，即使你怀疑我私通共党，也得面见委员长和白主任，拿出证据才能处置我，这么拿枪指着我，可不合规矩！"

　　汪学礼贴近他，嘴角微微抽搐了一下，冷酷地说道："我知道你算定白占亭会维护你，不是因为他真的爱他侄女白蝶，而是因为，他不能在委员长那里失了面子。但是，恐怕你没机会再见到白占亭，因为我要就地处决日本间谍独臂大盗！"

　　"什么？你才是真正的独臂大盗！我要揭穿你的真面目！"谢天华怒声道。

　　他话未说完，身子微微一震，一颗子弹准准地穿透了他的心脏。他瞪大眼睛死死地望着汪学礼，身子缓缓滑倒在地，他似乎无法置信汪学礼居然敢这么轻易地开枪。

"马上，军统就会在你的家里发现发报机和密码本。高炮部队的军事秘密也只有你才能泄露，你自然就是独臂大盗！"汪学礼俯下身望着垂死的谢天华。

说完，汪学礼收起枪，开始在谢天华身上细细地摸索，不一会儿，就找到了他藏在内袋的那份自白书。

汪学礼打开看了看，随即掏出打火机，点燃了那份自白书。他走到打开的窗边，把那在火焰中飞舞着的纸团扔出窗外，喃喃道："谢天华，你也太天真了，你以为我那么傻……当你姐夫告诉我，你们全家都去了广州，还带走了大笔现金银元，我就知道，你打算出卖我了。你以为写份自白书就能把我送上军事法庭，不过是更早地把你自己送上黄泉路。"

谢天华这时还未断气，他仰面望着白色的天花板，那仿佛是连绵不绝的云朵，白蝶的脸庞慢慢地从云朵中浮现出来。

"天华，我们的孩子是像你还是像我呢？"

"我爱你，白蝶。"

一颗泪珠顺着谢天华的眼角滚落，他缓缓合上眼。她是他的妻子，很久以来，他都没有好好说过这一句话，今生他欠白蝶的，再也没有机会弥补。

汪学礼戴上白手套，熟练而敏捷地把整间书房都搜查了一遍。确认没有任何对他不利的证据，他又俯身仔细试了试谢天华的鼻息，确定他已经没有生机，这才不慌不忙地把一封早已准备好的自白书放在书桌上，再把自己手中的枪放在谢天华手中，制造出他自杀的假象。随即轻手轻脚地走出屋子，轻轻合上了门。

十几分钟后，门外响起了嘈杂的脚步声，黄有德和宋子雄正带着军统特工们跑上楼来，他们是接到了谢天华畏罪自杀的消息，匆匆赶到。

几天后，重庆的各大报纸上都模糊地登了一则消息，一个隐藏很深，代号"独臂大盗"的日本间谍，已经被军统挖出来，在其私宅内畏罪自杀。据悉生前是军方人员，后被日本人收买，出卖了很多军方的绝密情报。

中共南方局虽然明知这一切都是汪学礼捣的鬼，但是没有很有力的证据来指证他其实才是真正的独臂大盗。伍先生通过特殊渠道将情况传到松厅别墅，老蒋也是对这件间谍案疑窦丛生，于是责成白占亭追查。

白占亭对汪学礼的所作所为并非没有察觉，但是谢天华已死，他也害怕动摇军统内部人心，不愿再深究，只是对汪学礼从此冷淡，过不久找了个机会调他离开了重庆，去皖南一带从事地下的特工活动。

身在广州的谢家二老和白蝶虽然也遭到盘查，但最终因为白占亭的暗中授意，得以脱身，全家去往香港，几年后又辗转去了美国。

残酷的战争仍然在继续！

1945年8月15日，日本接受《波茨坦公告》，无条件投降。抗日战争胜利，国人欢欣鼓舞！

但没有料到，在抗日战争胜利的第二年，战火重燃，国民党开始向解放区疯狂进攻。

第二十四章　姐妹重逢

1947年，战势逆转，人民解放军从防御转向进攻，解放战争全面展开。

1948年，解放军以风卷残云之势，歼灭国民党众多王牌军，陆续解放了长江中下游地区，向着江南重镇江城星夜挺进。

这一年9月，本来是秋高气爽，却意外的多雨。一入秋，位于长江之畔的江城就开始淅淅沥沥地下起雨，从未连续晴上三天。

江城古称鸠兹，从来都是湖泊沼泽密布，水鸟聚居之地，这下子阴雨数日，整个城市更是像浸泡在雨水中，灰蒙蒙的一片。

市井间人心惶惶，人们谈论关心的不是今年的雨水，而是城外的军队何时会攻城，城里的戴将军又会如何还击。这一场仗，几乎就在瞬息之间。

解放军中原野战军某部已经在江城外驻扎了整整五天，城里的国民党统帅戴正平深闭城门，按兵不动。解放军的最高指挥官齐国明师长也沉得住气，命令军队在刚收割的庄稼地边就地搭建帐篷，埋锅做饭，丝毫不骚扰附近的村民。

指导员林清菲正在帐篷里全神贯注地收发电报，好一会儿，她才摘下耳机，长长地舒了口气，将了将军帽下露出的一丝散发。虽然她穿着灰色的旧军装，但是仍然能显出她窈窕的身材，俏丽的脸庞上隐隐现出甜美的酒窝。

她是这支军队中无可争议的第一美女，被战士们私下里称为特工之花，但是没有谁敢对她展开追求，因为大家都隐隐听说她的爱人是位英雄，在一次秘密行动中牺牲。

帐帘被猛地掀起，一股新鲜潮湿的气息随之而来，三营营长魏如风跨了进来，一脸压抑不住的兴奋之色："清菲，师长叫你快去他的帐篷，中央特派员来了！"

清菲有些惊喜，敏捷地起身："前两天才发的电报请示，中央的特派员这么快就来了，看来我们这儿和戴正平之间终于要有结果了！"

魏如风微笑地望着她，欲言又止，只是催她快去。

两人边说边穿过整齐有序的营地，走到作为临时指挥部的帐篷前，还没掀帐帘，就听到师长齐国明一阵爽朗的笑声。

"达飞同志，清芳同志，你们两位我可是久闻大名啊——传奇性的革命情侣，从敌人的大后方逃出来，还受到过中央领导的接见，伍同志亲自证婚，后来又赴苏联学习。这次我怎么也没想到中央居然派了你们过来，不知道清菲要高兴成什么样了。"

"姐姐！顾大哥！"清菲愣住了，她一激动，脸颊飞起一片绯红，脚步却停住了。

"清菲，还不进去，清芳姐想你都快想疯了。"魏如风忙掀起帐帘，笑着把手一摆。

这些年，清菲在行军途中，断断续续听说姐姐的情况，知道她逃离了重庆，去了延安，嫁给了顾达飞，写出了好几部在解放区家喻户晓的小说。顾达飞在中央担任新闻部部长，后来两人双双被中央送去苏联学习。

但她没有和别人提起过自己的姐姐就是著名的红色作家，虽然无数次设想过和姐姐重逢的情景，但是，当这一天真的来临，她依然像个孩子般，无法抑制心头交错的悲伤和快乐。

249

她看到了姐姐的身影——为了掩护身份，顾达飞和清芳并未穿军装，而是穿着长衫和旗袍，倒像是一对寻常走亲戚的夫妻。

"姐！"清菲拼命忍着泪，颤声叫道。

"小妹！"清芳缓缓起身，一瞬间，丢掉了她平时的矜持，几乎是飞奔过来，把清菲紧紧拥在怀中，呜咽出声，"十年了，小妹，我总算看到你了！"

清菲也忍不住泪流满面："姐，我想你，我有空的时候就会读你写的书。"

顾达飞也起身走过来，温柔地拍拍两姐妹的肩膀："别哭了，该是高兴的事。"

齐国明也感慨地点头道："十年啊，姐妹俩才见上一面。清菲来到我这儿三年了，负过伤流过血，我还是第一次看见她哭。"

清芳止住哭泣，替清菲擦擦眼泪，说道："不哭，小妹，我们不哭，比起那些长眠的烈士，我们已经很幸福了，还能见到亲人。"

几个人这才重新落座。

魏如风拿起吊在柴火上的大铁壶，给几个人都倒上热水，大家聊起了别后的情形。顾达飞随即掏出一封信递给齐国明，郑重地说道："这是伍同志的亲笔信，他也向中央汇报过，他们一致认为，江城的战略意义很重要，戴正平从抗战开始就坚决主张抗日，所以，我们要尽一切努力争取和平解放江城。"

齐国明把信从头至尾细读了一遍，微微惊诧道："清芳同志，达飞同志，原来你们和戴正平还有这么一段渊源，怪不得组织上让你们夫妻来劝降他了。不过，这个戴正平为人耿直，在黄埔军校时，他曾经是老蒋的学生，深受器重，和老蒋私交甚密。到了江城后，我曾经派人送了几次信给他，晓以大义，但是他都没有回音。还听说他曾经对身边的人说，若城破，当效仿清朝忠臣常大淳，举家殉国。"

顾达飞和清芳都不由得神色凝重起来。

"齐师长，我和达飞仔细分析过，戴正平曾经积极主张抗日，而且镇守江城期间，军纪严明，赏罚有度，颇受部下的爱戴。我们的部队到达城下，他不应战，只是固守，就是表明他内心深处不想打内战。但是他的忠臣思想根深蒂固，又不想背叛老蒋，所以现在是举棋不定之际。老蒋也一定会想到这点，说不定正在对他施加压力，我们必须立刻进城，面见戴正平，不能错过最佳时机。"清芳缓缓说道。

齐国明犹豫了一会儿，有些为难地道："可是，你们只身进城，安全很难保障啊！戴正平虽然不至于加害，但是城里人员鱼龙混杂，也难保有军统特务，还是想办法和戴正平约个中间地带谈判稳妥吧。"

顾达飞轻轻摇头："不行，这样的话戴正平不会亲自应约，来个副官什么的也不起关键作用。目前战局正酣，我们的精锐部队也不能总是在此地围困。我们一定要进城去面见他，这样也可以表现我们共产党人最大的诚意，而且，面对面，也能洞察他的真实想法，所以，我们必须进城。齐师长，你有什么办法安排我们尽快进城吗？"

齐国明点点头："好吧。我们和戴正平有个不成文的约定，为了保障城内居民的正常生活，每天清晨，城里运送垃圾的车辆可以出城，城外的农民也可以把蔬菜粮食运送进去。时间是一小时，两军都不会干涉。明天一早，你们就混在运送蔬菜的农民中进城，再派几个枪法好的陪你们进去。"

顾达飞和清芳还未答话，清菲和魏如风异口同声抢着说道："师长，我去！"随即，两人相视一笑。

齐国明哈哈笑道："好啊，清菲的枪法自然不必说，咱们的特工之花嘛。如风也是神枪手，而且熟悉地形。姐妹同心，如风和顾部长也是老战友了……先吃饭，没什么好招待的，红薯稀饭，刚熟的苞米，管饱！"

魏如风搭着顾达飞的肩膀笑道："顾大哥，我还特意从老乡家买了瓶米酒，我们今天就着红薯稀饭，喝一口你家乡的米酒吧！"

顾达飞意味深长地笑道："好，相信这也是我们和平解放江城的庆功酒！"

夜幕渐渐笼罩原野，雨还在淅淅沥沥地下着，江南的秋依然是绿意葱茏，营地里的几棵丁香树丝毫没有衰败的迹象。战士们都纷纷开始烧柴做饭，各个营帐都点起了暖融融的灯火。

帐篷里，魏如风手拿一片刚摘下的丁香树叶放在唇边，竟然吹出婉转的曲调。正在专心烤着苞米的顾达飞抬头望着他，微笑道："如风，几年没见，你居然还学会了吹这个。"

"随便乱吹，部队中乐器奇缺。现在我们的大军势如破竹，国民党撑不了多久，等不打仗了太平了，我要好好学学吹笛子，说不准一不小心还真成了个音乐家。"魏如风玩笑道。

顾达飞递给他一个烤熟的苞米："等仗打完了，百废待兴，等着你干的事多了，只怕你没时间学乐器。首先，你就得抓紧娶个媳妇，你父母都不在了，我就是你的家长，这事可耽误不得，转眼你就三十多了。"

魏如风啃着苞米，凝视着烧得噼噼啪啪的木柴，突然羞涩地笑道："顾大哥，我心里只有一个人，你知道的，只要她一天不嫁人，我就永远等着她。"

顾达飞轻轻叹了口气，劝道："我知道，你对清菲的感情我想她是明白的，为了她，你才申请来到这支部队。但是，她和江涛的感情太深了，你要有心理准备，这种等待可能是无望的。"

魏如风使劲啃着苞米，坚定地说道："我知道，我没想代替江涛同志的位置，我只是想代替他照顾清菲，只要能看到她幸福，我也就幸福。我可以等，多久都行。顾大哥，你和清芳姐就是我的榜样，你们失散了那么久，不是也重逢并且结为夫妻的？"

说起清芳，顾达飞语气不自觉地温柔起来："从第一次在江城师大的梅树下见到她，到在延安结婚，整整八年，和抗战一样，漫长、曲折、痛苦，几经生死，但是结果无比幸福。"

魏如风听着眼眶微微湿润，他忙拿出两个搪瓷缸子，倒了两杯米酒，递给顾达飞一杯："顾大哥，来，为你和清芳姐的幸福，为祖国的未来，为就要来临的和平，干杯！"

"为牺牲的同志们，江涛、爱莲、老邱，还有千千万万无名的英雄，为和平解放江城，干杯！"顾达飞举起杯，神色肃穆。

柴堆已经烧得只剩火星，帐篷里渐渐变得寒气逼人，清芳忙起身帮清菲掖好被角。两人挤在狭窄的行军床上，只有一床薄薄的棉被，只好紧紧挨着睡才暖和些。

清菲依偎着姐姐，突然想起了什么，说道："姐，谭大哥，就是谭少羽，他现在是我们野战部队一名出色的军医了，还和一名护士结了婚。前几天，他还为救治伤员来过我们的部队，可惜你来迟了几天，你们没遇上，他临走前还让我见到你一定要向你问好呢。"

清芳惊喜道："谭大哥！听到他的消息真好，在重庆一别好几年了，他那次为了救达飞冒险进入渣滓洞，还受了重伤，我和达飞一直牵挂着他呢！"

清菲的眼睛亮晶晶的："姐，谭大哥对你真好，可是，你和顾大哥才是真正心意相通的革命伴侣。我突然想起，那天晚上月光如水，你和顾大哥在家里的凉亭里唱歌，我和谢天华躲在月亮门外看见，还偷偷笑你们，那一刻，我就有种预感，你们俩总有一天会在一起。可是没想到，随后你们就分开了，还好有情人终成眷属。"

清芳感慨地道："是啊，那些往事好像就在昨天，我们和爹娘还在一个桌上吃饭，说说笑笑，娘总是喜欢我们给她唱歌听，你喜欢跟爹撒娇。转眼，已经人事皆非，家里的老宅还在吗？爹娘的坟上该长满青草了吧？还有天华，要不是他救了达飞，我和达飞就不会重逢，可是他……"

说到谢天华，清芳突然沉默了。

清菲的眼里一下子湿润了："天华的事我都听魏如风告诉我了，虽然他走错了一步，但是到最后，他还是不失为一个真正勇敢的人，在慈云寺，他答应我要做到的事果然都一一做到了。汪学礼，这个败类，他杀害了天华，还把间谍罪栽赃到天华的身上。可惜那件事以后他就销声匿迹了，中央特科的同志曾经多次查寻，军统内部也无法查找到他的下落。"

清芳长长舒了一口气："我相信，天网恢恢，疏而不漏，他多行不义必自毙，总有一天会受到应有的惩罚！"说着，她把清菲的手放在自己的腹部，悄声道，"小妹，我们要永远怀有美好的希望，这里就孕育着未来和希望。"

清菲惊喜地翻身坐起，问道："姐，你怀孕了？"

清芳微笑着点点头，清菲又小心翼翼地伸出手去摸，果然，那儿有微微的搏动，一下，又一下，强劲而有力。

幸福的感觉瞬间弥漫了清菲的全身，她没有做过母亲，但是此时她能感受到这个孕育在姐姐体内的孩子，正蓬勃地生长着。

"真好，姐，太好了，顾大哥高兴坏了吧？小樱桃有弟弟或者妹妹了！"

柴火熄灭了，清芳的脸在黑暗中熠熠发光："是啊，小樱桃已经是个小学生了，她还认真地说，这个小宝宝就叫小石榴。小妹，姐姐多希望你能找到一个陪你到老的爱人，我想江涛也是这样希望的。"

清菲什么也没说，只是静静躺下，和姐姐依偎在一起。两人感受着彼此身体的温暖和气息，就像回到了小时候，那些无忧无虑的岁月像晚风静静拂过心间。

第二十五章 还君明珠

天色微明，雨竟然停了。江城的城门缓缓开启，守城的士兵们荷枪实弹地严密盘查着。挑着担子，推着独轮车的农民们，赶了个大早，开始一个接一个地走进城门。

城里街市颇为萧条，风闻战事将起，大户人家都纷纷开始往乡下转运财物，小门小户也没有别的想头，只是想着多屯些粮食。倒是求签问卦、求神拜佛的人多起来，城里最大的广济寺香火日益兴旺。

丁香巷戴府，书房内，戴正平正端坐桌前，面色沉静，手持狼毫，在一张宣纸上专心临着小楷。雷秘书在他身后背着手默默看着，他明白，这是将军的习惯，越是心情纷乱反而越是要临字。

这几天，南京方面几乎是每天一封电报，要戴正平出战，共产党方面也是送来了多封信，希望与将军和谈。两军对持，看似平静，实际是山雨欲来风满楼。是战是和，一城人的性命和将军后半生的荣辱，都在这一决定中，他的一举一动牵动着每个人的心。

好一会儿，看将军放下笔，雷秘书忙递上一杯沏好的猴魁，轻声道："将军，刚才南京方面又发来一封电报。这是今天的第二封电报了，看来委员长是有些着急了。"

戴正平吹了吹茶叶，喝了一口，一扬眉，问道："电报里说什么？"

"让将军不必顾虑，共产党只是暂时占据优势，美国方面已经答应提供给我们大量的军火，我们只管放心出兵和他们打这一仗，后面自然有援军到来，还会派美式的战斗机过来。委员长还说，将军是国之栋梁，若此番能力挽狂澜，就如唐代的郭子仪，必然名垂青史。"

戴正平把茶杯重重地往桌上一放，雷秘书会意，立刻缄口不言。

戴正平起身在屋子里转了几个来回，才走到窗前，凝望着远处，缓缓道："郭子仪平定安史之乱，让国家不沦入外族之手，自然能名垂青史。我这里一开战，可是中国人打中国人，一城的百姓还得妻离子散。解放军在城外驻扎的这几天，可是秋毫不犯，我要是一下令出战，我岂不是成了挑起内战的千古罪人！"

雷秘书思忖道："那将军的意思是……和解放军和谈？"

戴正平沉默了一会儿，又轻轻摇了摇头："不行，委员长的一些做法我虽然看不惯，但是，他一直对我信任有加，如今在这战局不利的情况下，我戴正平绝不能做背信弃义之人啊！"

雷秘书正要再说什么，门帘一掀，老管家走进来，毕恭毕敬地说道："将军，府门外来了两男两女，说是将军的故人，有要事求见将军。"

"我的故人？什么样的两男两女？"戴正平转过身来，微微皱眉。

戴府的老管家跟随戴正平多年，自然精于世故："都是寻常乡下人的打扮，但是，我看他们不像是一般人。那两个女子都长得极其标致，带头的那个男子气度不凡，倒像是个官家人。另外，那个年纪大一些的女子还说如果将军不肯赐见，就把这张纸条交给您。"说着，递上一张折起的信笺。

戴正平打开，只见一行娟秀的字体。

> 戴将军尊鉴：十一年前一雨夜，清芳和达飞曾蒙将军接见，施以援手，营救小妹于牢狱。此恩此德，没齿难忘。如今，国家战乱，江城存亡之际，吾等代表延安方面前来，恳请将军能再次赐见，以诉满腹诚挚之言，一腔和平之计。
>
> 清芳，达飞 谨启

"十一年前的雨夜，清芳，达飞？"戴正平读罢信笺，陷入深深的沉思。

雷秘书和老管家都不敢打扰，安静地等在一边。

好一会儿，戴正平才舒展开眉头，在太师椅上坐下，说道："顾达飞，林清芳，原来是他们，当初看他们就是不凡之人，原来也加入了共产党。让他们进来吧，我倒想听听他们有什么诚挚之言。"

老管家出去后，雷秘书微微笑道："将军，这几个人必然是来劝降您的。

据我所知，原来咱们江城《徽州日报》的著名记者叫顾达飞，现在是中共陕甘宁边区的新闻部部长。军统汪学礼原来的那个太太叫林清芳，现在也是共产党，在解放区是颇有影响力的女作家，写了不少抗战题材的小说。"

戴正平微微点头："林清芳，她的文笔我是知道的，我太太生前很爱读她写的那本《蝶》。"

原来，戴夫人在两年前因病去世，生前她也是大家闺秀出身，最爱读小说解闷。

说话间，老管家已经把清芳姐妹和顾达飞、魏如风领进了书房。

落座后，顾达飞和清芳凝神望去，戴正平虽然随意坐在太师椅上，穿着便装，但是，十多年时光并未洗去他的勃勃英姿，更见儒雅之气。

"戴将军，多年未见，您风采依旧啊！"顾达飞由衷赞道。

戴正平微微一笑："达飞，尽管你今天是以中共代表的身份来和我见面，我想我还是可以这么称呼你。十一年了，你容颜见老了，但是看得出，你的眼神愈发坚定无畏，以前是个纯粹的文人，现在则是文武兼备了。"

说着，他又仔细望了望清芳和清菲。

"清芳，十一年前我就说过你才貌双全，果然，成为文坛的一朵玫瑰。汪学礼的确是配不上你，自从他进入军统，行事多有不堪。听说你和他已经分道扬镳，分得好！你这位美丽的小妹，也是共产党人？"

清芳忙向戴正平简要介绍了一下清菲和魏如风。

戴正平听他们俩都是解放军军官，微微点头，叹道："共产党里果然聚集了很多能人志士，而我们的队伍却士气低迷，贪赃枉法之徒比比皆是。也难怪，仗打了两年多，我们装备精良的正规军却节节败退，你们小米加步枪却一步步强大起来。"

顾达飞目光中露出一股热切之意："戴将军，您目光敏锐，自然看得出目前的战局，国民党渐失人心，用不了一年半载，就会全面溃败。水能载舟，亦能覆舟，人心所向，大势所趋，非一己之力可挽回。我来之前，毛主席特意让我转告您，您是一代名将，在抗战方面是做出过贡献的，您的军队在江城驻守多年也是造福一方，保住了江城的一方安宁。希望您在这个关键的时刻，能做出最正确的选择，江城百姓也期待您的选择！"

戴正平凝神听着，沉默半晌，才缓缓道："达飞，贵党领袖能如此高看我戴某，我颇为感激。但是，古人云，饮水思源，我幼年家贫，父母双亡，进入黄埔军校后，校长对我另眼相看，曾经赠钱赠物，对我有知遇之恩。后来又一直对我委以重任，多年来，就是私下也和我书信来往不绝。虽然，他在抗日时的一些做法我也很有看法，也和他争执过，但是毕竟最后他还是能以民族大义为重，把抗战打到了底。如今，党国正在危难之际，我如果此时背叛校长，岂不是小人之举？"

顾达飞还未开口，清芳柔声道："将军，您和校长私交深厚，我们都明白，滴水之恩当涌泉相报，是古人教我们的做人原则。但是，个人的恩义名节如果与一座城的存亡、几十万百姓的生死比起来，孰轻孰重，您自能决断。这座城，也算是我的家乡，有我全部的青春记忆，我希望，很多年后，我还能看到一座如此美丽的城市，而不是让她毁于战火。将军您对江城的感情不会比我浅，相信您一定不会让她在您的手上消失。"

戴正平的双手紧紧握住了太师椅的把手，又缓缓松开："你说得不错，我在江城待了十多年，这里也是我的第二故乡，我不愿这里的一砖一瓦受到破坏，所以，才紧闭城门不出战到现在。可是，要我打开城门迎接你们的军队进城，我却过不了心里这一关。"

戴正平似乎内心经受着无比的煎熬，垂下眼睑，靠在太师椅上沉思起来。满屋子的人也都静默不语。

清菲向来快人快语，突然起身道："我的日常工作就包括监听敌方的电台，这两天我监听到南京方面军统总部的电文，他们正在向江城派遣特务，任务就是要监视将军您的动向，可见，那位校长并不信任您。"

"再说，最近南方方面飞机频繁起降，外界都是怀疑是在运送物品，就连他自己都在策划着逃离大陆，您还死死守着这座孤城又有何用？"

"我们齐师长其实也是敬重您的为人，才一直没有攻城，我们就是等您做这个决定啊！您当年救了我，如今，江城几十万百姓等着您来救，您千万别让所有的人失望啊！"

清菲还要再说，却被清芳的一个眼神止住："小妹，让将军安静地想一想吧。"

顾达飞也起身，目光炯炯："将军，其实我想，所有的利害，所有的道理您都早已考虑过了，您心里应该早有了决定。将军您字鸿鹄，心胸也必然如天地间一鸿鹄，浩荡无垠。我们先告辞，我们可以等，等到您最终下决心的那一天！"

戴正平抬起头望着他，眉头微微舒展，缓缓起身，说道："达飞，谢谢你，我会给你一个答复的。过门即是客，而且已经是正午，你们就在外面小客厅用个便餐吧，我就不陪你们了，我还有一副字要临完。雷秘书，你代我陪陪几位吧，吩咐厨房多准备几道江城的名菜招待几位贵客。"

雷秘书答应着，忙把手一伸："几位请！"

四人向戴正平告别，一一走出书房。不一会儿，小客厅里就备下了一桌丰盛的菜肴，果然都是江城各种出名的小吃和菜品。雷秘书竭力让菜敬酒，大家却都是闷闷的，草草吃了几口，气氛并不热烈。

魏如风悄悄问顾达飞："顾大哥，戴将军似乎还是很摇摆啊，难道我们一直等下去？会不会贻误战机啊？"

顾达飞微微笑道："我猜，对于这座城和城里的军民，将军心里已经有了决定，只是他自己的去向还在犹豫中。我们应该有这个耐心，这也是共产党人应有的胸怀！"

魏如风正琢磨着这句话，老管家笑眯眯地走了进来，微微躬身道："将军临完字了，他请两位林小姐再去一趟书房，说是要把这幅字送给你们。"

清芳和清菲互相望了一眼，都微微有些诧异，忙起身随老管家来到书房。

魏如风顿时有些着急，脱口而出："这戴将军葫芦里卖的什么药啊？这么多人伸着脖子等着，他居然还在临帖！"

顾达飞忙递给他一杯酒，用眼神示意他镇定，笑道："你懂什么，将军素来在书法上很有造诣，习字最能令人心神俱宁，好好思考。越在风口浪尖，越要有一颗沉静的心。"

雷秘书忙拍手道："是，正是，戴将军每次遇到重大之事必要临帖才能做决定呢，还是顾先生最善于猜度人心啊！"

清芳和清菲走进书房时，只见戴正平正站在案前，对着摊在黑桃木书桌上刚写好的一幅字怅然若失。听见脚步声，他才抬起头，微微笑道："清芳，清菲，你们来看看我这刚写成的几个字，可还能入目？"

清芳和清菲忙走上前，低头细细看去。那是一卷上好的生宣，鹅黄色的底子上是八个洒脱的大字。

"好字，如行云流水般飘逸！"清菲赞道，"还君明珠，天地鸿鹄。"她轻声念了两遍，微微惊喜地问道，"将军，看来您已经下定了决心——还君明珠，要把江城这颗美丽的明珠还给百姓，是吗？"

戴正平只是淡淡笑着，并不立刻答复，而是走到旁边太师椅上坐下，端起茶碗喝了一口，轻轻叹道："别人都说西湖龙井清香四溢，我倒是偏爱这猴魁，长于深山之中，自有一股山间的灵秀之气。"

一直默默不语的清芳接口道："将军，这鸿鹄乃是您的字，也是高飞之鸟，您写'天地鸿鹄'就是寓意要远走高飞，可要是江城解放之后您远走异国他乡，在外漂泊，只怕就喝不到这么新鲜甘醇的猴魁茶了。"

戴正平端着茶碗的手一哆嗦，茶水泼出了些。他放下茶碗，黯然道："清芳，你果然是绝顶聪明。好吧，既然我的心思你都明白了，这幅字你就代我送给贵党的领袖。戴某别无他求，我夫人已经过世，只有一双儿女现在美国随她们的姨妈生活，我愿解甲，开城迎接贵军后，请让我远走美国，用余生来当一个普通的父亲。"

"将军……"

清芳还想再劝，戴正平摆了摆手，叹道："你不用再劝我，我知道解放军是仁义之师，也明白跟解放军和谈是正确的选择。但是，我不能加入贵军，去战场上和校长为敌，我做不到，我唯有退出这场战争。"

清芳见他心意已决，也不便再强求，只细心地收好那幅字，一拉清菲，两人向戴正平深深鞠了一躬。

"将军，您当年仗义救了我小妹和她的同学，一直未当面道谢。您在抗日期间的诸多义举，对一方百姓的庇护，我们的各位中央领导同志都是知道的，我相信，他们会尊重您的意思。我们马上回去发电报请示，今天日落之前，我们会派人进城告知您党中央的决定。告辞！"

两姐妹转身刚要走出门去，戴正平又唤住她们，低声道："清芳，你选择达飞果然是有眼光。不过，要千万小心汪学礼，他在白占亭那里失宠之后，一直在皖南地区的特务站当站长。他原来的得力助手宋子雄现在就在我的部队里，据他说，汪学礼可是一直对你怀恨在心，伺机报复！"

"谢谢您，将军，我会小心的。"清芳道谢后，两人才随老管家一起走出书房，来到小客厅。

顾达飞和魏如风看了那幅字，知道戴正平终于下决心迎接解放军进城，都很欣喜。

事不宜迟，顾达飞决定兵分两路，他和清芳先回城外的军营，发电报请示延安方面。清菲和魏如风则留在城内，一方面静观其变，如有意外情况就及时与城外联系；一方面他们正好去江城师大会见一批进步学生和工农代表，他们早就悄悄集结，准备迎接解放军进城了。

临分开时，顾达飞还悄悄捅了魏如风一下，悄声道："有一下午的时间，正好假公济私，给你个机会，好好跟清菲单独相处，能不能打动芳心，就看你自己了。"

魏如风笑而不语。

清菲帮姐姐贴心地围好围巾，趴在她耳朵边嘱咐道："你别太累了，你现在可是两个人了，要当心肚子里的孩子。我晚上回去，咱们再好好谈心，还有好多话没说。"

"好，今晚就听你这个爱嚼舌头的丫头说个够！"清芳爱怜地望着妹妹，虽然穿着粗布对襟褂子，仍然楚楚动人。

这是个难得的晴天，午后的风温柔地拂过树梢。魏如风和清菲并肩走过江城师大的一条小径，往礼堂走去，学生们都在那儿等着他们。满地的梧桐叶在他们的脚下咯吱咯吱响着，他们俩边走边讨论着将来解放了全中国，该干点什么——清菲的理想是去新疆，守卫边陲，她不喜欢安稳地在城市里待着。

"去看看雪山，看看天池，去广阔的新疆戈壁纵马驰骋！"她盈盈笑着，一扬手臂。

"好，你喜欢去哪儿就去哪儿，我陪着你，当你的保镖！"魏如风微笑着望着她，他只想这样一生一世地望着她。

整个下午，他们都在师大的礼堂里和热情的学生和工农代表见面，向他们介绍解放区的生活和工作，讲解如何报名参加解放军。安排好迎接解放军进城的工作，他俩跟学生们一起边唱着歌，边制作标语和小旗子，准备明天将要举行的欢迎大会。

一直忙到太阳在天空中只剩下一点淡淡的影子，礼堂里面的光线渐渐暗淡下来，清菲把一面小红旗小心地贴好，才直起腰来。魏如风也正和几个男生把墙上的标语全部布置好了，从木梯子爬下来。

"怎么样，大家饿了没？去买些馒头来祭五脏庙吧！"魏如风笑着对还在开心地唱着歌的学生们一挥手。

几个男孩子立刻自告奋勇跑去买，不一会儿就抬了一筐子馒头回来，大家都就地休息，边吃边聊。一个戴眼镜剪短发的女孩子皱起鼻子，悄声说："这时候要是能吃碗老蔡家热腾腾的馄饨该多好！"

清菲眼睛一亮："啊，那家老字号的馄饨还开着吗？我离开江城都十多年了，做梦都想吃那个味！"

短发女孩笑着道："还在老地方啊，出了师大的后角门，穿过那条秋千巷就到了。"

魏如风咧嘴笑道："那好，想吃的，大伙一起去吧，今天我请客……其实也不是我请客，是我们师长请客。他听说大家为了明天的和平解放江城欢迎会而忙碌，特意让我请大家吃点好的。"

短发女孩一吐舌头道："魏营长，您还是陪林指导员先去吧，你们忙了一下午，连口水都没喝上。我们把剩下的会场布置完，等你们回来检查。再说，我们也不想当电灯泡，打扰你们俩！"

学生们都哈哈大笑起来，纷纷催促魏如风陪清菲去。

清菲脸上不由得飞起一点红晕，魏如风也不好意思地抓抓头发。

第二十六章　英魂逝水

　　秋千巷，没有路灯，长长的石板路在幽暗的月光下散发着清冷的光，远处不知谁家的猫儿发出阵阵烦躁的叫声，令人心里隐隐有些不安。清菲和魏如风吃完了馄饨，正缓步往师大走去。

　　魏如风边走边轻声道："清菲，看来今晚我们得留在城里了，你去女学生宿舍挤一挤吧，我在礼堂里裹着大衣凑合一晚就行了。明天早上，等顾大哥和清芳姐进城来见戴将军，转达了中央的精神，我们再和他们一起出城。大部队进城会有很多事情，这几天会非常忙，等忙过这阵子，你和清芳姐也抽空回趟秋浦村给伯父伯母扫个墓吧，十多年都没回来了。"

　　清菲陷入沉思中："是啊，十多年了。那时，我父母还健在，姐姐还在汪府郁郁寡欢，我还是个学生，没想到再回到江城，一切都变了。记得，江涛曾经一再说，要陪我一起回江城回秋浦村，看一看我的家乡，可惜，他是永远无法实现这个诺言了！"

　　她的声音里突然充满了深深的感伤。这时候，她不是一个身经百战的战士，而只是一名普通的女孩子，失去爱人的痛楚一直被掩埋在心底，此刻却被这夜色和月光触动。

　　魏如风停住脚步，鼓足了勇气，柔声道："清菲，其实，有句话我一直想对你说……以后，请让我代替江涛来照顾你吧！"

　　清菲没想到他竟然会在此时说出这么一句话，一时愣住，淡淡的月光恰好照在清菲的脸上，她眼睛里隐约闪着些晶莹的亮光。两人静静凝望着对方，沉默着，几次欲言又止。

　　突然，清菲瞥见巷子口闪过几个诡异的人影。她的神经莫名地紧张起来，想起临别时姐姐特意嘱咐她，江城曾经设有军统的特务站，要万分小心。

"如风，情况有点不对，我们好像被人盯上了。别回头，我们要赶紧走出巷子去。"清菲突然挽起魏如风的胳膊，在他耳边悄声道。

两人往前走着，魏如风的眼神警惕地向四下扫了扫，低声道："听脚步声起码有四五个，估计是军统的人。清菲，我们身上只有一支枪，不能硬碰硬，待会儿走到巷口，我来引开他们，你赶紧跑。只要到了马路上，就会有巡查的士兵，戴将军的部下会帮助我们的。"

"不行，我们要一起行动。四五个人，我们两个人来对付，不成问题。"清菲坚决地答道，她挽着魏如风，神情镇定自若。

两人走到离巷子口还有十几米时，身后的脚步声突然急促起来。两人正要加快脚步走出巷子去，前面暗影处突然闪出几个黑衣人，都是一色的黑色对襟褂子，戴着鸭舌帽，拦住了清菲和魏如风的去路。

魏如风心里一惊，来者不善，看来这是一次计划周密的跟踪。

两人陷入了包围之中，前后一共十几个壮实的年轻男子，都默不作声地向他们俩靠上来。魏如风暗暗握了握清菲的手，把自己的枪塞在她的手里，这是一个暗号，他要准备主动出击了。

果然，魏如风飞起一脚，首先踢向为首的两个黑衣人，三两个回合，那两个黑衣人被打翻在地，清菲也出手击倒了一个黑衣人。但是，很明显，这群人受过专门训练，他们并不掏枪，章法丝毫不乱，四五个人专攻魏如风，另外几个人围住了清菲，并不动手，只是隔开她和魏如风。

魏如风虽然枪法如神，却不善于拳脚功夫，不一会儿，就露出了破绽，被一个黑衣人击中一拳，身体跟跄了几步，又被身后的一个黑衣人手持的双节棍击中后脑，闷闷地哼了一声，晕倒在地。

"如风！"

清菲惊叫一声，正欲拼力冲过去，为首的一个黑衣人突然蹲下身用匕首横在魏如风的脖子上，阴阴笑道："住手，林指导员，你要是再动一动，他可就没命了。其实我们不想要你们的命，走吧，我们站长想见见你！"

清菲怒目望着他，双拳紧握，半晌才缓缓道："不许你们伤害他！走，我跟你们去见那个站长。"

两个黑衣人架着昏死的魏如风，押着清菲，出了巷口，立刻上了一辆黑色的轿车。轿车拐了几个弯，开上了一条平坦的大路。

虽然车窗上蒙着黑纸，但是清菲自小在江城长大，熟悉道路，她能感觉到车子是在开往江边。果然，车子停下，清菲被推下车，真的来到了江畔的镇江塔下。

清菲被推搡着走向江边。此时，夜色中，江堤的护栏边，立着一个黑衣男子，他虽然背着身子，但是清菲一眼就认出了他。

"汪学礼，果然是你！"清菲站住，冷冷地说道。

汪学礼忽地转过身，似笑非笑地道："清菲，别来无恙，看见姐夫也不问声好吗？"

"汪学礼，你打的什么主意，直说吧！"清菲此时完全镇定下来。

汪学礼缓缓走过来，看了看依然昏死的魏如风，冷笑道："没什么，这段时间我一直盯着你们，总算找到了机会。现在我手上有解放军的一个指导员和一个营长，你说，我有没有筹码和那位手握兵权的齐师长谈谈条件呢？"

清菲微微一笑："你想用我们两个来威胁解放军不要进入江城？别妄想了，戴将军已经答应了和平解放江城，民心所向，就算是你杀了我们，也阻止不了解放军进城的脚步！"

汪学礼垂下眼来："是吗？可是如果你们两人的尸体明天早晨出现在戴将军府，准备迎接解放军进城的礼堂突然爆炸，你想，戴正平能解释的清楚吗？齐师长又会相信他的解释吗？到时候，可就有好戏看了。我只是担心你姐姐会受不了这个打击，你们姐妹可是刚刚重逢啊！"

汪学礼的话像一根针刺中了清菲，她明白，这个阴谋真是无比狠毒，足以让整个江城变得混乱不堪。她微微闭上眼，竭力让自己的思绪变得清晰。

"清菲，念在过去的情分上，我不会让你姐姐太难过，只要你写一封信给你姐姐和齐师长，让他们推迟进城，你和你情郎的命就都能保住，你何必为了这座小城搭上自己的命？"

清菲缓缓睁开眼，面色冷峻："好，我答应你，但是，我要先看看魏营长，确定他还活着。"

汪学礼扬了扬眉毛，笑道："女人果然是女人，在任何时候，最关心的还是心爱的男人。来人，把魏营长带过来！"

不一会儿，两个黑衣人架着昏迷的魏如风从车上下来，把他摔在清菲眼前。清菲扑到魏如风的身上，抱着他的头，轻轻呼唤着："如风，你醒醒！"

汪学礼的嘴角浮出一丝残忍的笑容，但一瞬间，他发现自己上当了。

清菲突然间举起了右手，一支白色的光束从她的手掌中飞了出去，随着一声裂帛般的声响，那光束在黑沉沉的天空中绽放开来，格外耀眼！

"信号弹！她放了信号弹！信号弹在姓魏的身上，你们这帮蠢货！"汪学礼狂怒地低吼了几声。

身边的特务们顿时惊得目瞪口呆，谁也没有想到，清菲居然在这么多双眼睛的注视下，放出了信号弹。

清菲缓缓起身，静静地注视着汪学礼："这里是城郊，离我们的军营不过几里路，我姐姐一定看得到这信号弹，知道我们出了事，就算现在你杀了我们，也无法栽赃给戴将军，无法破坏和平解放江城了。"

几个黑衣特务都慌乱地问道："站长，现在怎么办？"

汪学礼脸上的肌肉可怕地抽搐了几下，手猛地一挥："别慌，把这个女人带上，立刻离开。把那个姓魏的，给我扔到江里去！"

几个黑衣特务正要上前，清菲猛地抬手，她手中赫然是一把枪。一声枪响过后，汪学礼捂住左胸，摇摇晃晃地向后退去。

"给我杀了她！杀了他们！"汪学礼嘶声叫道。

几个黑衣特务一起对清菲和魏如风举起了枪，一阵阵枪声刺破了寂静的黑夜。清菲拼力向魏如风扑去，用自己的身体护住了他。夜，突然间变得血红一片，像春日灿烂的樱花，纷纷扬扬，一点点淹没了清菲的视线。

"以后，请让我代替江涛来照顾你吧！"魏如风的脸庞忽而无比清晰，忽而又远不可及，渐渐地，消失在一团灰白色的雾气中。

汪学礼虽然受了伤，但是没有伤到要害。其他特务看到主子受了伤，也害怕解放军马上赶到，无心再逗留，顾不上检查清菲和魏如风的死活，急忙架起汪学礼，钻进了轿车，乘着夜色悄然离去。

看到信号弹，齐国明和顾达飞带人快马加鞭地赶到江边。他们跳下马，跑上江堤，看到清菲还紧紧护在魏如风身上，身子下面已经一片血泊。当大家分开他们，才发觉魏如风还有微弱的呼吸。

当夜，魏如风还在重伤昏迷之中，清菲的战友们按照她生前所期望的，为她举行了简单而隆重的火葬。

大伙默默地采来许多大叶菊，让清菲躺在那些明艳傲霜的花儿之中，她虽然只是穿着一身洗得发白的旧军装，但是，在场的每一个人都觉得她美若天仙。当跳跃的火苗温柔地吻过她娇美的脸庞，她似乎在火焰中静静地绽放着笑颜。

"林指导员！"战士们中爆发出一片抽泣之声，齐国明神色肃穆，默默举起了右手，敬了一个标准的军礼。

清芳手里握着妹妹的一顶旧军帽，浑身轻轻颤抖了一下，两颗豆大的泪珠缓缓滚落。顾达飞知道，此刻，任何语言的安慰都是无力的，他只是温柔地把清芳揽入怀里。

"达飞，让清菲永远留在这奔腾不息的长江里吧，这里的江水连着新安江，她的灵魂一定会顺着江水回到故乡！"清芳说着，突然觉得腹中一阵剧痛，眼前一黑，昏倒在顾达飞怀中。

第二天清晨，雷秘书代表戴正平出城和齐国明师长会面，正式签署和平解放条约。当日，解放军在一片欢呼声中顺利进入江城。侦查连在师大礼堂里找到了军统安置的炸弹，并且抓捕了一批隐蔽的特务。

没几天，城里就恢复了市井的繁荣。江城原守军被改编并入了齐国明部下，戴正平则换了便装，在雷秘书的陪同下悄然离开江城，按照延安方面的指示，他经由香港赴美，与子女团聚。

一个月后，齐国明率领大部队离开江城，星夜北上参加解放天津的战役。顾达飞和清芳留在了江城，一方面清芳由于悲痛过度而流产，需要休养一段时间；另一方面，死里逃生的魏如风经过几次手术，已经渐渐恢复，也被安排和顾达飞夫妇住在一起，便于照顾。

第二十七章　江塔决斗

儒林街汪宅，这座院落依然如当年一样幽静错落。自从解放战争烽火燃起，汪府人逃难离去，它曾经几度被转卖，如今，被江城临时政府收回，作为政府的办公地。

顾达飞被组织上安排在临时政府里任职，同时也积极筹备江城报馆的重建工作。为了方便照顾清芳和魏如风，他们被安置在汪宅的后院居住。顾达飞夫妇住了一间正房，魏如风住在一侧的偏房。

顾达飞忙于公务，清芳的身体也渐渐恢复，虽然有医生护士每天登门，但她仍然坚持亲自去帮魏如风换药，她觉得，这是替清菲做的。清菲用自己的生命保护了魏如风，她希望他好好活着，所以，自己要尽力帮她完成心愿。

今天，清芳帮魏如风换过药后，俯身细细查看一下他背上的伤口，微微笑道："如风，你身上大部分的伤口都开始结疤了，医生说，再有十天半个月，你就可以拆掉纱布，基本痊愈了。"

魏如风的脸上却看不到什么高兴的神情，自从苏醒后，他就变得沉默，常常对着清菲留下的那顶旧军帽发呆。

清芳默默走到他身边，拍拍他的肩膀，轻声道："如风，我知道你很难过，要是能哭出来就哭一场吧。小妹走了，我们都很思念她，可是，你不能永远活在悲痛中，你要坚强起来，帮小妹完成她未完成的事。你要振作起来，早日和你的战友一起回到战场上去，齐师长和战士们都还等着你！"

魏如风愣了半晌，才颤声道："清芳姐，都怪我，我没能保护好清菲——如果，她不是跟我在一起，如果，她不是顾及我的安危，她就不会随汪学礼的摆布，跟他们去江堤，也就不会牺牲！"

"你错了！"清芳稍稍提高声调，"如风，你还不明白吗？清菲为什么要跟汪学礼周旋，为什么在江堤上冒险放出那只信号弹？她并不仅仅是为了保护你的生命，她也是为了不让汪学礼的阴谋得逞，为了和平解放江城，才甘愿牺牲自己的啊！我懂她的心！"

魏如风紧紧握住那顶旧军帽，那是清菲留下的，沾着她芳香的气息。秋千巷，夜色中，那一刻的沉默是记忆里最深的痛，清菲永远都不能再回答他的问题了。

泪水毕竟没有忍住，夺眶而出，魏如风哑声道："清芳姐，你放心吧，等我能下地了，我一定会去追赶齐师长他们，我会替清菲打完剩下的仗，解放全中国。还有，找到汪学礼这个混蛋，替清菲报仇！"

清芳使劲点点头，眼睛不由得也湿润了，刚想再说什么，门忽然被人推开了一条缝，原来是张婶十岁的儿子小虎子。张婶在临时政府的食堂里帮忙烧水做饭，这孩子就跟在母亲身边进进出出，和整个机关大院里的人都混得很熟，而他最喜欢的事就是来清芳的屋子听她读书上的故事。

"小虎子，进来吧，一会儿闲了我给你读故事。"清芳笑道。

但今天小虎子似乎有什么事情，并不急着进门玩耍，而是一个劲地朝清芳招手。清芳心里微微狐疑，叮嘱魏如风好好休息，就走了出来，随手关上了门。

"小虎子，有事吗？"

"林阿姨，刚才在外面有位先生让我把这个给你。"小虎子一边吃着棒棒糖，一边把一个小小的纸团塞给清芳，就一溜烟地往外院跑去。

清芳的心突然跳动了一下，她有了某种预感，双手微微颤抖，缓缓展开那纸团。

"清芳，如果你还想让顾达飞好好活着，还想为你妹妹报仇，就在一个小时后，独自一人到镇江塔下的踏波亭相见，我们了结一切恩怨。如果你不来，或者带人来，我会立刻离开中国，你永远也别想再找到我，我说到做到！"

"汪学礼！"清芳把那张纸条上的话反复读了几遍，她的胸口剧烈起伏着，脸上微微涨红。随即，她下了决心，转身往自己的房间快步走去。

阴霾的天空下，镇江塔默默矗立在江畔，塔基上长满了密密麻麻的青苔，那巍峨的塔身似乎在向来往的人们讲述它数百年的沧桑。踏波亭，建在塔的后面，据说是唐代一位狂放的诗人曾在此饮酒赋诗，自称踏波客，所以得名。

一辆马车驶来，来到踏波亭边，车夫长鞭一甩，喝住了马匹。清芳付了钱，跳下马车。她来时脱了军装，换了件素色碎花旗袍，拿着镶珍珠的小包，急匆匆地走进亭子。

踏波亭中，静寂一片，清芳围着亭子绕了一圈，却没见半个人影。她回到亭中，在石凳上默默坐下，眼光飘向不远处的长江。天气虽然阴沉，但是云层并不堆积，浩渺的江面上，所有景物清晰可见。

突然，她看到了一艘挂着旗幡的商船，正静静停泊在江边的石滩旁。清芳暗暗思忖，此处并不在主航道上，又没有大型的码头，平时只有些渔民的捕鱼船偶尔经过，所以这艘颇为先进、带着烟囱的商船在此处出现非常突兀。

她思索片刻，就起身，拿着手袋，稳步走出踏波亭，朝着江边走去。她的脚步并不急促，而是缓慢而坚定。渐渐靠近那些用铁链相连的石头栏杆，清芳的手不由得紧紧握住了手袋。突然，她放慢了脚步，商船的船舱里此时缓缓走出了一个男人——

这个男人，穿灰色长衫，戴礼帽，黑色墨镜，手里还拿着一个长筒的望远镜。他凝望着清芳，嘴角甚至还微微带着笑意，显然，他刚才正在船舱里暗暗观察清芳。

清芳并没有犹豫，她一步步走下石阶，跨过乱石嶙峋的石滩，踩着跳板，走上了商船。

"汪学礼，我来了！"

汪学礼摘下墨镜，眯着眼睛，上下细细地打量清芳："没想到你还真一个人来了！五年前重庆匆匆一见，你又逃走了，还煽动菊仙烧了枇杷山别墅。不过也好，那个女人本来就疯疯癫癫的，死了也干净！"

清芳直视着他的眼睛："住口，菊仙是被你逼死的！汪学礼，这些年，你直接间接害死了多少人? 清菲, 天华, 菊仙, 凤蝶, 于大姐, 老邱, 还有无数的共产党员, 爱国人士……你就是个刽子手!"

汪学礼愣了一下, 冷冷笑道: "刽子手? 我汪学礼笑骂由人, 乱世中, 不是人杀我, 就是我杀人! 日本人也罢, 中国人也罢, 只要是谁能给我钱, 我就帮谁, 谁碍我的事, 我就杀谁! 你们这些共产党人满嘴的国家民族, 到最后谁又能得到荣华富贵了? 清菲, 我本无意杀她, 那是她逼我的——她为了姓魏的那个蠢货, 为了解放军进江城, 宁愿丢掉自己的命, 她太蠢了! 你也一样蠢, 跟着我有什么不好, 非要跑去跟那个顾达飞, 过这种穷得叮当响的日子。"

清芳缓缓道: "你不会懂, 因为你的心是一片荒漠, 从来没有爱, 没有想着这个美好的国家!"

汪学礼眼中突然闪过一抹痛苦之色: "清芳, 就算我对不起全世界的人, 我对你总还是有情有义的——从我娶你那天起, 到现在, 十几年了, 我汪学礼唯一真正爱过的女人只有你。你跟我走吧, 我再也不会为白占亭卖命了, 我在美国银行里存了很多钱, 我们去国外, 能逍遥地过一辈子!"

"你哪儿也去不了, 因为, 你必须留在这儿为你的罪行接受人民政府的审判!"清芳一字一字地缓缓说道, 突然从手袋中掏出一把手枪, 对准了汪学礼的胸口。

汪学礼显然没料到清芳会带着枪, 他本能地后退了一步, 但随即扔了望远镜, 把双手一摊, 哈哈大笑道: "林家大小姐还能开枪吗? 你那只纤纤玉手拿笔还差不多, 还能握住枪? 来吧, 到我怀里来, 你今天一个人前来, 不就是还念着旧情么? 我带你走, 离开这个千疮百孔的国家, 过神仙般的日子, 忘了这里的一切……"

话音未落, 枪响了, 一颗子弹射进了他的身体, 鲜血飞溅而出。汪学礼似乎很惊讶, 睁大眼睛望着清芳, 捂住胸口, 跟跟跄跄地退了几步, 摔倒在地, 喃喃道: "你……你还真敢开枪, 我真的低估了你!"

清芳依然用枪指着他, 冷冷道: "我再也不是当初那个只会在闺房哀怨的林清芳了! 汪学礼, 你逃不了的!"

突然, 岸上传来了一阵马蹄声。清芳扭头望去, 原来是顾达飞带着几个战士正飞奔而来。顾达飞第一个跳下了马，他一边朝船上奋力跑来，一边大声叫道："清芳，我来了！"

清芳眼中闪出一丝惊喜："达飞！"

汪学礼咬着牙，恨恨地说道："顾达飞，林清芳，今天我要你们一起给我陪葬！"说着，他挣扎着爬起来，跌跌撞撞地走到船的尾部，那儿藏着他早就准备好的炸药。

顾达飞一跃，敏捷地登上了商船，一手握枪，一手扶住了清芳，略带责备地说道："清芳，你这次太鲁莽了。要不是如风发觉情况不对，及时告诉我，然后我看到你留在房间的纸条，知道你来了踏波亭，你今天就危险了！"

"达飞，我……"清芳正要说什么，突然看见已经爬上了船舱顶部的汪学礼。他浑身是血，模样狰狞，手里拿着一支点燃的火把，脚边搁着一大捆炸药。

顾达飞惊道："不好，他要炸船！"急忙朝岸边那几个打算上船来的战士挥手喊道，"大家都别上来，船上有炸药！"

汪学礼疯狂地大笑道："老子今天敢来就没想活着，顾达飞，林清芳，你们不是恩爱么，就让你们陪我到地府去吧！"说着，他点燃了炸药上那根长长的引线。

"清芳，别怕，抓紧我的手！"顾达飞紧紧拉住清芳的手，在她耳边温柔地说了一句，两人一起向着船舷边奔去。

"跳！"清芳只觉得被顾达飞猛地一拉，随即就是巨大的爆炸声，她被气浪猛地弹出很远，又重重地落入水中，大口大口苦涩的江水随即灌入嘴里。

那艘商船瞬间就四分五裂，飞起的木板纷纷散落在江面上，巨大的爆炸声传出了几里之外。

尾　声

1982 年，春天姗姗来迟。

白色商务车缓缓行驶在江城的街道上，两边高大的梧桐树遮住了温暖和煦的阳光，只有细细密密的光线碎片射进了茶色的车玻璃里。

坐在后座的白蝶缓缓摇下了车窗，轻轻呼吸了一下。这座城，似乎到处都飘荡着栀子花淡淡的香气，还有小馄饨悦耳的叫卖声。

秘书安琪从前座回过头，甜甜地笑道："董事长，就在前面，您要找的那位林女士就住在前面的秋千巷里。据说她和她的先生在 1949 年后曾经去北京工作过一段时间，后来又主动要求调回江城，她的先生担任过《江城日报》的主编，她本人则是开办过学校，也出版过很多作品。前几年，她的先生去世了，她把全部的稿费都捐出来，建造了一座革命烈士纪念馆，自己则隐居在秋千巷，倒是过得很简朴。"

白蝶微微点头："从我第一次见到她，已经过去四十多年了，青丝变白发啊！安琪，你无法想象，在那个战乱的年代里，在这位女士的身上发生了多少英勇而悲伤的故事。"

安琪递过一本黑白封面的书来，认真地说道："董事长，您说了要回乡探亲后，我特意去找了这位林女士的作品来看。这是她前几年出版的自传体小说《追风者》，里面写了她和她妹妹的爱情故事，真的很感人，其中一段还写到了您故去先生的故事。"

白蝶接过那本书，轻轻抚摸着封面，喃喃道："天华，半生已过，这次我终于替你回到你的家乡来了，愿你的灵魂不再漂泊。"

商务车缓缓地停在了一处绿色葱茏的院落前，安琪拉开车门，白蝶缓缓走下来。沉郁的白墙黑瓦间是生机勃勃的爬山虎，层层的绿色中盛开着许多黄色的小花。

听到车子停泊的声音，一个短发的摩登女孩从院子里快步而出，她笑盈盈地对着白蝶微微躬身："您是白蝶奶奶吧？您好，我叫小菲，您快请进，我奶奶今儿一早上都在念叨您呢！"

白蝶一跨进院门，几乎压抑不住内心微微的澎湃，漫漫时光中的那个雨夜又浮上心头——她正走出报馆的办公室，迎面看见一个拿着黑色洋伞的美丽女子，她脸色苍白而悲伤，但是那双眸子里却闪着隐隐的坚韧。

"白蝶，你来了！"

白蝶停住了脚步，清芳正笑着朝她走来。清芳身穿黑绒旗袍，浅口布鞋，除了身材微微丰腴，头发有些花白，她依稀还是当年模样。

"清芳！"

两人紧紧地拥抱，却只是反复叫着彼此的名字，再说不出其他的话来。

穿越了悠长的岁月，白蝶和清芳坐在闲适的小客厅里，对着一院子花草，静静品着刚泡好的猴魁。卷曲的茶叶在白瓷杯中缓缓绽开，午后的风从半开着的木窗中徐徐而来，两个女人似乎都在往事中徘徊，不知该从何说起。

清芳拿起茶杯说："白蝶，我从报纸上看了你的专访，你在美国有了一家化妆品公司，成了企业家，又结了婚，有了一个幸福的家庭，我真替你高兴。特别是戴维，从你寄给我的照片上看，是个又高又帅的小伙子，真像当年的天华！"

"是啊，戴维很懂事，和他的弟弟妹妹们也相处得很好，本来是要陪我一起回国，但是公司恰好有一个重要的会议需要他主持。不过，明年他会带着他的太太和孩子再陪我回来的，到时候再来看你。"

白蝶说着，拿起手边茶几上搁着的相框细细看去，中年的顾达飞正和一个梳长辫子的女孩站在一座老屋前，眼神清澈，笑容温暖。

"可惜没有见到达飞，他是怎么走的？"

清芳放下茶杯答道："他走的那年下着大雪，江城从来没有那么冷过，可是他走得很安详，他一生热爱的报馆在年轻人手上办得红红火火。小樱桃的孩子，就是你刚才看到的小菲，那时候已经会叫爷爷了，我的回忆录刚刚写了大半，如果说有遗憾，那就是他没看到那本回忆录出版。"

白蝶有些感伤地指了指那个照片中的女孩："照片上这个女孩就是小樱桃吧？她的女儿小菲也很漂亮。小菲，是为了纪念清菲才起的这个名字吧？她眉眼间的确有几分清菲的影子，虽然，她们之间并没有血缘关系。"

清芳起身去旁边的书柜里拿出一本画本，递给白蝶，微笑道："我的回忆录《追风者》有一家电影公司打算投拍，正和我联系，我请他们的美工人员帮我书里的每个人物都画了像，你看看。"

白蝶一页页地翻着画册，仿佛翻动着无数的往事。

"清芳，这位就是你书里写到的谭医生吧？他和你做了五年的假夫妻。"白蝶指着一个面容清瘦，穿新四军军服的中年男子。

"是啊，谭大哥，一位杰出的军医。解放初期，他和他的妻子自愿申请去了驻藏部队，在那儿待了二十年。后来，在一次去墨脱帮老百姓看病的途中，他遇到泥石流殉职，也就永远留在了那个纯净的雪域高原。"

清芳的语调温暖但并不伤感，白蝶缓缓地又翻过一页。

"清菲！"一个穿军装、戴军帽、露出浅浅酒窝的女孩跃入眼帘。

"虽然我从来没见过清菲，但是在我的想象中，她就是一个这样美丽的女孩，也是天华记忆中永远不败的那朵大叶菊！这次我回国探亲，就是为了完成天华的心愿，先去重庆扫了我父母的墓，再转来江城替他来看看他的家乡，还有清菲的墓。"

清芳默默地握了握白蝶的手，把画册又向后翻了一页，穿着国民党军服的谢天华正微微含笑。

白蝶的声音微微颤抖起来："天华……我记忆中的天华就是这样，他跟我结婚的时候就是这样英俊而深情的男人，要不是汪学礼那个混蛋，天华就不会死，也不会看不到自己的儿子。我一直都知道他心里最爱的女子是清菲，但是，如果……如果命运给予我更多和他相处的时间，我就不会来不及对他说一声，我爱他！"

说着，白蝶痛苦地捂住了嘴巴，轻轻地抽泣。

清芳蹲下身，望着她，柔声道："白蝶，我相信，天华在生命的最后一刻，心里一定在思念你，还有你们的孩子。他勇敢地救了达飞，救了我，挣脱了汪学礼的控制，他是个英雄。你要告诉戴维，让他记住他的父亲，要永远怀念他！"

白蝶使劲地点点头，也紧紧握住清芳的手。

窗外，不知何时，开始飘起淅淅沥沥的小雨，院子里的鹅卵石小径上变得滑溜溜的。安琪从小在国外长大，很少见到这样中国式的庭院，什么都稀奇，正赤着脚在小径上来回走着玩。和她年纪相仿的小菲在一旁拍手笑着，两个女孩的笑声在小院里久久飘荡着。

江南的春雨，轻轻柔柔，微微滋润着土地和原野，如一杯浅淡的米酒，喝了并不会醉，只是勾起心头深深的思念。

清芳撑着伞，独自行走在这雨中，她的手里提着个小小的竹篮，里面装着徽州的米糕和一顶草叶编成的花冠。她要去的是龙山烈士墓园。

今天是清菲的生日。小时候，每一年的生日，母亲都会为她们姐妹准备软糯的米糕和一顶漂亮的花冠。据说米糕吃了会令女孩皮肤白皙如雪，花冠戴了则会让女孩长大嫁个如意郎君。在定居江城的这些年，清芳养成了这个习惯，每到这一天，她会独自来墓园帮妹妹过个生日。

微雨中的龙山，苍茫而青翠。清芳在参天的松柏间穿行，碧绿的小草在她脚下沙沙作响，她似乎在穿过那些滚滚的硝烟和隆隆的炮声。每一个静默的墓碑上都刻着一个年轻的名字，他们中的很多人都曾经是清芳原来的战友和朋友，她尽量把脚步放缓放慢，不想惊扰他们的长眠。

走到长长的石阶前，她突然看到一辆轿车，一个身材挺拔的中年军人正站在轿车边，静静守候。清芳认识他，他是魏如风的继子，解放军上校军官，魏承志。

"承志，你怎么在这里？你爸爸也来了？"清芳忙停住脚步问道。

魏承志忙迎上前来，敬了个军礼，道："林阿姨，看到您真好。我爸爸这次是从新疆回内地来治病的，他的风湿病挺严重的。今天不是清菲阿姨的生日么，爸爸说，他要过来给清菲阿姨过个生日，我们正打算明天去看望您呢！"

清芳微微叹了口气。魏如风自从解放后就申请去了新疆，长期在那里驻扎和开垦边疆。多年来，他们见面次数也并不多，但是书信不断。

"战友、领导多少次让他回到内地来，他就是不肯，一直坚持在雪山的基层部队待着，风湿病自然越来越重。现在退休了，一定要好好治治！"

魏承志是个宽厚和善的性子，笑道："爸爸脾气倔，谁也劝不了他。林阿姨，我送您上去吧，我爸爸正在清菲阿姨的墓前呢！"

清芳把手中的竹篮递给魏承志："不了，承志，一会儿你帮我把这个拿上去吧，让你爸爸和清菲阿姨安静地说说话吧，他千里迢迢的，想必有很多心里话要说呢！"

雨渐渐停了，风轻轻拂过松林，吹起了魏如风的一头白发。他摘了军帽，俯着身子，仔仔细细地清扫着江涛和清菲的墓碑，一边扫一边和他们说着话。

"兄弟啊，你还好吗？你还是比我命好啊，你看，你比我先走几十年，但是却陪了清菲这么多年。你临走前让我好好照顾她，如今，我却连经常给她扫个墓都不成。"

扫得一尘不染了，他才拿起搁在墓碑旁的一个白瓷瓶子，高高举起，缓缓倒在江涛的墓碑上，清澈的酒水落在大理石碑座上溢出淡淡的芬芳。

"喝吧，喝一口，兄弟，这是天山上的雪莲酿的酒！"

魏如风微微笑着，由于常年待在干燥少雨的新疆，脸上的皱纹就显得更加深刻。

他起身走到清菲的墓前，久久凝视着墓碑上的那张照片。那其实是从一张部队的合影中剪下然后翻照的，因为清菲生前并没有留下单人的照片。

魏如风缓缓地蹲了下来，从口袋里掏出那顶已经旧得分辨不出颜色的旧军帽，声音无比轻柔，仿佛在和墓碑下面长眠着的清菲悄悄耳语。

"清菲，我都这么老了，你却永远是二十八岁。我一直在想，假如那天晚上，我们没有遇见汪学礼，你会不会答应我，让我照顾你、陪伴你。你知道吗，我这些年都是在替你活着，你说过，要去新疆，守卫边疆，开垦荒地，去看天山的皑皑白雪，去茫茫戈壁纵马驰骋，这些，我都替你做了。"

说着，他微微闭上眼睛，停顿了一会儿，又继续说道："后来，我在戈壁上巡逻时救了承志的妈妈。她丈夫死了，独立拉扯着孩子，是个勤快的维吾尔族女人，我觉得她可怜，就和她结了婚。结婚的那晚，我把我们的故事告诉了她，她把你的军帽认真地洗干净，缝补好，放在我手上，告诉我，让我一辈子在心里记得你，永远不能忘。前几年，她也走了，留下了承志在我身边。她是个好人，虽然我始终没爱上她！"

整个墓园静得出奇，连松针被风吹落在地的细微声音都能听见。魏如风似乎看见清菲的脸庞，淡淡的阳光恰好照在她的脸上，她眼睛里隐约闪着些晶莹的亮光。两人静静凝望着对方，沉默着，几次欲言又止。

泪水从他的眼角一点点渗出来，他轻轻俯下身，温热的嘴唇贴住了冰冷的墓石，他用几乎听不见的声音在说："我爱你，清菲！我欠你半生的幸福，你只欠我一个吻！"

师大校园里的小草似乎正在静静发芽，清芳仿佛听得见它们争先恐后钻出土壤时的欢愉笑声。她轻轻地踩过那些柔弱但坚韧的生命，就像正在走过自己过去的时光——

秋浦村父母慈爱的笑颜；幼年的清菲戴着花冠嚷着要当新娘；穿着学生装的谢天华朝清菲羞涩地笑着；江涛在台上慷慨激昂地演讲着，剪了短发的清菲凝视着他，眼睛微微发亮；白沙镇静寂的夜晚，谭少羽抱着小樱桃唱着童谣；魏如风和清菲穿着洗旧的军装，微笑着朝她挥着手。火焰忽地腾起，清菲安详的脸在火光中隐隐浮现，于大姐、老邱、翠寒，那些逝去的战友和朋友一一闪过。

"清芳，跳！"顾达飞在她耳边轻轻说，巨大的爆炸声几乎淹没了周围的一切声响，但他的声音却无比清晰。她被巨大的气浪弹到半空，又落入水中，苦涩的江水呼呼灌入口中。她觉得自己的身体变得无比沉重，一点点往水下沉去，就在她要丧失意识的一刹那，突然被一股力量向上拉去。她终于露出了水面，使劲呼吸了几下，脑子随即清醒了过来。

达飞！她还没来得及大声喊出这个名字，就被他紧紧拥入怀里。

清芳走过绿意融融的草地，一直走到那颗高大的梅树下。她仰起脸望去，阳光从每一片叶子、每一朵花的缝隙间射过来，温柔地落在她鬓角的发丝上。一阵风徐徐吹来，带着早春的微微寒意，满树的残花纷纷扬扬，静静飘落。

清芳抬手轻轻拂去沾在脸上的几片花瓣，她扭头望去，穿着黑色短大衣，

尾
声

戴着金丝边眼镜的顾达飞全身沐浴着金色的阳光，正朝着她微笑。

"达飞！达飞！"清芳轻轻呼唤着。

远远地，不知从哪儿传来了一阵悠扬的歌声："长亭外，古道边，芳草碧连天。晚风拂柳笛声残，夕阳山外山……问君此去几时还，来时莫徘徊……一壶浊酒尽余欢，今宵别梦寒。"

精 品 图 书 推 荐

《大清钱王》

出版：文汇出版社　　　　　　作者：萧盛

书号：ISBN 978-7-5496-1666-4　　定价：36.00 元

再现晚清钱王"人弃我取，人需我予"的经商之道
讲透政商关系"官之所求，商无所退"的不变法则

　　鸦片战争爆发后，外来思想不断涌入，国家弱而商业盛，胡雪岩、乔致庸、盛宣怀等一批晚清巨商强势登陆历史舞台，然而在众多的商人之中，却没有一人可与他相比，他被李鸿章誉为是清廷的国库，被老百姓称之为钱王，被《时代周刊》列为 19 世纪末全球第四大富豪，不管是声誉、财富还是清廷的褒奖，都超越了红顶商人胡雪岩，他就是中国历史上唯一的一位一品红顶商人王炽。

《藏于野》

出版：文汇出版社　　　　　　作者：天歌

书号：ISBN 978-7-5496-1664-0　　定价：32.80 元

一部探秘中国西部的百科全书式大作
一部穿过苍茫迷雾风沙而来的神秘之书

　　1929 年，孙殿英与黄金荣联手盗卖东陵珍宝，没想到却中了一名捐客的圈套，被骗走的大清宝藏就此下落不明。

　　一个普通青年、一个文艺青年、一个二愣青年，全非刀枪不入的漫画式完美英雄，依靠半张人皮地图踏入异域秘境，在阴谋重重、惊心动魄的氛围中，善用数学解密的手段，展开一场关乎智慧与勇气的寻宝之旅。